U0452409

桐江学术丛书

本书为泉州师范学院"桐江学术丛书"出版资助项目

批评的喧哗

中国当代文论接受史论

戴冠青 著

厦门大学出版社
国家一级出版社
全国百佳图书出版单位

图书在版编目（CIP）数据

批评的喧哗：中国当代文论接受史论 / 戴冠青著. -- 厦门：厦门大学出版社，2024.12
（桐江学术丛书）
ISBN 978-7-5615-9295-3

Ⅰ．①批⋯ Ⅱ．①戴⋯ Ⅲ．①中国文学-文学批评史-研究 Ⅳ．①I206.09

中国国家版本馆CIP数据核字(2024)第029558号

责任编辑　牛跃天
美术编辑　张雨秋
技术编辑　朱　楷

出版发行　厦门大学出版社
社　　址　厦门市软件园二期望海路39号
邮政编码　361008
总　　机　0592-2181111　0592-2181406(传真)
营销中心　0592-2184458　0592-2181365
网　　址　http://www.xmupress.com
邮　　箱　xmup@xmupress.com
印　　刷　厦门市金凯龙包装科技有限公司

开本　720 mm×1 020 mm　1/16
印张　18.5
插页　2
字数　285千字
版次　2024年12月第1版
印次　2024年12月第1次印刷
定价　65.00元

本书如有印装质量问题请直接寄承印厂调换

目 录

导 论 世纪初的中国文论建设 / 001 /
  第一节 世纪初的文论建设争鸣 / 001 /
  第二节 中国文论建设的焦虑 / 006 /
  第三节 中国文学理论建设的突围 / 010 /

第一章 形式主义批评的接受 / 014 /
  第一节 形式主义批评的引进 / 014 /
  第二节 形式主义批评与中国当代批评理论视角的转换 / 021 /
  第三节 反叛与发现：形式主义批评对中国当代批评理论建设的启发 / 025 /

第二章 西方叙事学理论的接受 / 029 /
  第一节 西方叙事学的理论特征 / 029 /
  第二节 西方叙事学的引进和接受 / 033 /
  第三节 西方叙事学理论对中国文学批评的影响 / 037 /
  第四节 西方叙事学理论对中国当代文论建设的启发 / 042 /

第三章 英美新批评理论的接受 / 047 /
  第一节 英美新批评文论的理论特征 / 047 /
  第二节 英美新批评文论的中国化过程 / 051 /
  第三节 英美新批评对中国当代文论建设的影响 / 061 /

第四章　象征诗学的接受　　　　　　　　　　　　　　　　　/ 066 /
第一节　象征诗学的理论特征　　　　　　　　　　　　　　/ 067 /
第二节　"滋味"说的象征诗学特征　　　　　　　　　　　　/ 069 /
第三节　象征诗学对中国当代文论建设的意义　　　　　　　/ 076 /

第五章　西方意象批评理论的接受　　　　　　　　　　　　　/ 079 /
第一节　意象批评的理论特征　　　　　　　　　　　　　　/ 079 /
第二节　中国意象批评的研究　　　　　　　　　　　　　　/ 083 /
第三节　意象批评的运用及启迪　　　　　　　　　　　　　/ 086 /

第六章　精神分析理论的接受　　　　　　　　　　　　　　　/ 090 /
第一节　弗洛伊德精神分析理论的主要学说　　　　　　　　/ 091 /
第二节　精神分析理论的引进与影响　　　　　　　　　　　/ 096 /
第三节　弗洛伊德精神分析理论在中国文论建设中的意义　　/ 102 /

第七章　西方原型批评的接受　　　　　　　　　　　　　　　/ 105 /
第一节　西方原型批评的理论特征　　　　　　　　　　　　/ 105 /
第二节　原型批评对中国文学批评的影响　　　　　　　　　/ 108 /
第三节　西方原型批评与中国古典意象论的互通性　　　　　/ 111 /

第八章　存在主义文论的接受　　　　　　　　　　　　　　　/ 117 /
第一节　存在主义文论的理论特征　　　　　　　　　　　　/ 118 /
第二节　存在主义文论的接受　　　　　　　　　　　　　　/ 120 /
第三节　存在主义对中国当代文论建设的启示　　　　　　　/ 128 /

第九章　西方女性主义批评的接受　　　　　　　　　　　　　/ 131 /
第一节　女性主义批评的产生和发展　　　　　　　　　　　/ 132 /
第二节　女性主义批评的理论特征　　　　　　　　　　　　/ 133 /
第三节　中国女性主义批评研究的特点　　　　　　　　　　/ 135 /

第四节　性别视角在当代文学批评中的意义　　　　　　　　/ 141 /

第十章　西方符号学理论的接受　　　　　　　　　　　　/ 144 /
　　第一节　西方符号学理论的接受和研究　　　　　　　　　/ 145 /
　　第二节　符号学理论的中国化建设　　　　　　　　　　　/ 153 /
　　第三节　文学符号学的引进对中国文论建设的意义　　　　/ 155 /

第十一章　结构主义文论的接受　　　　　　　　　　　　/ 157 /
　　第一节　西方结构主义及其理论特征　　　　　　　　　　/ 158 /
　　第二节　结构主义文论对中国文论界的影响　　　　　　　/ 163 /
　　第三节　西方结构主义批评对中国当代文论建设的意义　　/ 171 /

第十二章　文艺阐释学的接受　　　　　　　　　　　　　/ 175 /
　　第一节　文艺阐释学的理论特征　　　　　　　　　　　　/ 176 /
　　第二节　文艺阐释学的引进和研究　　　　　　　　　　　/ 190 /
　　第三节　西方文艺阐释学对中国当代文论建设的意义　　　/ 196 /

第十三章　接受美学的接受　　　　　　　　　　　　　　/ 199 /
　　第一节　接受美学的理论特征　　　　　　　　　　　　　/ 199 /
　　第二节　接受美学的引进和发展　　　　　　　　　　　　/ 203 /
　　第三节　接受美学对中国文学批评理论的启示　　　　　　/ 210 /

第十四章　狂欢诗学的接受　　　　　　　　　　　　　　/ 214 /
　　第一节　狂欢诗学的理论特征　　　　　　　　　　　　　/ 214 /
　　第二节　狂欢诗学的译介与研究　　　　　　　　　　　　/ 218 /
　　第三节　狂欢诗学的接受和运用　　　　　　　　　　　　/ 220 /
　　第四节　狂欢诗学在中国文学批评上的意义　　　　　　　/ 223 /

第十五章　西方马克思主义文论的接受　　　　　　　　　/ 228 /
　第一节　西方马克思主义文论的理论特征　　　　　　　/ 228 /
　第二节　西方马克思主义文论的接受　　　　　　　　　/ 230 /
　第三节　西方马克思主义文论对中国文学理论建设的意义
　　　　　与价值　　　　　　　　　　　　　　　　　　/ 238 /

第十六章　后殖民主义文论的接受　　　　　　　　　　/ 243 /
　第一节　后殖民主义文论的理论特征　　　　　　　　　/ 246 /
　第二节　后殖民主义文论的引进与接受　　　　　　　　/ 249 /
　第三节　后殖民主义文论对中国当代文论建设的影响　　/ 256 /

第十七章　新历史主义的接受　　　　　　　　　　　　/ 261 /
　第一节　新历史主义文论的理论特征　　　　　　　　　/ 262 /
　第二节　新历史主义文论的中国化进程　　　　　　　　/ 267 /
　第三节　新历史主义对中国当代文论建设的意义　　　　/ 273 /

参考文献　　　　　　　　　　　　　　　　　　　　　/ 277 /

后　记　　　　　　　　　　　　　　　　　　　　　　/ 288 /

导论　世纪初的中国文论建设

21世纪以来,伴随着当代文学创作的蓬勃发展,中国文论界一直致力于当代文学理论的研究和建设。特别是21世纪的前10余年,有关全球化、消费社会、消费文化与文学发展的关系以及文学的文化研究转向等问题,已经成为国内学术界的热门论题,引发了不少研究者的参与和讨论。这一方面体现出中国文论界面对当代文学发展新趋势迫切希望建构新的文论话语的热情和态势,另一方面也透露出中国文论在全球化语境和消费文化背景下的焦虑情绪和突围构想。特别是消费文化对文学发展的强烈冲击、西方文论话语的殖民化倾向、民族化与全球性的冲突、文学受众的式微、文学的边缘化趋向等,都使中国文论界产生了种种困惑,倍感文论话语已经不能适应当代社会文学艺术的转型和发展,并试图通过一次次讨论,对文论话语的突围和出路做出沉重的思考和艰难的选择。

第一节　世纪初的文论建设争鸣

纵观世纪初文论界的文学研究,其话题主要集中在以下方面:

一、文学与消费社会的研究

21世纪初,在市场经济大潮的猛烈冲击之下,"消费社会"已经基本取代"生产社会","消费意识已经成为21世纪的主流意识。这种意识也必然影响文学这一精神载体。因此,关于"消费社会与文学发展"的讨论会,在全国范围内纷纷举行,一些观点十分鲜明又针锋相对。

第一种观点认为,文学完全可以成为一种消费商品,文学与消费不存在冲突。成为商品的文学将卸掉历史一度加身其上的社会教化、道德批判的功能,越来越回归文学本身。①

第二种观点则与此针锋相对,认为文学不应放弃原有的价值立场,它的国民教育功能不能丢失,一味认同消费文化将消弭文学的本质特性。因此,文学不可能也不应该沦为"大众消费市场的商品",它应该具有一种永恒的精神守望,应是文化现代性的承担者,它的现代性应该体现在对现实"消费社会"的批判反思之上,以维护人的主体性和人生意义价值。②

第三种观点则比较冷静、折中,认为消费社会文学观念的转向是正常的,文学形式可以多样并存,文论界可以努力促使其再次转型。在消费文化环境中,文学的审美观念向休闲、娱乐的大众消费转变已是不争的事实,也是审美意识发展的自然规律,但是承认现实不等于顺从现实,清醒的文学理论与批评应该有所担当。那就是面对当代消费文化的挑战,更有效地建构一种符合当代文化环境实际的、易于人们接受和领悟的文学理论话语和美学原则,由此召唤文学责任与作用的回归,引领国民精神的提升,促使文学审美趋向再次出现转化和改变。③

经济是当今世界的强势话语,"消费社会"的观念进入文论研究的视野,并引发这一领域对自身认识系统的反思和清理,表明了文学理论与现实社会、与经济规律的一种贴近和接轨,这本身就是一种进步。它是文论话语在当下社会语境中的一次勇敢"出场",也是长年处于象牙塔中的文学理论从文本研究转向鲜活的人类生活研究的一种尝试。当然,研究的目的,并非让文学理论臣服或让位于消费经济,而应该通过其学理性的清理和批判,确认消费社会中文学的独特地位和文学理论的应有承担。

---

① 宁逸:《消费社会的文学走向》,《文艺报》2003年10月14日,第3版。
② 傅修延:《文学与国民教育》,《文艺报》2003年11月4日,第3版;赖大仁:《"消费社会"与文学走向质疑》,《文艺报》2003年10月28日,第2版。
③ 戴冠青:《文学消费与精神提升》,《文艺报》2004年3月18日,第2版。

二、文学的民族性与全球化的研究

全球化已经成为一个不以个人意志为转移的现实存在，一种跨越民族、国家和文化界限的生产—生活模式正在扩张到世界的每一个地区。如何理解全球化与本土化的对立与对话，民族性与全球化之间应该如何权衡，在全球化语境中我国的文学理论应该如何作为，也成为文论界讨论的重要话题。

多数人的观点认为文论话语应以民族性为重，对全球化特别是西方文论话语的殖民化倾向持批判态度。其认为在"开放性"与"民族性"的紧张关系中，更应该发扬民族的精神和民族的个性，以适应中国人民的需要。我国的文化与文论建设最终还是应当坚持"以我为本""为我所用""和而不同"的原则，构建富有民族特色的既具有当代性，又具有世界性的新文论。[1] 少数人则不赞成上述观点，认为全球化是必然的，中国的文学理论应该国际化，我们必须借用西方的话语发言。其认为在使中国文学理论批评走向世界的过程中，我们别无选择，只有暂时借用西方的话语（包括批评话语和操作的语言）与之对话，并不时地向西方学者介绍和宣传中国文化和文学的辉煌遗产，适时加进一些本土的批评话语，在无形中影响启迪他们，这样我们的目的才能达到。[2]

还有一些观点认为不管是民族性还是全球化，都是对现成理论话语的挑战，各执一端皆应持批判态度。如果我们都不希望走向西方的现代化，也不希望回到传统的民族化，那么就只能对二者进行重新改造。一方面对现成的文学话语进行阐释、解析和重构，揭示它们与文化环境以及意识形态的互动，并将某些传统的话语转化为现代话语；另一方面也促使西方话语与中国传统发生交融，产生出新的话语或者派生的范畴来，这本是文论历史发展的挑战和机遇。[3]

---

[1] 施战军、刘方政：《"世纪之交文化转型与文学发展研讨会"综述》，《文艺报》2003年1月18日，第2版。
[2] 王宁：《全球化进程中中国文学理论的国际化》，《文学评论》2001年第6期。
[3] 孙绍振：《从西方文论的独白到中西文论对话》，《文学评论》2001年第1期。

全球化绝不意味无差别化,"越是民族的,越是世界的"。如何在西方强势话语的冲击中保持中国文论的民族性,这是一个民族文化的生存战略问题。但是,如何使传统的中国文论话语具有现代性,赢得与西方文论话语对话的平等地位,也是激活民族文论话语内在生机的重要举措。

三、文学发展趋势的研究

自20世纪80年代中期以降,经济大潮的汹涌澎湃把文学推向了文化边缘,长期以来处于主流文化中心的严肃文学似乎成为可有可无的东西,而轻松的、娱乐的、休闲的通俗文化则走向畅销和时髦。进入90年代之后,随着社会的全面转型,文学市场化、商业化特征凸现,文学边缘化的趋势越发明显。与此同时,随着现代科学技术的迅猛发展,以影视艺术等为代表的视觉文化进一步动摇了文学的独特地位,有人甚至认为,我们步入了"读图时代",视觉文化必将代替以语言为中介的文学艺术,文学行将消亡。但是也有人对"文学边缘化"的发展趋势持乐观、肯定态度。认为文学的边缘化,是对其他文化元素与形态的掺入和互为整合,是文学独特价值和美的更加激烈、更加惊心动魄的表现——甚或可以说,文学边缘化的过程,是关乎文学自身存亡的社会文化形态整合、汰选和发展的前奏。[①] 大多数人则不认同文学发展"边缘化"的主张。其认为文学边缘化主要是指纯文学的边缘化,但事实上,纯文学一直在商业化、电子化和全球化的背景之下坚韧地生存着,不断调整自身的结构和功能,形成了它的新的生存形态和生存方式以及未来的发展空间。[②] 纯文学在现代社会的边缘化只是一种假象,社会生活领域的文学化、文学的产业化、文学的媒体化,创造了文学的繁荣。[③]

文论界还深入分析了文学发展"边缘化"的原因。大多数观点认为文学的"边缘化",有社会经济文化方面的原因,更多的还是文学自身的责

[①] 方伟:《拿什么拯救你,我的文学》,《文艺报》2003年10月28日,第3版。
[②] 鲁文忠:《纯文学在窘迫中延展希望》,《文艺报》2001年2月13日,第3版。
[③] 张永清:《消费社会的文学现象》,《文艺报》2003年8月26日,第3版。

任:是文学首先脱离了公众,然后公众才离开文学。① 而创作主体的边缘化,一是来自接受主体的颠覆,二是社会文化生活多元多向多样使然,三是创作主体自身边缘化的组成与社会边缘化生活强烈表现的活跃。②

由于介入角度、知识背景不尽相同,关于文学发展"边缘化"的论说也形成了种种不同意见,但是消费文化对文学地位的动摇,文学走向文化的边缘,却是不争的事实。

四、文学的文化研究转向

伴随当代中国多元的、复杂的、善变的文学现象的发生及其发展,西方"文化研究"的理论与实践在 20 世纪 80 年代后期被陆续介绍进来,并被运用于这一态势下的文学研究。可以说,文学研究从文本研究、作家研究到文化研究的转向是 20 世纪 80 年代以来文学理论的一个重要转折,这一趋势在 21 世纪初表现得更加明显。

学术界对这次转向反应不一,有学者认为这一转折使得文学理论获得了前所未有的拓展和动力,当代文艺学的文化转向有它的现实必然性,现实向我们提出了要求,文学必须重新审视原有的研究对象,越过传统的边界,关注更广泛的文化现象。③ 他们同时指出,作为文化产品一部分的文学作品,它包括文学生产、传播、接受等环节的全过程。因此任何单一的,或局限于文本构成性因素的研究都只是整体文学研究的一个层面而已。④

有学者则对文化研究表现出了深深的忧虑,甚至认为文化研究会使文艺学美学研究因此走向消亡,"是希望确立这种技术化的、功利化的、实用化的、市场化的美学理论的绝对话语权力,并把它看作'全球化时代'的

---

① 谢鹏敏:《文学的边缘化颓势》,《文艺报》2003 年 9 月 6 日,第 2 版。
② 方伟:《拿什么拯救你,我的文学》,《文艺报》2003 年 10 月 28 日,第 3 版。
③ 施战军、刘方政:《"世纪之交文化转型与文学发展研讨会"综述》,《文艺报》2003 年 1 月 18 日,第 2 版。
④ 王晓路:《全球化语境与想象空间——谈消费社会时代的文学研究》,载曹顺庆:《中外文化与文论》,四川大学出版社 2004 年版,第 120 页。

到来对以往美学历史的终结,甚至是对以往的人文历史的终结"①。也有学者对文学研究与文化研究的关系持一种辩证态度,认为文学传统和文化传统各有特点也各有长短,有相互包容之处也有彼此差异之处,二者不能相互替代、有所偏废,因此不但文化会继续存在下去,文学也永远不会泯灭。②

传统文学研究走向"文化研究"的活力在于它能及时回应急剧变化中的社会文化现实所提出的种种问题。文学理论在新的社会语境中有可能通过方法的不断催化,进而达到自身的创新。其通过从传统文学理论的研究扩大到文化视野下的研究,在文本与社会、思想与历史、概念的解构与重构之间寻找理论创新的突破口。但是,文化是无所不包的,用文化研究取代文学研究是危险的,它有可能消解了文学的本质特性,甚至还有可能使文学重新沦为马克思所批评的"席勒式"的"时代精神的单纯的传声筒",那是我们最不愿意看到的。

第二节　中国文论建设的焦虑

从上述有关21世纪初文学与文论研究的综述中,我们不难看出中国文论界迫切希望与世界接轨、迫切希望建构新的文论话语的极大热情和积极态势。但是,难道我们没有觉察到这其中已经透露出一种明显的焦虑和恐慌情绪?这种焦虑集中体现在以下几个方面:

一、文学的边缘化

随着现代化进程的推进和生活节奏的加快,社会审美意识也出现转型,许多人已经没有足够的时间、精力和耐心去从事高雅的文学审美活动,并由此去探求人生意义的审美价值,去完善和充实自己。特别是浮躁、冷漠、急功

---

① 鲁枢元:《评所谓"新的美学原则"的崛起》,《文艺争鸣》2004年第3期。
② 傅修延:《文学与国民教育》,《文艺报》2003年11月4日,第3版。

近利的世纪转型初期心态促使渴望消解、平衡、互补的审美情绪的产生,于是追求开心、享受人生的社会审美接受行为成为一种趋势也就顺理成章。这种审美心态直接影响了对承载人类精神力量的严肃文学的接受。

此外,大众传媒的全球化,大大削弱了文学的独立和自由。一部新作问世之前与之后,为了获得预期的社会反响和经济效益,媒体渲染与新闻炒作无孔不入,对公众产生一种难以抵御的诱惑力和强制力。淹没在无所不在的媒体制造的信息洪流中,个人的选择权和自由度越来越小,对文学的选择很难出于内心的渴望。而且大众传媒炒作的背后是高额利润的兑现,文学可悲地成为资本增值的工具。

再加上某些作家人文精神缺失导致文坛上欲望泛滥。文学从来都是以自己特有的话语方式,依靠创作主体强劲的内在人格与卓尔不群的精神向力,向一切现实和历史的存在不断发出富有力度和深度的拷问,以此表达一个作家独一无二的艺术理想和人生操守。但在21世纪初,一些文学文本已经自行颠覆了其赖以支撑的人类精神支柱。作家越来越远离独特的审美理想和应有的精神立场,回避对人类心灵的深度追寻。文学变得越来越苍白,无力正视时代的生命焦灼,无力关注人生的真切疼痛,甚至无力传达被遮蔽的人性本质。

由此可见,在这种审美意识明显转型的社会消费状态下,我们不难捕捉到人们对文学的边缘化、个人化、以及逐渐转变为大众休闲、娱乐消费现象的忧虑和担心。有人甚至疾呼文学不可能也不应该沦为"大众消费市场的商品",它应该具有一种永恒的精神守望,它的国民教育功能不能丢失,它的现代性应该体现在对现实社会的反思之上。[①]

二、西方文论话语的殖民化

改革开放后,各种新奇的西方文论话语纷纷涌进了中国文论界,对当代文论界产生了极大的冲击。在许多学术著作和教科书中,我们见到更多的是西方文论话语在发言,甚至大有取代本民族的传统理论话语之势,难怪有人十分担心中国文论话语已经被西方文论话语殖民化了。特别是

---

① 傅修延:《文学与国民教育》,《文艺报》2003年11月4日,第3版。

在全球化语境中,中国文学理论不得不面临一种两难的抉择:拒绝西方话语,将被抛出当代批评浪潮之外;接受或参与西方话语,则冲击甚至动摇了本民族的传统话语结构。当代文论界的现状已经显示了这种两难,一些学者试图坚守我们传统的文学理论话语与汹汹而入的西方话语抗衡,在对中国古典理论话语的整理和重建方面做了许多很有意义的工作,也取得了突出的成果。但是我们不得不遗憾地发现,这种坚守和抗衡显得多么势单力薄,其影响居然远不如涌入的西方话语那么强大。人们似乎认为,固守传统,你就无法了解现代话语,你也就无法与世界对话,因此,有些学者甚至提出"在使中国文学理论批评走向世界的过程中,我们别无选择,只有暂时借用西方的话语(包括批评话语和操作的语言)与之对话"①。在这种情势下,文论界对西方文论话语殖民化的焦虑是可想而知的。

三、冲击文学本体论的文化研究转向

对文学的文化研究转向的焦虑在文论界普遍存在。多数学者认为,文艺学研究的应该是文学本身的问题,当然也包括与文学有关的问题。如果把日常生活的审美化研究也当作文艺学研究,这不仅越出了文艺学研究的边界,而且也抽掉了文学研究的本体。有学者甚至对文化研究表现出了更深的忧虑,认为文化研究会使文学研究因此走向消亡,并质问道:"我们经历了 20 余年的拨乱反正,我们好不容易回到了文学本体,怎么文学又向文化转向? 转向文化,结果文学中什么都有,唯独没有文学自身。自律的文学哪里去了?"②基于这种忧虑,有学者直接指出:"文艺理论的发展取决于文艺基础理论研究的突破,取决于基础理论问题的局部突破带动学理的整体建构。因而,当前的文论研究应该倡导回归本体,而不是解决外围;回到问题,而不是制造概念或急于搭建体系;回到起点、找准支点以解决基础理论命题,而不是凌空蹈虚或避坑落井。"③

---

① 王宁:《全球化进程中中国文学理论的国际化》,《文学评论》2001 年第 6 期。
② 杜书瀛:《文艺学向何处去》,《文艺争鸣》2004 年第 4 期。
③ 欧阳友权:《面向 21 世纪的文艺基础理论》,《中国工业大学学报》2001 年第 4 期。

四、进展缓慢的中国文论建设

在西方文论话语包围和压抑下的中国文学理论,长期以来一直在焦虑中寻求突围,包括提出中国传统理论话语的现代性转换、新的文艺理论话语的建构、文艺学研究的文化转向等等,力图以此确立中国的文论话语在全球性语境中的独特地位。例如,有的学者就提出,"根本的出路是:既要对话,更要建构,即建构属于自己的文论体系,而且,也只有建构起了自己的文论体系,对话才能够在完全平等的、可观的层次上进行,才能使我们的文学理论为他人所承认"[1]。有的学者则认为,文学观念的变迁和文学研究的推进,始终是在社会语境的制约中产生和发展的。文学研究应看到历史语境的变迁和重大转折,找到能有效作用于社会语境的研究旨趣和范式,这样才能对文学和社会文化的发展起到应有的作用。[2]

然而,对中国传统文论的缺乏信心,新的文论话语之间的严重分歧,西方文论话语的强劲态势,又使中国文论话语的建设进展缓慢,许多学者对此进行了深入反思。一些学者痛心于民族传统话语的失落和双方的无法交流:"在吸收西方话语的同时,向西方文学理论发出挑战,促使西方话语在某些根本价值取向上,发生变异,与中国传统发生交融,产生出新的话语或者派生的范畴来,这本是文论历史发展的挑战和机遇。但是很可惜的是,中国文论没有选择这条路。"[3]"中国的境界说,在这么长的历史时期中,竟没有和西方文论发生双向的交流。意境范畴未能与西方的激情、想象、变形学说和陌生化学说构成并列或者对应的范畴,未能成为世界诗学体系的一个成分。这是一个遗憾。"[4]

面对"目前的'全球化',实际上是强势文化对弱势文化的全面进逼,是不对等的'全球化'"的现状,童庆炳、顾祖钊、杨守森等学者提出了"'全

---

[1] 刘淮南:《对话与建构:关于文学理论的全球化语境》,《成都大学学报》2002年第1期。
[2] 曹顺庆、谭佳:《消费社会与文学研究的语境变迁》,载曹顺庆:《中外文化与文论》,四川大学出版社2004年版,第111页。
[3] 孙绍振:《从西方文论的独白到中西文论对话》,《文学评论》2001年第1期。
[4] 孙绍振:《从西方文论的独白到中西文论对话》,《文学评论》2001年第1期。

球化'与'本土化'是互动的""建设'中西融合式的超越性文论'"的观点,甚至倡导"实施主动进取的'化全球'战略"①,等等,但总使人感到底气不足,似乎总是以接受西方的理论话语为前提。至于中国的文论话语如何走向世界,我们似乎无计可施。

第三节 中国文学理论建设的突围

应该说,焦虑在一定程度上反映了中国文学理论建设的某种困境,但焦虑也表现出中国文论界希望突破困境、建构能与西方文艺理论平等对话的富有中国特色的新的文论话语的迫切要求。因此我们也欣喜地看到,21世纪初已经有许多学者在非常努力地做着这种建设工作,例如情境学、新理性精神文学论、中国形象诗学、新意识形态批评等新的文论话语的建构。更活跃的是一些年轻学者。杜书瀛先生曾对此作了一个梳理,列出了一些有代表性的突围模式:一是以陶东风为代表提出重建"文艺社会学"(杜先生认为,实际上应该叫作"文化—文艺社会学")的构想;二是以金元浦为代表提出"文化研究"的文艺学构想;三是以曹卫东为代表提出"跨文化维度"的文艺学重建的构想;四是以高小康为代表提出"从文化批判回到学术研究"的文艺学构想;五是以陈晓明为代表提出"理论无国界"即"历史化与批评化相结合"的文艺学构想;等等。杜书瀛自己也提出"发展多形态的文艺学"构想:"哲学的、政治的、社会学的、心理学的、美学的、文本的、形式的、历史的、文化的……八仙过海、各显其能,协同作战、互补互动","中外一切好东西都'拿来',以'需要'为准";"文艺学、美学、文艺美学必须在承认和研究生活与审美、生活与艺术关系的新变化、新动向的基础上,适应这些变化和动向,做出理论上的调整,对现象做出

---

① 梁刚:《"全球化语境中的文化、文学与人"国际学术研讨会综述》,《文艺争鸣》2001年第6期。

新解说,甚至不断建立新理论"①。

上述诸位学者的文论建设或者建设的构想体现出这么几个特色:一是对中国古代诗学范畴的梳理和拓展,试图以此延伸出富有中国特色的诗学体系,来达到中国传统文论的现代性转换。如王文生先生的情境学、王一川先生的中国形象诗学等。二是对曾经在中国文论中非常盛行的但现在已被消费文化所忽略甚至所抛弃的文学观念进行重新界定并赋予其新的时代内涵,如钱中文先生的新理性精神文学论、许明先生的新意识形态批评、陶东风先生的新文艺社会学构想等。这些理论实际上是原有文艺学的重建,所以前面都可以冠上"新"字。三是西方文论的中国化转换,即借鉴或者移植西方文化研究中的一些思路,来应对消费文化背景下中国文艺理论的困境。如金元浦先生的"文化研究"的文艺学构想、曹卫东先生的"跨文化维度"的文艺学重建构想等。四是希望能建立包容几方面甚至包容一切的文艺学,以此来解决当代文学艺术中出现的新变化、新动向和新现象等问题。如陈晓明先生的"历史化与批评化相结合"的文艺学构想、杜书瀛先生的"发展多形态的文艺学"构想等。

这样一梳理之后我产生了一种困惑。我一直在想,20世纪以来花样繁多的西方当代文艺理论,如精神分析学、原型批评、形式主义批评、英美新批评、存在主义诗学、艺术阐释学、接受美学、女权主义批评、叙事学、狂欢诗学、解构主义、拉康主义等等,每一个学派的产生都以其独特的逻辑起点、崭新的文学观念和别具匠心的体系建构超越了前人,尽管其中不乏片面和偏颇,但却大大开拓了我们的思路,可以说,几乎每一个学派都为我们的文学研究和文学批评带来一种全新的视角和独特的方法。因此,国门一打开它就深深地吸引了中国学者,并对中国文论界产生了重大影响。我们可以发现,西方当代文艺理论几乎不去转换传统的东西,不去借用别人的思路,甚至也不会为了拯救或者迎合现实去重建过去的理论,也不去构想那种无所不包的东西。实际上,因为缺少独特的逻辑起点和角度,无所不包也就成了无所有包,是不可能建构自己独特的理论体系的。当然不同流派之间可能有所借鉴,相互影响,如原

---

① 杜书瀛:《文艺学向何处去》,《文艺争鸣》2004年第4期。

型批评是在精神分析学的影响下产生的,艺术阐释学也为接受美学提供了理论线索,但它们的逻辑起点却是不一样的,因此也就具有自己独特的理论体系。

这样一对比的话,我就有了新的忧虑。中国文论界其实从20世纪80年代中期开始就一直在寻找中国文论的出路,也一直在努力进行新的文艺理论建设,1985年、1986年、1987年不是有观念年、方法年、体系年之说吗?但现在,数十年过去了,我们的文学理论建设怎么样了呢?这么多年过去,我们对中国文论的自信心似乎没有增长反而有所衰减。究其原因,我认为最重要的一点是,我们一直找不到一个独特的能够超越以往定式、开启未来视野的具有真正独创意义的逻辑起点。另一个原因是,我们召开了无数的学术会议进行讨论甚至争论,也产生了许多理论构想,却很少能真正建构起一个具有自己独特理论框架的文论体系。也就是说,我们的当代文论建设许多还停留在构想之上。而且,有些构想西方人早已有理论建树,如匈牙利学者阿诺德·豪泽尔的著作《艺术社会学》①。还有一个原因是,也许中国知识分子受到太多儒家学说"中庸之道"和"中和"的美学精神潜移默化的浸染使然,我们总是力图建构起一个能够说明所有问题的理论框架,生怕不全面、不周到、有缺漏、有些问题无法解释而让人非议。上述的"文化研究"文艺学构想和"多形态的文艺学"构想就有这种倾向,因为"文化"几乎可以包含一切意识形态,"多形态"就不用说了。当然,我不是说"文化研究"不可以作为一种思考角度,西方的女权主义批评也是一种文化研究,但其文化研究是从性别文化,更主要的是从女性文化入手进行的,这一独特的角度可以颠覆所有男性文化视野下的文学文本,对其重新进行女性主义的解读和阐释,结论自然是与众不同的。而我们的文化研究似乎是无所不包的。这样一种求全责备的文化心态导致我们总是无法出奇制胜,要想有所建树也就倍加困难。因为所有独创的充满个性的研究成果都不可能解决一切问题,总是具有这样那样的局限性和片面性,西方当代文艺理论中的每一个学派都是如此,但是这些学派毕竟都给我们打开了一个独特的视角。也就是说,我们更需要的是一

---

① [匈]阿诺德·豪泽尔:《艺术社会学》,居延安译,学林出版社1987年版,第45页。

种新鲜的独到的文论,尽管有偏颇、片面,但是它能开启我们的新思维,这就够了。

上述种种原因归结到一点上,那就是文论界的思想还不够解放。这一结论可能很多学者不同意:改革开放至今已有 40 余年,文论界一直在与时俱进,也做出了很多努力,甚至连流行娱乐界的一些"无厘头"现象我们也予以了独特关注并给予其合理性解释,如何还不够解放呢?但我们看到的仅仅是表面现象,真正的解放应该是对深入骨髓的传统思维观念的彻底更新,对求全责备的文化心态的彻底颠覆。我们之所以还无法真正做到这一点,是因为历史的因袭太沉重了,传统文化的浸染太深入了,还有一点是,东西方的思维方式也太不一样了。

那么怎么办呢?我想,如果没有彻底转换或更新固有的思维方法,努力去寻找一个真正具有独创意义的逻辑起点来建构独特的文论体系,实在也没有更好的办法。这样说似乎有点悲观,但其实如果我们不急于与西方人较劲,不急于与现代消费文化"妥协"(也许到了某一个社会层次上,消费文化还会反过来向精英文化妥协),不急于去构建这样那样的文艺学理论体系的话,我们仍然有很多事可以做,而且这恰恰是我们的特长和优势,因此我们可以做得更好。例如,大家都知道,我们的民族传统文学理论话语是相当丰富多彩的,虽然有一些观念和范畴还需要进一步梳理,体系也不完善,但那毕竟是我们自己的话语。因此我们可以充分利用古典文论资源,梳理出独具特色的中国文艺批评的话语模式,哪怕并不严密,甚至可能有些片面或偏颇,但毕竟是我们所独有的。其实有不少学者已经在兢兢业业地致力于这项工作,也取得了不俗的成果。还有一种是扬长避短,西方人擅长思辨性的理论建构,而我们东方人则擅长感悟性的文学批评,为什么我们要舍其长而求其短呢?文学理论其实只是一种武器、一种工具,因此我们自然可以把西方文论拿来为我们的文学批评所用,而我们的文学批评又可以为西方的文论提供思想资源。在全球一体化的大背景下,东西方人合理分工,各擅其长,未尝不是一种很好的选择。

第一章　形式主义批评的接受

20世纪初叶崛起于俄国的形式主义批评由于其独特的理论发现,即其对文学本体,特别是形式和语言的重视,对强调文学社会内容的传统文论产生了有力的反拨,引起了世界性的关注和接受,同样也引起了中国文论界的重视。20世纪80年代俄国形式主义理论被中国学者引进后,其批评方法很快被运用于中国当代文学批评之中,并在一定程度上转变了中国文学批评理论的视角,其"形式即内容""形式自身即目的"的形式本体论也成为当时中国文论界一种新的批评范式产生的逻辑前提。它的理论发现所引起的人们对文学作品的形式和语言的重视,丰富了中国文学批评话语,促进了批评方法的变革,对中国当代文学批评理论的建设和发展产生了重要的影响和推动作用。

第一节　形式主义批评的引进

俄国形式主义又称形式主义批评,简称形式主义,是20世纪初崛起于俄国的一种文学批评理论。创立该理论的文学批评流派由两个自发的文学研究团体组成,即1915年在莫斯科成立的以罗曼·雅各布森为首的"莫斯科语言学小组"和翌年在彼得堡成立的以维克多·什克洛夫斯基为代表的"诗歌语言研究会",其成员大多为莫斯科大学和彼得堡大学的学生。其理论的建立主要是反对当时文学批评流行的强调文学作品内容及社会意义的倾向。形式主义批评以彼得堡诗歌语言研究会创始人之一的什克洛夫斯基于 1914 年出版的《词的复合》一书时提出的形式派纲领为开端,以 1930 年《学术错误志》的发表为终结。由于该学派把研究的重点放在语言和形式上,故被后来的研究者称为"形式主义"。

一、对传统批评的反叛:中国文论关注的兴奋点

俄国形式主义是作为对传统文学批评的反叛而显露头角的,其针对当时文坛盛行的重内容轻形式的文学批评思潮,提出:文学科学的研究对象应是"文学性","就是那些使某一作品成其为文学作品的东西"①,也就是一切具有审美效果的文学作品所必然具有的一种性质,而不是文学存在和发展的外部规律。因此文学的本质就是"形式",因为"形式"就是作品的存在方式,是使文学具有"文学性"的关键所在。由于俄国形式主义十分强调形式本体论和文学的内部研究,与强调文学的社会意义及其思想内容研究的传统文论迥异,体现出了一种独特的反叛性,其中,文艺自主观、形式本质论和语言审美观可以说是其最鲜明而独特的理论特征。

文艺自主观是形式主义批评的本体观,其反对文学屈从于外部世界,强调文艺具有独立于生活的自主性,有其自身的内部规律,"艺术总是独立于生活,在它的颜色里永远不会反映出飘扬在城堡上那面旗帜的颜色"②,因此文学研究的任务就是通过对作品的构成要素与构成方式的分析来揭示文学的奥秘,其主要目标是把文学研究建成独立自主的文学科学。形式本质论是形式主义批评的本质论,其强调文学的本质就是"形式","形式"是作品的存在方式,是使文学具有"文学性"的关键所在。甚至认为内容也是形式,是形式的构成要素,不具有独立的地位,"艺术中任何一种新内容都不可避免地表现为形式。因为艺术中不存在没有得到形

---

① [英]安纳·杰弗森、戴维·罗比等:《西方现代文学理论概述与比较》,陈昭全、樊锦鑫、包华富译,湖南文艺出版社 1986 年版,第 86 页。
② [俄]什克洛夫斯基:《文艺散论·沉思和分析》,载什克洛夫斯基等:《俄国形式主义文论选》,方珊等译,生活·读书·新知三联书店 1989 年版,第 11 页。

式体现即没有给自己找到表达方式的内容"①,"形式为自己创造内容"②。因此文艺学只有从形式入手进行研究才能达到科学的"精致"。语言审美观是形式主义批评的着重点,其十分重视艺术语言形式的重要性,认为文学之所以为文学,在于它的文学性,而文学性主要存在于语言形式之中。形式主义批评对文学语言与日常语言进行区分,认为文学语言是一种自我表现的特殊语言,而不是用于交际的日常语言,"在日常生活中,词语通常是传递消息的手段,即具有交际功能。文学作品则不然,它们全然由固定的表达方式来构成。作品具有独特的表达艺术,特别注重词语的选择和配置。比起日常实用语言来,它更加重视表达本身"③,因此文学性即一种话语形式与另一种话语形式之间的差异关系所产生的表达的生动性。什克洛夫斯基还提出著名的"陌生化"④理论,认为文学的功能就是使对象陌生化,将人们已经习惯化、自动化了的感知力回复到新奇状态,让人们重新感知和审视。因此文学语言从根本上讲是一种扭曲的具有阻拒性的人为语言,目的是创造文本的新奇感,达到不断引起读者新奇感的陌生化效果,以此促使作家不断创新。由此可见,形式主义是真正将文学理解为语言的艺术的批评学派。

虽然俄国形式主义在相当长的时期内,不被苏联时代的文艺思想界和文学理论史所重视,并曾经于20世纪二三十年代受到苏联文艺界的批判和清算⑤,但其与传统文论迥异的理论视角以及其对文学内部规律研究的深入,似乎为一度以思想政治批评代替文学本体批评的中国文论界吹进了一股春风,由此开启了文学批评的新视野,引起了改革开放后中国文论界的兴奋,并予以热烈的关注和反应。

---

① [俄]日尔蒙斯基:《诗学的任务》,载什克洛夫斯基:《俄国形式主义文论选》,方珊等译,生活·读书·新知三联书店1989年版,第211～212页。
② [法]茨维坦·托多罗夫:《俄苏形式主义文论选》,蔡鸿滨译,中国社会科学出版社1989年版,第38页。
③ [俄]托马舍夫斯基:《艺术语与实用语》,载什克洛夫斯基:《俄国形式主义文论选》,方珊等译,生活·读书·新知三联书店1989年版,第83～84页。
④ [俄]什克洛夫斯基:《作为手法的艺术》,载什克洛夫斯基:《俄国形式主义文论选》,方珊等译,生活·读书·新知三联书店1989年版,第6页。
⑤ 汪介之:《俄国形式主义在中国的接受》,《中国比较文学》2005年第3期。

二、对思维定式的冲击:活跃的引进和接受

由于 20 世纪中叶特定的现实语境和文化传统的影响,俄国形式主义几乎被中国文论界排除在外。20 世纪 80 年代初,改革开放的中国文论界开始对文学与政治的关系进行反思,并对之前过多强调文学要为政治服务、将"内容决定形式,形式服从内容"推向极端的文学批评观进行了批判。"80 年代前后,理论界和批评界已对它进行了持续的批判和否定,无论从历史的角度还是理论的角度看,这种批判和否定都是必要的和有价值的。"① 正是在这样一种开放的理论接受语境下,注重文学形式和文学内部规律研究的形式主义批评理念很快就吸引了中国文论界的眼光,并被大量译介进来,出现了一种接受的亢奋状态。从 1979 年到整个 80 年代,袁可嘉、李幼蒸、李辉凡、张隆溪、陈圣生、林泰、伍祥贵等学者先后翻译了大量文章并撰文从各个角度对俄国形式主义的产生背景、理论观点、内部派别和作用意义等进行了介绍或评述。② 80 年代后期,伍蠡甫和胡经之的《西方文艺理论名著选编》、蔡鸿滨译的《俄苏形式主义文论选》和方珊等译的《俄国形式主义文论选》等几本文集出版,收录了俄国形式主义的代表人物什克洛夫斯基、埃亨鲍姆、日尔蒙斯基和雅各布森等人的论文,并对其理论进行了比较全面的评述,为我国文论界提供了了解和研究俄国形式主义的个人理论文本。另外,《读书》《外国文学评论》《当代外国文学》《文艺研究》《国外文学》等一些社会科学期刊和大学的社会科学学报,也陆续发表了大量论文,对俄国形式主义的文学史观、批评方法论、散文理论、诗歌语言理论和"陌生化"理论等,作了较为全面深入的阐述,有的论文还揭示了俄国形式主义在 20 世纪欧美文学理论批评史上的地位

---

① 张开炎:《召唤—应答:文学与政治关系的理论表述》,《文艺报》1999 年 12 月 9 日,第 2 版。

② 见袁可嘉:《结构主义文学理论》,《世界文学》1979 年第 2 期;[比]布洛克曼:《结构主义》,李幼蒸译,商务印书馆 1980 年版;李辉凡:《早期苏联文艺界的形式主义理论》,《苏联文学》1983 年第 3 期;张隆溪:《艺术旗帜上的颜色:俄国形式主义与捷克结构主义》,《读书》1983 年第 8 期;陈圣生、林泰:《俄国形式主义》,《作品与争鸣》1984 年第 3 期;伍祥贵:《俄国形式主义》,《当代文艺思潮》1986 年第 5 期;等等。

和意义。例如,钱佼汝的《"文学性"与"陌生化":俄国形式主义早期的两大理论支柱》、周启超的《在"结构—功能"探索的航道上》、谢天振的《什克洛夫斯基与俄国形式主义》、朱刚的《现代派文学思潮中传统维护者》、陶东风的《俄国形式主义的文学观》、陈思红的《谈谈俄苏形式主义流派》等论文,都本着对俄国形式主义的浓厚兴趣,进一步概括了其理论精髓,不仅指出形式主义关于历史和发展的文学观正是其试图摆脱理论的狭窄性和封闭性的原因所在,而且揭示了我国文学界迟迟未能接受俄国形式主义批评的症结所在,希望其独特的批评视角能够引起我国当代文学批评的重视。到了世纪之交,方珊、张冰、张杰、汪介之等学者专门研究俄国形式主义理论的专著纷纷出版①,他们的研究将西方20世纪形式主义和结构主义学派作为一个体系来考察,不仅全面系统地考察了其理论思想及其代表人物什克洛夫斯基、雅各布森、艾亨鲍姆等的理论观点,揭示了俄国形式主义形成的来龙去脉及对后继者的影响,而且就该学派与西方哲学、美学、文学批评的关系以及与该国其他文学批评流派的关系都进行了比较深入的阐发,这些成果也标志着我国对俄国形式主义的研究进入一个新的阶段。

  总的来说,我国对俄国形式主义的研究和接受最为活跃的时期是20世纪80年代初至21世纪初。时间虽然不长,但这一研究已经取得了一定的成绩,出现了比较丰富的研究成果。这些成果可以分为两类:一类是对俄国形式主义理论的介绍,以张隆溪、钱佼汝、方珊、陶东风等人的文章为代表;另一类是对俄国形式主义理论的评述,以陈圣生、林泰、伍祥贵、张冰、张杰、汪介之等人的研究为代表。但不管这些学者从哪个角度进行探讨和阐发,都不难看出形式主义理论对中国当代批评理论的影响是巨大的,可以说是有力地冲击了中国文学批评的思维定式,因此得到了中国文论界的热情接受。许多学者正是受到形式主义批评的启发,开始深入探讨形式主义批评的理论价值、美学意义和局限性,如赵宪章的《形式主

---

① 如方珊:《形式主义文论》,山东教育出版社1999年版;张冰:《陌生化诗学——俄国形式主义研究》,北京师范大学出版社2000年版;张杰、汪介之:《20世纪俄罗斯文学批评史》,译林出版社2000年版。

义的困境与形式美学的再生》《形式美学：中国与西方》《形式美学与文学形式研究》，张政文、杜桂萍的《形式主义的美学突破和人文困惑》，赵宪章、张辉、王雄的《西方形式美学：关于形式的美学研究》，等等，并且进一步结合中国古代形式美学思想考察，试图建立中国自己的形式美学，来唤起当代文论界对以研究文学形式构成规律为主的形式批评和文学内部规律研究的重视。

三、视角的转换：批评的实践与新的文本阐释

最早把形式主义理论方法运用于文学研究和文学批评的当属钱锺书先生。其于民国时期出版，后于20世纪80年代修订增补的《谈艺录》就运用了俄国形式主义、新批评、结构主义、解构主义等以研究文学形式构成规律为主的西方形式批评流派的理论方法来诠释品评中国古典诗学诗艺。从该书可以发现，俄国形式主义文论所强调的"文学性"，所倡导的文学"内部研究"，所关注的文学形式的演进问题，以及所揭示的文学发展的原因在于体裁嬗变而非朝政国事的文学史观等在该书中都得到了体现。他在《谈艺录》开篇写道："余窃谓就诗论诗，正当本体裁以划时期，不必尽与朝政国事之治乱盛衰吻合。"[1]对于什克洛夫斯基提出的"陌生化"理论，钱锺书先生认为不仅诗歌语言及修辞手法的运用应当追求"陌生化"，而且无论是文学作品选材，还是文体样式，都不能"袭故蹈常"，应进入"使熟者生"[2]的审美境界。

新时期以来，我国有不少试图突破社会学批评方法的批评学者受到俄国形式主义学派的影响和启迪，开始将其批评方法运用于文学批评实践。黄子平的《论中国当代短篇小说的艺术发展》，是新时期较早运用形式主义倡导的"结构—功能"分析方法论述当代短篇小说艺术的论文，在中国当代文学研究中富有新意，对注重考察思想内容意义的传统批评模式也有所改变。吴功正《论新时期小说形式美的演变》和南帆《小说技巧十年》等论文，对我国新时期文学形式演变的历史进程分别进行了比较深

---

[1] 钱锺书：《谈艺录》，中华书局1984年版，第320页。
[2] 钱锺书：《谈艺录》，中华书局1984年版，第36页。

入的审视,体现出一种新的批评视角,不再仅仅停留于对作品社会意义的把握和人物形象的分析上。季红真的《神话世界的人类学空间——释莫言小说的语义层次》,李洁非、张陵的《"再现真实":一个结构语言学的反诘》,陈晓明的《暴力与游戏:无主体的话语——孙甘露与后现代的话语特征》,胡彦的《所指·能指·元叙事——论现代小说的艺术嬗变》,郑敏的《语言观念必须革新——重新认识汉语的审美与诗意价值》,何雪的《对当代诗歌语言转型的思考》,于忠晓的《反讽、异化与话语嬗变——刘震云小说〈手机〉的后现代解读》,等等,都力图对文本做出新的阐释,显示出批评者关注文本本身、关注艺术形式和语言建构的崭新视角。特别是赵宪章在2000年后发表的一系列论文,如《〈灵山〉文体研究》《词典体小说形式分析》《再论词典体小说的形式》《形式美学之文本调查——以〈美食家〉为例》《超文性戏仿文体解读》《日记的私语言说与解构》等等,都尝试将形式主义批评的方法运用到具体文本,特别是当代文学文本的批评之中,给我们提供了形式美学研究的新鲜范本。

纵观这些文本批评,可以看出批评者主要着眼于以下几个方面:一是中俄形式文论的比较研究。比如张喜洋的《中西文学形式论比较研究》,以我国"文艺自觉时代"的魏晋南北朝时期的文论与俄国形式主义进行比较,论述中西形式理论的缘起、发展轨迹、优长差异及汇通的可能性,试图建立双方对话的场域。刘海波的《论闻一多诗学的现代性》则运用俄国形式主义理论来分析闻一多诗学的现代性所体现出来的语言观和形式观。这些研究显示了文论界试图沟通两种文论思想和方法论的努力。二是运用形式主义理论解读和批评中西文学文本,如前所述的赵宪章的当代文学文本批评。但更多的是古今中外的诗歌文本批评,如丁琪的《俄国形式主义与中国新诗潮》,以俄国形式主义提供的形式、语言视角来考察从朦胧诗到先锋诗的中国新诗的发展与流变;赵玉的《俄国形式主义文论对于坚诗学的影响》,阐述了俄国形式主义的方法论对于坚诗歌创作的影响;赵海菱的《杜诗语言的"陌生化"之妙》,用"陌生化"理论来解读杜甫诗歌的语言创构;李秋菊、唐林轩的《从"陌生化"看李清照词的语言创新》,也运用"陌生化"理论来探讨李清照诗歌语言的创新技巧;江玉娇的《狄金森诗歌中的抽象意义——从文学理论"陌生化"视角探讨抽象意象的美学意义》,则运用"陌生化"理论审视狄金森诗歌意象的修辞特征,把握其诗歌语言的美学意义;等等。三是把俄国形式主义作为一种思想资源,促进中国文学批评理论视角的转换和审美观念的更新。如向云驹的《陌生化:当代少数民族文学审美价值基础及价值定向》,从"陌生化"的视角把握当代少数民族文学的审美价值基础及其价值定向,移植转换了"陌生化"理论的思想方法,重新审视少数民族文学。葛兆光的《意脉与语序——中国古典诗歌语言的札记》则从反思中国古典诗歌传统研究的角度,运用形式主义批评方法,研究中国古典诗歌中意脉与语序的分离及诗歌语言的形成,揭示意脉与语序分离的意义所在。

这些重视文学形式与语言创构的批评和研究,一反之前注重揭示作品的思想内涵和社会意义的传统批评方法,深入探讨作品内在建构的美学规律,努力发掘其语言及形式自洽所呈现出来的美学价值,以全新的批评视角力图对文学文本进行新的阐释,给人带来耳目一新的启迪。

第二节 形式主义批评与中国当代批评理论视角的转换

俄国形式主义批评自20世纪80年代引进中国以来,对中国当代文学批评理论的建设产生了重要影响,不仅廓清了美学批评的真正内涵,也促进文学创作和文学批评理论视角的更新和转换。

一、廓清中国当代美学批评的真正内涵

俄国形式主义美学是20世纪最有影响、最富有活力的文艺美学流派之一。它不仅是结构主义美学的发源地,而且是接受美学的理论先驱。美学对文艺的研究一般是从哲学角度进行的,这也是传统美学所强调的,它要求把文学放在与美、丑等一些一般性概念的关系上进行研究,因而尽管过去文艺批评时常借助美学方法,但美学理论往往与具体的文学研究脱节,这就常常使文艺批评转变成社会批评、政治批评、哲学批评,从而导

致审美评价的失落。对这一问题,解放思想后的当代文论界开始进行反思,认识到要真正发现文艺作品的艺术个性和审美价值,必须摆脱社会学、政治学、哲学等的制约,注重文艺作品的特殊性质,这就要求美学批评必须紧密地与文艺作品的具体解读相结合,由此也促进了当代文艺理论的文本研究转移和语言论转向。我们可以看到,虽然一些当代文艺理论学派强调以文学科学的独立为其出发点,实际上却促使文学与美学真正结合,促进了文学研究对作品美学建构规律的重视。俄国形式主义美学就鲜明地体现出这种特点。初看起来,它强调文艺的独立自主性,关注文艺作品的内部规律研究,认为必须从语言学入手研究文艺作品的形式结构,以找到文艺作品的艺术性或文学性形成的奥秘,这似乎是一种纯粹的文本研究,然而它要求把文艺当作审美对象来看待,认为首先必须去研究文艺与其他东西相区别的审美性质,并把作品的审美性质视为审美形式与审美感受相互作用、相互影响的结果,这就无异于强调从美学角度去研究文艺,寻找文艺作品审美价值生成的原因。实际上这才是一种真正的美学研究。因此,从这一角度来看,俄国形式主义不仅顺应了当代文艺发展的要求,而且顺应了当代美学发展的要求,对中国当代文艺美学理论的廓清和建构都具有重要的作用。

二、促使中国文学创作形式的创新和变化

形式主义认为,文学的发展在于形式因素的不同组合与搭配,或形式上的创新,是形式内部因素决定了文学类型、文学体裁的发展变化,而社会生活、政治等外部因素对其影响微乎其微。如果文学语言的表达方式或材料的组合程序永不改变,成为一种僵化的模式,那么随着时间的推移,文学作品就会失去新奇感,其艺术魅力也会逐渐丧失。新的艺术作品之所以能不断地吸引读者与观众,正是因为其不因循守旧的新奇感所激发出的艺术魅力。按形式主义的说法,文学演变的历史过程,是不断将无意识化的形式进行陌生化处理,使之产生新奇感的过程,是新形式与旧形式不断更替的过程。可以说,俄国形式主义一针见血地指出了文学发展的生命力所在,那就是不断创新、求变,不断地超越和背叛既有的传统和规范。

从某种意义来说,中国的新诗发展走的也是这样一个过程。五四时期胡适等人主动放弃自己惯熟的文言写作,尝试创作中国第一批白话诗时,其因有别于古典诗歌的语言创构上的陌生感而打破了人们的"期待视野"并引起了强烈反响。到了 20 世纪 70 年代末,过于直白浅露的白话诗已经让读者感到了审美疲劳,于是让人耳目一新的"朦胧诗"应运而生。朦胧诗中大量的象征、隐喻、反讽、变形、通感、暗示等艺术手法和隐约朦胧、含混歧义的意绪传达引起读者兴趣和好奇心,从而把新诗推向了一个新的高潮。如顾城的《生命幻想曲》:"把我的幻影和梦/放在狭长的贝壳里/柳枝编成的船篷/还旋绕着夏蝉的长鸣/拉紧桅绳/风吹起晨雾的帆/我开航了//"[①]诗歌表达了诗人对纯净自然的亲密之感和神往,但诗的语言却带给人无限神奇的感觉而让人浮想联翩。到了 90 年代,"第三代诗歌"以其世俗化、平易化甚至口语化到极点的语言传达又一次以新奇感改变了读者欣赏的口味。其代表人物于坚 1994 年发表的长诗《0 档案》中有这样一段:"他的起源和书写无关他来自一位妇女在 28 岁的阵痛/老牌医院 三楼 炎症 药物 医生和停尸房的载体/每年都要略事粉刷 消耗很多纱布 棉球 玻璃和酒精/墙壁露出砖块 地板上木纹已消失 来自人体的东西/代替了油漆 不光滑 略有弹性 与人性无关/手术刀脱落了 医生 48 岁 护士们全是处女/"[②],看起来仿佛诗中都是一些断断续续的记事语,但这种传达在经典华丽的抒情世界里,却显示出与众不同的独特魅力,在表现社会的非人性和荒诞性的一面时取得了很好的反讽效果,于坚也因此成为中国现代诗歌十分重要的代表诗人。由此可见,艺术形式的创新和变化,对文学的发展和进步具有十分重要的推动作用。

三、推动中国批评理论视角的转换

我国传统的文学批评理论所关注的主要是作品的人物形象、主题思想和社会意义,因此我国一些作家在进行文学创作时本能地重视作品中人物形象的社会价值的思考、主题思想的阐发和社会意义的揭示,而往往

---

① 顾城:《生命幻想曲》,《名作欣赏》1989 年第 4 期。
② 于坚:《0 档案》,云南人民出版社 2004 年版,第 3 页。

忽略了文本本身,包括作品语言的处理和艺术形式的建构。形式主义批评理论确立了一种崭新的批评视角,开了作品中心研究的先河,建立了一种规范的批评操作模式,强调对文本、文体的关注,拓宽了人们认识文学作品的视野,弥补了传统文学研究的不足,丰富和发展了中国文学批评理论。特别是新时期以来,西方20世纪批评理论的翻译和引进,为中国当代文学批评理论的建设提供了支撑,有力地推动了批评方法的变革。我国文学批评家在西方新批评理论的启发下,形成了多种方法的、多种派别的批评格局。形式主义批评就是其中一种影响广泛的文学批评方法。在形式主义批评的影响下,我国的形式主义批评也十分重视对现代语言学的吸收,主张从现代语言学那里引进有效的分析方法和分析范畴,努力用语言结构的描述来代替印象经验的陈述,对具体的文学形式构成因素(包括文体、意象、象征、反讽、叙事方式等)也进行了深入研究,在此基础上初步形成了一套对文体或文本予以描述和分析的方法。并且,其力图立足于形式又超越形式,立足于语言又超越语言,从而克服俄国形式主义的片面性弊病。同时,我国批评家还展开了"文学本体论"的大讨论,兼收并蓄了西方当代各种不同的理论派别,把它们纳入形式主义的文学本体论之中,对当代文学批评理论的建构产生了独特的影响。形式本体论的核心是强调文学作品的形式结构对于文学所具有的本体论意味,其基本思路是通过把文学作品的内容作形式化的分解,或者把形式结构视为内容的构成,从而克服形式和内容两分的二元论或者内容决定形式的独断论的问题,并代之以形式的一元论或本体论。形式本体论从中国文学批评理论的发展来看,也许它只起到一种过渡作用,但是它引起的对文学形式本体重视的作用却是巨大的。形式本体论的"形式即内容""形式自身即目的"也因此成为中国20世纪80年代后期新的批评范式产生的逻辑前提。

第三节　反叛与发现：形式主义批评对中国当代批评理论建设的启发

20世纪80年代以来，随着经济改革的不断深入，中国文论界同样面临着变革和突破。这时，大量涌入的西方当代文艺批评理论以其充满反叛性的文学理念和独异的批评视角瞬间便强劲地吸引了中国文论界的眼光，适时地为因反思而出现空隙，急需建构和填补的新时期中国文学批评理论提供了丰富的理论资源，从而有力地推动了批评方法的变革。也正是在西方当代新的批评理论的启发下，新时期的中国文学批评开始形成了多种方法、多种派别的批评格局，并由此走向了发展和繁荣，形式主义批评正是在这时走进了中国文论界的视野并有力地改变了中国文学的批评视角。

如前所说，对形式主义批评的接受和运用体现出中国当代文艺批评试图摆脱社会批评、政治批评、哲学批评等的制约，重新唤起曾经一度失落的文学的审美评价和审美规律的研究，从而促使文学批评视角转换的努力。然而，俄国形式主义因矫枉过正也难以避免地存在一些历史局限性。例如，它把文学从社会现实和人类精神这一结合物中抽离出来进行真空实验，不能从更加广泛的社会背景上来探讨更深广的历史和现实动因。特别是当它强调把文艺作品当作审美对象来看待时，往往是孤立地对其进行分析研究，尽管考虑了读者的接受状态，却不考虑文艺作品与社会、与作者的关系。当它要求对文艺作品本身的内部规律和形式结构进行研究时，却忽视了文艺的外部因素，忽视了社会意义，其结果只会导致片面的形式主义。而其将文学的本质规定于形式，而形式的关键又在于语言的本质论，也显示其理论的狭隘性一面。

而且，只要冷静地回顾一下，我们就可以发现，形式主义批评对文学语言、对形式建构的美学规律、对表达（包括音响、节奏、韵律等）和艺术创新的重视和强调，其实在中国的古典文论中已经以不同的审美表述得到了揭示，中国学者耳熟能详的一些审美范畴，如比兴、气势、滋味、神韵、意境、意象、气韵、虚实、妙悟、刚柔、兴象、虚静、境界、体性、神游、骨法、用笔、风骨、性灵等等，也都非常重视艺术传达的美学规律，非常重视语言表达的新奇，非常重视艺术画面的营构以及读者的接受和共鸣，而且因为中国古典形式美学并不完全摒弃文艺作品与社会、与作者关系的思考，所以在强调形式的作用和形式的本体意义方面不像俄国形式主义走得那么远。

那么，俄国形式主义的引进为什么一度激起中国文论界的亢奋？除了上述改革开放后中国文论拨乱反正的需求外，还有一个重要原因是，形式主义批评以形式本质论为逻辑起点，演绎出了一个丰富的多层次的具有理论自洽性的独特理论体系，这对缺少具有独创意义的逻辑起点又不擅长体系建构的中国文论来说无疑是一剂"兴奋剂"。其实，不仅仅形式主义批评，当时的中国文论界以同样的兴奋接受了20世纪以来花样繁多的其他西方当代文艺理论，如精神分析学、原型批评、英美新批评、存在主义诗学、艺术阐释学、接受美学、女权主义批评、叙事学、狂欢诗学、解构主义、拉康主义等等，因为每一个学派的产生都以其独特的逻辑起点、崭新的文学观念和别具匠心的体系建构超越了前人，尽管其中不乏片面和偏颇，但却大大开拓了我们的思路，可以说，几乎每一个学派都为我们的文学研究和文学批评带来一种全新的视角和独特的方法。因此，国门一打开它就迅速强烈地吸引了我国学者，并对我国文论界产生了重大影响。

而中国古典美学范畴大多散见于善于妙悟而灵光一闪的中国古代诗话词话之中，不多的一些文艺理论专著如《典论·论文》《文心雕龙》《闲情偶寄》等，虽然其中所蕴含的许多真知灼见和独特的美学思想对文学创作的指导产生了不可磨灭的作用，也给今天富有特色的中国文论的建构提供了丰富的重要的理论资源。但因为其缺少从一个与众不同的逻辑起点出发的体系建构，并未能有效地转变批评家审视文本的眼光而产生世界性的影响，而且中国古代文论更主要的还是为了解决中国古代文学的问题，面对新世纪中国文学不断涌现的新作品、新手法、新形态，则显得有些力不从心。特别是面对当今在世界文坛产生重要影响的文学现象，如莫言获得诺贝尔文学奖的理论价值和美学意义，我们的批评跟进和理论创构似乎还有些滞后和无力。虽然把西方当代文艺理论的批评方法借鉴过来为我所用确实能解决一些中国文学创作中的新问题,如形式主义批评在某种程度上回答了文学之所以具有"文学性"的关键性问题,但也难免暴露出中国当代文论在理论发现和理论创新上的软肋。因此,一方面应整合我国的古代文论资源,促使中国古代文论实现现代性转换;另一方面,或者说是更主要的方面,那就是强化再强化我们的理论发现,建构富有独创意义的能解决后现代语境中文学新问题的中国当代文学批评理论,直到今天,这仍然是中国文论界迫切需要考虑的重要问题。

其实,新时期以来,中国文论界在引进西方当代文艺理论的同时,也一直在思考如何建构具有现代意义的中国文学批评理论,而且已经有很多学者在非常努力地做这艰难的建设工作。一些学者试图整合中国古典美学资源,使中国古代文论具有现代意义,如情境学、中国形象诗学、道的美学等等。例如赵宪章就试图在中国古典形式美学论述的基础上,建构具有中国特色的形式美学。他在《形式与道:中西美学的元概念》一文中运用"道"的概念,统摄中国古典形式美学范畴,认为中国美学存在与西方美学中的"形式"处于同一理论层面的概念,这个概念不是"形",也不是"神",而是"道","道"是同西方美学中的"形式"概念具有某种重要的相似性,是中国美学的"元概念";"西方美学多从'形式'出发论美,中国美学多从'道'出发论美;'形式'是西方美学的核心,'道'是中国美学的核心。无论是'形式'还是'道',由于它们都被提升到了宇宙本质论或本体论的层面,从而充分地表征着西方美学和中国美学的不同特点:前者是'形式的美学',后者是'道的美学'"。[①] 一些学者则试图把西方当代文论理念融入中国当代文论构想和诗学建构之中,如新理性精神诗学、新意识形态批评、新文艺社会学、跨文化维度文艺学、多形态文艺学、形式美学、文本诗学等等。不管这些构想和演绎的实践价值和美学意义如何,但无疑都体现出中国文论面对当代文学发展的新趋势,希望建构能与西方文艺理论平等对话的富有中国特色的新文论话语的迫切要求,特别是当前消费文

[①] 赵宪章:《形式与道:中西美学的元概念》,载钱中文、李衍柱《文学理论:面向新世纪》,山东人民出版社 1997 年版。

化对文学发展的冲击、西方文论话语的殖民化倾向、民族化与全球性的冲突、文学受众的式微、文学的边缘化趋向等问题,都使文论界倍感原有的文论话语已经不能适应当代社会文学艺术的转型和发展,并试图对文论批评话语的突围和出路做出新的思考和选择。

但我们也忧虑地看到,有的文论构想尚缺乏一个能够超越以往思维定式的、开启未来视野的具有独创意义的逻辑起点;有的文论建设还停留在构想之上,未能真正建构起一个具有独特理论框架的文论体系;有的文论构想则贪多求全,力图把中西方的不同理论观点都糅入其中,建构起一个能够说明所有问题的无所不包的理论框架,如文化研究文艺学、多形态文艺学等,其理论独创意义难免要打折扣。对比形式主义批评等20世纪以来的西方当代文艺理论,我们可以看到,每一个学派的产生几乎都以其别具匠心的理论发现和独创的逻辑起点超越了前人,许多观念充满了反叛精神,尽管其中不乏片面和偏颇,却为当代文学研究和文学批评带来一种全新的视角和独特的方法。而且,其几乎不去转换传统的东西,不去借用别人的思路,不去重建过去的理论,也不去构想那种无所不包的东西。实际上,因为缺少独特的逻辑起点和理论发现,无所不包也就成了无所包,当然也不可能有独特的理论建构,因为所有独创的充满个性的研究成果都不可能解决一切问题。因此,中国当代文学批评所需要的是能不断开启和更新思维的新鲜而独到的文论,所缺乏的也恰恰是能有针对性地解决文学本身具体问题的理论发现,只要它是独创的有用的,不管是否偏颇或片面,都是有价值有意义的。

总之,俄国形式主义引进中国已经有40多年,它的理论观点和方法论开启了当代文学批评的新视野,转变了中国文学批评理论的视角,促进了批评方法的变革,已经成为中国文学批评理论建设的独特资源。虽然它在重视文学作品的形式和语言研究的同时,也不可避免地忽视了文艺的外部因素和社会意义研究,导致了理论的片面和极端,但是那种充满反叛精神的富有独创意义的理论发现已经有力地提示了中国当代批评理论建设最关键也是最重要的努力方向。从这一点来说,形式主义批评对中国当代文学批评理论建设的启发是发人深省的。

第二章　西方叙事学理论的接受

西方叙事学理论产生于 20 世纪 60 年代的法国,发展到今天已取得了重大发展。从研究作品的内容到研究形式,再到功能和读者地位,它不是只关注故事或话语的单层叙事,而且深入文本去探索多元叙事的独特魅力。作为一门新兴的学科,西方叙事学自 20 世纪 80 年代引入中国就吸引了各界学者的研究与运用,在国内得到了很好的发展,并给中国文学批评带来深远的影响。特别是在对复调现象的把握上、对叙事时间的考察上、对叙事策略的关注上极大地引起了中国学者对文本艺术建构的重视,同时也拓展了中国文学批评家的视野,改变了他们考察作品的传统视角,扩大了文学批评的关注对象,并促使中国文艺理论家们注重文学叙事的跨学科研究、深化文学的人本研究,由此形成了具有中国特色的叙事学理论,为中国文艺理论注入了新的活力,对中国当代文论的建设和发展具有重要的价值和意义。

第一节　西方叙事学的理论特征

叙事学是受西方结构主义影响而产生的研究叙事的理论,它是一种研究叙事的本质、形式和功能的学科,其研究的对象包括故事、叙事话语、叙述行为等,其研究的基本范围是叙事文学作品。西方对文本的叙事结构和技巧的研究有着悠久的历史,亚里士多德的《诗学》堪称叙事学的鼻祖。但与传统文体研究相类似,在采用结构主义方法的叙事学诞生之前,对叙事结构的研究一直从属于文学批评或文学修辞学,没有自己独立的地位。作为一个独立的学科,叙事学首先产生于结构主义发展势头强劲的法国,其诞生的标志为1966年在巴黎出版的第8期《交际》杂志上刊载的以《符号学研究——叙事作品结构分析》为题的一系列专刊文章①,叙事学的基本理论和方法由此被公之于众。其代表人物法国结构主义作家托多洛夫(又译作托多罗夫)于1966年提出"故事"与"话语"这两个概念来区分叙事作品的素材与表达形式,其研究主要围绕叙事作品展开,从结构主义"科学"的角度对文学加以分析。他在1969年提出的"叙事学"术语,使早已有之的叙事作品研究从此有了一个学科名称。叙事学研究一提出很快就从法国蔓延到其他国家,并且受到很多关注,其叙事理论也得到不断发展与完善,由此涌现了一大批有创新有建树的代表理论家。其中,托多洛夫对叙事学的关注集中在叙事时间、叙事体态和叙事语式等几个主要方面,他对文学叙事行为的研究体现出一种以"法语研究"来探究文学思路的方式,从某些角度揭示了叙事文学的客观规律。以普洛普为先驱的功能叙事学,主要对"故事"的表层或深层结构进行深入剖析。以热奈特为代表的话语叙事学,则集中对"话语"层次进行了分析。而查特曼的叙事交流理论,认为现实中的作者并非文本中的作者,叙事文本是由隐含作者、叙述者、受述者和隐含读者构成的。罗兰·巴尔特(又译作罗兰·巴特)则区分了"核心"和"催化"两种叙事功能,认为核心功能以其依据的行为为故事"打开或结束一个未定局面"②,而催化功能表示的行为则只起连接作用。还有巴尔特的叙事结构分析理论、列维-斯特劳斯的结构主义神话分析、巴赫金的复调小说理论等等。这些代表理论家的研究和创见都为叙事理论,尤其是小说理论观念的更新和发展做出了贡献。

西方叙事学对中国文论的吸引力主要表现为以下方面:

一是寻求批评的恒定模式。西方叙事学的倡导者和理论家运用瑞士现代语言学家索绪尔的语言学模式创造了叙述模式,并力图从语言研究

---

① 申丹:《叙述学与小说文体学研究》,北京大学出版社2004年版,第4页。
② [法]罗兰·巴特:《叙事作品结构分析导论》,载张寅德:《叙事学研究》,中国社会科学出版社1989年版,第153~176页。

过渡到文学研究,找出那些不仅在单部作品中而且在作品与作品之间的关系中发挥作用的结构原则,由此建立一些相对稳定的叙事模式来把握文学,以达到对文学作品有理性、有深度的认识。结构主义叙事学学者坚信叙事文学中存在某种可以超越时代、超越地域、超越各种虚实媒介的独立故事,他们的理想是,通过一个基本的叙事结构来观察世界上所有的故事,设想可以从每一个故事中提出它的虚实模式,然后在此基础上建立一个无所不包的叙事结构,这就是隐藏在一切故事下面的那个最基本的故事模式。如苏联学者普洛普在《故事形态学》中,归纳出了民间故事中人物行动的 31 种功能,虽然故事中的人物不同,具体行动也不一样,但是它们却由这 31 种功能组合而成,故事的结构是固定不变的。因此,我们可以从这种不变的结构中来分析故事。这些研究为结构主义叙事学在理论和方法上奠定了基础。

二是强调整体观,重视部分之间的关系。西方叙事学把文学作品视为一个由各种因素相互联系而形成的封闭的结构整体,不仅强调文学系统内部部分与部分、部分与整体之间联系的重要性,而且强调文学系统与外在于文学的文化系统对具体作品解读的重要性。如列维-斯特劳斯在具体的神话模式分析中,注重寻找不同神话或同一神话的不同变体在功能上类似的关系。他把神话分割为一个个小单位,即"神话素"。"神话素"被运用到任何一个具体的神话叙述之中,在神话叙述中发挥着各自功能并组合起来产生意义,从而被人们明显感知。这一理论不仅考虑到同一神话的历史性叙述,而且考察其共时存在的各种变体以及与其他神话的关系。

三是强调对作品深层结构的研究。西方叙事学强调对文学文本进行表层结构与深层结构的剖析。表层结构,指的是事件与事件的先后结构关系;深层结构,则指叙事内容与故事之外的文化背景之间的关联性。情感的深层结构是由人的心理素质与长期的生活经历构成的,它具有相对的稳定性,而且很隐秘,制约着情感的表层结构。对表层与深层两条线的分析,使作品的结构脉络和主题思想更加清晰地呈现在读者眼前,由此发现隐藏在文本背后的某些事实与观点。例如高晓声的《陈奂生上城》这部作品的表层结构可以分析为:陈奂生天天上城卖油绳(初始的平衡状态)—陈奂生因舍不得买帽子而受凉生病(平衡状态被破坏)—陈奂生住招待所(进入新的环境——不平衡环境)—陈奂生回家(获得新的积极的平衡)。由此可见,作品的情节是围绕着从初始的平衡状态到平衡状态被破坏,到进入新的不平衡环境,再到试图恢复平衡,最后取得新的积极的平衡而展开的。表层线索诱导读者跟着情节发展进行阅读,但深层结构的分析则是对文本内部所进行的深层次剖析,揭示叙述内容在叙述背后的各种内在关系。以此分析《陈奂生上城》的深层结构,即:陈奂生生活在一种常规状态(初始的平衡状态)中,性格弱点被遮蔽了,虽自得其乐,但这是一种封闭的落后的生活状态。一旦进入一种非常规的生活状态(新的不平衡环境),他的性格弱点就突现出来,从而使我们认识到了改造国民性的必要性和严峻性。

从这些叙事理论特征中可以看出叙事学对叙事结构技巧的分析趋于科学化和系统化,因为经典叙事学从结构主义发展而来,宗旨就是将叙事研究系统化和科学化,客观上使其难以与语用、语境融合。但近年来由于社会语言学不断强调语境的重要性,叙事学界也越来越倾向于将叙事看成一个过程,而不是一个产品。也就是说,叙事研究不应只注重形式,还应该注重叙事形式与叙事阐释语境之间的相互作用,不能依靠规则的描述,而应当依靠对作者、叙述者、文本、读者之间的语境关系的分析和判断,从"规则"走向"语境"。同时,叙事学在各国蓬勃发展,得到一大批学者的重视与研究,并与其他学科如心理学、逻辑学、符号学、修辞学、社会学等建立联系,形成一个比较完整的体系,这使得叙事学理论得以延伸,拓展了它的广度与深度,从而更好地为其他学科服务。叙事学理论的研究深化了对叙事作品的结构形态、运作规律、表达方式及其审美特征的认识,提高了读者欣赏和评论叙事艺术的水平,也更好地发展了叙事学理论,使其不断地趋于完善。

第二节　西方叙事学的引进和接受

结构主义叙事学的发展势头很猛,它反映了历史的趋势,中国文论界对叙事学的接受和传播便迎合了这种趋势。中国学术界在20世纪80年代就将新奇的目光投向叙事学,90年代更兴起了叙事学热。1979年,袁可嘉在《世界文学》第2期上发表《结构主义文学理论述评》,为结构主义在中国的传播开了先河。此后,结构主义便以其不可阻挡之势,在中国蔓延、深入,叙事学便是结构主义的主要分支,对中国文学批评产生了重要影响。中国文论界对叙事学的研究大致可以分为以下四个阶段:

一、对国外叙事理论的译介阶段

叙事学刚传到中国时就引起极大反响,国内学者纷纷介绍国外的叙事学理论,特别是对国外叙事学理论图书的翻译,数量很多,如《陀思妥耶夫斯基诗学问题》《诗学与访谈》《叙事虚构作品》《当代叙事学》《叙事话语 新叙事话语》《结构主义诗学》《叙述学:叙事理论导论》等,这些都为中国叙事学的研究提供了第一手资料,也激发了学界对叙事学研究的兴趣和热情。在这一时期,国内学者对叙事学的研究主要处在诠释的阶段,即以西方叙事学理论来解读中国文学作品,这是初期叙事学批评的主要模式。这种研究方式关注的焦点是中国作品,而西方理论是在方法论的意义上存在并被使用的。在国内叙事学研究的探索阶段,这种研究方式拓宽了人们的视野,丰富了研究的路径,但有些研究却出现了生搬硬套、削足适履的倾向。到了20世纪90年代,运用西方叙事学理论来研究中国文学文本的叙事学批评得到了更加深入的发展,如谭君强的《叙事的力量:鲁迅小说叙事研究》、郑铁生的《三国演义叙事艺术》等论著都是当时颇有影响的叙事学批评的成果。

二、叙事学在中国的发展阶段

这一时期对叙事学的研究特征主要体现为作品与理论的互动,许多研究者不仅对叙事学理论进行更加深入的阐发,而且做到了作品与理论互相印证、互相生发,以取得相得益彰的动态效果。20世纪90年代之后的批评论著大多体现了这种追求,如杨义的《中国古典小说史论》通过对历代经典作品的解读,来探求中国叙事学的独特体系;张世君的《〈红楼梦〉的空间叙事》则试图对叙事理论中"空间叙事"这一薄弱环节有所补益;龙迪勇在其多篇论文中力图构建"空间叙事学"的理论体系;傅修延的《先秦叙事研究》《试论青铜器上的"前叙事"》力图发掘的是中国独特的叙事传统;等等。叙事学批评中作品与理论的互动,赋予了一些批评论著相当浓厚的理论色彩,这标志着中国叙事学的文论建设已经得到很大发展,并正在逐步走向成熟。

三、叙事学的移植和创化阶段

对西方叙事学理论的移植和创化,是当代中国叙事学研究的重要策略。因西方文化的异质性而产生的相互之间的交流和碰撞,是双方激活思维、打开新路的重要途径。因此,只要西方叙事学始终是我们重要的理论资源和参照体系,中国叙事学的理论建设就必然还要进行巧妙的移植。但移植并非我们的目的,要建构具有中国特色的现代叙事学体系,中国文论界还应注重对西方叙事学理论进行创造性的转化。当然,这种创化对象并不局限于西方叙事理论,更重要的是,还要吸取中国古代和现代叙述理论话语的既有成果,做到站稳本土立场,立足当下中国文学实践,背靠几千年中国叙事传统,放眼国外的先进成果,使本土立场与世界视野相结合,当下实践与历史遗产相结合,这样才能真正建设起符合中国文学创作实际的中国叙事学的理论大厦。可以说,这种创化思维已经逐渐成为中国叙事学研究者的共识,并被其研究实践所证明。例如,陈平原的《中国小说叙事模式的转变》、赵毅衡的《苦恼的叙述者》等著作,都抛开了西方叙事学的语言学模式,在其理论建构中贯穿了文化学的深层思考。傅修延的《先秦叙事研究》更是直接以先秦时代的叙事工具、叙事载体、叙事形态为研究对象,直指中国叙事学之源。杨义的《中国叙事学》赋予中国叙事学以本体论的地位,并体现出"还原、参照、贯通、融合"的自觉的方法论追求。祖国颂的《叙事的诗学》则力图建构本土性的叙事诗学话语。这些著作都在不同程度上消除了形式与内容的对立,拆除了内部研究与外部研究的樊篱;特别是与中国叙事传统的血脉联系,不但使其理论有了坚实的基础,而且赋予这些论著以理论话语和批评话语的双重品格。而主体精神的注入又体现了研究者对西方理论话语中价值判断缺失之弊所保持的警惕。这一切,都体现出了中国叙事学研究对西方叙事学,尤其是结构主义叙事学的某种超越。

四、中国学者对叙事学理论的补充和突破阶段

中国叙事学研究从整体上看,历史、文化意识相当强烈,研究者的文化思路尤为突出,同时也更强调科学性和学理的建构。罗钢的《叙事学导论》以对西方叙事学平实、系统的介绍而广受入门者喜爱。赵毅衡的《比较叙述学导论》以作者对大量中外作品的阅读经验为基础,以中西方叙事传统的比较为特色,并对布斯、巴尔特等西方经典作家的论述不时加以质疑。申丹的《叙述学与小说文体学研究》将小说形式美学研究的两种主要理论——叙事学和小说文体学结合起来研究,尤其是她对两者重合面的研究,在叙事学研究上具有填补空白的意义。张开焱的《叙事中的政治:当代叙事学论著研究》则是一本具有反思性和对话性的研究著作,该书主要从叙事政治学角度对20世纪以来的叙事学重要成果进行梳理,其中涉及普洛普、格雷马斯、托多洛夫、卢卡奇、詹姆逊、巴赫金等重要的叙事理论家的代表性著作,并且重点分析了詹姆逊和巴赫金的叙事政治学和小说政治学的构成,具有独特的启示意义。

从叙事学在中国走过的40多年的发展历程来看,人们已经从经典叙事学走向后经典叙事学,对小说的批评也开始走出长期的"反映论"的阐释模式,重视对文本的解读。叙事学研究不再仅仅是对叙事语法或诗学建构,对叙事作品之构成成分、结构关系和运作规律等展开科学研究,也不再仅仅是探讨在同一结构框架内作品之间结构上的不同,而是将注意

力转向了结构特征与读者阐释相互作用的规律探寻,转向了对具体叙事作品之意义的探讨。而且注重跨学科研究,关注作者、文本、读者与社会历史语境的交互作用等。如龙迪勇的《空间叙事研究》对空间叙事问题进行了深入的跨媒介、跨学科的研究,其研究不仅涉及文学文本的空间叙事,而且触及了图像的空间叙事和历史的空间叙事问题,视野十分开阔。

　　中国叙事学的研究领域,就其大者而言,至少有文学叙事与历史叙事之分。就文学而言,则主要有中国古典叙事学、中国现当代叙事学和外国叙事学。相关的研究成果可以概括为三个方面:西方叙事理论的译介、叙事学的文学批评和中国叙事理论建设。而叙事学文学批评又大致可以分为两个阶段。20世纪90年代前,或许由于研究主体的叙事学理论储备不足,以及"方法论"背景下的某种浮躁心态,一些批评文章理论深度不足,暴露出生搬硬套、削足适履的痕迹,有分量的文章不多;进入20世纪90年代,叙事学批评在质和量上都大为改观,叙事学批评专著也都问世于这一阶段,如杨义的《中国古典小说史论》、李庆信的《跨时代的超越——〈红楼梦〉叙事艺术新论》等,胡日佳的《俄国文学与西方——审美叙事模式比较研究》更是将叙事批评的对象扩展到了外国文学领域。在后一阶段,不少研究者都在其批评实践中融入了对中国叙事传统的思考和建构中国叙事理论的探索,其中杨义的《中国古典小说史论》尤为典型。这类成果,实际已是对运用理论批评作品这一模式的某种超越,表现出批评实践与理论建设的互动。

　　叙事学批评实践的发展,呼唤着中国叙事学理论的建设。事实上,在叙事学文学批评尚未繁荣的80年代末,国内学者已迈开了建设中国叙事学的步伐,1988年出版的陈平原《中国小说叙事模式的转变》可视为中国叙事学建设的发轫之作。2008年出版的董小英的《超语言学——叙事学的学理及理解的原理》则从艺术逻辑的角度来研究叙事学,力图揭示文学文本的文学性的生成过程及其规律,由此建立起她独有的颇为博大的科学理论体系。而2017年出版的乔国强的《叙说的文学史》运用叙述学的理念和方法,深入讨论了文学史的性质、结构和叙事特点,诸如文学史叙事的述体、时空、秩序、伦理关系以及文学史的三重世界及其叙事模式等问题,其考察的层面既宏观又具体。目前国内已出版的这方面专著已有

20多部。根据研究目的之不同,大致可以划分为两类:一类是以建设文艺学意义上的叙事学理论为目的,另一类是以建设中国特色的叙事学理论为旨归。前者一般以对西方叙事学的审视为前提,在理论的横截面上对叙事学的范畴、术语、概念、命题、原理乃至叙事学的学科本质、研究对象等展开探讨;后者大都贯穿着更为强烈的本土意识和历史意识,力图以对中国叙事文学史乃至文化史的缜密考察为基础,探索中国叙事学的独特规律。两类成果相汇,可以看出中国叙事理论的研究已初步建立了一个较为合理的框架和方向。

第三节 西方叙事学理论对中国文学批评的影响

叙事学在中国发展的几十年时间里,不管是在理论的梳理与阐释方面,还是在文学批评、文学创作和作品鉴赏方面,都产生了重要的影响与作用。改革开放以前,我国文学界曾经长期被政治批评所束缚。改革开放以后,文学批评界解放了思想,开始认识到艺术规律的重要意义,作品的形式审美由此格外受到重视,文学批评从对作者、文本、叙事技巧的研究转向对读者接受心理的关注,这一视角的转移和发展促进了叙事学研究的发展,使之踏上一个新的台阶。概括起来,西方叙事学理论对中国文学批评的影响主要表现在以下几个方面:

一、对复调现象的把握深化了文本的情感内涵

复调小说理论是苏联著名文艺理论家巴赫金在研究俄国作家陀思妥耶夫斯基小说的基础上提出的。他指出了主人公意识的独立性,主人公之间、主人公与作者之间平等的对话关系。他借用了音乐学中的术语"复调"来说明这种小说创作中的"多声部"现象。而对话体小说,其内部和外部的各部分、各成分之间的一切关系都具有对话性质,大型对话与微型对话是复调小说的两种对话模式。叙述者与现实生活中真实的作者并不是同一个人,有时,在一个叙事文本中,我们可以同时发现几个叙述者,这几

个叙述者的面貌各不相同,但绝不是我们所说的隐含作者,其通过自己的语言构成文本,作为一种语言学意义上的主体,叙述者显示自己存在的方式就是叙述声音。在文本中,任何叙述都离不开叙述者,只要有语言,就有发出语言的人,只要这些语言构成一个叙述文本,那就意味着必然存在着一个叙述主体,有一个叙述者"我"的存在。叙述声音的强弱与叙述者介入的程度恰好成正比,叙述者介入的程度越深,叙述声音也就越强,反之则相反。例如,北村的《玛卓的爱情》是一部叙述声音很强,很典型的复调小说。作品由于叙述者,即刘仁、玛卓和"我"——刘仁、玛卓的同学兼好友的变化而形成"多声部"叙事模式。"我"是小说的主要叙述者,向一个"伙计"讲述悲剧发生的全过程,在讲述过程中,插入了刘仁的叙述,刘仁出国后,"我"几次去看玛卓,又插入了玛卓的叙述,最后又回到"我"的叙述。每个叙述者都以第一人称"我"来讲故事,从而具有三种不同叙述声音,而叙述声音的不同所表现出来的人物性格也不尽相同,它代表着不同人物的思想及其内心世界。另外,叙事角度的转换也带来结构的变化,北村的这种"多声部"叙事特点使《玛卓的爱情》作为一部小说,更具有故事阅读以外的艺术魅力,它增大了叙述内容的容量,吁请读者参与,使读者在听到不同声音的同时思考每个声音的合理性。第一人称的叙事方式使事件更可信、更真实,让读者在阅读与接受的过程中更加倾向于叙述者的诉求,更加同情玛卓、刘仁、"我"的困境,从而体会到现代人的精神现状及其生命追求。

二、对叙事时间的考察扩展了文本的意蕴层次

叙事时间指文本上所指的时间,叙述者想办法从一个意识流进入另一个意识流,让他的人物在同一个地点会面,让他们听见同样的声响且目睹同样的事件。鲁迅的《祝福》是作者在见过了祥林嫂,后得知她死了才回忆她在四叔家做女佣人的一系列事件的。这样处理的好处在于让读者有一种欲望,迫切地想得知祥林嫂为何会在沦为乞丐的情况下问"我"世上是否有灵魂的存在,从而也填补了故事中的空白。这是一种预叙,在作品中比较少出现,但在中国古代小说中却常被采用,比如话本小说的作者常常在故事开头三言两语地将故事的大致经过,包括结果,预先告诉听

众,先引起他们的兴趣,然后从容详尽地展开故事。

在叙事时间上,被誉为"叙事学"之神的法国文学理论家热拉尔·热奈特首先提出了频率这个范畴,它指的是一个事件在故事中发生的次数与该事件在故事中被叙述的次数之间的关系。这一点也在鲁迅的《祝福》里得到了很好的体现,如作品中的一段描述:

"我真傻,真的,"祥林嫂抬起她没有神采的眼睛来,接着说。"我单知道下雪的时候野兽在深山墺里没有食吃,会到村里来;我不知道春天也会有。我一清早起来就开了门,拿小篮盛了一篮豆,叫我们的阿毛坐在门槛剥豆去。他是很听话的,我的话句句听;他出去了。我就在屋后劈柴,淘米,米下了锅,要蒸豆。我叫阿毛,没有应,出去一看……"①

祥林嫂反复地说这话,见了人就说,而且一次又一次毫无变化地重复着她的故事,然而周围人们的态度却在发生变化,由刚开始的"四婶有些踌躇,但听完她的话,眼圈就有些红了","周围的人一齐流下那停在眼角上的眼泪",到后来的冷漠、厌烦,直至最后冷酷地把祥林嫂推开。祥林嫂根本就无法从儿子阿毛之死中得到释放,周围的人又认为她是个不干净的人,她的精神又处在边缘地带,那么她的重复就不足为怪,这种叙述也就取得了让人思考和反省的很好的艺术效果。在现代小说中,重复叙事常被用来表现人物精神上的某种困扰,如心理上始终被一件事所纠缠,不能解脱,致使它在人物对话、思想乃至潜意识中重复出现。作品中祥林嫂有关阿毛之死的话语重复和祝福时祥林嫂反复被拒绝的情节的交替和照应,使这部分的故事叙述在繁复的频率中具有鲜明的指向性和针对性,呈现出明显的聚焦点,形象地揭示了祥林嫂在周围人们的麻木和冷漠中一步步走向死亡的过程,从而蕴藉地、有力地鞭挞了国民的看客心理和封建文化的"吃人"本质。

---

① 鲁迅:《狂人日记》,人民文学出版社 2002 年版,第 148 页。

三、对叙事策略的重视凸显了文本的艺术张力

丰富的叙事学理论,其实都着眼于强调作品的叙事策略和艺术建构。不同的作家就算对于同样的一件事也具有不同的情感,不同的表现,不同的叙事方式,这就使得故事千差万别,而有些作品让人觉得平淡寡味,有些却生动逼真、曲折动人,这就是叙事策略的问题。在文学作品中,叙事是最常用的方式,叙事就是"讲故事",也就是用话语讲述一个虚构的生活事件(包括人物、情节和环境)的过程,通过生活事件的发生、发展、高潮和结局来演绎和突出文学形象。文学史上优秀的文学作品数不胜数且各有千秋,它们是如何吸引读者阅读的兴趣的呢?有些文学作品将建构不同的叙事视角作为一种重要的形式技巧和叙事策略,因为事件在不同的视角下会呈现出不同的面貌,因此作者在选择视角的时候就隐含着一种叙事判断和价值倾向,由此造成一种新奇的艺术效果。有些作品则善于巧妙地使用悬念,使情节发展具有一波三折、峰回路转的艺术魅力,给读者营造出一种"山重水复疑无路,柳暗花明又一村"的独特感觉。有些作者利用读者关切故事发展和人物命运的紧张心情,采用倒叙、插叙或在紧急关头设置特别情节的策略,不断地诱惑读者急于寻根问底的心理,由此调动读者的阅读积极性。例如同样写政变,莫泊桑《一次政变》和海明威《政变》的叙事策略大为不同,各有奇妙之处。莫泊桑在这篇小说里,隐匿了战争的场景叙写,却以一名疯狂的医生和冷漠的大众对于战争的态度,间接表达了自己的厌战情绪,独特、机巧,极具讽刺意味,引发了读者对法国多年战争的沉思。而海明威则把故事讲得十分干脆利落,他常常故意省略一些众所周知的细节,极俭省地勾勒出事件的过程,并且隐去所有感情色彩,在不动声色的叙事中让你不断地感受到冷峻的撞击力。如海明威《政变》中的一段叙述:

清晨六点钟,他们在一家医院墙根枪毙了六名部长。院子里有好些个水坑,柏油路面上覆满淋湿的落叶。雨下得很大,医院的百叶窗都关死了。有一个部长得了伤寒病。两名士兵把他抬下楼,抬到楼外的雨地里。他们费劲地想扶他靠墙站着。后来那军官对士兵说

让他站着不行。他们刚一放排枪,他就应声倒在泥水里,头耷拉在膝盖上。①

这段叙事讲述的是枪毙部长的恐怖过程。但海明威并没有曲尽其致地渲染,而是极俭省地勾勒出了一个凄凉的场面,那些水坑、墙根、淋湿的落叶、下得很大的雨、关死的百叶窗、伤寒病、泥水、耷拉在膝盖上的头,构成了一个充满张力的场景,在这种张力中透出残忍和压抑,其中的心理蕴含是十分丰富的。这种叙事策略让读者不能不开放五官去感受和体验,并通过这种感受和体验去思考生活。海明威自己也说过:

> 我总是根据冰山的原理去写它。关于显现出来的每一部分,八分之七是在水面以下的。你可以略去你所知道的任何东西,这只会使你的冰山深厚起来……如果一位作家省略某一部分是因为你不知道它,那么小说里面就有破绽了。②

由此可见,海明威的叙事策略是精心设计的,其独特的艺术风格也恰恰表现在这里。

可以说,叙事文本具有艺术张力的关键就是打造独特的叙事策略。沈从文的《边城》别具匠心地通过兄弟互让的爱情叙事和边城淳朴民风的独特表现,建构了一个充满人性美的艺术空间,让读者心驰神往,感慨万分;巴金的《寒夜》则通过梦幻和感觉将外界的写实和心灵的内窥结合起来,深入表现了家庭、社会和自我三个方面的艺术冲突,突出了曾树生追求"女性解放"的独特形象,给人启迪,让人反思。而对微型小说来说,选择奇人奇事、描写非常人物、创造个性化语言以及进行出人意料的情节设计等则常常是其叙事策略的用心所在。总之,具有精彩的审美魅力,能把读者带进一个奇特的艺术宫殿,让其流连忘返的叙事文本均离不开作者

---

① 转引自孙绍振:《审美形象的创造——文学创作论》,海峡文艺出版社 2000 年版,第 253 页。

② 董衡巽:《海明威研究》,中国社会科学出版社 1985 年版,第 73 页。

巧妙的叙事策略和独特的艺术建构。

第四节　西方叙事学理论对中国当代文论建设的启发

西方叙事学理论进入中国后,影响深广,它开阔了批评家的视野,为中国文论建设注入新的活力,在一定程度上改变了中国当代文学批评的思路。通过多年的探讨、借鉴、研究与发展,中国文论界已经逐步建构了具有中国特色的叙事学理论,对中国文学批评的转型和发展产生了重要影响。

一、改变了考察作品的传统视角

叙事学理论不局限于对文学作品中的故事情节、人物形象或语言的考察,而是把眼光转向了对叙事视角、叙事时间、叙事行动等综合性的分析,使读者不仅更清晰、更透彻地去了解作品,而且由此去探究"作品的意义是如何生成的"[①]。传统的解读关注的是"作品的意义是什么",但叙事学理论却要求从每一细小的技巧入手对作品深入解读与研究,从而探讨整部作品是如何产生的,把注意力转向了结构特征与读者阐释相互作用的规律,转向了对具体叙事作品意义生成奥秘的探讨,关注作者、文本、读者与社会历史语境的交互作用。此外,叙事学理论也促使作家有意识地去提高他们的叙事技巧,打造他们的叙事策略。例如,对话本是日常生活中人与人之间的语言交流现象,巴赫金的复调理论则赋予对话独特的内涵,认为它既是语言的本质,也是人类的思想本质,甚至认为自我的存在状态就是一种对话。在很多文学作品中都有对话出现,一个人物具有两种甚至多种叙述声音,造成心灵的不断碰撞,矛盾的不断激烈,使人物的

[①] 吴文薇:《寻求中西叙事理论的对话与沟通——关于建构中国当代叙事学的思考》,《安徽大学学报》2001年第2期。

性格更加丰满,情节更加丰富曲折。这种复调理论突破了传统小说以情节、故事为核心的结构模式,建立起了以自己的思想和对话为核心的叙事艺术学理。

二、扩展了文学批评的关注对象

叙事学理论的批评家不仅关注作者和作品,也关注读者的接受效果。为了使自己的作品更能吸引读者,作家不但要注重自己的心理感受,还应该关注读者的心理感受,关注读者在什么样的情境中能更好地接受作品,因此,讲究叙事策略,注意叙述结构和叙述类型的创新,注重叙事话语的独特,使文本更有可读性与吸引力,就成为许多作家写作时必须考虑的问题。反过来说,这也促使作品拥有更多读者,在社会上产生更加积极的影响。同时,叙事学批评也考察作品的新角度,丰富了文学文本的阐释视域。例如,女性主义叙事学批评关注更多的是叙述视角与性别政治的关系,批评家探讨女性作家与男性作家在叙事视角、叙事话语中的不同,由此考察性别政治对文学叙事的影响,揭示这一影响背后的社会现实及其批判意义。美国学者罗宾·沃霍尔解读简·奥斯汀小说《劝导》的论文《眼光、身体与〈劝导〉中的女主人公》就很有代表性,乔国强认为:"沃霍尔仔细考察了作为'话语'技巧的安妮的'视角'与小说中其他人物眼光之间的区别,指出在《劝导》中,只有安妮这样的女性人物能够通过对身体外表的观察来阐释内在意义,解读男性人物的动机、反应和欲望。沃霍尔指出,作为叙述'视角',安妮的眼光与故事外读者的凝视往往合二为一,读者因此也通过安妮的眼光来观察故事,这是对英国 18 世纪感伤小说男权叙事传统的一种颠覆。总而言之,沃霍尔通过叙事学批评将注意力从女性主义批评集中关注的'故事'层转向结构主义批评较为关注的叙事'话语'层,同时又将注意力从后者关注的美学效果转向前者关注的性别政治,较好地揭示了《劝导》中的叙事话语结构如何颠覆了故事层面的权利关系,读起来令人耳目一新。"①

---

① 乔国强:《叙事学与文学批评——申丹教授访谈录》,《外国文学研究》2005 年第 3 期。

三、注重文学叙事的跨学科研究

叙事学理论也促进了跨学科研究的发展。叙事学理论的批评家知道如果只对叙事层面进行研究的话,成果就会显得有些单薄和片面,所以批评家们把与文学叙事有关的学科相互融合起来,使其理论更加完善和深入,从而进一步促进了叙事理论的发展。戴卫·赫尔曼在《新叙事学》里说:"叙事理论借鉴了女性主义、巴赫金对话理论、解构主义、读者—反应批评、精神分析学、历史主义、修辞学、电影理论、计算机科学、语篇分析以及心理语言学等众多方法论和视角,不仅没有消亡,反而顽强地存活下来。"①可见,叙事学理论正是希望通过跨学科研究来丰富现有理论,拓展研究范畴,开拓新的发展空间。当然,叙事学的跨学科研究是以更全面、更深入地发展叙事理论为归依的。中国文学作品非常重视隐喻艺术,许多文本因此形成了含蓄蕴藉的审美特征,如《诗经·桃夭》中"桃之夭夭,灼灼其华,之子于归,宜其室家"的新娘与桃花之间就构成了一种隐喻关系,十分耐人寻味。玛丽-劳勒·莱恩在《电脑时代的叙事学:计算机、隐喻和叙事》中说:"我在文本中尝试将叙事学的隐喻资源扩展到电脑文化和计算机技术,这个领域的活力和能力在很大程度上就在于它熟练地用隐喻表达思想。"②计算机科学领域已经展示出无与伦比的隐喻创造力以及自身的活力,譬如病毒、垃圾压缩、废纸篓、回收站、冲浪、网上漫游等等,这些术语有的已经成为时髦用语的一部分,但我们不应该低估隐喻所具有的解释价值,它使计算机科学能够吸收和采纳日常生活中的概念,正是日常生活使计算机从一种令人生畏的数字捣弄器转变成受用户欢迎的多功能机器。通过隐喻创造力实现的这种发展和更新所提供的裨益,叙事学是不应疏漏的。另外,其他领域用语也丰富了叙事学词汇,对叙事学的发展起到了很好的启发与促进作用,如转换语法(深层结构、表层结构、

---

① 转引自[美]戴卫·赫尔曼:《新叙事学》,马海良译,北京大学出版社2002年版,第1页。
② 转引自[美]戴卫·赫尔曼:《新叙事学》,马海良译,北京大学出版社2002年版,第61页。

转换)、光学(视点、聚焦)、地形学(故事空间、话语空间)等这些领域的语言对叙事理论的提出和发展都起到了不可忽视的作用。

四、深化文学的人本研究

文学即人学,运用叙事学理论来考察文学作品实际上是在考察作家是如何构造和演绎自己的生命体验的。作家在再现独特的情感逻辑时,自己本身并不是冷漠的,他按照自己的情感逻辑去观照每一个个体的情感逻辑,同样的情感逻辑在不同作家笔下又可分化为不同的变体,因此任何一种情感的再现都不能不同时表现出作家的自我感情,让我们在解读文本的时候从叙事学的叙述视角入手就可以窥视到作家的情感世界。法国叙事学家热拉尔·热奈特将视角分为三种聚焦类型,即非聚焦型、内聚焦型和外聚焦型。[①] 这三种聚焦类型,从本质上说,都是针对人的视角而言的。从叙事学的角度看,第一人称叙事与第三人称叙事的实质性区别就在于二者与作品塑造的那个虚构的艺术世界的距离不同。因此,小说家可以通过改变人称来调节叙述者与故事之间的距离。第一人称叙述者的叙事动机是切身的,是植根于他的现实经验和情感需要的。他与读者的距离是最近的,读者可以通过文本中"我"的行为、言语、神态、细节等直接了解"我"的家庭、生活、思想,让读者认为这个"我"就是作者,因此西方作家曼海姆曾在自己小说的开头说过:"我希望现在不用第一人称写这部书,像一个十足的傻瓜那样当众展览自己毕竟不是一件令人高兴的事"[②]。其实,曼海姆更想让读者与文本拉开一定的距离,别把"我"当作作者,希望这种距离感有助于读者对文本事件的客观判断。但是运用第一人称的叙事视角却能让读者深入其境地体会"我"所流露出来的真情实感,让读者设身处地,与"我"共鸣。

虽然,西方叙事学理论对中国当代文论的建设具有不容忽视的独特影响,但在接受的过程中也要避免其理论的某些偏颇。首先,结构主义叙事学家的理想是,通过一个基本的叙事结构来观察世界上所有的故事,他

[①] 申丹:《叙述学与小说文体学研究》,北京大学出版社2004年版,第212页。
[②] 罗钢:《叙事学导论》,云南人民出版社1999年版,第172页。

们设想可以从每一个故事中提出它的叙事模式,然后在此基础上建立一个无所不包的叙事结构,这就隐藏在一切故事下面的那个最基本的故事。他们相信存在某种可以超越时代、超越地域、超越各种叙事媒介的独立故事。如普洛普的《故事形态学》就试图找出每个故事下面都具有的统一的结构模式,也许这样可以更方便读者去研究作品,更一目了然地分析作品的结构。但这种思路对我们考察文学作品的丰富性和创造性却有不利的影响。如果每部作品都有既定的"结构模式",那么作家的创作个性、作品的创造力和新颖性就会被忽略甚至掩盖了。其次,文学研究不仅是作家作品的个案研究,更是一种系统研究,应从整体观出发,而不仅仅着眼于作品的结构模式和叙事方式,否则会带来视野的局限性。因此,在把叙事学理论运用到文学批评时,也应顾及作品的整体形态、人文深度以及它在中外文学史上的影响和地位。只有这样才能站在更高的位置上去考察整个文学体系,也才能更好地建构符合创作实际的当代文艺学理论。

第三章　英美新批评理论的接受

英美新批评指的是 20 世纪 20 年代至 70 年代在英国、美国盛行的一股文学批评思潮。它是一种纯粹的作品本体论,其崛起主要源于对忽视文学作品本身研究的种种文学批评倾向的质疑和反驳。英美新批评以 20 世纪著名文艺批评家、"新批评"派领军人物兰色姆的《新批评》[①]一书得名;1971 年加拿大批评家诺思洛普·弗莱(又译作诺思罗普·弗莱)在其思想自传《批评之路》[②]一书中宣告英美新批评理论的终结。新批评在 20 世纪 20 年代末得到中国学者重视并引进中国。随后在 80 多年的中国化过程中,我国学术界对"新批评"进行了积极的译介、研究和应用,取得了一定的成绩。随着中国文论界理论探讨的深入发展,许多文学批评家重新审视并深入探究新批评理论,大胆吸收借鉴新批评理论重视作品本体价值的优点并运用于中国当代文学批评之中,在一定程度上纠正了观念形态、社会学批评方式的思维局限,回归文学的本体研究,突显文学的审美本质,推动了具有中国特色的新批评文论和我国当代文学批评理论的建设。

第一节　英美新批评文论的理论特征

英美新批评是 20 世纪西方文学理论中最有影响的形式主义文论派

[①] [美]约翰·克罗·兰色姆:《新批评》,王腊宝、张哲译,江苏教育出版社 2006 年版。
[②] [加]诺思洛普·弗莱:《批评之路》,王逢振、秦明利译,北京大学出版社 1998 年版。

别之一。它形成于20世纪20年代的英国,30年代至50年代在美国得到充分发展,并达到鼎盛期。六七十年代以后,在结构主义等新思潮的冲击下,新批评在理论界的地位开始下降,但作为西方现代形式美学研究理论发展的一个重要阶段,它在西方当代文论中留下了很深的痕迹,尤其对英美现代诗歌的创作与批评,产生了很大影响。英美新批评对形式美学研究的重要贡献表现在它为形式主义批评提供了有机的、形式化了的文学本体论观念,同时创造了文学批评的语义分析法,一度在英美文坛成为批评的基本范式。

新批评派的全部历史持续40多年,我们可以把这段历史大致分成三个阶段:前驱期(1915—1930),主要活动地点在英国,代表人物是艾略特(T.S.Eliot,1888—1965)、瑞恰慈(I.A.Richards,1893—1979)和威廉·燕卜荪(William Empson,1906—1984);形成期(1930—1945),主要活动地点在美国,代表人物为约翰·克罗·兰色姆(John Crowe Ransom,1888—1974)与他的三个学生,即艾伦·退特(Allen Tate,1899—1979)、克林斯·布鲁克斯(Cleanth Brooks,1906—1994)和罗伯特·潘·沃伦(Robert Penn Warren,1905—1989),他们大多是南方人,时称"南方批评派"(The Southern Critics);极盛期(1940—1957),最有影响的是维姆萨特(William K.Wimsatt,1907—1975)、克林斯·布鲁克斯、罗伯特·潘·沃伦、雷内·韦勒克(Rene Wellek,1903—1995),他们长期在耶鲁大学任教,形成了新批评派的后期核心——"耶鲁集团"。相较于其他文论学派,英美新批评体现出了极其鲜明的理论特征。

一、文本中心论的历史性出场

新批评派十分重视作品文本在文学批评中的核心作用,强调文学具有内在的自足性,文学批评应以作品为本体。新批评的奠基者兰色姆认为,文学是一个独立自足的世界,是一个完整的自给自足而又有机的客观实体,文学作品本身就是文学活动的本源。他将"本体"这一哲学术语首次用于文学研究,主张把作品作为一个独立自足的存在物加以研究,"本体,即诗歌存在的现实"①。以作品为本体,从文学作品本身出发研究文学的特征遂成为新批评的理论核心。韦勒克和沃伦合著的《文学理论》就花了四分之一的篇幅论证这个问题,把文学与传记、心理学、社会学区别开来。首先,他们把文学研究的焦点归结为作品本身,把对文学的研究分为"外部研究"和"内部研究"②两方面,强调文学的内部研究是对文学作品本身结构的研究。其次,他们在强调结构、符号和价值三方面统一的基础上提出了自己的作品结构理论。持有同样观点的维姆萨特和比尔兹利则从另外的角度来阐述他们的主张,为此他们提出了两个著名的概念:其一是意图谬误③,其二是感受谬误④。这两个概念分别对以作者意图为依据的"意图说"和以读者感受为依据的"感受说"批评模式进行了批判,认为作者的意图不等于作品的意图,读者的感受也不等于作品本身的价值,因为文本的意义、结构和价值存在于已经完成的、独立存在于公众面前的文学作品本身,文学研究就是文本研究,由此维护了文本中心论的新批评派主张。可见,在由作家—作品—读者三者共同形成的艺术有机过程中,新批评把作品研究独立于社会历史、作者和读者之外,形成一种纯粹的作品本体论。

二、强调文学的结构形式研究

新批评派文论认为文学是一个自足与独立的结构体,"这个整体是由语言的反讽、悖论、象征等构成的张力结构"⑤。他们主要通过研究诗的语言结构来证明这一点。兰色姆在《纯属思考推理的文学批评》一文中提出"结构—肌质"理论来具体说明他的本体论批评。他认为,所谓结构就是诗歌的逻辑观点或散文释义,而肌质则是诗歌中附着于结构却又不囿

---

① [美]约翰·克罗·兰色姆:《新批评》,王腊宝、张哲译,江苏教育出版社2006年版,第15页。
② [美]韦勒克、沃伦:《文学理论》,刘象愚、邢培明、陈圣生、李哲明译,生活·读书·新知三联书店1984年版,第145页。
③ 赵毅衡:《"新批评"文集》,中国社会科学出版社1988年版,第209~210页。
④ 赵毅衡:《"新批评"文集》,中国社会科学出版社1988年版,第228页。
⑤ 赵毅衡:《"新批评"文集》,中国社会科学出版社1988年版,第117页。

于结构的、意趣旁生的细节。肌质相对于结构来说是具有局部性、异质性、本体性的存在,它提供了关于世界丰富的、真实的认识。结构大致相当于内容,它只在作品中负载肌质材料;肌质大致相当于形式,它才是作品的本质和精华,并与结构分立。诗歌的"肌质"完全是由一些个性细胞构成的,每个细节都能够唤起情感和态度。① 可见,新批评派强调的是文学作品的形式,认为形式才是作品的本体性存在,它具有认识世界的特殊功能,是作品的本质和精华。

三、注重批评实践和具体文本的细致分析

新批评派是以反叛当时种种流行的批评方法的形象出场的,它的理论也是在对这些流行方法的批评和反驳过程中逐渐形成和成熟的,所以新批评派的文论体现出了更细致严谨并且更有实践针对性的理论特征。艾略特针对浪漫主义在批评过程主张张扬个性的观点,提出了著名的"非个人化理论",指出诗(包括其他体裁的文学作品)应当是非个人化的,"诗歌不是感情的放纵,而是感情的脱离;诗歌不是个性的表现,而是个性的脱离"②。他还提出了客观对应物的诗歌创作理论,以此对浪漫派兴起之后流行起来的形形色色的灵感论、自我表现论和直觉理论进行反驳。瑞恰慈还针对具体的文本批评提出了"语境理论",认为语境对于理解词汇的内在含义十分重要,词语的意义正是"通过它们所在的语境来体现的"③。语境包括作品语境、话语语境和历史语境。语境构成了一个意义交互的语义场,使词语产生了丰富的言外之意,而文学语言语义的这种"先在性"和复义特征为批评家提供了驰骋的天地,充分理解文本语言的现场意义和历史含义遂成为文学批评的任务。④ 因此,语境是新批评语义分析的核心问题,也是理解新批评方法的前提。新批评还要求批评者

---

① [美]约翰·克罗·兰色姆:《新批评》,王腊宝、张哲译,江苏教育出版社 2006 年版,第 1 页。
② [英]艾略特:《艾略特文学论文集》,李赋宁译,百花洲文艺出版社 1994 年版,第 11 页。
③ 赵毅衡:《"新批评"文集》,百花文艺出版社 2001 年版,第 332 页。
④ 赵毅衡:《"新批评"文集》,百花文艺出版社 2001 年版,第 334 页。

致力于发掘文学语言的多义性,从含混、悖论、隐喻、反讽、张力等角度入手,通过对词语的充分阐释,揭示文学语言特别是诗歌语言丰富的内在含义。新批评在批评实践的方法上推崇"细读法",主张把文本孤立出来细读,认真、审慎、反复、仔细地研读原文,从词、词组、词意及其关系中把握和解释原文及其意,认为这是进行语义和结构分析的起点。细读法巩固了新批评派的文本中心论,是其贯穿始终的批评精神和方法,克林斯·布鲁克斯和罗伯特·潘·沃伦合著的《诗歌鉴赏》《小说鉴赏》正是新批评派细读批评的代表作。

第二节 英美新批评文论的中国化过程

新批评不但是20世纪西方影响最大的文学理论之一,也是对中国文论影响最大的西方文论之一。在80多年的中国化进程中,文论界对新批评文论观的接受有起有落,有高潮也有低谷。通过考察英美新批评对中国文论建设的影响可以发现,中国文论界对新批评的借鉴,既注意到中西文论的融会贯通,从而更好地运用于中国文学批评,也注意到在中国特定的文化语境中对其理论的偏颇保持审慎态度。但对新批评理论资源的认识和借鉴仍然显得不足,其理论资源对中国当代批评理论的建设与发展的独特意义也需得到更有力的揭示。

一、英美新批评理论在中国的译介和评述

新批评的有关理论最早被译介到中国的是伊人翻译的、1929年由北平华严书店出版的瑞恰慈著《科学与诗》。不久,清华大学曹葆华再度译出,并于1937年由商务印书馆出版。这是20世纪30年代出版的唯一一部新批评派著作。1934年清华大学外国文学系教授叶公超在译作的序文中写道:"瑞恰慈在当下批评中的重要多半在他能看到许多细微问题,而不在于他对于这些问题所提出的解决方法",希望曹先生"能继续翻译瑞恰慈的著作,不是浪漫主义,不是写实主义,不是象征主义,而是这种

分析文学作品的理论"①。曹葆华还在清华大学"诗与批评社"主办的北平《晨报》(创刊于1933年10月1日,1936年3月26日停刊,共74期)副刊的"诗与批评"专栏大力介绍西方现代诗学中的批评理论和方法,包括艾略特和瑞恰慈的诗学理论和新批评理论,特别是对瑞恰慈的新批评诗学理论的介绍,增进了人们对这一西方最新诗学批评方法的了解、接受与实践。1934年,叶公超在《清华学报》第9卷第2号上发表的《艾略特的诗》一文可以说是中国最早研究艾略特的论文。叶公超对艾略特及其《荒原》的深入研究体现了中国学者的独特视角②,在他笔下,中西诗学得以互相印证和互相补充。同年,应叶公超之约,新月派的代表诗人卞之琳也为《学文》月刊创刊号翻译了艾略特的《传统与个人才能》一文。当时对新批评理论译介最多的还是曹葆华,其译文后来辑成《现代诗论》一书,1937年由商务印书馆出版。除翻译外,陈西滢、吴世昌、朱自清、赵萝蕤等中国学者也敏锐地捕捉到了新批评文论作为一种新批评观和方法论的独特性。20世纪40年代,袁可嘉在研读了新批评文论的有关著作后进行了推介并且"改造了新批评"的一些观点,提出了"新诗现代化"的主张,并将其目标规定为"现实、象征、玄学的新的综合传统"③。他把整个新诗现代化诗学体系,架设在瑞恰慈的"最大量意识状态"的理论支点上,认为"艺术作品的意义与作用全在它对人生体验的推广加深,及最大可能量意识活动的获致"④。袁可嘉在新批评文论以文本为核心的本体论和中国的特定语境之间作了折中处理,促使中国诗论在20世纪40年代完成现代化跃升的过程,推动了新批评理论的中国化进程。在创作上,当时的西南联大诗群以自己的探索和实验,完成了中国现代诗从以表现情感、情绪为主向表现经验为主的倾向转化。20世纪50—70年代,由于社会状况、政治情势、意识形态以及文化语境等因素的影响,新批评派文论遭到批判和制约,对其理论的译介和传播也停顿下来。

---

① 赵毅衡:《"新批评"文集》,百花文艺出版社2001年版,第4页。
② 董洪川:《"荒原"之风:T.S.艾略特在中国》,北京大学出版社2004年版,第152页。
③ 袁可嘉:《论新诗现代化》,生活·读书·新知三联书店1988年版,第1页。
④ 袁可嘉:《论新诗现代化》,生活·读书·新知三联书店1988年版,第7页。

但是这一阶段的港台地区,对新批评文论的推介却蔚然大观。1956年9月,夏济安在台湾创办《文学杂志》,首次引进新批评理论和方法,强调诗歌的表现方式,重视张力和含混的语义表达。王梦鸥、余光中、叶嘉莹、龙应台、叶维廉、欧阳子等人对新批评理论方法的传播都很热心,至20世纪70年代,颜元叔等人还予以大力提倡。在香港,李英豪《论诗的张力》一文几乎成为20世纪60年代阐述现代主义诗歌的理论依据。黄维梁《精雕龙与精工瓮:刘勰和"新批评家"对结构的看法》一文则以中西比较的视野推介新批评理论,他从刘勰和新批评派对结构的看法入手,比较了《文心雕龙·知音》的"六观说"与布鲁克斯分析《圣谥》的方法、兰色姆的"逻辑结构"和"局部肌肤"的划分方法的相近之处。可以说,这一时期新批评在港台的勃兴不仅提升了港台文学理论批评的学术层次,也填补了中国文论建设的某些空白。

20世纪80年代,随着改革开放的深入,思想解放后的中国文论界大量引进了有建树的西方当代文论,新批评文论再次引起人们的重视,学界对新批评理论方法的接受与借鉴出现了第二次高潮。1981年,杨周翰发表了《新批评派的启示》一文,认为我们几十年来的文学批评只注意"外在批评"而忽略了对作品内在形式的考察,而"新批评"的形式主义理论无疑对我们是一个启示。[①] 1982年,《文艺理论研究》第1期刊出了赵毅衡翻译的布鲁克斯《论语言》一文。1984年,韦勒克和沃伦合著的《文学理论》翻译出版,产生了很大反响,引发了文学理论界关于文学本体论与文学内部研究的大讨论,并促使新批评理论在中国广为人知。1986年,中国社会科学出版社出版了赵毅衡《"新批评"——一种独特的形式主义文学理论》一书,该书全面细致地介绍了新批评文论的来龙去脉及其作品批评方法论的诸多观点。同年,张隆溪出版了《二十世纪西方文论述评》一书,其中《作品本体的崇拜——论英美新批评》一文,从作者到作品的转向、作品本体论、作品的诠释三个方面对新批评文论进行了阐述。1989年,《文学思潮和文学运动的概念》一书出版,该书对新批评文论等西方当代文论作了比较系统的介绍。在这期间,刘再复也在《读书》杂志上撰文,提倡文学

---

① 杨周翰:《新批评派的启示》,《外国文学》1981年第1期。

研究的重心要转移到内部规律的研究,孙绍振、刘心武、王蒙、单正平、吴元迈等学者和作家也纷纷撰文对"文学本体论""文学主体性""内外之争""文论失语症"等问题进行了热烈的讨论。至此,可以说新批评派文论已经在中国学界得到广泛接受。

20世纪90年代以来,随着改革开放的推进,西方各种后现代文化思潮和"文化研究"理论纷纷涌进了中国,对传统文学观念与研究方法产生了更大冲击,由此也转移了许多学者的关注焦点。但一些学者仍然坚持关注新批评理论,力求吸收新批评文论的合理原则,为建设有中国特色的当代文论服务。在"新批评"的评介方面,90年代出版了两部专著。一部是湖南教育出版社2001年出版的蒋洪新的《英诗新方向——庞德、艾略特诗学理论与文化批评研究》,另一部是高等教育出版社2002年出版的吴学先的《燕卜荪早期诗学与新批评》。这两部著作都是作者的博士学位论文,他们的系统探析对于进一步深入研究"新批评"具有重要价值。这一时期,还有一些学者力图运用"新批评"文论进行文学批评实践,特别是运用"新批评"的方法解析柳永、苏轼、李商隐、周邦彦等人的诗作。如王富仁先生1991—1993年在《名作欣赏》上以"旧诗新解"为总题目发表了十余组数十篇文章,对李白、王维、岑参、李商隐、白居易、苏轼等唐宋诗人的作品进行了"新批评"式的解读。有一些学者则运用新批评理论分析现当代文学作品及外国文学作品。尽管不少学者运用新批评理论和方法分析中国本土的文化现象,可是仍然仅仅停留在其方法的运用上,新批评理论始终未能在中国落地生根。

总的来说,新批评理论从传入我国到走向衰落的过程长达80年之久,而对新批评理论的译介、研究和接受最为活跃的时期是20世纪40年代和80年代。这两个时期的研究取得了一定的成绩,出现了比较丰富的研究成果,这些成果可以分成两类:一类是对新批评理论的译介。早期以叶公超、曹葆华、卞之琳等人的译作与评介文章为代表,后期以赵毅衡编选的《"新批评"文集》和史亮的《新批评》这两本"新批评"的专门文集为代表,"新批评"主要理论家艾略特、韦勒克、布鲁克斯等人的著述都得到了比较全面的译介。另一类是对新批评理论的述评,以袁可嘉、刘象愚、杨周翰、刘再复等人的研究为代表。在这些成果的基础上,许多学者运用新批评理论特别是新批评倡导的"细读法"对中国古典文学作品和现当代文学作品进行文本分析,提出了一些富有新意的见解。但由于对新批评理论的吸收借鉴未能与中国自身文化传统及文学现实充分契合,所以也未能有效地建立有中国特色的新批评理论。

二、新批评理论在中国的研究和运用

新批评理论在形成之初就受到我国学者的关注并传入中国,清华大学叶公超先生等学者也很早就将其运用于中国文学的研究和批评之中。新批评以文本为中心、强调作品本体论、倡导文学"内部研究"的理论视角决定了其文学史研究必然注目于文学形式的演进,也决定了其不限于社会意义研究的批评特征。这与我国大多数传统的批评模式不同,由此给我们展示了一个独特的批评视角,让我们的批评眼光从文学的外部研究转到内部研究,关注语言表现形式的探讨,在一定程度上使文学研究朝艺术本体研究转向,所以许多学者将其作为一种新的理论批评方法。

(一)中国学术界对新批评理论的研究

中国学术界对新批评理论的研究主要体现在两方面:

一方面是对新批评理论本身的研究。袁可嘉在接受了新批评的有关理论后也"改造了新批评"的一些观点,提出了"新诗现代化"的理论主张,并将其目标规定为"现实、象征、玄学的新的综合传统"[1]。他把整个新诗现代化诗学体系,架设在瑞恰慈的"最大量意识状态"的理论支点上,认为"艺术作品的意义与作用全在它对人生体验的推广加深,及最大可能量意识活动的获致"[2]。袁可嘉在以文本为核心的新批评本体论与中国的特定语境之间作了折中处理,促使中国诗论在20世纪40年代加速了现代化跃升的过程,也推动了新批评理论的中国化进程。

另一方面是对新批评理论的"细读法"与中国传统批评方法的比较研究。在新批评理论中,布鲁克斯的"细读法"是当时影响最大的一种批评方法。布鲁克斯主张对具体文本进行细致的分析,从结构上来阅读理解

---

[1] 袁可嘉:《论新诗现代化》,生活·读书·新知三联书店1988年版,第3页。
[2] 袁可嘉:《论新诗现代化》,生活·读书·新知三联书店1988年版,第3页。

文本语言，进而找出悖论、隐喻、反讽等语言张力结构背后所蕴含的蛛丝马迹，由此读懂文本。他也身体力行地在文学批评实践中用细读法具体分析了福克纳的《献给艾米丽的一朵玫瑰花》、华兹华斯的《西敏寺桥上作》、唐恩的《圣谥》等文学作品。这一批评方法也较大地影响了我国的文学批评，对中国批评理论的建设起到了一定的积极作用。孙绍振、王富仁等学者运用细读法对文学作品进行了重新解读，得到了一些新的发现和理解，颇有启迪作用。如王富仁对李商隐《锦瑟》一诗的解读，《锦瑟》一诗历来众说纷纭，王富仁从颔联和颈联入手，抽象出一个"幻梦—寄托—失意—无为"的象征性结构，力图找出这一结构背后所潜伏的诗人的心理轨迹。王富仁既深入细读了诗歌文本，又能紧扣我们的文化传统特别是汉语本身特点进行赏析，并针对过去古诗词赏析中出现的问题，提出了自己独到的见解，丰富了古诗词的内涵。这可称为中国式的细读法。王富仁对新批评理论和中国传统"细读法"作了融合处理，力图推动中国当代文学批评理论的建设。另外，我国学者还对新批评理论与中国传统诗学进行比较研究，特别是运用新批评理论对中国古代文学文本和文论予以解析，叶嘉莹认为"借西方文论对中国古典文学重新加以诠释和评价已成为势不可免之一种必然的趋势"[①]，钱锺书认为"东海西海，心理攸同；南学北学，道术未裂"[②]。他们的经典表述已成为比较文学学者从事研究的深层动力，不断激励着人们去深入挖掘文学规律的共通之处。可以说《文心雕龙》与英美新批评之比较是中西比较诗学的一个重要命题，对两者关于文学规律共通点的探讨是非常必要和切实可行的。新批评派的布鲁克斯在批评实践中提出的"反讽""悖论""张力"，以及燕卜荪提出的"复义"等批评概念和术语与我国诗歌理论中"多义"和"含混"等意象性表述不谋而合；新批评理论家的"含混"概念与刘勰在《文心雕龙·隐秀》中所阐发的"深文隐蔚，余味曲包"的"隐"有着相似之处。这些都从不同层面阐发了文学，特别是诗歌"复义"结构中的隐喻性特征。再者，新批评对文本的关注旨在寻求一种客观的批评标准。艾略特提出的"外部权威""客观对应

---

① 叶嘉莹：《我的诗词道路》，河北教育出版社2000年版，第59页。
② 钱锺书：《谈艺录》，中华书局1984年版，第9页。

物"的理念意在说明批评必须以客观事实为基础,刘勰的《文心雕龙·比兴》说:"诗人比兴,触物圆览。物虽胡越,合则肝胆。拟容取心,断辞必敢。"也指出了诗人比兴首先来源于外物的触发,外部现实是诗歌创作的基础。新批评关注文本本身,推崇文本的"有机形式"与"二元论理论";刘勰则站在情感抒发与形式表达有机统一的角度来探讨文学创作,认为古来文章本就是情文并茂、情采相称的天然有机统一体。新批评的细读法能够帮助读者深刻把握、解读作品,发掘作品的深刻内涵,因此,对新批评的细读法与中国传统批评方法的比较研究也引起我国学者的广泛关注。王奎君、吴子凌、樊宝英等学者对新批评的细读法与我国金圣叹等人的小说评点法也展开了深入细致的比较论述,认为金圣叹的细读体现出一种中国传统"知人论世"和"以意逆志"的"中国式细读"。① 我国学者从不同角度对中国古典小说《红楼梦》的中国式细读更是引发了一场新的"红学"探讨。叶嘉莹在中西文论的比较反思中,也看到了细读法"意图谬见""感受谬见"等理论局限,认为新批评对作品的客观分析和研究过于"偏狭"了,后来力图借助孟子的"知人论世"观来弥补新批评在阐释中国文学方面的缺陷。② 20 世纪 90 年代以来,有学者认为中国文论在某种程度上患上了"失语症",其基本论点是中国缺少自己的现代诗学理论与批评方法,因而不得不借助外来诗学话语与批评方法来分析本土文化语境中的诗学问题和文学现象。其实,借外来诗学话语与批评方法来激活沉睡于中国传统文论中的诗学话语也是当代学者必需而且十分必要的一种作为。在这方面,钱锺书的《管锥编》《谈艺录》《七缀集》等著作就引证了新批评理论来对中国传统诗学话语进行重新认识和评介,对后学启发很大。

(二)新批评理论在中国文学批评中的运用

从 20 世纪 30 年代起,清华大学叶公超就开始运用新批评的细读法进行批评实践。叶公超认为"前人的论见自有当时的根据,无需以近代的作品来证明它原有的真实,而我们对于以往的理论也应当先从它所根据

---

① 赵毅衡、姜飞:《英美"新批评"在中国"新时期"——历史、研究和影响回顾》,四川大学出版社 1999 年版。
② 叶嘉莹:《迦陵论词丛稿》,河北教育出版社 2000 年版,第 89、322 页。

的作品里去了解它,不应当轻易用来作我们实际批评的标准",批评者"首要的责任是考验自己的反应,追究自己的感受"。① 他举柳宗元的《江雪》来分析读者的这种反应,对"独钓寒江雪"读出了三种感受:一是读出了怜悯之情,冬天的江河里没有鱼可钓,只有"我"孤身一人披蓑独钓;二是让人产生了情感寄托的美感,画面以披蓑独钓者为主,以千山、万径、寒江、雪、孤舟为衬托;三是读出了敬畏之感,披蓑渔夫在鸟绝人灭的雪中独钓,忍耐、孤峭、勤劳之感油然而生。由此可见,优秀的作品给予读者的反应是巨大而独特的。

到了20世纪40年代,袁可嘉系统地运用了新批评的理论和方法辑成《论新诗现代化》一书,提出了"新诗现代化"的主张。和叶公超不同,他吸取了瑞恰慈"包容诗"和"最大量意识状态"的理念,强调矛盾中的统一,重视诗的结构,认为诗即不同张力得到和谐后的一种稳定的平衡状态。以袁可嘉和杭约赫(曹辛之)、辛笛、陈敬容、郑敏、唐祈、唐湜、杜运燮、穆旦等九人为代表的西南联大"九叶派"诗群也因此受到瑞恰慈诗论的影响,在他们写的现代诗中,智性和感性等几种力量相互融合,交错冲突,呈现出新批评所提倡的戏剧性、机智、反讽等特征因素。可以说,他们以自己的探索和实验完成了中国现代诗从以表现情感、情绪为主向表现经验为主的特征转化。在现代汉语写作与现代经验相结合方面,"九叶派"被认为是20世纪中国文学的一个高峰。可以说,从文学理论与创作实践的相互关系来说,新批评在中国曾起到了很大作用,也为后人提供了化用西学以建构本土文学的丰富启示。

到了20世纪80年代,新批评的细读法已经被广泛运用于中国文学的批评实践中。乐黛云先生在《文学史上一种特殊的语言形式——新批评派与小说分析》②一文中较早地运用细读法分析《红楼梦》中一些充满象征与隐喻的细节。如她在文中对《红楼梦》里的"水"解读出了三层象征意义:第一层含义是"洁净",因为都说女人是水做的;第二层含义是"深

---

① 孟庆枢:《西方文论选》,高等教育出版社2002年版,第399~400页。
② 乐黛云:《比较文学与中国现代文学》,北京大学出版社1987年版,第263~271页。

情",在我国汉语历史上就有"柔情似水""暗送秋波"的比喻,在《红楼梦》里,林黛玉所有的泪水都是因情而生,是情的化身;第三层含义是代表流逝的时间,《红楼梦》里多处用水流来象征时光的流逝,如林黛玉触景生情唱出"只为你如花美眷,似水流年",又想起"水流花谢两无情""流水落花春去也",又看到《西厢记》的"花落水流红,闲愁万种",都是借水流感叹时光消逝。乐黛云先生通过对文本的细致分析,解释了"水"这个字的多层内涵,可以看出她是深得细读法精髓的。

新批评理论还认为,尽管诗歌中充满了"含混""张力""悖论""反讽""隐喻"等因素,但这些复杂的因素是统一在一个文本中的。这种发掘文学语言的多义性,从"含混""张力""悖论""反讽""隐喻"等角度入手去解读文本的新批评方法也被叶嘉莹熟练地用来解读中国古典诗词,并生发出了许多独到的见解。还有一些学者还大大扩展了"张力"和""反讽"这两个新批评派的重要概念。

20世纪八九十年代,残雪、马原、余华、苏童等青年作家纷纷登上文坛,他们以独特的话语方式进行小说文体形式的实验,对文学进行了新的探索,主要表现为对语言操练和艺术建构的重视和强调,被评论界冠以"先锋派"的称号。新批评重视作品文本在文学批评中的重要作用,以作品为本体,强调文学的自足性,在认识文学作品的内部艺术规律和艺术创造的价值上做出了贡献,特别是新批评倡导的细读法强调对语言艺术和艺术规律把握的重视,给先锋文学在叙事、意义、语言等层面的运用提供了某种启发。如1995年余华的长篇小说《许三观卖血记》,讲述了许三观靠着卖血渡过了人生的一个个难关,战胜了命运强加给他的惊涛骇浪,而当他老了,知道自己的血再也没人要时,精神却崩溃了这样一个故事。小说以博大的温情描绘了磨难中的人生,以强烈的故事冲突表达了人在面对厄运时求生的欲望,在看似日常化的喜剧性的小镇生活图景中,不断映照出发人深省的生存境遇,把黑色幽默式反讽发挥得淋漓尽致。可以说,反讽手法是理解这篇小说的一面镜子,通过内部研究和文本细读,进一步考察叙事者的反讽意图,就可以深入理解和把握这篇小说的独特意蕴。

此外,赵勇的《新时期诗歌管窥》、吴非的《张力的叩求》等也对"张力"

的中国式内涵进行了深入研究。而南帆的《反讽:结构与语境》一文则运用反讽的理论来对比解读王蒙和王朔的小说,提出了"情境反讽"的观点。20世纪90年代以来,王富仁还运用新批评理论对中国小说进行解析,长篇论文《〈狂人日记〉细读》就运用新批评的方法,成功地探索了这篇小说的艺术结构和意义结构。王富仁还运用新批评的细读法解析了中国古典诗歌,从1991年到1993年,他在《名作欣赏》上以"旧诗新解"为总题目发表了十余组数十篇文章,对李白、王维、岑参、李商隐、白居易、苏轼等人的作品进行"新批评"式的解读,他的解析跳出了两个谬见的框框,以作品本身的赏析为中心,提出自己的独到见解,丰富了诗词的内涵。这对于中国学者进一步研究和借鉴新批评理论具有积极的启示意义。

英美新批评是20世纪西方影响最大的文学理论之一,也是对中国文论影响最大的西方文论之一。"新批评"在产生之初就已传入中国,并在20世纪40年代和80年代两度掀起高潮。自20世纪20年代末受到中国学者注意并引进中国后,在80多年的中国化进程中,我国学术界对"新批评"的有关文论进行了积极译介、研究和应用,并取得了一定的成绩。新批评理论的引进改变了中国文学批评理论的视角,由以往关注作品的人物形象、主题思想和社会意义转向文学作品本身,转向关注文学作品的本身结构、作品语言和作品内部各要素之间的相互关系,体现出一种新的研究思路。这种以文本为中心,强调对文本关注的作品本体论,有力地促进了批评方法的变革,开启了我国20世纪80年代后期一种新的具有中国特色的新批评文论。当然,新批评理论孤立地研究文学文本形式的思路,也体现出了其理论上的迷思和局限性,但它对文学作品本体的重视,弥补了中国当代文学批评的某种不足,对纠正社会学批评方式的局限性,重视文学的本体研究,推动中国当代文学批评理论的建设,都具有重要的意义。

第三节　英美新批评对中国当代文论建设的影响

新批评于 20 世纪五六十年代在美国文坛占据统治地位，六七十年代逐渐被结构主义等新思潮所取代，但其影响是深远的，尤其是新批评所倡导的"细读法"。新批评自 20 世纪 20—30 年代引进中国以来，极大地冲击了我国传统的社会学批评，对我国当代文学批评理论的建设产生了重要影响，不仅开启了当代文学批评的新视野，也促进了文学批评理论视角的转换和文学创作理论的建设。

一、开启了当代文学批评的新视野

自 20 世纪 60 年代以来，西方文学批评的面貌发生了重大变化，现象学、阐释学、接受理论、结构主义、后结构主义、女权主义等各种理论流派纷纷出现，这些理论的引入确实在某种程度上推动了中国文学批评的发展，但也带来了一些新的问题。其中最主要的是价值虚无主义倾向，如先锋小说、新写实主义、第三代诗歌和"王朔现象"等的出现为中国的现代主义话语提供了独特的言说对象。这些现代性的话语表面上看是多元的，但其背后却是一元专制的，其消解了一切权威，取消了一切真实，颠覆了一切价值。中国现代性的话语迅速蜕变成一种专制主义的权力话语，致使一些文学批评丧失了价值判断，而沦为一种智力写作、技术写作或文本游戏。一些文学批评似乎过于追求个人趣味而拒绝社会责任，过于注重自我表现而摒弃价值判断，过于讲究话语风格和表达技巧上的个性化与创造性而愈来愈疏离批评的本来意义。文化研究，特别是 20 世纪 80 年代以后传入中国的文化研究，是一种体现了现代性问题的文化诉求的学术研究。十多年来文化研究在我国获得蓬勃发展，但文化研究中出现的价值虚无等一些问题也不容忽视，首先是文化研究对象的无限泛化，其次是文化研究中某种忽略与放弃审美价值的倾向。而新批评作为一种文学批评理论，其最重要的贡献就在于对价值评判和文本细读的强调。新批评家们提出的"内部权威""外部权威""复义""张力""反讽""隐喻"等概念,都是力图找到评价作品价值的客观依据,对文学价值做出正确的判断。细读法、语义分析法等新批评方法也是为了对文学作品做出正确的意义分析和价值判断。新批评对文化问题的关注有两个特点:一是以文学文本为出发点。新批评坚持文学批评应当从文学出发,而不是从文化出发,批评家从细读作品入手进行分析,强调文学文本的具体实际。二是以作品的审美价值为研究目标。新批评始终把文学批评的目标界定为对文学作品的意义分析和价值判断,坚持通过对文学作品的细读把握作品的审美价值。在当今文学批评的背景下,重新发掘新批评的合理内涵及其方法,对当代文学作品的描述和评价有重要意义。

二、推动了中国批评理论视域的转换

传统文学批评理论所关注的主要是作品中的人物形象、主题思想和社会意义,因此一些作家在进行文学创作时本能地重视作品中人物形象的塑造、主题思想的阐发和社会意义的揭示,而往往忽略了文学文本的审美规律本身。这一特点与我们的文学批评传统有关。传统的文学批评是一种社会学批评,这是一种按照社会、文化、历史背景来解释文学活动的文学研究方法。中国社会重实效、重功用、重伦理的传统,为传统社会学批评奠定了基础。《尚书·尧典》云:"诗言志,歌永言,声依永,律和声,八音克谐,无相夺伦,神人以和。"把"言志"当作评判文学作品的第一标准。孔子曰:"《诗》可以兴,可以观,可以群,可以怨。"强调的是文学的社会效应,这一观点也成为之后两千多年中国文学所遵循的信条。接着孟子提出了"知人论世"的批评方法。汉代班固认为文学的价值在于"观风俗,知厚薄",其对文学社会伦理价值的强调与前人同出一辙。近现代中国学者同样深受其影响,几乎都要求文学研究去发掘文学特有的影响社会的力量,如梁启超、鲁迅等都认为小说是改造人道、改造社会的一种力量。现在的一些文学批评仍然偏重文学的社会功用,强调思想内容重于艺术形式,而且也缺乏系统的方法去进行文学形式的细致分析。这种强调文学的社会功用的社会学批评传统与早年的社会形态和作家的社会责任感密切相关,对重视文学在推进社会进程中所起的作用具有重要意义。但也在一定程度上导致了对文学创作规律,特别是文学性本身价值的忽视。新批评由反社会学批评而兴起,关注的视角由外向内转移,把研究的精力投注于文学内部规律的探索上,认为要了解文学作品的内容必须从分析它的具体形式入手,脱离具体形式的内容不是内容,也构不成文学作品。其重理性分析、重逻辑演绎的思维方式,也给以重直觉、重感悟和理性直观为主要特征的中国传统文学理论打开了新的思路,而且发展了中国传统诗论重文本评点的某些方面。虽然新批评也明显体现出一种矫枉过正的倾向,但其理论以文本为中心,强调对文本的深入关注,拓宽了人们认识文学作品的视野,在一定程度上弥补了传统社会学批评的不足,昭示了以多重视角观照文学的文学批评现代转型的可喜现象,丰富和发展了中国文学批评理论的视域。

三、促进了中国化的新批评理论的建设

新批评理论家维姆萨特和比尔兹利在论述"意图谬误"和"感受谬误"这两个概念时,指出文学批评要截断文本与作者和读者的联系而专注于文本研究,但其实文本不可能是自给自足的封闭性话语系统,它的产生和接受都表现出它是一个开放的、动态的意义空间。因此在中国传统的文学接受观念中,我们一直强调"知人论世"这一原则,强调文学批评要重视作者与作品的关系("知人")和作品与时代的关系("论世"),这一批评观在中国文学理论批评史中发挥了重要作用。那么,如何把西方当代文艺理论和中国本土文艺理论有机地结合起来,建设有中国特色的现代文艺理论?我国学者一直在探索,付出了很大努力,也做出了很大贡献。在新批评理论的中国化进程中,同样产生了突出成果。其中有两本著作值得我们关注:一本是1988年由中国社会科学出版社出版的赵毅衡的《"新批评"文集》,该书主要分为四个部分,第一部分介绍了新批评理论与方法论,第二部分是新批评派的诗歌语言研究,第三部分是新批评派的细读式评论,第四部分是新批评派的自辩。另一本书是1989年由四川文艺出版社出版的史亮的《新批评》,该书主要分为三个部分,第一部分对新批评文学和批评理论作了全面介绍,第二部分收集了主要的新批评理论家最有代表性的文章,第三部分主要摘译了布鲁克斯、沃伦、韦勒克等人对新批

评功过得失的评述及他们对新批评的历史回顾。这两本书为我国学者深入研究新批评文论、现代文论、现代形式论提供了宝贵的材料,对推动我国文学理论的建设具有重要意义。改革开放以来,中国的文学理论建设也自觉地借鉴吸收了新批评理论的营养成分。比如童庆炳主编的《文学理论教程》在论及文本观念的同时,以专门章节阐述了叙事、抒情技巧问题,突出文本形式因素在体系中的重要地位;王一川的《文学理论》在设置专章的基础上,还分析了文本含义及其发展,并且较为详细地探讨了文本的各种分类方式及其研究价值;南帆的《文学理论》有专章阐发"文本"内容,引进了"文本"的范畴,在分析其内涵及发展基础上,以"文本"为理论支点突出其重要性,构建了较为新颖的理论体系。所有这些都显示出文本观念向文学理论的渗透。在各种外部研究方法盛行的时候,新批评将文学研究的重点放在文学作品本身,系统全面地分析了文学的内在结构,进一步推动了文学理论研究视角的多元化,使中国文论界获得一次新的思想解放,中国文艺理论的研究也在一定程度上摆脱了庸俗社会学的研究框架,开始承认文学的独立性所在,并且比较深入地探讨了文学审美规律的特殊性价值。可以说,在20世纪的文论中,英美新批评是纠正和补充社会历史批评的重要力量,特别是其对文学文本深入分析的模式建构,对我国文学理论的建设具有独特的启示意义。

总之,新批评理论和方法对我国文学批评来说是一笔宝贵的理论资源,尤其是其所倡导的细读法影响深远。新批评理论的引进拓展了中国文学批评理论的视域,有力地促进了批评方法的变革。我国不少学者受到新批评的影响和启迪,重新审视我国的传统文学批评,批评视角转向关注文学作品本身的结构、作品语言和作品内部各要素之间的相互关系,体现出一种新的研究思路。这种以文本为中心,强调文本关注的作品本体论,开启了我国20世纪80年代后期一种新的具有中国特色的新批评文论的视野。然而,新批评理论自身也具有一种明显的狭隘性、保守性和片面性,其孤立地研究文学文本形式的思路,也体现了西方新批评文论的理论迷思和局限性,极端的形式主义使它无法解答一系列文学的重大问题,最终导致它不可避免地衰落下去。但其对文学作品本身的重视,开阔了中国当代文学批评的理论视野,对纠正社会学批评方式的不足,重视文学的本体研究,推动中国当代文学批评理论的建设,都具有重要意义。因此,尽可能地克服新批评理论矫枉过正及其狭隘性的形式主义倾向,把新批评重视文学内部规律的有益思路和分析方法与我国优秀的文学批评传统有机地结合起来,建设中国化的新批评理论,可以说是中国当代批评理论家们的重要使命。

第四章　象征诗学的接受

象征是文学创作中持续存在的一种现象，它是一种充满魅力的艺术思维方式，在文艺美学中占据着重要地位。但无论是东方还是西方，多数学者认为，象征只是以修辞手法的形式存在，未能构成真正的诗学诗论。从 19 世纪 80 年代开始，欧美象征文学及其创作理论有了很大的发展，逐渐形成了具有鲜明理论特征的象征主义文论。在中国古代美学范畴中，虽然没有"象征"一词，也没有"象征"的概念，但并不说明中国古代文论中就没有涉及象征意义的文学理论。其实中国古代文学创作及其理论包含着有关象征意义的丰富内涵，其中钟嵘的"滋味说"落实到形象创造上，就与西方象征主义诗论相通。

"滋味说"是中国古代诗论中的一种审美要求和艺术主张，为南朝文学批评家钟嵘所倡导。钟嵘的"滋味说"要求诗歌在艺术上要做到"文已尽而意有余"，以有限的语言表达无限的意蕴，从而带给读者无尽的审美感受。而在法国象征主义诗人的艺术主张和追求之中，象征主义首先是一种诗歌流派，其次是一种方法论。象征主义诗歌立足内心，化外部世界为精神的对应物，主张诗歌的抽象、朦胧、含蓄的风格，暗示是象征主义诗歌的基本创作手法。

比较"滋味说"与西方象征主义的源流和特点可以发现，二者虽然有着文化背景和具体表现上的差异，但作为一种创作方法和鉴赏论，它们之间却又有着相通和相同之处。从艺术创造的角度来讲，它们都强调形象思维，主张寓无形于有形，通过形象的隐喻和暗示功能，激发人的想象和情感体验，从而达到情感交流的目的，因此它们具有鲜明的可比性。并且，两种异质文化之间展开的比较研究可以增进不同文化背景下文论之间的理解、对话、交流与认同,实现中西文论的融会贯通;而且可以彰显中国传统诗论的现代价值,促进中国文学批评理论的建设和发展。

第一节　象征诗学的理论特征

象征(symbol)是一个源自西方的文艺学美学概念,它最初的意义与交往、记忆、信物密切关联,在希腊语中,它表示信物,如把戒指、硬币、木板一分为二,每人各持一端,作为结缘和立约的凭据,有点类似于我国古代的虎符。后来其才逐渐演化成具有神秘意义的观念符号,成为一个美学概念。

在象征中,用文字所塑造的意象,含义往往比较宽广,它不仅要求大于文字本来的字面意义,还要求体现本体世界的内在本质及超验意义,如艾略特的《荒原》以"荒原"象征日趋没落的现代西方社会和整个人类的生存状况。19世纪后期,在法国著名诗人波德莱尔、魏尔伦、兰波、马拉美等人的积极推动下,象征主义从一种文学手法扩展并上升为一种"主义",一种世界观,一种创作原则,一种文学精神,后来,它甚至被许多人视为一切艺术的本质。

象征主义不同于传统的象征手法,其象征不只是一种手法,更是一种把握世界的方式,一种整体性的文学观念。象征主义文论主要是一种创作论。作为象征主义理论的象征强调整部作品的象征性,指整部作品都充满着象征。象征主义诗人的象征源于个人内心独特的心理体验感受,每一个象征手法都暗示着整体的"个人象征系统"。他们的象征对象是深层隐秘的内心世界和深藏在表象世界之内的"纯粹本质"。由于对象的复杂、无形和多变性以及内涵的不确指性,象征语言在意义上不是单一、明确的,这种语言具有暗示性、启迪性,它的象征具有模糊、多重复合和再造的特点。并且,象征语言的音义是紧密结合不可分开的,象征意义必定要依附象征语言才得以显现。从理论角度看,象征主义作为一种艺术主张,其特点主要有:

一、物质世界、现象世界与超验世界、精神世界共存的世界观

象征主义认为世界由两个层次构成,即物质世界、现象世界与超验世界、精神世界,这两个世界层次在时间上共存,在空间上相互渗透,而且这种渗透是广延的、普遍存在的,由此形成了象征主义独特的世界观。

二、强调感应的存在

由于两个世界的相互渗透是普遍的,所以,象征主义认为自然界的万物之间、自然与人之间、人的各种感官之间,以及各种艺术形式之间,都有着内在的、隐秘的感应关系。感应,使世界成为一个整体,也使艺术的象征成为可能,而人的任务就是揭示这种感应关系。

三、重视暗示、通感、语言革新等艺术手法的综合运用

象征诗学强调整部作品的象征性,象征主义诗人的象征源于个人内心独特的心理体验感受,每一个象征手法都暗示着整体的"个人象征系统",所以诗人要善于通过暗示、通感、语言革新等艺术手法,使作品形成一个独特的象征系统,引发读者去感悟和探寻。

四、重视与读者心意机能的融汇、沟通

象征诗学认为任何两个世界和两个以上事物之间的关系,都是"象征"的,它们之间的关系不可能借用知性范畴来把握,因而诗作者所提供的,只能是自己冥冥中对两个世界或两个以上事物的某种神秘感应。由于这种感应只能通过暗示等手法来呈现,无法直接说明,所以作为读者的个人能否获得感应,进入对宇宙、社会、人生的幽秘体验,便和自身心意机能有关。从这个意义上说,要参悟象征主义诗歌的内蕴,没有读者参与是不行的。象征主义者所能做的,只是恰到好处地予以暗示,而能否获得感应、体验等,则依赖于读者的重新创造。

第二节 "滋味"说的象征诗学特征

滋味,指美味。《吕氏春秋·适音》中"口之情欲滋味",注云:"欲,美味也。"滋味也泛指味道。

以"味"论诗是我国传统诗学的重要方法之一。在我国古代诗学理论中,用"味"来说明文学艺术的美感作用,其源甚远。在先秦典籍中,"味"就与美有着密切关系,但它还不属于纯粹的审美意识的范畴,而只是指食物的特质及其给人带来的愉悦。最早把"味"与艺术和审美联系起来的是孔子。《论语·述而》说:"子在齐闻《韶》,三月不知肉味,曰:'不图为乐之至于斯也'。"此后,随着文学自觉时代的来临以及文学的不断发展,"味"的概念被广泛运用于文学艺术理论之中,并作为中国古代文学理论的特有范畴,得到了普遍的确立和承认。以"味"论诗始于西晋文论家陆机。他在《文赋》中说:"或清虚以婉约,每除烦而去滥。阙大羹之遗味,同朱弦之清氾。"南朝文学批评家刘勰也以"味"论诗,其《文心雕龙》"明诗"篇说"张衡《怨》篇,清典可味","体性"篇说扬雄的作品"志隐而味深","隐秀"篇说"深文隐蔚,余味曲包"。但是,无论是陆机还是刘勰,都还没有自觉地把"味"作为文学批评的主要理论主张。自觉而明确地以"味"或"滋味"为标准进行审美鉴赏的文艺理论批评家则是与刘勰同时代的钟嵘,他在《诗品》中提出的"滋味"说给齐梁时代诗歌的发展指明了方向,也在一定程度上丰富和发展了"味"这一诗学审美范畴。

《诗品》序云:"五言居文词之要,是众作之有滋味者也。"[①]又云:"永嘉时,贵黄、老,稍尚虚谈。于时篇什,理过其辞,淡乎寡味。"[②]推其文义,可以看出,钟嵘既强调诗家创作的"滋味",也批评永嘉时诗篇的"淡乎寡味",以"味"为纽带,将诗家的创作要求、诗的审美特征和读者的鉴赏活动

---

① 钟嵘:《诗品》,中华书局1998年版,第19页。
② 钟嵘:《诗品》,中华书局1998年版,第19页。

三者互相沟通,纳入了整个诗学的总体范畴,如《诗品》云,"干之以风力,润之以丹彩,使味之者无极,闻之者动心,是诗之至也"①。

当"味"用在诗歌批评上时,考察的是诗歌的艺术感染力,一种能引起读者产生相同思想感情的力量。就读者而言,艺术感染力主要体现在读者对作品的感受与接受上,因此,艺术感染力又是作品艺术效果的重要表现。"滋味"也可单称为"味",当它作为动词且指向为艺术作品时,其意义也就是读者对作品的感受与接受,因此,钟嵘《诗品》中"味"作为"品味"这一读者动态行为时,即指读者对作品艺术感染力的欣赏与接受。当《诗品》把"味"同诗的美感密切联系起来时,与审美体验有密切关系的"味"的问题就得到了审美批评者的重视。由此可见,钟嵘把"滋味"作为衡量作品的重要尺度,可以说是从读者感受与接受的角度进行诗歌批评的,其"滋味说"也是从艺术感染力、艺术效果和审美鉴赏的角度来体现的。

总之,"滋味说"作为中国古代诗论的一种诗歌创作和批评主张,要求诗歌在艺术上要做到"文已尽而意有余",以有限的语言表达无限的意蕴,从而带给读者无尽的审美韵味。这与法国象征主义诗派关于外部世界是精神情感的对应物,诗歌要注意营构意象,具体的物象要传达出让人感悟的丰富意蕴等艺术主张有许多相通之处,体现出了鲜明的象征诗学特征。概括起来,其具体特征主要表现为以下方面:

一、超越性特征

在象征主义批评中,象征总是把"无限"寓于某种"有限"之中,以鲜明的形象出现,却蕴含着超越形象的独特蕴意。象征正是以具体喻抽象,以简单喻复杂,以有形喻无形,借助形象给读者留下联想和再创造的丰富韵味。象征型作品中的形象是具体的,但它们又具有无限的蕴藉和张力,超越了形象本身的表现力,引人回味和思索。"张力"其实是一种"包容性",象征主义诗歌中的意蕴在这种包容性中被压缩,凝聚在一个有限的形象中,使之产生一种反弹力。这种反弹力作用于读者,就会让读者获得许多言外之意,从而突破有限的感知而抵达深层的意蕴,并由此产生审美愉

---

① 钟嵘:《诗品》,中华书局1998年版,第19页。

悦。因此,要深入把握象征形象,就要超越日常感知,通过对它的深入观照,达到某种精神上的顿悟而豁然开朗。

象征主义诗人常常依靠象征的包容力与张力揭示出某种普遍性的人生内容,使作品具有超越表层结构的审美空间和深远意蕴,从而提供给人们富有张力和蕴含的艺术世界。所以,由于这种超越性的本质特征,无论是象征主义的创作论还是批评鉴赏论,都要求寓无形于有形,寓共性于个性,寓一般于特殊,用具体形象来表现象征意蕴,达到审美观照的超越。

"滋味"说也是如此。"滋味"其实指的是诗的韵味,即"诗味",有赖于人的心灵体验、直觉、感悟和把握。它是最直观、最具体、最直接的体验,又是最抽象、最朦胧、最模糊的感觉,因此具有某种超越性。诗味追求的是"言有尽而意无穷",意味着对诗语的超越。从作者来说,不仅要赋予作品蕴藉的意涵,还要营造诗语的含蓄和隐喻,给读者留下想象的空间和品读的韵味,使诗味超越言语、诗体及其表层意义,产生言外之意、诗外之境、味外之味的艺术效果;从读者来说,要以自己独特体验和感觉,从诗语和诗境中寻找和把握到更多更深的诗外、言外、味外的意涵和韵味。从诗内到诗外,从味内到味外,其实就是读者不断深化想象、拓展想象空间、延宕想象时间的过程。而且,品味者不同,对"滋味"的把握和理解也会呈现出复杂多样的多元形态,因此捕捉诗味的过程不仅有时空上的弥漫性、延宕性、扩展性和持续性,更具有一种超越性的特征,因为它作用于人的心理和思维,激发人的想象力和创造力,是一种审美再创造的表现。它延宕的时间越长,扩展的空间就越大,越耐人咀嚼和回味。所以,从诗内到诗外,对"滋味"的捕捉过程就构成了一个对应交流、不断回旋往复的品味系统,它具有回旋性、往复性、环绕性,在时空的延宕扩展上不断深化,使人的审美潜能不断地被激发,从而获得审美愉悦。由此可见,"滋味"说与象征诗学一样具有超越性的理论特征。

二、暗示性特征

诗是有意味的形式。"象征意味着既是它所说的,同时也是超过它所说的"①。在象征型作品中,总有一定的暧昧性,表现出非通体透明的朦胧美。象征的含义必须经由象征形式传达。象征意义虽然由形象得来,但由于形象和意义之间存在距离,意义不能由形象直接见出,故象征的评价也就不能由形象直接推衍出来,只能由暗示得来。法国象征主义诗人和理论家马拉美就曾提出,"诗歌应当永远是个谜",要"叫人一点一点去猜想"②。马拉美反对直接表现对象,主张艺术表现就是一种暗示,认为诗写出来原就是叫人一点一点去猜想的。由于意义是通过形象隐秘暗示的,所以虽然形象直接呈现于读者的感性观照,但只能达到意义与形象遥相呼应的效果,而不能充分地、恰当地揭示出形象与意义的全部关系。可见,象征所蕴含的普遍意义是需要通过暗示或隐喻才得以蕴藉地传达出来的。后期象征主义诗人莫雷阿斯进一步发展了象征主义的理论主张,他在《象征主义宣言》中宣称:"象征主义诗歌是说教、夸张、虚假感情和客观摹写的敌人,它要使意念具有触摸得到的形貌;不过,创造这种形貌并非写诗的目的,其目的在于表达意念,而形貌则处于从属地位。……故而,自然景物、人的活动,种种具体的现象都不会原封不动地出现在象征主义艺术中,它们仅仅是些可以感知意念之间奥秘的相似性。"③从这段话可以看出象征主义的主要美学追求:诗人创作,就是要选择和安排好适合表达某种意念的象征性字眼,让感知的外表与原始意念之间达到某种"相似性"。这种"相似性"其实就是象征主义诗歌在表达意念时的暗示性特征。

在中国传统诗歌美学中,"兴"是构造意境的必要途径,从本质上讲是物对于心的自然感发和心对于物的自然契合。可以说,在传统美学中,比兴不仅具有修辞手法、表现手法的作用,也具有创作方法的功能,它是中国文学理论发展中逐渐形成的一种具有中国特色的象征诗学。南朝文学批评家钟嵘在诗歌表现方法上,就特别强调兴、比、赋"三义"。在《诗品》中可以看到钟嵘对"兴"的重视,在他之前诗论家都是以"赋、比、兴"的顺

---

① [美]劳·坡林、殷宝书:《谈诗的象征》,《世界文学》1981年第5期。
② 龚翰熊:《现代西方文学思潮》,四川大学出版社1987年版,第56页。
③ 黄晋凯、张秉真、杨恒达:《象征主义·意象派》,中国人民大学出版社1989年版,第45页。

序来论诗的,钟嵘在这里调换了次序,并把兴、比、赋作为表现方法从"六义"中抽取出来,从诗歌艺术美创造的角度进行了新的阐发。"兴":"文已尽而意有余,兴也"①,即要寓意于言外,营构出言近旨远、余味无穷的诗境。"比":"因物喻志,比也"②,即用物来象征诗的蕴意。"赋":"直书其事,寓言写物,赋也"③,指的是寓托于语言来表现事物。从钟嵘的诗评看,他欣赏的是那些言近旨远、含蓄蕴藉、意境深远、形象优美的诗歌,认为"文已尽而意有余"的诗歌才有诗味,具备"诗味"之美学品格的诗才是上乘之诗,能"使味之者无极,闻之者动心","是诗之至也"。④

可以说,钟嵘的"滋味"说和他力倡的"兴比赋"创作方法与西方象征主义诗学是相通的,他有关"文尽意余""因物喻志""寓言写物"的创作主张,强调的也是诗歌创作的暗示性和蕴藉性。具有这种美学品格的诗才是有滋味的诗,才能激发读者的想象力,不断地对诗味进行丰富和延宕,由此获得审美的愉悦和超越。

三、顿悟性特征

在审美过程中,"悟"是一种直觉的方式,它具有多种形态,既包含西方学者所论述过的"感性直觉"与"理性直觉",也包含我们今天说的抽象思维、形象思维和灵感思维的某些特点。可以说,悟觉是一种以象为基础、以情为中介、以理趣为归宿的思维方式。

诗歌常用来表现个性化很强的体验性的事物,但体验却是非概念性的,体验的内容是纯粹个人的内心状态,难以用概念来明晰表达。语言的认知性与这种体验的非概念性之间存在着巨大鸿沟,因此在对诗歌的欣赏把握中常常会让人感觉到语言的局限性。佛教中有"拈花微笑"的故事,其意即指,最高妙的佛理是难以言传的,只能在微笑中心领神会。同理,诗歌中的微妙有时也是难以言说的,需要"悟觉"思维的参与。审美主

---

① 钟嵘:《诗品》,中华书局 1998 年版,第 19 页。
② 钟嵘:《诗品》,中华书局 1998 年版,第 19 页。
③ 钟嵘:《诗品》,中华书局 1998 年版,第 19 页。
④ 钟嵘:《诗品》,中华书局 1998 年版,第 19 页。

体只有悟出诗歌的意蕴,才能真正品出其中的滋味。钟嵘和象征主义诗人都主张诗歌是让读者自己去"悟"的,不可以用逻辑推理来论证,也不可诉诸语言文字去解析。

象征主义认为诗歌要表现的是神秘莫测的心灵状态,那是一个真实无形的超验世界,其意蕴是不固定的、无确指的。因此诗人应力避思想表现的直白,把感情和意蕴寄寓在对"象征体"的描述之中。由于对象的不确定性,或者形象的概括性,读者在体会其中的意蕴时,可能会产生多种理解,作品就具有多义性的审美效果。因此,对诗人来说,"象征"强调"悟",并用最准确的符号呈现,使之与被象征物发生关联。对读者来说,"象征"亦强调"悟",要求读者理解那种关联,并把握其内在理念或超验感受,这种把握不是去再现情景或理性言说,而只能是通过审美直觉去感悟。象征形象的复杂多义性和抽象难解性,形成了形象大于思想的审美现象,增添了象征物象的魅力和意味,并因其想象空间的扩展而延长了读者的审美过程。因此阅读过程中"悟觉"思维的参与,可以给读者带来更积极的审美体验和更丰富的审美感受。

钟嵘同样强调了"悟"的重要作用。他虽然也肯定具体创作方法在艺术创作中的作用,但更加强调诗人"悟解"事物的才能,认为真正的诗作主要是因"悟"而出的。为了营造"诗味",诗歌总是追求空灵之美,使之韵味无穷。其空灵处或空白点,构成了独特的审美张力,吸引并召唤读者调动自己的想象力去填补空白,领悟其中的意蕴。

《周易·系辞上》云:"子曰:'书不尽言,言不尽意。然则圣人之意,其不可见乎?'子曰:'圣人立象以尽意,设卦以尽情伪,系辞焉以尽其言。……'"其所谓的"立象以尽意",正是中国传统美学"滋味"说的理论基础。中国古代文学艺术标举以"神似""传神"为上,追求形象之外的神韵性灵、言语之外的情思趣味,追求"象外之象,味外之旨"的美学效应。如品温庭筠《商山早行》中"鸡声茅店月,人迹板桥霜"两句诗,那一连串的意象引发了读者丰富的联想,在无人处分明可见旅人的行色匆匆和在外拼搏的艰难,从而感悟到了浓浓的乡愁滋味,也许这就是诗作的言外之意、味外之旨。

四、主体性特征

由于象征意义的模糊性和不确定性,积极能动的审美主体性便是象征主义批评一个非常重要的特征。首先,象征的"超越"性意义是人类精神的主动投射,是人类主体意识或自我意识积极创造的结果,人的主体性是象征及其超越性意义生成的重要条件;其次,象征的超越性意义不是"被动地""静止地"存在于象征物之中,而是审美主体对它"主动地""历史地"发现和再造,是审美主体积极参与和有效把握的结果。也就是说,象征创造主体"情绪的隐秘力量"赋予客观自然的象征物以精神和意义;而审美意识的自由,则赋予一切事物以象征的自由,使象征具有丰富性、多义性和不确定性。因此,象征主义作品的形象背后蕴藏的意义也是不明确的,其形象与意义的关系不是固定的、唯一的,每一个象征都可能有多种意义的指向,这就使审美主体在象征形象的把握和阐释的过程中,可以如同滚雪球那样不断获得新的意义。正是这些不断增生的意义,构成了象征形象的丰富性,并决定了象征意义被"破译"时的多种可能性。由此可见,对象征的把握也体现出了审美阐释者的主体性,它充分激发了阐释者的想象力、理解力、感悟力和情感把握能力。由于审美阐释者的主体性不同,对象征必然有不同的审美把握和阐发。

中国传统美学的"滋味"说也体现了审美主体性的特征。对文学"滋味"的把握是文学活动主体的自我感觉,其本质是非理性的,它来源于文学活动主体感性生命的存在,归属于文学活动主体感性需求的满足。当"味"作为一种审美对象被寻觅的时候,其实也就注定了把握"味"的方式是一种极具主体意识的生命方式。在《诗品》中,钟嵘就认为"理"或者"意"脱离了审美情感是不可能产生"味"的。因而"味"的产生,离不开审美主体的情感力量,包括审美创造者和审美欣赏者的情感力量。优秀的诗歌是有意味的形式和有形式的意味的统一,其韵味是隽永的,是耐人寻味、咀嚼和品评的。审美主体的感受、情感和理解力的不同,自然导致了审美把握的丰富性和多样性,这和对象征的把握是同理的。也由于审美把握的丰富性和多样性,诗的"滋味"就显得越发隽永、余味无穷了。钟嵘所揭示的"余味无穷""言有尽而意无穷"的审美境界,其实就是审美创造者和审美欣赏者共同创造的,对诗之"滋味"的把握也是审美活动中对欣赏主体其美感力量的独特肯定。钟嵘所谓的"玩味",就是充分激发审美欣赏者的主体能动性,通过对诗语、韵律、节奏等外在结构与情景、意境等内在结构的整体观照,来把握和领悟诗所蕴含的情感意味的审美过程。因此在对主体情感力量的强调上,"滋味"说与象征诗学无疑是相通的。

第三节　象征诗学对中国当代文论建设的意义

通过对象征主义和中国古典文论"滋味"说的梳理,不难发现它们在追求诗美的张力、诗味的隽永和表达的蕴藉上大体是相通的。象征主义强调以有限具象表现无限内蕴,意义是通过形象隐秘暗示的,"诗歌应当永远是个谜",要"叫人一点一点去猜想"。"滋味"说追求言外之意,味外之旨,强调情、辞、意、味的完美统一,达到"文已尽而意有余"的审美效果;在诗歌批评上采用玩"味"、妙"悟"的美学批评或美感经验分析批评模式。二者超越性、暗示性、顿悟性及主体性的理论特征都是非常鲜明的。因此,在当下文化境遇下,发掘"滋味"说的象征诗学特征不仅可以打通东西方诗学的理论资源,有利于东西方文论的交流和对话;而且可以发掘中国传统诗论的丰富内涵和现代价值,为中国当代文学理论的建构提供一个新的思维角度,真正实现中西文论融会贯通的价值追求。

一、为新时代文学批评模式的建构提供一种良性互动的关系

在新的文化背景下,中国文学批评作为一个整体,其中包含的各个要素是相互作用的,任何要素都不可能脱离整体而独自改变。传统文论要拥有强大的生命力,就不能仅仅作为一种僵硬的、古板的历史传承物出现,而是要参与到时代思潮当中,并打上自己的钤印。"滋味"说的提出是有特定的实践针对性的,因而不能不受到历史和认识条件的局限。在与异质文化下的西方象征主义交流与对话的过程中,"滋味"说得到了具有

现代意义的重新阐释,那些超越时空局限、具有普遍针对性的质素,包括其所运用的整体性思维方式、开放性审美理念以及具有主体实践性的价值取向便显露出了独特的现代价值。而象征主义文论在中国的接受和发展,其不同的言说方式也有助于解决我们的理论困惑,满足现代社会中所产生的新的理论表述的需要,从而丰富我们理论建构的资源,拓展我们思考的形式,为中国文学批评理论建构提供一种新的角度。中国化的象征主义实际上已经与"滋味"说一样纳入了中国文论的范畴,成为中国文艺思想建设过程的一个有机组成部分。总之,在新的历史条件下,整合东西方诗学的理论资源,使传统文论逐渐转化成新的文艺理论观念,重新焕发活力,融入当代文学批评之中,正是中国当代文学理论建设的重要内容。

二、有利于在多元文化语境下保持民族话语的独立性

中国传统文论"偏重于直觉、顿悟和对感性体验的描述"①的整体性思维特点,让传统文论具有某种开放性。钟嵘的"滋味"说作为传统文论的审美范畴之一,其理论指向与理论阐释具有多义性、衍生性的特点,各理念之间又互有渗透,因此,范畴的意义也同样具有开放的一面。比如,象征诗学中的"象征"常常与传统诗学中的"比兴"手法相融通,这就是传统文论在暗中激发人们对新的外来理念的理解和接受,也是"比兴"这一审美范畴开放性的表现。同理,"滋味"也是如此。这种理解和接受使"滋味"这一审美范畴有了更丰富的内涵,这正是中国传统文论自身具有某种开放性的必然表现。这些都使当代中国文学批评在面对强大的多元文化的新时代语境时,能够立足于传统文化的深厚基础,继续保持中华传统文论的民族性,反映和表述我们民族的生存体验,发挥传统文论中特有的开放性与现实性精神,从而为以创新的态度延续与丰富传统文论的内涵提供了启迪和信心。

三、营造一个开放与创新的文化接受心态

通过象征主义在中国的接受和发展过程可以发现,在全球经济、文化

---

① 朱立元:《走自己的路》,《文学评论》2000 年第 3 期。

趋同的背景下,不同参照系之间相互开放、相互对话和相互审视,带来了多元文化的交叉、渗透和整合,在对多种多样的西方潮流进行选择时,传统文化常常是暗中影响选择的重要因素。如何选择一种言说中国古代文论的途径,让古老的传统文论在当代中国再次焕发出青春活力,实现现代转化是我们正面临的问题。参照象征主义诗论发掘"滋味"说中蕴含的象征诗学特征,通过这种积极的东西方对话和探索,我们可以提取到文学理论中具有普遍意义的质素。这不仅证明了以"滋味"说为代表的传统文论本身所具有的动态开放性,也拓宽了它的理论广度,使之具有更深广的理论兼容性和现代价值。在这种贯通古今、融汇中西的交流对话的尝试中,中国古老的传统文论得到了有效的现代转化,在当代中国文学批评话语中再次迸发出它的独特魅力。而且,对于中国文学批评理论的建设来说,以开放和创新的文化接受心态,发掘传统文论的现代价值,不仅是一个理论话语增殖的过程,也是传统文论自我超越的发展走向。

总之,在全球化多元文化背景下,通过"滋味"说与西方象征诗学的比较研究,不仅可以打通东西方诗学的理论资源,有利于东西方文论的交流和对话,而且揭示了中国传统诗论的丰富内涵和现代价值,为中国当代文学理论的建构提供一个新的思维角度,真正实现中西文论融会贯通的价值追求。

第五章　西方意象批评理论的接受

文学批评在 20 世纪处于辉煌地位,美国文学理论家韦勒克曾经自豪地宣称 20 世纪是批评的世纪。20 世纪七八十年代,随着中国的改革开放和当代文学批评的复兴,意象批评作为一种结合了中西方特色的以意象为喻的文学批评方法也与西方当代其他文学批评观一起进入中国,在丰富我国当代文学批评方法的同时也对我国当代文论的建设产生了一定的启示作用。

第一节　意象批评的理论特征

意象批评,是一种注重意象的审美价值判断及其象征意义的文学批评方式,崛起于 20 世纪 20 年代初。与注重理性思辨、逻辑分析,善用抽象概念的其他西方文学批评方法不同,意象批评关注诗人的意象营构,除了考察意象的结构与类型之外,还注意发现和揭示意象之间的联系及其价值判断取向,由此把握意象背后的象征意义。

意象批评是在意象主义诗歌异军突起的基础上产生的。意象主义诗歌崛起于 20 世纪初叶,即 1912—1917 年间,以在伦敦的诗人艾兹拉·庞德和爱米·罗厄尔为首的一群英美诗人发起的一场很活跃的诗歌运动为开端,这就是时称的意象主义诗歌运动。当时的英美诗坛充斥着内容空洞、无病呻吟、惯于说教、辞藻华丽的后期浪漫主义诗歌。以艾兹拉·庞德为代表的英美意象派诗人决心独辟蹊径,寻找更适合反映现代人真实生活和精神感受的诗歌形式及其技巧。他们从中国的象形字结构和中国古典诗词的表现技巧中受到很大启发,开始大量翻译中国古诗词,引起了意象派诗人对中国古典文学的狂热崇拜,他们特别对其中灿若星河的独特意象赞叹不绝。1912年,时任《诗刊》海外编辑的庞德提出了他与道利特尔、奥尔丁顿共同奉行的诗歌创作三原则:"1.对于所写之物,不论是主观的或客观的,要用直接处理的方法。2.决不使用任何对表达没有作用的字。3.关于韵律,按照富有音乐性的词句的先后关联,而不是按照一架节拍器的节拍来写诗。"①这三原则后来被称为"意象主义宣言"。1913年他发表了《一位意象派者所提出的几条禁例》一文,正式提出了诗歌创作的新主张:诗要具体,避免抽象;要精炼,不用废字,不用修饰,不要用诗来叙述、描写;等等。关于意象的概念,他认为意象是"在瞬息间呈现出的一个理性和情感的复合体"②。英美意象派的早期理论家赫尔姆也提出这样的法则:"譬如某诗人为某些意象所打动,这些意象分行并置时,会暗示及唤起其感受之状态……两个视觉意象构成一个视觉和弦。它们结合而暗示一个崭新面貌的意象。"③由此,庞德明确了意象的含义,提出了意象派的行动纲领,主要内容有:准确地运用口语,摒弃虚饰的辞藻;创造新的节奏,以自由体诗作为表现诗人个性的有效工具;诗人可以自由选择题材,不受任何限制;要运用意象,做到准确具体,避免抽象、含混的议论;简练、浓缩是诗歌极其重要的因素。根据这些原则,意象派诗人先后出版了六集《意象派诗选》。至20世纪20年代,以艾兹拉·庞德为代表的英美意象派已经成为活跃于英美诗坛的现代主义诗歌流派,他们反对传统的诗歌题材和诗体,在新诗运动中开意象派风气之先,极大地推动了20世纪英美诗歌的发展,也对西方现代主义产生了很大影响。

纵观西方意象批评的主要理论特征,大致有以下几个方面:

---

① [美]庞德:《回顾》,载[英]戴维·洛奇:《二十世纪文学评论》(上册),葛林等译,上海译文出版社1987年版,第107页。

② [美]庞德:《回顾》,载[英]戴维·洛奇:《二十世纪文学评论》(上册),葛林等译,上海译文出版社1987年版,第108页。

③ 叶维廉:《中国古典诗与英美现代诗——语言与美学的汇通》,载《中国古典文学比较研究》,台北黎明文化有限公司1977年版,第185~235页。

一、注重意象的主观意蕴与审美价值判断

意象是审美创造者审美价值判断的产物。美国现代文学理论家韦勒克和沃伦曾提到,威尔斯的意象类型学的理论把意象划分为七种类型,它们是:装饰性意象、潜沉意象、强合(或浮夸)意象、基本意象、精致意象、扩张意象、繁富意象。① 其中,韦勒克对繁富意象的解释是,这类意象"把两个含义宽阔而具有想象价值的词语并置在一起",它"包含着松散的比较,这种比较建立在简单的价值判断上"②。他举了英国诗人彭斯的诗为例进行说明。彭斯写道:"我的爱人像一朵红红的玫瑰/……/我的爱人像一支旋律/奏出甜蜜和谐的声音。"他认为,在这里,一个漂亮的女人、一朵鲜红的玫瑰和一支和谐的乐曲之间的共同点是其都具有美好的称心如意的性质,并不是玫瑰般的双颊使那女人像玫瑰,也不是她甜美的声音使她像旋律,她之所以像玫瑰、像旋律,是在于大家同属于美的价值上③。由此可以知道,在彭斯的诗中,不管是"玫瑰"的意象,还是"旋律"的意象,均基于诗人对其爱人的审美价值的肯定,其中渗透着诗人对爱人的喜欢之情,其主观感情是非常鲜明的。因此,意象批评要注意寻找诗歌意象背后所隐藏的主观意蕴及其审美价值取向,只有这样,才能做出正确的分析和判断。

二、注意把握意象所蕴含的象征意义

意象作为审美创造者主观意识和审美判断的外在表现和物化形态,它是具体可感的,形象鲜明的,让人容易接受的。如上述彭斯诗中"红红的玫瑰"与"甜蜜和谐的声音"的意象都是生动可感、形象鲜明的,给人带来美好的感觉,但在意象派诗人的笔下,其中蕴含着丰富的象征意义。意象派诗人更常常通过一连串意象的组合在有限的词语中传达出丰富的意

---

① [美]韦勒克、沃伦:《意象,隐喻,象征,神话》,载汪耀进:《意象批评》,四川文艺出版社1989年版,第31页。
② [美]韦勒克、沃伦:《意象,隐喻,象征,神话》,载汪耀进:《意象批评》,四川文艺出版社1989年版,第33页。
③ [美]韦勒克、沃伦:《意象,隐喻,象征,神话》,载汪耀进:《意象批评》,四川文艺出版社1989年版,第34页。

蕴,其意象所蕴含的象征意义也是丰富复杂的。如西方象征主义诗人曾经用病态的目光,阴冷地看待大自然,甚至残酷地诅咒自然,因此其作品中常常出现一连串阴森可怖的意象:蝙蝠、秃鹫、死鱼、病人等等。英国诗人艾略特把黄昏落日喻为"麻醉在手术台上的病人"(《普鲁弗洛克的情歌》);法国诗人波德莱尔则将天空写成"像盖子般压在困于长闷的呻吟的心上",大地是"潮湿的土牢"(《恶之花》)。① 他们笔下万物枯死的大自然并不是真实的大自然,而是腐朽丑陋的现代世界的象征,不管是波德莱尔的《恶之花》,还是艾略特的《荒原》,诗人们所思考所表现的,也不仅仅是个人的命运和家园,而是整整一个时代的病变,是世界的沦落,是人类的异化,并且他们都在力图揭示这种病变与异化的根源。这种思考与表现是惊心动魄的,具有一种振聋发聩的艺术震撼力。读者一旦读懂了这些意象及其所蕴含的象征意义就不能不被其深深震撼,从而去观照去审视人类的命运及其所处的世界。可以说,诗人的这种表达,是独特、隽永而又沉甸甸的,因为其意象所要传达给读者的,已不是对某一个景物(感知外表)单纯的抒发和讴歌,而是对自己所具有的那种生存方式或者说生命形式(原始意念)的独特理解和思考,体现出一种形而上的哲学意义。正如瑞士心理学家荣格在《论分析心理学与诗歌的关系》中提到的,"每一个意象都凝聚着一些人类心理和人类命运的因素,渗透着我们祖先历史中大致按照同样的方式,无数次重复产生的欢乐与悲伤的残留物"②。因此,意象批评必须注意发掘意象组合所传达的丰富意蕴,追寻意象背后所蕴含的丰富复杂的象征意义,这样,才能真正了解和把握作品。

在西方,开意象批评滥觞的是英国莎士比亚批评家卡罗琳·斯珀津。从1927年开始,她便致力于莎士比亚剧本中的意象研究,并于1935年出版了《莎士比亚的意象》一书,在书中梳理归类出7000多种莎剧意象,如"眼中的尘埃""恶性的疣""红肿的冻疮""触痛的伤口"等等,来说明莎剧所揭示的问题不是个人问题,而是整个社会肌体的病态问题。当然,她也

---

① 王秋荣、陈伯通:《西方文艺思潮概观》,海峡文艺出版社1988年版,第378～379页。
② [瑞士]荣格:《心理学与文学》,冯川、苏克译,生活·读书·新知三联书店1987年版,第121页。

在莎士比亚几部伟大的悲剧中,捕捉到了一些美好的意象,如在《罗密欧与朱丽叶》中,光的意象贯穿全篇,以太阳、月亮、繁星等多种协调的、连贯的、瑰丽非凡的意象形式,构成了一幅光彩夺目的鲜明图画,来表现爱情的美好,以及爱被毁灭的巨大悲痛。

将意象批评推向高峰的是英美新批评学派,新批评家们肯定文学是独立的艺术世界,将批评的目光从作者转向作品,把作品视为批评的出发点和归宿,认为文学研究的对象只应当是诗的本体,"本体即诗的存在现实"①。因此,他们倡导对作品中的意象进行深入细致的分析。在韦勒克与沃伦合著的《文学理论》当中,文学研究被分为"外部研究"和"内部研究","内部研究"就是讨论音韵、格律、文体、意象等文本的形式因素。他们认为,文学作品是一个为一定审美目的服务的完整的符号体系或符号结构,可以叫作"符号和意义的多层结构",包含着以下层面:"(1)声音层面,谐音、节奏和格律;(2)意义单元,它决定文学作品形式上的语言结构、风格和文体的规则;(3)意象和隐喻,即所有文体风格中可表现诗的最核心的部分;(4)存在于象征系统中的诗的特殊'世界',我们称这些象征和象征系统为诗的'神话',以及由叙述性的小说投射出的世界;(5)有关形式与技巧的特殊问题。"②这五个层面构成了单篇文学作品的艺术形式,而意象、隐喻、象征、神话则把诗歌与音乐和绘画联系起来,而把诗歌与哲学和科学分开。他们所运用的"细读法"也为意象的细致剖析提供了一把锐利的手术刀。克林斯·布鲁克斯与罗伯特·潘·沃伦合著的《怎样读诗》就是他们运用"细读法"进行意象批评的代表著作。

第二节　中国意象批评的研究

因为西方意象主义的兴起,20 世纪 20 年代以来,"意象"一词已为人

---

① [美]约翰·克罗·兰色姆:《新批评》,王腊宝、张哲译,江苏教育出版社 2006 年版,第 15 页。
② [美]韦勒克、沃伦:《文学理论》,生活·读书·新知三联书店 1984 年版,第 165 页。

们所熟悉,甚至有人误认为"意象"是个舶来词。其实在中国古典美学和文学批评中,"意象"早已存在,但其含义相对宽泛与模糊。有人以为其源于《周易·系辞上》:"子曰:'圣人立象以尽意,设卦以尽情伪,系辞焉以尽其象……'"三国时期的王弼在《周易略例·明象》中以《庄子·外物》的"得鱼而忘筌""得意而忘言"为依据,对《周易》"立象以尽意"这一"意象"论进行了专门阐发,阐明其"意""象""言"三者之间的辩证关系,为"意象"说进入文艺批评领域打下了初步的理论基础。到了刘勰的《文心雕龙·神思》和钟嵘的《诗品》,以及之后兴起的唐、宋、元、明、清等历代诗话与文论,"意象"说被进一步运用于文学批评。中国诗话与文论的意象批评,其主要内容大致有:以意象论诗体,以意象论诗法,以意象论诗味,以意象论诗歌艺术生命,以意象论艺术风格及以意象论诗人等。

20世纪初,西方意象派诗人竞相折服于中国古典诗词,特别是五言古体和唐宋诗词。他们没有再追溯先秦魏晋时期有关"意象"的理论论述,直接接受了中国古典诗歌语象组合的表现方法,认同其作为艺术形象存在的"意象"表现。而我国文论界对意象的重视又恰恰在西方意象派兴起后,并接受了其概念的内涵,即"意象"就是审美创造者传达其审美追求和艺术构想的外在物象。换言之,"意象"本是中国古老的理论资源,在艺术表现的层面被西方当代文论所吸收,又在文学合乎规律的发展中被中国文论界所认同。近年来,有关中国古典诗词意象的象征意义的研究以及与此相关的意象批评正是建立在这一理论的基础之上。

20世纪80年代以来,我国文论界开始积极地对意象批评进行介绍和研究。1989年,四川文艺出版社出版了汪耀进编著的《意象批评》一书,该书翻译介绍了一系列西方意象派理论家的文章,向文论界展示了意象批评的丰富视野。其后,意象批评的研究和运用在中国文论界全面展开。最有代表性的理论家是南京大学的张伯伟,他在《禅与诗学》和《中国古代文学批评方法研究》等著作中都以独立的章节来论述意象批评。如《禅与诗学》一书中的"理论篇"就辟有"禅宗思维方式与意象批评"一章,将我国诗学中带有比喻特点的文学评论方法称为"意象批评",他还结合实际例子阐述了意象批评的主要内涵和特征,认为意象批评乃是考察以具体意象表现抽象概念的批评方法。除了张伯伟,还有许多学者对意象批评进行了深入而独到的研究。陈书录《明代诗文的演变》中的"意象的批评与意象的创造"一章则从断代历史的视角出发,把意象批评放在明代诗文领域意象批评发展的大背景下来讨论,认为意象批评与意象创造的相济互补是明代诗文创作与批评交叉发展的主要特征之一。意象批评作为古代传统的批评方法,明代对它有继承也有推广。该书还列举了意象批评在中国诗歌、散文、小说、戏曲、书法、绘画等许多领域运用的例子,并且对绝句形式的意象批评进行了阐发,认为其体现了可感的形象与理性思维互补的特征。许伯卿的《比喻式文学批评初探》将意象批评称为比喻式文学批评,他认为比喻式批评的发源可以上溯到先秦时代,它在唐代达到鼎盛。吴果中的《论象喻批评》一文则把"意象批评"称为"象喻批评",认为象喻批评发端于《诗经》《周易》时代,在魏晋南北朝时期成为重要的批评方法;宋代以降,佛教思想广泛渗透,象喻批评出现禅化的现象。刘天利的《略论〈二十四诗品〉的意象批评模式》认为意象批评作为我国古代文学中一种最具民族特色的批评方法,其最早模式是"人物品题"式的,针对的是某一个或几个特定的作家。《二十四诗品》的出现突破了这一传统模式,它以四言诗的形式展示诗歌的风格类型,揭示其构思的方法和规律,具有很高的理论价值;就文学批评文本而论,《二十四诗品》揭示了丰富多彩的意象,其中融合了作者的主观情感及现实感受,寄寓了作者的生活理想。贺天忠、吴红光的《〈文心雕龙〉的意象批评论》认为刘勰的《文心雕龙》是中国古代意象说的集大成者,其中所涉及的一些文学批评属于意象批评,是意象批评的成熟形态。邓新华的《传统批评中"比物取象"的诗性言说方式》一文则将意象批评称作"比物取象"的诗性言说方式,认为它可以传达出批评家对批评对象的审美感受和审美评判,是中国传统批评区别于西方文学批评的一个显著特点;文章还勾勒了"比物取象"形成、发展的过程,揭示其作为中国古代主要的批评话语方式的基本特征和功能。张路黎的《中国诗学的"风"与"水"之象喻》则专论中国诗学的"风"与"水"的意象,认为"风"与"水"之喻是中国诗学中一组意蕴特别丰富的象喻,常用于艺术品评和理论探讨,描述作品风格和审美鉴赏的境界,揭示艺术创作的奥妙,说明文艺的源流、传播和功能等,不仅形象地表现出中国艺术的特点,而且隐含着自然的亲和力、原初的生命力和深刻的人格意义。

吴中胜的《文学如水——中国古代文论以水喻文批评》认为中国古代文论常把文艺作品比作水,以水喻文反映了中国古代文论对平淡自然风格的追求。胡建次的《中国古代诗歌意象批评的发展及其特征》一文认为意象批评与源流批评、比较批评、摘句批评等一起构成我国古代诗歌批评的缤纷时空。意象批评作为一种具有民族特色的诗歌批评方法,其发展经历了五个阶段,即萌生期、成型期、繁盛期、深化期、完善期;其特征则主要表现在喻象性、张力性、审美性三个方面。蔡镇楚、刘畅的《论意象批评》则从审美语言学的学术文化视点出发,以丰富翔实的诗话文献资料,全面阐述了意象批评的学术渊源、批评特征、批评方法及其文化思考,可以说是中国传统意象批评的集大成之论。这些研究都是在意象批评理论的影响下对中国古代意象批评的理论资源进行了比较深入的发掘、梳理和阐发的,拓宽了文论界的理论视野,也给当代文学批评提供了新的视角。

第三节　意象批评的运用及启迪

在意象批评的运用方面,我国文学批评界也深受影响。意象在我国古典文学中既是一个审美对象,又是一种创作手法。而且,一些意象由于被反复使用,本身已经具有了特定的情感倾向和审美基因。如古诗词中的"松树"意象常常象征坚贞的品格;"沧浪之水"则象征洁身自好的追求;"莲花"的"莲"谐音"怜",多是爱情的象征;"碧血"则有忠贞牺牲的蕴意;等等。这些语象能直接唤起我们的艺术想象而生动地外化了主观情怀,审美鉴赏者也会因为其对意象感知的主体经验而体味并把握到诗的意蕴和境界。唐代李益《夜上受降城闻笛》一诗:"回乐峰前沙似雪,受降城外月如霜。不知何处吹芦管,一夜征人尽望乡。"诗中通过"峰前""沙似雪""城外""月如霜"这一组表象性词语,形象鲜明地传达出了边塞寒秋的空旷凄清和征人思乡的怅然愁绪。"沙"和"月"是诗人对戍边将士深切同情的外在表现和物化形态,因而,沙如雪冷,月似霜寒,成为两个凄凉幽怨的独特意象。这一系列意象驭繁于简,具体可感,让人浮想联翩,感同身受,油然而生乡思乡愁。

但是,意与象,在古典文学创作中明显重象轻意。古人感于山川人事,大都"感物而动",源于象,归于象,意常常被象所遮蔽。在西方现代诗歌的意象中,则明显重意轻象,在意象背后,总是隐藏着某种象征、主题、隐喻、母题等深刻的意蕴或模式。英国理论家辛·刘易斯说:"意象定式可以使读者的心理有准备,去接受主体的直接影响","一首诗中的意象就像一系列放置在不同角度的镜子,当主题过来的时候,镜子就从各种角度反映了主题的各个不同侧面。……它们不仅反映了主题,而且也赋予主题以生命和外形,它们足以使精神形象可见。"[①]寻觅"象"背后的"意"义,可以说是现代诗歌意象批评的共同追求。当代评论家程光炜在肯定舒婷、北岛、江河等朦胧诗人对20世纪80年代诗坛的贡献时,说其所创造的"太阳""鸽子""雨夜""陶罐""河水"等一系列意象,"打通了与一度落满积尘的民族意象诗的艺术性联系……它们本身的集体意象,本质地取消了不同语言之间的隔阂,并赋予其'人类精神'的共时性特征"[②]。可以看出,这些阐发也着重在追寻"象"后面的"意",即意蕴或"人类精神"。

因为意象重"意",而且由于意象的主观性与象征性,必然会产生多义性,很多时候,诗人的感受根本无法用清晰明确的词语表达出来,只能用朦胧多义的物象,引导读者去体会诗歌意蕴的复杂性和深刻性。而且有时候诗人本身的感受就处于矛盾冲突之中,自己也难以理清,这就迫使读者通过对其意象多义性的分析来把握作品。所以分析意象的多义性,也是意象批评关注的重要方面。如施经碧《意象的多义性——从新批评的角度分析弗洛斯特诗歌"补墙"的魅力》一文试图从弗洛斯特诗歌中墙的意象多义性分析入手,揭示诗歌的独特内涵与意蕴,展现作者混沌不定的内心世界。而诗歌正是在这样多元意义的相互碰撞中,变得丰富、深刻,充满张力。

---

① [英]辛·刘易斯:《意象的定式》,载汪耀进:《意象批评》,四川文艺出版社1989年版,第96页。
② 程光炜:《朦胧诗实验诗艺术论》,长江文艺出版社1990年版,第50页。

20世纪末至21世纪初,我国的意象批评已经不仅仅运用于诗歌研究,也运用于戏剧、小说等其他文体的分析。如常金莲《〈金瓶梅〉的意象特色》一文针对《金瓶梅》的小说意象进行了分析,认为《金瓶梅》意象的主要特色表现为:一是流动性。因为故事的流程式状态,决定了其意象已不是静态的存在,而具有了流动性;同一意象因情节设置不同,其意蕴也在发生变化,意象所具有的丰富意蕴因为故事情节的发展从不同侧面被揭示出来,并被赋予新的意义。小说中簪的意象便是如此。二是世俗化。与诗歌或其他小说中多是雅化、诗化的意象不同,《金瓶梅》特有的故事题材和人物关系,使其意象具有一股世俗气息。如绣鞋意象,就是一种平常甚至庸俗的意象;而黄昏意象,则赋予传统诗歌中的雅化意象以世俗意义。三是对应性。这不仅表现为同一意象前后照应,而且表现为不同意象之间相互映衬。前者如第六十二回,应伯爵与西门庆二人感梦,皆有玉簪断折之说。此处梦中的意象与簪这一意象相互照应,暗示了李瓶儿之死。后者如"永福寺钱行遇胡僧"一节中的胡僧与药的意象,胡僧意象出现在西门庆家道殷富之时,尽管一闪而逝,但作为其精神延续的胡僧药却成为西门庆之死的直接原因。这种意象的对应性对烘托小说的悲剧性或针砭色彩起到了突出作用。论者就这样通过对《金瓶梅》意象特色的分析,将意象批评从诗歌转到了小说,并且更注重意象的发现与剖析。

21世纪以来,小说的意象批评得到了长足发展,至今风头不减。如河西《先锋小说的植物学研究》一文探讨的是先锋小说中的植物意象。他以莫言、北村、格非、苏童和吕新的作品为例进行分析,认为先锋小说家在乡村和城市之间徘徊,植物就成为两者之间不可或缺的枢纽,从莫言的高粱地到苏童笔下的香椿树街,植物以一种巨大的阴影照临小说家的内心,它甚至成为一种压迫和写作的冲动,如格非的《青黄》。植物生长在大地上,对于那些城市漂泊者来说,植物既是童年的记忆、淳朴和苦难的象征,又不可避免地带有了神秘的意味。当他们意识到自己根本无法与植物对话,失语无根的一代注定只能在"忆苦"中感受面目全非的土地曾经温暖的气息,他们的嫉妒心明显占了上风。植物从地域和自然概念中被抽象出来,小说家赋予它们怪异的品性和如堕烟尘中的诡谲气氛;同时,植物的命运也往往与整个故事有着惊人的同构关系。在当代先锋小说中,阴郁、荒诞、飘忽不定的描写俯拾皆是，植物不仅仅是一种隐喻，更成为小说的重要组成部分。由此可见，意象批评已经极大地影响了中国批评家的批评视野，让他们观照文本的眼光和视角更加丰富多样。

北京大学教授谢冕曾说："平生常感叹那些做学问的人，往往把活学问做成了死学问。其原因即在于这些文学研究者，其实并不懂文学。他们从面对作品的那一刻起，就把具体、丰富、生动的文学创作抽象化了，把源自作家和诗人内心的充满情感的意趣的精神活动，变成了脱离人生、脱离生命的干枯的纯理念的推理。"[①]也就是说，文学批评应该是始终面对具体、丰富、生动的文学文本，面对作家和诗人内心情感和意趣，既能给人以审美享受，又能给人以理性思考的精神活动。可以说，意象批评就是这样一种富有审美魅力的、诗化了的批评，它独特的双重背景使其很好地融合了中西方文学批评的质素，要求批评家更加关注文本本身，更加关注具体的文学形象，也更加激发批评家去追寻形象背后的意蕴或象征意义，即"作家和诗人内心的充满情感的意趣的精神活动"，由此也更加激发了批评家的主观能动性，从而给文学批评带来更多发现的可能性，为当下相对枯燥的、过于理性化的文学批评注入了新风，在一定程度上拓宽了当代文学批评的理论视野。这可以说是意象批评给予中国当代文艺批评理论建设的一点启迪。

---

① 谢冕：《每一天都平常》，黑龙江人民出版社2004年版，第11~12页。

第六章　精神分析理论的接受

　　精神分析理论产生于19世纪末20世纪初,是西方现代心理学中的一个主要流派。其鼻祖及创建者为奥地利精神病学家西格蒙德·弗洛伊德(1856—1939),他于1881年获医学博士学位。1895年,弗洛伊德提出精神分析的概念,1899年出版《梦的解析》一书,该书的出版被认为是精神分析心理学正式形成的标志;1919年国际精神分析学会成立,标志着精神分析学派最终形成。晚期的弗洛伊德把精神分析的理论和方法用于分析社会历史现象,尤其是文学艺术创作现象,认为文学艺术创作的源泉和动力是作家与艺术家的俄狄浦斯情结,是其被压抑的本能欲望的转移和升华;同样,阅读欣赏文学艺术作品的过程,也是读者的本能欲望得到释放的过程。

　　随着社会时代的变化,由弗洛伊德创建的精神分析学也在不断发展变化,经历了从弗洛伊德到荣格到弗洛姆到拉康,或者说从弗洛伊德主义到新弗洛伊德主义到后弗洛伊德主义的演变。弗洛伊德的精神分析学被称为古典的精神分析,但他的理论从来没有被他的后继者看作绝对的权威,荣格、阿德勒先后对他的理论学说进行修补改造。荣格反对弗洛伊德的泛性论,并把他的"个体无意识"理论发展为"集体无意识"理论,另外打出了"分析心理学"的旗号。阿德勒则认为,权欲及其所造成的精神上的复杂情结是人类一贯的行为方式,他在脱离精神分析运动之后,也公开打出了"个体心理学"的旗号。雅客·拉康在理论上对行将衰落的精神分析学作了一番改造和重新阐述,提出了自己的阅读和批评策略,从而形成了所谓修正的弗洛伊德主义。这之后,艾里克森、霍妮、罗洛·梅等人,进一步对弗洛伊德学说进行改造,形成了自我心理学、精神分析的社会文化学派和存在主义精神分析心理学,从而实现了精神分析从"古典"到"现代"的转变,为弗洛伊德主义的发展展示了各种新的方向和可能。

弗洛伊德的精神分析理论,从人的心理内涵角度肯定人的复杂性,打破了完全以理性解释人的本质和人的意识的传统观念。他的人格结构、意识层次和梦、"力比多"等被作家运用于人物心理描写,冲击了封建礼教对人性的压抑;其对情感和心理世界复杂矛盾的前所未有的深入分析,对个体心理内驱力的探寻,让人耳目一新,给文艺批评带来了巨大的震动。弗洛伊德的精神分析理论对中国文论界也产生了深远影响,因此探究精神分析理论在中国现代文学批评史上的价值地位,揭示其对拓展中国文学批评视野的意义及其局限性,对中国文论界正确把握精神分析理论,加强中西文论的交流与对话,形成具有中国特色的精神分析理论和批评话语,丰富和发展中国的当代文艺理论具有独特意义。

第一节 弗洛伊德精神分析理论的主要学说

弗洛伊德的文学艺术观始终贯穿于他的精神分析理论之中,在其晚年的一些社会学著作和文艺学专论中,他的观点尤其鲜明,如《图腾与禁忌》《群体分析及自我之分析》《幻觉的前景》《文明及其不满》《摩西和一神教》《米开朗琪罗的摩西》《幽默》《创造性作家与白日梦》《列奥纳多·达·芬奇:孩提时回忆的性特征研究》《陀思妥耶夫斯基与弑父》《妄想与梦》等等。在这些著作和专论中,弗洛伊德针对审美、文艺创作和文艺批评等问题,发表了一系列精辟的见解,对现当代文论界审视文学艺术的创作和接受产生了深远的影响。概括起来,弗洛伊德的理论学说主要有以下几个方面:

一、无意识心理是决定人的一切精神活动和行为的基本动力

无意识理论是精神分析学说的核心部分。在弗洛伊德那里,意识是

可以觉察到并能够认知的心理部分,包括我们所知道的一切消息、观念和感觉。潜意识则是人们不能认知到的部分,它分为前意识和无意识两个部分。前意识指的是一旦需要时就能变为意识的那种心理材料,它虽然暂时是无意识的,但是比较容易转化为意识。无意识则包括所有曾被压抑或从未被允许成为意识的心理材料,其核心要素是性本能、性欲望、性冲动,它常常通过人们无意中的玩笑、失言、梦等方式表现出来。无意识由于外部的强大抵抗,不容易变成意识。可以说,意识与无意识是相互对立的:意识压抑无意识本能冲动,使之只能得到伪装的、象征的满足;而无意识则是心理活动的基本动力,暗中支配意识的活动。因此,文学艺术家的任务不仅是要表现人的意识活动,而且还要深入到那深不可测的无意识心理之中,去探索心灵深处的奥秘,以揭示人的丰富的内心世界,达到心理的真实,而非浮于表面的真实。在无意识领域,弗洛伊德确实为文学批评家打开了一个独特的深奥的审视空间,也把文学作品的心理分析提高到了一个新的层次。但是,弗洛伊德过分夸大了无意识的作用,特别是无意识心理中性本能的作用,把它当作决定人的一切精神活动和行为的动力,从而贬低了文学艺术创作中意识和理性的作用,这是其理论的局限性所在。

二、性力是文艺创作的源泉和动力,文艺创作的本质是性力冲动的转移与"升华"

在无意识理论的基础上,弗洛伊德提出了三重人格结构学说,这是他力图建构的人格系统理论。他认为人格的整体由本我、自我、超我三个主要部分构成。本我,是指原始的自己,基本上由性本能组成,按快乐原则行事,完全不理会社会道德及外在的行为规范;自我,是社会的产物,代表理性,感受外界影响,满足本能要求,遵循的是现实原则;超我,代表社会道德准则,压抑本能冲动,按道德原则行动。本我和超我经常处于不可调和的矛盾中,自我总是试图调和这对相互冲突的力量。在正常情况下,这三个部分是统一的,相互协调的。当三者失去平衡时,就会导致精神病症和人格异常。这一理论为弗洛伊德及其他精神分析学家在作家和人物身上寻找病态特征提供了理论根据。

"力比多"理论也是弗洛伊德精神分析理论的核心。"力比多"（libido）即性力、性本能，泛指一切身体器官的快感。弗洛伊德认为力比多是一种本能，是一种力量，是人的心理现象发生的驱动力。文学艺术家也和常人一样，由于欲望长期受到压抑而得不到满足，便试图在文艺创作中进行宣泄，以获取快乐和假想的满足，因此他们的创作动因就是"性力的冲动"，而想象的幻想的王国是一个避难所。所以艺术创作本质上是艺术家被压抑的性本能冲动的一种"升华"，即"自我"的活动冲破压抑而得到充分的表现。受弗洛伊德升华说的影响，一些作家如詹姆斯·乔伊斯、托马斯·曼、罗曼·罗兰等人有意识地把升华说用于文学创作中，对人物的内心世界进行探测发掘，把内心的冲突塑造成外部的形象，通过冗长细腻的心理分析，使人物的内心外向化，主人公的形象通过其内心的自我活动而得到真实刻画，进而升华到一个优雅完美的境地。升华说对于扩展人物的心理层次，丰富人物的性格塑造，使之丰满可信，无疑有着积极的作用。然而把人的各种复杂的思想、感情和愿望都与性本能联系在一起，不考虑人的社会性及作家作品的社会因素，试图用性本能的抑制和满足来解释文学艺术的本质则是失之偏颇的，因此其局限性也是明显的。

　　弗洛伊德还从其人格学说和"力比多"理论中衍生出了"俄狄浦斯情结"这一概念，"俄狄浦斯情结"又称恋母情结，与之相对的是"厄勒克特拉情结"，又称恋父情结。这是他为解释乱伦欲望而发明的术语。俄狄浦斯和厄勒克特拉都是古希腊神话中的人物。前者是一位王子，他不知不觉地应验了神灵的预言，走上杀父娶母的道路，最后酿成悲剧；后者是一位公主，她的父亲被母亲谋杀了，于是她怂恿她的兄弟杀死母亲，为父报仇。弗洛伊德认为"俄狄浦斯情结"是普遍存在的心理现象，是性力冲动导致的乱伦欲望。他还用"俄狄浦斯情结"来解释文学艺术创作的源泉和动力，认为文学艺术家必须把他们被压抑的性力冲动转移到创作中，才能在想象中满足自己的本能欲望，而不被它强大的能量所压倒。可以说，弗洛伊德的"俄狄浦斯情结"说试图从人的心灵深处来挖掘和理解一些悲剧作品的主题和意蕴，这无疑是一个全新的角度，开启了研究文艺作品的新视野，对当代文艺批评具有某种启迪作用，但如果用这一概念来解释任何一部作品，就必然会失之偏颇。

三、文学创作是做"白日梦",文学批评与释梦类似;一切艺术都有精神病性质

梦的理论是精神分析理论的重要内容之一。弗洛伊德认为,人的许多愿望,尤其是欲望,由于与社会道德准则不符而被压抑到无意识之中,于是在睡眠中,当抑制作用放松时,被压抑的欲望便以各种伪装的形象偷偷潜入意识层次,因而成梦。因此,梦的本质是潜意识欲望的曲折表达,是被压抑的潜意识欲望伪装的、象征性的满足。通过对梦的分析可以窥见人的深层心理,探究其潜意识中的欲望与冲突。弗洛伊德还认为文学艺术与梦具有许多共同特点:首先,梦表现的是人的被压抑的欲望,而文艺也是被压抑的本能冲动的升华,具有梦境的象征意义。其次,梦的显现内容与潜在思想之间的关系犹如文学作品的形式与意义之间的关系,它们都是通过伪装或象征手段来表现其意蕴的。文学与梦实质上都是一种替代物,是一种具有充分价值的精神现象,所以文学创作就是在做"白日梦"。最后,释梦的方法与文学批评类似,都是为了发现并揭示其中的潜在意义。

弗洛伊德还认为,作家有两种类型:一种是利用现成的材料来写作,例如古代史诗的作者;另一种是创造性作家,即做白日梦、创造出艺术材料的作者。他本人更喜欢后者,因为他们将自己的白日梦诉诸艺术形式,然后转达给读者,给读者以审美的愉悦和享受。在启发作家突破现实生活的界限,充分发挥创造性和主体作用,创作出富于想象力的艺术作品方面,他的这个观点是有启示作用的。

作为一名精神病医生,弗洛伊德还探讨了艺术家与精神病的关系,认为"一切艺术都是精神病性质的",而"艺术家就如一个患有精神病的人那样,从一个他所不满意的现实中退缩下来,钻进他自己的想象力所创造的世界中。但艺术家不同于精神病患者,因为艺术家知道如何去寻找那条回去的道路,而再度地把握着现实"[①]。也就是说,艺术家因为不满于现实而进行创作,创作时虽然进入了高度专注的状态,如痴如醉,就像一位

---

① 高宣扬:《佛洛伊德传》,南粤出版社1980年版,第269页。

精神病人,在想象的世界中演绎自己的生命追求;但与精神病患者不同,他懂得回到现实,重新审视现实并创造新的生命世界。

弗洛伊德把梦当作通向无意识心理的平坦大道,并试图在梦与形象思维之间架起一道桥梁,这对文艺创作与批评具有一定的启发意义。但由于他的梦的理论的核心仍然是无意识和性本能说,而且是建立在治疗精神病患者的基础上的,并带有极大的主观臆断性,因而无法准确全面地阐发文学创作的审美本质。

四、精神分析理论的贡献与局限

从上述分析可以看出,弗洛伊德并不是一个有着系统文学理论修养的批评家,但他的一些见解开启了现当代文坛的新视野,对文论界产生了较大影响。他的泛性论甚至影响了好几代作家的创作思想;他的无意识理论和梦的理论既开阔了作家的眼界,也启发了作家对人的深层心理的把握;他的精神分析法、人格结构学说和"俄狄浦斯情结"说则成了精神分析学派批评家的批评武器,其开阔、新颖、深入的审视方法和批评角度让文艺批评变得更加独特深邃,颇值得我们借鉴。然而弗洛伊德精神分析理论的局限性也是非常明显的:一是过分夸大了无意识的作用和性本能的意义,而无视意识、理性和社会性在人的心理结构和心理动力中所占有的位置,表现出了一种明显的"唯无意识论"和"泛性论"的倾向,就像美国著名批评家韦勒克指出的,"精神分析批评通常沉溺于对性象征的不厌其烦的探求中,经常曲解作品的意义,破坏作品的艺术性"①。二是把复杂的文学现象简单化,正如张隆溪在《二十世纪西方文论述评》一书中指出的那样,精神分析批评把文学与产生文学的社会环境及文化传统割裂开来,把丰富的内容简化成精神分析的几个概念,使文学批评变得像临床诊断,完全不能说明作品的审美价值。

---

① [美]R.韦勒克:《批评的诸种观念》,丁泓、余徵译,四川文艺出版社1988年版,第331页。

第二节　精神分析理论的引进与影响

一、精神分析理论的译介

弗洛伊德主义在中国的介绍和传播可追溯到 20 世纪 20 年代初,主要有西欧著作的直接翻译和日本译著的间接译介这两个渠道,在心理学界、文化界和文学界等领域同时进行。

1920 年,中国心理学家汪敬熙在《新潮》丛刊第 2 卷第 4 期上发表了《本能和无意识》一文,虽未直接介绍弗洛伊德的精神分析学,但却通过评述华莱士、麦独孤等人关于本能和无意识的观点,间接地提及了弗洛伊德的理论。这可看作弗洛伊德理论在中国最早的传播。同年,汪敬熙又在《新潮》第 2 卷第 5 期上发表了《心理学至最近的趋势》一文,介绍了弗洛伊德精神分析学说的创立及其在第一次世界大战后的西方文化界的风行。他认为,精神分析学的意义和影响主要表现在两个方面:一是本能和情绪在人的心理中应占有重要的位置;二是证明了无意识确实存在,并且发现了探测无意识的有效方法。这两大发现实际上是对过去的理性心理学的强有力的冲击,标志着一种新的心理学——无意识心理学的崛起。从汪敬熙的观点来看,他本人至少是比较相信精神分析学的,并对弗洛伊德的探索和大胆设想深表钦佩,认为这是"最近"心理学发展的一个趋势。继汪敬熙之后,罗迪先于 1921 年翻译了日本文艺理论家厨川白村的《近年文学十讲》,并对其作了一番评介。厨川白村是弗洛伊德主义在日本的介绍者和传播者,同时也是最早把弗洛伊德主义运用于文学理论批评的日本学者之一,因此,罗迪先的翻译实际上是间接地通过日本这一途径向中国作家和批评家介绍了弗洛伊德主义的文艺观。1922 年,《新潮》第 3 卷第 2 期发表了杨振声的一篇译文《新心理学》,这篇文章也间接介绍了弗洛伊德的一些重要观点,诸如无意识、"力比多"等。除此之外,在中国文化界和心理学界积极翻译介绍弗洛伊德著作的还有潘光旦、章士钊等人,他们的思想倾向总的说来是比较推崇弗洛伊德的。

在中国文学领域最早译介和研究弗洛伊德理论的可以说是 1921 年朱光潜发表于《东方杂志》第 18 卷第 14 号上的《福鲁德的隐意识与心理分析》一文,他在该文高度赞扬"福鲁德的学说,一方面创造了心理分析一个独立科学,使神经病治疗学和变态心理学受到莫大贡献;一方面放些光彩到文艺、宗教、教育、伦理上去"。1922 年 12 月,由仲云所译的日本文学博士松村武雄的长文《精神分析学与文艺》在《文学周报》开始连载(第 57~71 期),这是在 20 世纪初中国最早出现的、比较系统明确地阐述精神分析理论中文艺美学思想的专论。文章评介了俄狄浦斯情结与文艺、兄妹综错与文艺、梦的研究与文艺的关系,分析了文艺现象中的各种性欲象征等,信息丰富,持论明确,对精神分析文艺美学思想的传播起到了很大作用。1923 年,《东方杂志》第 20 卷第 6 号又发表了杨澄波的《析心学论略》一文,相当全面地论及弗洛伊德关于梦、精神病、说谎、机智等的论述与文艺的关系,指出弗洛伊德文艺思想的核心是将艺术视为无意识欲望的替代性满足,饱蓄性爱的无意识欲望实为文艺创作的动力,而中国古代的"诗言志"说和古希腊亚里士多德的"宣泄作用"说等正与此辗转相通。1924 年,鲁迅翻译出版了厨川白村的《苦闷的象征》一书,该书的主要观点是文艺是"苦闷的象征",这里的"苦闷"实际上就是弗洛伊德所说的"焦虑"。鲁迅对文艺是"苦闷的象征"观的认同,也表明鲁迅对弗洛伊德所论文艺是"力比多"的升华这一观点是持认同态度的。一直到 1935 年,鲁迅仍然认同这一观点。在《苦闷的象征》被译介的同时,借用精神分析学说来论述文艺问题的主要文章,还有仲云翻译的《文艺思潮论》(载《文学周报》第 102~120 期)、《文艺与性欲》(载《小说月报》第 16 卷)等等。

值得注意的是,在文艺心理学方面,比较全面地介绍并深入研究弗洛伊德主义的中国学者当推高觉敷。高觉敷早年毕业于香港大学,有着扎实的英文功底和广博的西方心理学知识。他于 1925 年翻译了弗洛伊德 1910 年在美国克拉克大学的讲演报告《精神分析的起源与发展》(*The Origin and Development of Psychoanalysis*),连载于《教育杂志》第 18 卷第 1 号和《一般》杂志第 1 卷第 3 号上,并分别发表了两篇评介文章:一是《青年心理与教育》,该文对弗洛伊德文学与性欲有关系的观点提出疑问,指出,"……文学和性虽有关系,可不是文学除开了性的烦闷……便没有其他的相当材料";他还对少数"新文学家"不分青红皂白地将弗洛伊德的泛性论应用于文学创作的做法提出了批评。二是《所谓"兽性问题"》,该文主要是针对张东荪的《兽性问题》中的观点提出商榷意见。1928年,高觉敷又在《一般》杂志第5卷第2号上发表了评介文章《谈谈弗洛伊德》。之后他便开始了全面介绍弗洛伊德其人其著作的工作:1930年在《学生杂志》第17卷第6期发表了论文《弗洛伊德的心理学》;1931年在《教育杂志》第23卷第3号发表了长篇论文《弗洛伊德及其精神分析的批判》,有人认为,该文达到了当时心理学界评介弗洛伊德主义的最高水平,作者对弗洛伊德学说采取了一分为二的态度,高度评价了他对人类文明和进步所做出的贡献;1932年,他又在《中学生》杂志第22期发表了《弗洛伊德说与性教育》一文。1933年和1935年,商务印书馆出版了高觉敷翻译的《精神分析引论》和《精神分析引论新编》两部著作,对精神分析学说在中国的传播起到了很大的推进作用。

综上所述,上述几位学者和翻译家的努力推介,使弗洛伊德主义进入了中国文化界和心理学界的视域,并对传统的中国文化和封建思想及道德观念产生了强有力的冲击。但在当时封建传统力量仍旧十分强大的中国,弗洛伊德主义并未能深深地扎下根来,只是在中国知识分子阶层特别是文学界产生了一些反响。

二、精神分析理论对中国文论界的影响

20世纪20至40年代,弗洛伊德主义在中国文学中产生过不小影响,可以说,几乎所有的主要作家都对其做出过反应,有欣然接受并加以传播的,有添油加醋将其推向极端的,有冷静批判进行扬弃的,也有加以改造后予以利用的。而在现代文坛中,受精神分析理论影响的作品也比比皆是,例如:郭沫若《残春》和《喀尔美萝姑娘》中梦的描写;郁达夫《茫茫夜》中于质夫的变态欲望心理,《沉沦》中性欲受压抑的主人公偷窥邻女裸浴后的矛盾复杂心理;张资平《飞絮》中的同性恋,《苔莉》中变态的性苦闷;叶灵凤《内疚》中的师生偷情,《姊嫁之夜》中的姐弟幻恋;曹禺《雷雨》中繁漪和周萍的"闹鬼"、鲁大海与周朴园的冲突所透露的仇父恋母情结,

《原野》中人物生理缺陷所暗指的"阉割情结";还有张爱玲的《红玫瑰与白玫瑰》也表现了在性本能冲动过程中"本我"与"超我"的博弈,其《心经》则完全是弗洛伊德"俄狄浦斯情结"的形象阐述;等等。

　　精神分析理论在中国文学批评界也产生了较大影响。从20世纪20年代开始,一些批评家就运用弗洛伊德的精神分析学理论,对中国古代和现代文学作品作出新的解释。例如郭沫若曾经运用弗洛伊德的升华说、泛性论、释梦说等观点来评析《楚辞》《胡笳十八拍》等古典文学作品,提出一些新见解。他于1921年写的《〈西厢记〉艺术上的批判与其作者的性格》一文可以算是将精神分析用于文学批评的代表作。该文从一个新的角度揭示了《西厢记》的反封建意义,指出这部古典名剧"是有生命的人性战胜了无生命的礼教的凯旋歌、纪念塔"。作者的立论点是:"男女相悦,人性之大本",但这"大本"却受礼教的压抑,礼教"视性欲若洪水猛兽,视青年男女若罪囚",被压抑下的青年人"更于无意识之间,或在潜意识之下,生出一种反抗心:多方百计思有以满足其性的要求。然而年龄愈进,防范愈严,于是性的焦点遂转移其位置而呈变态。数千年来以礼教自豪的堂堂中华,实不过是变态性欲者一个庞大的病院"①。作者还以缠足为例,认为男子具有一种"拜脚狂"的变态心理,女人则"不惜自受摧残以增添男女间性的满足",是一种"受动的虐淫狂"②。根据《西厢记》内容,郭沫若又推断出作者王实甫的"性变态特征",并分析了这种特征对作者创作活动的影响,认为正是这种特征导致了作者对描写女性的兴致。由此不难看出弗洛伊德的精神分析理论及其"性力是文学创作动力"的论断对郭沫若的极大影响。弗洛伊德主义最积极的鼓吹者和实践者之一可以说是周作人,他一方面撰文评介精神分析理论,另一方面则片面地接受弗洛伊德的泛性论并将其运用于批评实践中,1922年发表于《晨报副刊》专栏《自己的园地》上的评论文章《沉沦》就是这方面的突出例子。作者以弗洛伊德的精神分析学为武器,为郁达夫的小说《沉沦》所受到的抨击竭力辩

---

① 刘光宇:《论郭沫若早期对弗洛伊德文艺美学的信奉和超越》,《齐鲁学刊》1993年第1期。

② 刘光宇:《论郭沫若早期对弗洛伊德文艺美学的信奉和超越》,《齐鲁学刊》1993年第1期。

护,他在反驳这些批评者时重申了弗洛伊德的泛性论,认为人的精神活动"无不以广义的性欲为中心,即在婴儿时代也有他的性生活",而体现在艺术作品中的正是这种"性欲的升华"①。可以说,这篇文章对于肯定郁达夫小说的艺术价值、抨击虚伪的封建道德观念有着不可忽视的积极作用,但对于中国文学及批评界片面接受弗洛伊德主义也产生了不良影响。除此之外,潘光旦于1927年9月由新月出版社出版的《小青之分析》一书,用"自恋心理"来解释明代女子冯小青的人格和诗作,也可以看出精神分析理论的影响。在20世纪20至40年代积极推广和运用弗洛伊德主义的还有章士钊、赵景深以及新感觉派作家施蛰存等人。

在中国文艺美学界能够比较全面地研究和批判性地阐发弗洛伊德主义并取得斐然成绩的当推美学家朱光潜,他的研究和阐发主要从心理学和美学两个角度入手,集中体现在《文艺心理学》《变态心理学》《悲剧心理学》这三本著作中。虽然朱光潜认为弗洛伊德主义的独特之处在于"压抑"与"移置"这两个概念的使用,有关文艺创作是无意识欲望升华的观点无疑对唯美主义"为艺术而艺术"观是一种反动,无意识和梦的理论在某种程度上是言之有理的,但是由于有西方美学各种观点作为参照,朱光潜对弗洛伊德主义的不少谬误也具有清醒的认识,并给予了尖锐批评。在文艺创作和欲望的关系上,朱光潜并不赞成弗洛伊德的本能欲望升华说,他指出,弗洛伊德及其门徒的"错处在把艺术和本能情感的'距离'缩得太小"②。他还认为精神分析学派把快感与美感混为一谈,因而破坏了美的创造规律。他还严厉批评了弗洛伊德主义文艺观对文艺形式的忽视甚至破坏,"欲望升华说的最大缺点在只能解释文艺的动机,而不能解释文艺的形式美"③。文艺作品的完美性恰在于其内容与形式的有机统一性,弗洛伊德主义在重视内容的同时却忽略了形式本身的美的规律,这不能不显示出精神分析学派在内容与形式之关系上的幼稚态度。尽管朱光潜对弗洛伊德主义所持的态度主要是批判性的,但在他的批判性著作里,实际

---

① 周作人:《自己的园地》,人民文学出版社1988年版,第25页。
② 朱光潜:《朱光潜美学文集》(第1卷),上海文艺出版社1982年版,第29页。
③ 朱光潜:《朱光潜美学文集》(第1卷),上海文艺出版社1982年版,第78页。

上已经为弗洛伊德主义在中国文学批评界的传播推广起到了重要作用。

改革开放后,中国社会发生了巨大变化,精神分析理论作为一种文艺美学方法再次在中国文论界引起关注,甚至出现了"弗洛伊德热"。首先是消失了的弗洛伊德著作被重新翻译和再版,短短几年,弗洛伊德前后期的各种重要著作和著作选本都在中国出版发行,高觉敷翻译的《精神分析引论》于1984年再版,至2005年已经印刷了13次。《弗洛伊德论美文选》《弗洛伊德论创造力与无意识》等主题选本的引用率非常高。同时,荣格、阿德勒、弗洛姆、马尔库塞、拉康等其他精神分析学家的著作也涌入中国,关于精神分析学说的述评、研究论著以及普及读物等琳琅满目。可以说,精神分析学说在此时期已经逐渐成为各种人文学科的知识背景,甚至渗透进普通人的日常观念和言语当中,无意识、性本能、集体无意识、原型等术语及其通俗化的内涵已经成为一种必需的知识基础和沟通常识。其次是弗洛伊德主义在新时期的传播迅速趋向广泛和普及,甚至达到了庸俗与简化的地步,以致在当代文学中很难找到没有受到弗洛伊德主义影响的作品。无论是现实主义、浪漫主义还是先锋派作品,在王蒙、张贤亮、柯云路、贾平凹、张洁、王安忆、刘索拉、残雪、莫言、余华、苏童等这些作家作品中,对人物隐秘的情感需求、多重人格的冲突、欲望的变态压抑、不可言说的情感欲望、无意识的流动与跳跃等等的书写,都可以时隐时现地看到弗洛伊德主义的思想和观念,乃至概念和术语的痕迹和影响。

中国的改革开放和社会经济的转型,也促使文学批评界寻求新的文学理论话语,而世界范围内日益丰富和迅捷的文化交流也使得中西文论的对话成为可能。因此,新时期中国文学批评界能够有意识有选择有批判地吸取精神分析理论的某些合理的部分,为我所用。这表现为两个方面:其一是对其改造重建,提炼出自己的理论话语和批评方法。如蓝棣之在对巴金、柔石、老舍、茅盾、钱锺书等作家作品进行分析后,建立起了自己称之为"症候式分析"的批评方法,这实际上就是一种心理分析方法,以分析作家的无意识倾向对其创作的影响为主,认为批评家或者读者想要准确理解作品,就必须从分析作家的无意识倾向开始,才能真正把握作品的深层意义。而李泽厚的积淀说也是融合了心理分析学说的重要成果,他改造了弗洛伊德和荣格的无意识理论,拓宽其内涵,认为不只是被压抑和排斥在意识以下的神秘涌动的心理内容为无意识,那些被意识所遗忘、在不经意间累积起来的心理积淀,同样是无意识,它一方面影响着个体的行为,另一方面也构成民族的文化记忆,沉淀为一种心理原型。其二是与西方现代科学美学、意识流创作方法等结合起来,有针对性地运用其作为一种批评方法来分析研究中国文学作品。如马俊山在《曹禺:历史的突进与回旋》一书中,就运用精神分析的批评方法对曹禺的内倾压抑心理与其戏剧创作的关系作了令人信服的分析;又如王宁《中国当代文学中的弗洛伊德主义变体》一文也从精神分析学的角度,对张贤亮的《男人的一半是女人》、莫言的《欢乐》和残雪的《苍老的浮云》这三部小说作了阐释和分析,从其各自不同的接受角度考察弗洛伊德主义在中国的变体现象。由朱栋霖主编的《文学新思维》一书,则运用西方当代十种新批评方法对我国从上古的《诗经》到新时期的小说、诗歌、电影共 160 篇(部)作品进行新的解读。

第三节 弗洛伊德精神分析理论在中国文论建设中的意义

弗洛伊德精神分析理论对当代中国文坛的影响是无法忽略的,其意义也是明显的。它不仅为作家探测和描绘人物的潜意识、无意识心理找到科学的方法和理论依据,从而把意识流文学和心理分析方法提到一个新的高度,而且作为一种批评模式和方法,精神分析理论对于深入分析文学心理具有难以替代的作用。有针对性地采用这种方法,也在一定程度上弥补了传统社会学批评的不足,由此获得了新的思维空间。

一、开阔了批评家的视野,对文学的认识从外部转向内部

曾经有很长一段时间,我国的文学批评主要运用的是社会学批评的方法,关注的是作家文本如何反映社会现实,研究的是文学的外部现象。新时期以来,以王蒙、宗璞等为代表的作家大胆运用意识流、超现实主义

的表现手法,在作品中着重刻画人物的内心世界,描绘人物的潜意识心理,由此透视外在世界给予人物的真实感受。文学创作的"向内转"倾向不仅是因为受到西方现代文学的影响和启发,也体现出自我反省的社会心理对于文学艺术的需求,是对长期以来束缚作家手脚的机械唯物主义反映论的反拨。这种新的创作现象促使文学批评由外向内转向,针对人物心理分析的心理批评也由此应运而生。弗洛伊德精神分析理论的引进恰当其时地为心理批评提供了新的思路和方法,尽管这种心理分析方法有种种的局限性,特别是过分夸大无意识和性本能的作用,无视意识、理性和社会性在人的心理结构中的重要地位,但它在一定程度上开阔了批评家的视野,使人们对文学的认识从外部转向内部,并使人们能够从人物的内部感觉和体验来观照外部世界,构筑作品心理学意义上的时间和空间,由此更真实更立体地表现人的世界,丰富了人们对世界的复杂性与情感性的了解与把握,使文学批评由千篇一律的社会学批评回归人学批评。

二、揭示无意识心理在作家创作中的作用,肯定"文学是人学"的深层价值

可以说,弗洛伊德第一次把生命探索的触角伸入艺术家最幽深的内心世界,启示人们看到艺术家的创作冲动不仅与外部世界有关,更是一种来自生命本体深处的东西。弗洛伊德的精神分析理论为揭示人的心理层次的丰富和深入、人的心理活动的微妙和复杂,让人更好地认识自身提供了独特的理论武器;也为批评家分析作家的创作心理和动机、作品人物的性格特征及其产生根源等,提供了一个全新的理论视角及方法论意义上的指导。精神分析理论还从人的心理内涵角度肯定人的复杂性,重新对人的价值进行评估,肯定人的性本能的价值,将其视为人的正常心理,并认为可以采取人文的方法进行疏导、移置和升华。虽然这种学说表现出了一种明显的"唯无意识论"和"泛性论"的倾向,把人学等同于生物学来研究,由此忽略了文学的审美价值,但它在一定程度上打破了完全以理性解释人的本质和人的意识的传统观念,对情感和心理世界的复杂矛盾进行了前所未有的深入分析。其对个体心理内驱力的深入探寻,揭示了作家的无意识心理在创作中的独特作用,由此肯定了"文学是人学"的深层

价值,给文艺批评界带来了巨大震动,为批评家们解释文本的多义性、多层次性,揭示文本与作家心理、历时经验的联系,以及文学创作及阅读过程中的无意识动机,提供了独特的理论支持。

三、丰富和拓展文学批评视域,促进了新的文学理论建构

在中国文学批评界,精神分析理论作为一种新的批评方法,被中国学者有针对性地运用于中国作家作品研究之中,使许多作家文本有了新的解读,许多文学研究有了新的阐释空间,开启了新的视野,在丰富和拓展文学批评视域的同时,也促进了新的文学理论的建构。特别是中国的改革开放和社会经济的转型,也促使文学批评界寻求新的文学理论话语,因此,新时期中国文学批评界能够有批判性地借鉴精神分析理论的某些合理部分,改造并重建出自己的理论话语和批评方法,以此来研究新的理论问题和新的文学现象。如蓝棣之所建构"症候式分析"方法,就受到精神分析理论的影响,有助于批评家或者读者深入把握作家的创作意图和作品的深层意义。李泽厚的积淀说也是在改造了弗洛伊德和荣格的无意识理论的基础上提出来的,借此来探视个体心理深处所积淀的民族文化记忆及其心理原型。这些学者的尝试都为建设新时代具有中国特色的文学理论提供了积极的启示。

综上,精神分析批评对中国文论建设的影响是显而易见的,它将文学批评的视野引向人的深层心理,让人们对作为人学的文学的本质特征有了更丰富的认识和更深入的把握。但是,精神分析理论把文学视为无意识和性本能的产物,把文学的发生解释为性压抑的升华,将文学与产生文学的社会环境及文化传统割裂开来,把复杂的文学现象简单化,把文学研究等同于生物学研究,完全忽略了文学的审美作用和社会意义,则是应该予以警惕并加以鉴别的。

第七章　西方原型批评的接受

20世纪80年代,西方原型批评随着中国的改革开放,被国内学术界译介、吸收、接受,得到了较为深入的实践运用,并经过了中国化的嬗变过程,在当代中国文艺学的发展和文学研究中发挥了重要作用。但是,接受一种外来的学术思想不是为了湮没本民族的文化思想,而是为了激活本民族的文化潜力,释放本民族的文化力量,只有本民族文化积极参与对话,外来的学术思想才有可能在本土落地生根。因此,在对原型批评理论及其在中国传播与实践的揭示过程中,进一步探究西方原型批评在中国产生影响的根本原因,寻找西方"原型"与中国古典意象论中"意象"的源头在人类学、心理学和哲学领域的意义互通性,才能打破中国古典文论话语与西方当代文论话语的藩篱,促进有别于传统文论和传统批评思维的当代中国文学批评理论话语的形成。

第一节　西方原型批评的理论特征

原型批评源于英国古典学界崛起的仪式学派(又称剑桥学派),大成于加拿大文学批评家诺思洛普·弗莱(Northrop Frye,1912—1991)的名作《批评的解剖》,是20世纪50年代流行于西方的一种重要的文艺批评方法。不少批评家认为,原型批评曾一度与马克思主义批评和精神分析批评在西方文论界呈现"三足鼎立"之势。

原型批评理论的基础主要是英国人类学家弗雷泽的人类学理论和瑞

士心理学家荣格的精神分析学说,但两者在理论的建立中又分别扮演着不同的角色。弗莱在建立其原型批评理论时对他们的学说采取了不同的借鉴"角度",用德纳姆的话说,即"离心的角度"和"向心的角度"。所谓"离心的角度"是指只借用他人的一些概念或模式而实质指向不同;所谓"向心的角度"则是指不仅借用他人的概念或模式,而且在内容实质上,指向也是基本相同的。① 用较通俗的话来说,就是前者是"外壳",后者是"核心"。弗莱的原型批评主要是以荣格的精神分析学,尤其是其"集体无意识"学说和原型理论为理论内涵;而弗雷泽的人类学理论(主要是其神话理论)则是弗莱原型批评理论的切入点,弗雷泽在不同的文化背景中发现了相似的神话模式,这对弗莱从整体上考察文学中反复出现的意象具有启发性的作用。在《批评的解剖》一书中,弗莱指出,原型就是"典型的即反复出现"的意象,"所谓原型,就是指一个把一首诗与另一首诗联系起来,因而帮助我们的文学经验成为一体的象征"。② 在《布莱克的原型处理手法》一文中,他讲得更为明确:"我把原型看作文学作品里的因素,它或是一个人物,一个意象,一个叙事定式,或是一种可以从范畴较大的同类描述中抽取出来的思想。"③

20世纪西方文学理论流派异彩纷呈,弗莱的原型批评理论在把握原型概念的基础上,努力用宏观的眼光来考察整个欧洲文学的发展、流变,使原型批评理论成为一种批评方法。这一具有整体性文化批评倾向的批评理论主要体现以下几个特征:

一、注重对文学作品进行"远观"研究

原型批评不满于新批评的"细读"研究,提出了对文学进行"远观"的研究方法,以人类学为基础,要求把文学的各种要素——体裁、题材、主题和结构等都放到文化整体中去考察,以恢复被新批评割断了的文学的"外

---

① 程爱民:《原型批评的整体性文化批评倾向》,《外国文学》2000年第5期。
② [加]诺思罗普·弗莱:《批评的解剖》,载叶舒宪:《神话—原型批评》,陕西师范大学出版社1987年版,第99页。
③ [加]诺思罗普·弗莱:《布莱克的原型处理手法》,载邱运华:《文学批评方法与案例》,北京大学出版社2006年版,第117页。

部联系"。对此,弗莱做出具体的说明:"赏画可以近观,细辨画家的笔法和刀法。这大致相当于文学方面新批评派对作品的修辞学分析。离画面稍远一点,便能够清晰地看到构图,这时观察到的是表现的内容。从某种意义上来说,这是在'读画'。再远一些,就愈见其整体构思⋯⋯在文学批评中,我们也常常需要远观作品,以便发现其原型结构。"① 由此我们可以看出,原型批评以其"远观"研究弥补了新批评的不足,使世界与文学联系成一个整体。

二、重视文学创作与文学传统的关系

荣格和弗莱都认为文学创作不是艺术家的个人创造,而是整个文学传统的产物。弗莱曾将英国诗人弥尔顿的牧歌悼亡诗《黎西达斯》置于自古希腊以来至近代牧歌和悼亡诗的发展史中,指出诗歌借用希腊罗马神话中的牧羊美少年黎西达斯体现作者亡友爱德华·金的形象,研究这首诗的构思及潜在意蕴,他认为其表达出对英国国教中腐败牧师的憎恨,并阐述作者对荣誉、人生及诗歌的看法,由此揭示出弥尔顿心目中理想诗人的形象。正如弥尔顿借用黎西达斯这一传统牧羊人形象来传达意蕴那般,原型批评理论认为诗人意识中的知识仅仅是被视为他对其他诗人的借用或模仿,也就是他对传统的自觉利用,所以要深入把握一个诗人的创作意蕴,就要把他放在文学传统中来进行考察。

三、注重原始文化形态,阐释文本背后的深刻内涵

原型批评提倡从神话、仪式出发研究文学创作及文学作品的内在结构,弗莱曾说:"对于一部小说,一部戏剧某一情节的原型分析将按照下列方式展开:把这一情节当作某种普遍的,重复发生的或显示出与仪式相类似的传统的行为:婚礼、葬礼、智力方面或社会方面的加入仪式,死刑或模

---

① [加]诺思罗普·弗莱:《批评的解剖》,载叶舒宪:《神话—原型批评》,陕西师范大学出版社1987年版,第180页。

拟死刑,对替罪羊或恶人的驱逐等等。"①在对索福克勒斯的《俄狄浦斯王》的研究中,法国文学批评家勒内·拉吉尔认为俄狄浦斯王是位无辜的受害者,是神话内存在的一个替罪羊机制——一人的死换来众人的平安中的一个形象。并通过这一形象拓展出文本背后隐藏着的深刻的主题思想,即描写个人的坚强意志和英雄行为与命运的冲突,表现了善良的英雄在力量悬殊的斗争中不可避免的毁灭。

原型批评理论的整体性批评倾向,也影响了这一批评方法的实践研究。在批评实践中,原型批评强调"文学原型",力图发现文学作品中反复出现的各种意象、叙事结构和人物类型,找出它们背后的基本形式(特别是神话原型),在对作品的分析、阐释和评价上应用了一系列原型,从原型视角切入,把文学的起源和发展演变的根源直指神话、原型、意象,如指出莎士比亚的《特洛伊罗斯和克瑞西达》、弥尔顿的《失乐园》、拜伦的《普罗米修斯》、雪莱的《被解放的普罗米修斯》、济慈的《希腊古瓮颂》等,无不都闪烁着希腊神话赋予的光彩。同时也树立了这些神话、原型、意象在文学批评中的独特地位,唤醒了批评者的寻根意识,开辟了文学研究的新角度和新空间。可以说,在20世纪50年代新批评方法逐渐走向衰落的时期,原型批评适时而生,对于文学批评和研究都具有十分重要的意义。

第二节　原型批评对中国文学批评的影响

早在20世纪60年代,原型批评就被引入中国学界,中国科学院文学研究所于1962年出版了《现代美英资产阶级文艺理论文选》(上编)一书,该书选编了一组"神话仪式学派"的材料,如赫丽生的《艺术与仪式》、鲍特金的《悲剧诗歌中的原型模式》、墨雷的《哈姆雷特与俄瑞斯忒斯》等,大体上反映了这一批评学派的早期动向。但在当时的社会状态以及学术氛围

---

① [加]诺思罗普·弗莱:《批评的解剖》,载叶舒宪:《神话—原型批评》,陕西师范大学出版社1987年版,第159页。

下,这些理论都只是作为反面教材被介绍,用于批判而已。因此,这一批评方法在当时并没有得到广泛的传播和实际应用。

直到 20 世纪 80 年代,中国实行改革开放,学界才真正开始对原型批评理论进行译介、评论和运用。新中国成立前鲁迅、茅盾、郑振铎、闻一多和凌纯声等一批杰出学者尝试将神话学、民俗学和人类学应用于文学研究所形成的本土学术土壤,封闭禁锢的"文革"年代所造成的学术饥渴感及其所积聚起来的逆反作用力,也在一定程度上促进了当时中国文论界对原型批评理论的接受,使原型批评在中国的正式译介相对较晚的情况下,仍然可以在较短的时间完成消化、吸收和实际运用的过程,并对中国的心理学、哲学(美学)和文艺学等产生比较大的影响。

一、理论的革新:原型批评的引进启发了新的哲学观点的产生

这一点最鲜明地体现在李泽厚的"文化心理结构"说上。李泽厚是最先在理论文章中运用荣格原型理论的一位学者。在《美的历程》《美学四讲》《华夏美学》等著作中,他屡次涉及或提到人的"文化—心理结构"概念,试图从历史文化的角度探讨人类的心理结构问题、人性问题。而"正是在承认'人性'和'心理结构'的关系这一点上,他的观点与原型理论有深刻的关系"[①]。这一重大课题的最先提出是否源自原型理论的启发不得而知,但这一观点的内核以及在此后的深入和发展方向上却最接近原型理论。

二、理论的本土化:原型批评的引进促进了中国新文论的建设和实践

在这方面,学术界一般认为,中国社会科学院文学研究所的叶舒宪是推动原型批评在中国传播和运用最为积极、贡献最多的一位学者,他的《神话—原型批评》是我国最早集中介绍原型批评理论并产生较大影响的

---

① 程金城:《原型批判与重释》,东方出版社 1998 年版,第 336 页。

译著。在《神话—原型批评》一书中他以原型理论的集大成者弗莱为中心,译介了弗雷泽、弗莱、威尔赖特等人的著作选段,第一次完整、系统地介绍了原型批评的来龙去脉以及相关著作和理论。而且,叶舒宪在译介、吸收的基础上注重"为我所用",运用原型批评深入解读分析了一些中国古典文学作品,尝试把跨文化的人类学视野及其阐释方法运用到中国素材上去,并先后出版了《英雄与太阳——中国上古史诗的原型重构》《诗经的文化阐释——中国诗歌的发生研究》《庄子的文化解析》等等,力图援西证中地整合出属于中国文化的文学原型。另外,叶舒宪还提出了"三重证据法",即传统国学考据法为一重证据法,地下考古材料为二重证据法,跨文化领域的人类学和原型批评实践为三重证据法。这一方法的提出让原型批评的视角在中国新文论的建设中得到进一步发展,在实现西方当代文论由单向的移植转化为双向的会通方面也具有重要的启发意义。可以看出,原型批评理论在中国的接受与发展是与叶舒宪的贡献密不可分的。

华东师范大学中文系方克强在这一领域也有深入的研究和理论贡献,其研究的方向主要是中国文学人类学,代表著作是《文学人类学批评》。方克强主张将文学人类学批评划分为原始主义批评与神话原型批评两个阵营,并从理论特征上加以论证。与此相应的是,我国新时期出现了寻根文学的创作,因此借用原始主义批评的视角既吻合了批评对象的内涵,也有利于中西文学的比较和互鉴,在理论建构上也给予原型批评补充和发展。

除此之外,还有众多学者从不同角度不同层面展开对原型批评的研究、探索和运用,一些学者还试图运用原型批评理论重建中国神话学的神话体系。这些研究使原型批评理论的建设问题成为中国文艺学不能避开的重要课题。

三、理论的实践:原型批评理论在中国文学批评中的运用

20世纪80年代末以来,大量运用原型批评研究解析中国古代文学作品的论文开始出现,学者们提出了诸多原型:主题原型,如英雄救美原型、贫富相恋原型;人物原型,如诸葛亮的仁义原型、王熙凤的贪欲原型;结构原型,如诗的抑扬原型、戏曲的开合原型;形象原型,如山的阳刚原

型、水的阴柔原型;等等。他们运用原型理论考察作品中的结构方式和原型意象及其背后的人类学价值和心理学价值。这种对中国古典文学作品的重新解读和阐释独特而深刻,如曹祖平于 1999 年在《唐都学刊》发表的《〈西游记〉原型解读》一文,从《西游记》的主题和结构入手,运用原型理论重新解读《西游记》,把《西游记》里人物的基本要素加以归类,得出了两个程式:唐僧＝孙悟空＝八戒＝沙僧＝白龙马,乐园—犯罪—受难—赎罪—得救(上述人物身上包含着一个共同的要素,即都是由天国仙境中的成员置换变形了的贵族英雄,都经历了因犯罪而遭受磨难,因赎罪而得以拯救,从天国中来又复归天国的人生旅程)。他指出《西游记》的叙述方式和《圣经》有相同之处,都是把千百个故事用同一结构方式叙述出来,构成原型叙述的"有意味的形",在众多神魔故事里,提炼出寻求与回归的原型性主题。可以说,研究者利用原型理论集中探讨某一部作品,寻找其中的原型意象及其母题,这种对中国古典文学作品的重新解读和阐释大大开阔了人们的视野,也进一步调动了人们的审美积极性。

第三节　西方原型批评与中国古典意象论的互通性

原型批评在 20 世纪 80 年代后传入中国学界,并且在发展和创新的过程中不断地趋向本土化。这其中的原因,除了时代的造就外,与中国文化在源头和思维方式上的相通性,尤其是"原型"与"意象"在范畴上的互通性,以及这一互通性给予中国当代文学批评的启示作用是分不开的。意象是中国传统抒情文学一个重要的审美范畴,是指渗透了作者思想感情的客观物象。汪裕雄在《意象探源》一书中认为:"中国传统美学一直将意象作为自己的中心范畴,围绕审美意象的创造、传达和读解,衍生出自己的审美原则。"①在具有深刻而广泛影响力的中华文化中,意象作为一种独特的思维方式始终贯穿于中国的审美文化之中并根深蒂固,因此深

---

① 汪裕雄:《意象探源》,安徽教育出版社 1996 年版,第 21 页。

深地影响了中国学者在理论研究和文学创作中的思维倾向。因此,程金城在《原型批判与重释》一书中讲到,"与西方文化具有不同内涵的中国文化传统中,虽然不曾有过'原型'这一概念,但是中国人在自己的历史实践中所形成的不同于西方的思维方式,中国文化哲学家中所提出的许多命题和所形成的许多概念,以及对于这些问题的结论,却与原型理论有许多重要的相合之处"①。程金城在这里所说的"相合之处"之一指的也许正是西方原型批评理论中的"原型"与中国古典意象论中的"意象"两个概念在人类学、心理学以及哲学意义上的相合或接近。

一、都具有原始巫术宗教的人类学意义

原型批评的理论基础之一——弗雷泽的人类学理论,其影响主要来自他的12卷巨著《金枝》。在该书中,弗雷泽考察了原始祭祀仪式,发现许多原始仪式虽然存在于一些截然不同的、完全分隔开的文化之中,但却显示出一些相似的信仰和行为模式。同时,弗雷泽根据交感巫术的原则,推而广之,研究了更多的相关仪式,发现了在西方文化和文学中普遍存在的"死亡与复活"的原型。

对于"意象",学术界一般认为其最早的源头是"易象"②,或如一些学者所认为的,《周易》就是中国最古老的意象象征系统,而《周易》和《庄子》又可谓古代意象论的源头。《周易》是一部典型的有关远古社会生活和宗教仪式的"巫祝之书",是殷周之际的先民们用以安排农事生产、婚丧嫁娶、狩猎远行等社会活动的重要参考,甚至是当时的统治者治世的至高法典。从这一层面上讲,意象(易象)具有人类学意义。由此可见,两者都具有原始巫术宗教的人类学意义,都是在人类学领域研究原始巫术宗教的成果,都包含着许多远古人类宗教仪式的内容。

---

① 程金城:《原型批判与重释》,东方出版社1998年版,第319页。
② 对于"意象"的源头,中国学术界众说纷纭,一般认为是《周易》(亦称《易》或《易经》),但也有一些学者持不同意见。如敏泽认为意象有两个源头,即《周易》和《庄子》;蔡镇楚则认为是《周易》(包括"经"和"传")和《老子》。对此,本书持敏泽的看法,即意象的两个源头是《周易》和《庄子》。

二、都体现出集体无意识的心理学意义

原型批评理论家荣格认为,集体无意识是从原始时代演变而来的,主要通过遗传的方式逐渐积淀在每个成员的心灵之中,在《荣格文集》中,他说:"我们在无意识中发现了那些不是个人后天获得而是经由遗传具有的性质……发现了一些先天固有的直觉形式,也即知觉与领悟的原型。它们是一切心理过程的必不可少的先天要素。正如一个人的本能迫使他进入一种特定的存在模式一样,原型也迫使知觉与领悟进入某些特定的人类范型。和本能一样,原型构成了集体无意识。"[①]同时,在《集体无意识的概念》一文中荣格还对原型做了具体说明:"原型概念对集体无意识观点是不可缺少的,它指出了精神中各种确定形式的存在,这些形式无论在何时何地都普遍地存在着。"[②]在他看来,原型是集体无意识最重要的构成内容(此外则是本能)。荣格的心理学理论以"集体无意识"为核心部分,而原型批评又以荣格的心理学理论为核心。从这层关系来讲,"集体无意识"无疑就是原型的心理学意义上的核心内容。

意象在心理学意义上,也类似于"集体无意识",表现之一为《周易·系辞上》所云:"子曰:'书不尽善,言不尽意。然则圣人之意,其不可见乎?'子曰:'圣人立象以尽意,设卦以尽情伪,系辞焉以尽其言。变而通之发尽利,鼓之舞之以尽神。'"这里所谓的"圣人立象以尽意",实际上就是人类所普遍具有的意象思维原理,也是从古到今各种艺术门类所共同遵循的基本原则,其中最为典型的例子便是"半坡人面鱼纹",它寄寓了当时人们的某种观念和理想,也印证了"人类自古就有意象思维"的论点。实际上"半坡人面鱼纹"本身也是一个类似于荣格所发现的曼陀罗图案,是一个积淀了无数代华夏先民集体无意识的"原型"。荣格曾在《纪念理查·威廉》一文中说道,"《易经》中的科学根据……它具有这样一些性质和条件,能够以一种非因果的平等对应方式,在不同的地点同时表现出

[①] 冯川:《荣格的精神》,海南出版社2006年版,第58页。
[②] [瑞士]荣格:《集体无意识的概念》,载《荣格文集》,冯川、苏克译,改革出版社1997年版,第83~84页。

来。就像我们在那些同时发生的同一思想、象征和心理状态中发现的那样"①。这表明了荣格认为《周易》与他的"集体无意识"有着内在的关联性和互通性，两者都体现出"集体无意识"的心理学意义。

三、都具有形而上的哲学意义

可以说，"原型"与"意象"的概念最早皆是来自哲学领域，且较之人类学、心理学的意义，两者在哲学领域的意义对其理论的发展是最为重要的。

在荣格将"原型"运用于心理学领域并解释其"集体无意识"内容之前，"原型"大致涉及两种主要领域，即宗教神学与哲学。荣格在《集体无意识的原型》一书中解释说："原型一词最早是在犹太人斐洛谈到人身上的'上帝形象'时使用的。它也曾在伊里奈乌的著作中出现……在《炼金术大全》中把上帝称为原型之光……"②这表明"原型"一词在早期是与宗教神学有关系的，其基本意思可以理解为，人的原型是"上帝形象"，或人是按照上帝的形象创造的。但在该书中的另一处，荣格又说："在柏拉图那里原型却被赋予了极高的价值，它被视为形而上的理念，视为理式和范型，而真实的东西却被认为仅仅是这些理式的摹本。中世纪的哲学从圣·奥古斯丁——从他那里我借来了原型这一思想——的时代一直到马勒伯朗士和培根，在这方面一直坚持着柏拉图的立场。"③这也说明在早期哲学领域，"原型"这个词就是柏拉图哲学中的"理式"。其实早期神学中的"原型"与哲学中的"原型"是一脉相通的。斐洛与圣·奥古斯丁等的神学思想就是受到柏拉图哲学（尤其是理念论）的直接影响，借助柏拉图的理念论，来解释至上的超验的神和现实中人的关系，用关于理念世界与可感世界的理论来解释天堂和人世的。因此，原型概念与柏拉图的哲学

---

① ［瑞士］荣格：《纪念理查·威廉》，载《荣格文集》，冯川、苏克译，改革出版社 1997 年版，第 298 页。
② ［瑞士］荣格：《集体无意识的原型》，载《荣格文集》，冯川、苏克译，改革出版社 1997 年版，第 40 页。
③ ［瑞士］荣格：《集体无意识的原型》，载《荣格文集》，冯川、苏克译，改革出版社 1997 年版，第 40 页。

思想(尤其是理念论)有着极大的关系,从哲学的角度,荣格把原型理解为"纯粹形式",这种"纯粹形式"与柏拉图的"理念"非常类似。

"意象"的哲学意义,首先从《周易》一源说起,学者陈辉曾在《从西方神话—原型批评到中华审美意象系统理论》一文中表示,"《易经》的八卦符号系统是一种具有'原型'性质的'纯粹形式',它是远古先民们将人类自身特性(男女)推衍于万物,抽象出阴阳这两个原型符号来解释一切宇宙现象的理论模式"①。正如英国著名汉学家李约瑟所说,《周易》是"蕴涵所有自然现象的基本原则"。因此,"意象"在哲学意义上非常近似于柏拉图的"理式"。

而在老庄的道论中,老子所论述的"象"是建立在以"自然之道"为中心的哲学本体论基础上的,他认为"道"是宇宙万物的本源,是"无状之状""无物之象",它比一切具体的"状"和"象"都高,是"万物之母",具体的"状"和"象"都是由它派生出来的。庄子继承和发展了老子的道论,《庄子·大宗师》云:"夫道,有情有信,无为无形;可传而不可受,可得而不可见;自本自根,未有天地,自古以固存;神鬼神帝,生天生地;在太极之上而不为高,在六极之下而不为深,先天地生而不为久,长于上古而不为老。"在此,庄子认为,"道"是至高无上的,它无处不在,又"无为无形",既是宇宙万物的本体,又是宇宙万物发展变化的根源。与柏拉图认为理念就是世界的本原,是一种永恒的、一成不变的、绝对的精神实体一样,两者都是形而上的绝对本体。可以说"道"和"理念"同为抽象的哲学体系,之间具有互通性。和原型的结构一样,"道"不可言传,又是最真实的存在,是老庄哲学的中心范畴和最高范畴,它必须通过具体物象(意象)才能解释。

综上所述,"意象"与"原型"在人类学、心理学以及哲学上的意义都非常接近,有着深层次的契合性。中国的意象论在近代并没有经过科学思想的转变,仍然停留在"古典"阶段,但原型批评理论因其人类学的意义在西方逐渐成为一门显学,并在中国得到广泛的传播与运用。可以说,"意象"与"原型"两个概念的契合性,不仅促进了中西文论的交流和对话,有

---

① 陈辉:《从西方神话—原型到中华审美意象系统理论》,《学术交流》2004年第12期。

利于形成一种有别于传统文论的批评思维和适合中国文学创作实际的文学批评理论话语,为中国文学批评和文学理论的建设拓展出一片新的视野,而且也昭示了中国古典"意象论"的现代意义,使人们认识到中国古典文艺理论范畴在现代文学批评中的独特价值,以及其在探讨中国古代叙事文学的原型意象上的独特意义。

一种外来的批评方法最终能够进入国人的学术视野,离不开其方法论自身存在的某种富有吸引力的特质,而这种特质又必然与本土话语之间存在某种内在亲和性。原型批评之所以能够在中国得到广泛的传播和实践应用,其魅力不仅来自理论本身,更重要的是它与中国理论话语、理论语境存在某种相契合的亲和性,"原型"与"意象"这两个范畴的互通性正是这种亲和性的表现。在中国学界,一些原型批评者试图以"原型"为起点或凝聚点,进一步丰富原型概念的内涵,利用原型理论中可操作的方法来建构具有中国特色的理论话语,使其更符合中国的学术语境。有些学者站在人类学的理论基点上,借助原型进行文化还原,通过文学作品,追寻并反思民族文化之根,由此来揭示中国文学的独特价值。可以说,原型理论的中国化建设和发展已经成为一种必然趋势,"原型"与"意象"在人类学、心理学和哲学意义上的互通性正是这一中国化建设和发展的前提之一。这一建设和发展,对当代中国文学批评理论的建设也具有启示意义,它打破了中国古典文论话语与西方当代文论话语之间的藩篱,使二者相互融合,形成某种有别于传统文论的理论思维和适合中国当代文学创作实际的批评话语,为当代中国文学批评理论的发展开拓出一片新的视野。

第八章　存在主义文论的接受

　　哲学思想是对社会现实的反映。存在主义作为西方世界一种具有广泛影响的哲学思潮,是西方资本主义文明处于危机阶段的产物,是对西方19世纪末、20世纪上半叶这一历史时期的社会现实的特殊形态的理论概括。19世纪中后叶以来,西方世界社会矛盾日趋紧张,社会陷入危机状态。人们被一种"存在的不可理解""人的存在走投无路"的悲剧感、危机感和幻灭感包围。存在主义哲学正是伴随资本主义社会的社会危机、信仰危机和科学危机而产生的。存在主义作为一种理论思潮首先出现在德国。这与当时德国的时代背景和社会背景有很大关系。德国哲学家海德格尔是存在主义的创始人和主要代表之一,被誉为当代最有创见的思想家、最杰出的本体论学者、技术社会的批判者。海德格尔一生著述很多,除《存在与时间》外,主要著作还有《康德与形而上学问题》《论真理的本质》《林中路》《形而上学导论》《在通向语言的途中》《路标》《现象学基本问题》等。但作为现代西方最有影响的文学流派之一的存在主义文学,则是于20世纪30年代末兴起于法国,二次大战后,盛行于欧美各国,并影响到日本等东方诸国。萨特、加缪等存在主义代表人物不仅在哲学上对人的存在、人类的荒诞性处境及人的自由意识进行系统的哲学阐述,而且在他们的文学作品《厌恶》《肮脏的手》《局外人》《堕落》等小说与戏剧作品中还作过文学表达,把存在主义哲学和存在主义文学有机统一起来,使抽象的哲学变得具体、形象、可感,又使文学具有哲学意味,引人深思,耐人寻味,广泛地影响着当时和后来的西方作家和文学流派。中国文学对存在主义的理解和接受,先是由一些具有留学背景和得风气之先的文学家身体力行的,然后经过一段时间的断裂,一直到20世纪80年代,中国的理论界,文学界才开始对存在主义的重要作品进行广泛译介和宣传,并影响了中国作家的创作意识,如对存在和死亡的关注、对现代与后现代的热忱、出现所谓的"萨特热"和"海德格尔热"等等。

第一节　存在主义文论的理论特征

存在主义最早可以追溯到 19 世纪丹麦的宗教哲学家克尔凯郭尔创立的基督教存在主义。这种基督教存在主义宣扬个人的主观的"存在",追求人与神的统一,有着强烈的宗教色彩和神秘主义倾向。在基督教存在主义的影响下,存在主义在德国的雅斯贝尔斯和法国的马塞尔·加布里埃尔那里得到了继承和发展。20 世纪后,新起的存在主义哲学家又对原有的存在主义进行了改造,德国的胡塞尔及其弟子海德格尔、法国的萨特等人创立了无神论存在主义。作为一种理论思潮,无神论的存在主义首先出现在德国,这与当时德国的时代背景和社会背景有很多关系。一战后,作为战败国的德国,从痛苦中求重生的情绪使得存在主义得到发展,宣扬从死中领会生的意义的思想成为德国哲学最引人注意的理论。二战以后,战争留下的创伤和资本主义社会的矛盾与危机融合在一起,使人们笼罩在一片悲观主义情绪中,战争促使人们反思人的命运,唤醒人的危机意识和反战情绪,主张以自由选择创造自我人生。

一、以文艺作品宣扬存在主义哲学思想

哲学思潮和文学思潮有着彼此共生的关系,在存在主义哲学的影响下,存在主义文学也产生了。存在主义文学在 20 世纪 30 年代末兴起于法国,是以文艺作品宣扬存在主义哲学思想的一个现代主义文学流派,代表人物为法国的萨特和加缪,代表作有萨特的剧本《厌恶》和加缪的小说《局外人》等。存在主义哲学的基本观点是:第一,"存在先于本质",即先有人的存在,然后才有人格善恶的高低,人存在的本质在于自由。第二,世界是一种异己力量,是荒诞的,社会对人是冷酷的,人的处境是不可把

握的,人总是处于悲观、烦恼、焦虑之中,孤苦伶仃,无家可归。第三,强调人的自由意志,认为自由意志是人存在的真正价值的集中体现。存在主义认为摆脱荒诞处境的路有两条:一是死亡,存在主义哲学将死亡当作人的基本存在方式。二是自由选择,使人进入真正的存在,恢复自己的尊严和价值。简言之,存在主义认为存在即自我,存在即荒诞,存在即死亡,存在即自由。存在主义还认为人生有两个"存在":一是"自我",二是"自我"以外的世界。其把存在和"自我"等同起来,认为一切事物包括人的肉体都是为"自我"而存在的。没有人的"自我",世界就是杂乱无章的堆积物。同时认为世界对"自我"是一种"限制"和"阻力"。"自我"在世界中是孤立的,人与人之间无法沟通,因此"自我以外的一切事物都是可怕的"。"恐惧"成为存在主义的基本概念之一,而最大的恐惧是死亡。所以,存在主义文学总是布满死亡场景的描写。存在主义另一个基本概念是"选择",主张通过自由选择和创造性的努力来赋予存在的意义。萨特在《存在与虚无》中说:"人的出生没有道理,人的死亡也没有道理。"他相信人生的课题是"选择",而选择是自由的。基于这样的哲学思想,"失去自我""寻找自我""发现自我"成了存在主义文学的重要主题。在存在主义文学中,充满着"存在不可理解""人的存在走投无路"的荒诞意识、危机意识和悲剧意识。

二、属于法国传统自由资产阶级的文艺思想

产生于战争留下的创伤和尖锐社会矛盾之中的存在主义,以其促使人们反思人的命运、唤醒人的危机意识和反战情绪、主张以自由选择创造自我人生的哲学观,在危机重重的西方资本主义社会发挥了重要的积极作用,但萨特的文艺思想仍然是属于法国传统的自由资产阶级思想。尽管萨特曾参加过和平运动,也写过具有进步因素的剧本和文学作品,对资本主义社会的批判也是颇为深刻的,但萨特对个人自由主义的极力提倡,对社会秩序与人际交流的完全否定,也说明了存在主义还是资本主义制度发展过程中极端个人主义的精神产物,对我们构建和谐健康的现代社会是具有负面作用的,这是值得我们深思和警惕的,也是应该加以辨析和批判的。

第二节　存在主义文论的接受

存在主义是始创于德国的哲学,早在20世纪30年代,当以海德格尔、席勒、雅斯贝尔斯为代表的存在哲学在德国声誉日隆的时候,中国学术界就通过日本现代哲学家以及从德国归来的中国留学生冯至、熊伟、宗白华等对德国存在主义有了一定程度的了解。冯至曾听过雅斯贝尔斯的课,熊伟曾聆听过海德格尔的讲座,但是他们并没有太多地向中国人介绍存在主义哲学。所以尽管在此之前,学界对丹麦的克尔凯郭尔和德国的尼采及海德格尔有所介绍,但国人对"存在主义"概念形成大体轮廓,则是从法国存在主义在我国的译介开始的。20世纪40年代是法国存在主义异军突起的时代。与德国存在主义者专于哲学的省思不同,法国存在主义一开始就在文学领域大放异彩,因而在中国的影响也最为突出。

一、存在主义文论的译介与探讨

首先是对法国存在主义文学的译介。宋学智、许钧的《法国存在主义在我国新时期之前的存在轨迹》一文曾对20世纪前半期法国存在主义文学及文论的译介与影响做了比较全面的梳理,他们认为,最早的译介可以追溯到展之翻译的萨特小说《房间》,选自1939年法国出版的萨特短篇小说集《墙》,1943年11月发表在《明日文艺》第2期上。第二年3月,作家荒芜翻译萨特的《墙》发表在《文阵新辑》上。1947年,著名诗人戴望舒再次翻译了《墙》,发表在当年9月的《文艺春秋》第5卷第3期上,并在附记中简要介绍了萨特的思想和生平。从1945年起,《时与潮文艺》杂志的编辑孙晋三就在该刊每一期上发表一篇题为《照火楼月记》的文章,来介绍西欧文坛概况。在这一年年初发行的第5卷第1期上,孙晋三专门介绍了"声名增高最多"的作家萨特及其新剧《苍蝇》和《此门不开》,认为《苍蝇》是"和希腊悲剧中的 Orestes(俄瑞斯忒斯)的主题相同",《此门不开》

"含哲理气甚浓"①。1947年,孙晋三还撰写了《所谓存在主义——国外文化述评》一文,指出存在主义既有悲观也有积极的方面,要认识到"只是,世上太多的人害怕自由,往往逃避人的责任,而昏昏冥冥地放弃了真正做人的机会"②。可以说,这一认识已经抓住了存在主义哲学的本质。

该文还认为,20世纪前半期对存在主义哲学及文论的译介,主要集中在1947年至1948年这两年间。除孙晋三之外,还有盛澄华、罗大冈、吴达元、冯沅君和陈石湘等人,陆续发表了多篇文章。如盛澄华在《文艺复兴》1947年第3期上发表的《新法兰西杂志与法国现代文学》一文认为,法国文坛上"最引人注目"的存在主义正在"热烈的展开"中,有可能"成为法国现代哲学思想的最高表现"。③ 盛澄华后来还翻译了纪德对存在主义的有关评论《文坛追忆与当前问题》(1947)和《意想访问之二》(1948)两文。罗大冈对存在主义的介绍也是从1947年发表的《两次大战间的法国文学》一文开始的。次年,罗大冈发表《存在主义札记》连载文章,辨析了存在主义哲学与传统哲学的区别,对存在主义的关键词如"抉择、自由、投效(即介入)、焦虑和存在"等都作了分析。④ 罗大冈还在《益世报》上发表了《〈义妓〉译序》(《义妓》即《恭顺的妓女》),切中肯綮地指出,萨特的"先有存在,后有本质",要点在于"生命即是存在的意识,或者说有意识的存在"。⑤ 罗大冈和盛澄华那时都是从法国归来的学者,对法国存在主义自然有较多的了解和较深的认识。除此之外,法语专家吴达元也于1947年在《大公报》上对加缪的新作《外人》(即《局外人》)进行了评介,用加缪的《西西弗的神话》所表达的"人生是荒诞无稽的"哲学观来

---

① 宋学智、许钧:《法国存在主义在我国新时期之前的存在轨迹》,《外语教学》2004年第5期。
② 宋学智、许钧:《法国存在主义在我国新时期之前的存在轨迹》,《外语教学》2004年第5期。
③ 宋学智、许钧:《法国存在主义在我国新时期之前的存在轨迹》,《外语教学》2004年第5期。
④ 宋学智、许钧:《法国存在主义在我国新时期之前的存在轨迹》,《外语教学》2004年第5期。
⑤ 宋学智、许钧:《法国存在主义在我国新时期之前的存在轨迹》,《外语教学》2004年第5期。

阐释其作品《外人》,并提醒读者,存在主义者倡导的人道主义绝非普通人的人道主义。同年,作家冯沅君翻译了维尔登(D. Wilden)的《新法国的文学》,直接向国内学界介绍外国学者对以萨特为代表的法国存在主义的领悟,他说,我们已跨进社会文学的纪元,"文人,果真像文人,须完成一种社会的职务",作家要"介入"社会,要调和社会的职责与个人的尊严和自由。① 这一时期对法国存在主义作了最全面介绍的,当属陈石湘在1948年发表的《法国唯在主义运动的哲学背景》一文。文章以萨特的《存在主义是一种人道主义》为参照系,分析了法国存在主义哲学产生的历史、文化和社会背景,如两次世界大战尤其是第二次世界大战给人类带来的灾难、人的价值在现代文明中的失落、资本主义社会制度造成的人的异化以及人的荒诞处境等,指出存在主义与先前一切哲学的本质区别在于反对传统哲学的理性观和决定论,通过具体个人的经验存在来探索个体解放和人生价值。并对存在主义的重要命题如"存在先于本质"和"自由选择"进行了评述,认为前者是指"人的存在是主观个体的自觉,因而人生的一切价值都要从个人的自觉的存在出发",后者则与"个人主义的放任,以及浪漫主义中夸张的自我都是不同的","这样的自由自主的选择,代替了上帝的工作,一步一步创造人的新形象,因而时时对自己,亦即对全人类负责"。这篇文章尤其引人注意的,是作者对存在主义文学作品的描述:因为要表现反抗精神,所以写实更为大胆;因为要形成具体的主张,所以说理不落空洞;因为有具体的主张,借用古典或历史主题时,其象征的意义更为鲜明。②

20世纪50年代末以后,对存在主义的译介主要集中发表在由上海社会科学院信息研究所主办的《现代外国哲学社会科学文摘》上。据统计,从1959年至1966年间,在该刊上刊发的有关西方当代文论的译文近20篇,其中直接涉及法国存在主义的译作就有8篇,如《马赛尔与沙特——两个法国存在主义哲学家》《不接受诺贝尔或列宁奖金的让-保

---

① 宋学智、许钧:《法国存在主义在我国新时期之前的存在轨迹》,《外语教学》2004年第5期。
② 宋学智、许钧:《法国存在主义在我国新时期之前的存在轨迹》,《外语教学》2004年第5期。

罗·萨特》《一种存在主义美学:沙特和梅劳-庞蒂的学说》《萨特:〈情势种种〉》《内在性问题:柏格森和沙特》等等。但这一时期,存在主义的有关著作主要还是作为批判的反面资料被译介进来的,还有一些作品是作为内部读物被翻译出版的,如从1962年至1965年,商务印书馆出版的萨特的《辩证理性批判》、J.华尔的《存在主义简史》、卢卡奇的《存在主义还是马克思主义》以及《人道主义、人性论研究资料》等。1962年中科院编译的《存在主义哲学》一书,收录了萨特的《存在主义是一种人道主义》和《存在与虚无》的部分篇章。这一时期还出版了存在主义的文学作品,如上海文艺出版社1961年出版了加缪的《局外人》(孟安译),1965年出版了萨特的《厌恶及其他》(郑永慧译)等。

20世纪80年代改革开放后,中国学界持续进行了存在主义文论的介绍和研究,甚至出现了"萨特热"的现象。1979年至1980年,柳鸣九在《外国文学研究》和《读书》杂志上,发表了多篇论文对萨特的历史地位做了应有的评价。《译林》1979年第1期也发表了有关加缪和西方荒诞派文学的评介文章。1980年,在《世界文学》《外国文艺》《当代外国文学》《外国文学》等期刊上,都可以看到许多存在主义文学作品被翻译发表,同一时期的《世界文学》和《当代外国文学》,也发表了关于萨特和存在主义的评介文章。此后,有关存在主义哲学的理论及其文学作品被大量地引进国内。

二、存在主义文论的影响与研究

20世纪40年代我国对法国存在主义的迅速反应,不仅表现在翻译、介绍和探讨上,还表现在它对中国作家的影响以及学界的研究上。作为当时一种正在发展壮大的文学思潮,法国存在主义在那个年代的中国已经留下了鲜明的印迹。如1947年戴望舒在翻译萨特的《墙》的同时,就发表了《我和世界之间是墙》一文,显然是受了"在法国文坛风靡起来的""生存主义""新潮流"[①]的影响。汪曾祺回忆自己在西南联大学习的时候说过,"那时萨特的书已经介绍进来了,我也读了一两本关于存在主义的书。

---

① 戴望舒:《戴望舒全集·诗歌卷》,中国青年出版社1999年版,第175页。

虽然似懂非懂,但是思想上是受了影响的"①。研究汪曾祺的早期创作也可以发现,他的《落魄》中的"荒诞"与"恶心"的存在体验、《礼拜天早晨》中的耽于"自欺"的存在状态以及《复仇》中表现"自为"和"自由选择"的存在意识,均与萨特和加缪的存在主义创作思想有着不可分割的联系。钱锺书于1947年出版的长篇小说《围城》中对人性入木三分的刻画,也让人联想到萨特的《恶心》与加缪的《局外人》中的书写,主人公方鸿渐对既有的人生价值和社会价值的怀疑,对事业、爱情如同《局外人》中的默尔索那样不感兴趣的生活方式,以及"围城世界"里人与人之间的"间隔"与制约,都不难看出存在主义思想的影响。因而有论者认为,《围城》"是一部表现人的存在困境的形象哲学,与加缪的《局外人》和萨特的《恶心》有着异曲同工之妙"②。杨昌龙认为,《围城》"写出了人生的哲理内涵:两难选择中的困顿处境。这种'围城意象'的题旨中,就渗透着存在主义的'非理性'内容"③。解志熙也认为,钱锺书先生精通法语,自1935年起就游学欧洲,"对存在主义哲学不但知之甚详,而且接触甚早——30年代末40年代初他已读到过存在主义大师的原著了"④,甚至"早在他写于30年代末的散文集《写在人生边上》里,对存在主义的诸观念就多所阐发"⑤。但解志熙还认为:"这与其说萨特和加缪影响了钱锺书,毋宁说是钱锺书在尼采、克尔凯郭尔等存在主义思想先驱的启发下,站在与萨特、加缪相同的思想起点,面对着同样关心的现实问题,遵循着相近的思路,进行同步的哲学思考和艺术创造。"⑥他在萨特、加缪与钱锺书之间做了平行比较,指出:"钱

---

① 汪曾祺:《美学感情的需要和社会效果》,《汪曾祺全集》(第3卷),北京师范大学出版社1998年版,第283页。
② 唐正序等:《20世纪中国文学与西方现代主义思潮》,四川人民出版社1992年版,第405页。
③ 杨昌龙:《萨特在中国》,《东方丛刊》1998年第3期。
④ 解志熙:《生的执着——存在主义与中国现代文学》,人民文学出版社1999年版,第83页。
⑤ 唐正序等:《20世纪中国文学与西方现代主义思潮》,四川人民出版社1992年版,第443页。
⑥ 解志熙:《生的执着——存在主义与中国现代文学》,人民文学出版社1999年版,第210页。

锺书的《围城》和萨特的《理性时代》殊途同归,而与加缪的《局外人》则如出一辙。如果说萨特的《理性时代》是直接从正面来肯定个人的自由和自为的勇气,并把这种自由和勇气推到极端的话,那么钱锺书的《围城》和加缪的《局外人》则是从反面来启示人们,当孤独的个人面对虚无的人生和荒诞的存在处境时,有没有一种个体主体性,有没有一种敢于独立勇气,一种不畏虚无而绝望地反抗的勇气,就是生死攸关的事了。"①由此可以看出,在那个动乱的年代,钱锺书力图通过存在主义的哲学视角,在自己的《围城》世界里独特地传达出超越"围城世界"而面对整个人类荒诞的存在困境的形而上的思考。

20世纪80年代之后,伴随着存在主义哲学理论的大量引进,新时期的中国文学也深受影响。1981年12月,张辛欣发表的小说《在同一地平线上》已经流露出受存在主义影响的关于"选择"的思考。1982年,易言在《文艺报》第4期上发表了《评〈波动〉及其他》一文,认为该作品描写了人的孤独、忧虑和生活的荒诞,表现了对传统观念的怀疑,透露出了某种自我抉择的意识。该文引起了文学界的普遍关注,陈峻涛认为,这是新时期较早指涉文学作品中存在主义倾向的评论,也是从文学创作上把存在主义的影响"提得最明确、最尖锐,影响也较大"②的一篇文章。1985年发表的刘索拉的《你别无选择》和徐星的《无主题变奏》两部作品,一方面"横移"了存在主义关于人生孤独和人生人世荒诞无稽等命题,另一方面也表达了存在主义"我选择"的价值指向,用夸张的手法表达了中国现代社会特有的现代情绪,有论者认为《你别无选择》"大概是我第一次看到的真正的中国现代派的文学作品"③。也有论者对这两部作品与西方的现代派作了比较。许子东认为"刘索拉、徐星表达的其实是一种在社会中找不到理想位置的'多余人'迷惘愤世的情绪,而不是冷漠旁观人类危机的'局外人'姿态"④;高尚则认为"徐星、刘索拉们过多地表现了一种愤世嫉俗式

---

① 解志熙:《生的执着——存在主义与中国现代文学》,人民文学出版社1999年版,第233页。
② 陈峻涛:《关于存在主义与我国当前的文学创作》,《小说界》1983年第1期。
③ 李泽厚:《两点祝愿》,《文艺报》1985年7月27日,第2版。
④ 许子东:《现代主义与中国新时期文学》,《文学评论》1989年第4期。

的天真和脆弱,缺乏西西弗精神中所特有的那种清醒、深刻和刚毅"[①]。何新1986年发表的《当代中国文学中的存在主义影响》[②]一文,也是新时期不多见的一篇专题性探讨存在主义影响的文章,他认为,当代文学中有意无意地追求表现和探索的主题,如人性的异化、主体自由、个性本质的选择、传统价值的幻灭、人生孤独(失落、荒谬、不可沟通性)的陈述和英雄主题的否定等,无不直接或间接地与西方的存在主义文学运动有关。文章在评论界引起了反响。因此,赵稀方在《翻译与新时期话语实践》一书中对法国存在主义在新时期文学上的影响给予了很高的评价:"在新时期文学已经大量运用'现代派'技巧仍然毫不'现代'的情形下,萨特的存在主义成为一种思想资源,它对于新时期文学的'现代'演变起了重要的作用。"[③]

虽然早有研究者指出萨特美学思想的局限性——"缺乏一种知觉论来支持他的意象说,和他从文学推广到整个艺术的概括倾向"[④],但这并没有阻碍存在主义美学概念成为新时期的一种新的文艺理论资源。从20世纪80年代中期起,不少涉及存在主义美学的著作相继出版。其中,有收入存在主义美学文论的选集,如蒋孔阳的《20世纪西方美学名著选》和漓江出版社出版的《西方马克思主义美学文选》;有译作,如崔相录、王生平翻译的日本今道友信等著的《存在主义美学》;更多的是我国文论界的研究成果,如毛崇杰的《存在主义美学与现代派艺术》、朱立元的《现代西方美学史》和李兴武的《当代西方美学思潮评述》等。这些著作从各个层面、各种角度探讨了存在主义美学的多种命题。一些研究者也发表了不少颇有见地的研究论文,如杨剑在《存在主义的哲理与审美之间的关系》一文中通过对存在主义哲理与审美之间关系的考察,阐述了存在主义美学观的三个基本特征:"一、存在主义将对人的思辨性的理论思考和美

[①] 高尚:《论新时期小说创作的深度模式》,《文学评论》1989年第4期。
[②] 何新:《当代中国文学中的存在主义影响》,人大复印资料《中国现代、当代文学研究》1986年第10期。
[③] 赵稀方:《翻译与新时期话语实践》,中国社会科学出版社2003年版,第58页。
[④] 魏克:《一种存在主义美学:萨特和梅劳-庞蒂的学说》,《现代外国哲学社会科学文摘》1964年第1期。

学上的直观把握融为一体,认为对人的存在方式的揭示既是哲学思考的对象又是文学所要表现的具体内容;二、作家的美感产生的过程和内容与他的意识活动的过程和内容是同步进行的,而且其内容也是完全一致的,它是通过主体的客体化和客体的主体化这一双向运动而表现出来,从中产生出审美意象即艺术客体;三、审美意象灌注了作家的思想感情,因而体现了作家的艺术个性,它来自作家的自由的创造意识,因此自由对于创作主体来说,它是作家的艺术个性得以充分表现的一种巨大的创造力,对于作品中的人物来说,它是展示自己的情感意志和塑造自我形象的一种内在驱动力。"[①]同时,存在主义关注的"文学是人学""文学的主体性""文学的存在方式"等命题,也成为新时期文艺评论的新维度和文艺界研究探讨的热点。一些文学批评把萨特的《什么是文学》作为参考文本。吴俊曾用加缪的"西绪福斯神话"的视角对史铁生小说进行心理透视,认为其小说无疑具有"西绪福斯神话"色彩,只是"在他们共同的扼住命运的咽喉的搏斗中,加缪的西绪福斯却缺少发生在史铁生身上的内心冲突——西绪福斯获得的是一种幸福的宁静,而史铁生则显示出一种生命的忧虑,尽管悲壮是他们的共同基调"。

20世纪90年代至21世纪,除了继续有新的译著问世,发表的研究论文也越来越多,这些论文的研究焦点集中在海德格尔和萨特两位存在主义主要代表人物的学术思想上,特别是之前有所忽略的海德格尔的哲学理论已成为研究的新热点,他的时间论、语言学转向,以及与老庄哲学的比较都得到了有力的揭示,如戴冠青发表在《华侨大学学报(哲学社会科学版)》2000年第1期的《庄子与海德格尔美学思想比较》、宋妍发表在《漳州师范学院学报(哲学社会科学版)》2006年第3期的《道家美学生命观:从关注走向迷失——兼与存在主义美学相比较》等等。

总的来说,存在主义作为现代西方哲学中人本主义思潮的重要代表,产生于特定的社会历史时期,它是伴随资本主义世界的社会危机、信仰危机和科学危机产生的,从一定意义上说存在主义就是一种"危机哲学"。

[①] 杨剑:《存在主义的哲理与审美之间的关系》,《南京大学学报(哲社版)》1996年第6期。

回顾存在主义在我国的发展历程,可以说是与特定历史时期的社会背景密切相关的。面对20世纪前半期中国的社会阶级斗争、民族危机、社会动荡、反侵略战争,人的价值和意义以及如何在灾难之后寻求出路的问题困扰着当时的知识分子,一些有留学背景或得风气之先的文学家开始借助西方思潮来寻求解救之路,由此促进了存在主义在中国的传播和影响。存在主义对人的存在状态的关注,尤其是对人生的荒诞、孤独、死亡等因素的关注,吸引了那个特定背景下的中国作家和文学批评家的眼光。但是从另一个角度来说,中国社会虽然存在危机,可是这种危机从根本上说是群体的危机,是国家民族的生存问题,时代迫切需要的是能唤醒民众共同斗争的思想,个体存在问题固然有合理性,但是相对于国家民族的危机来说还是一种微弱的要求。这就决定了存在主义只能在少数知识分子中产生影响,而不可能引起社会大众的广泛共鸣。而且随着社会矛盾的不断加深,无法解决更深层次社会问题的存在主义在20世纪前半期的中国也无法产生更大影响。但是从20世纪80年代开始,在改革开放的过程中,伴随着政治经济的改革和发展,我国文坛空前活跃,"朦胧诗""伤痕文学""反思文学""改革文学""寻根文学"等各种积极介入社会进程的文学作品大量涌现,作家和理论家对人性和人的生存处境的思考也愈加深入,这些都为以萨特为代表的存在主义哲学的影响提供了足够的文化空间。

第三节 存在主义对中国当代文论建设的启示

从上述的阐发可以发现,存在主义作为一种文学思潮,对我国文学界的影响主要不是创作形式和艺术手法,而是文学观念和创作思想的影响,是对传统的文学"反映论"观念的反思和质疑,也是对文学的社会功能和文学是人学这一主张的进一步彰显。萨特所提倡的"介入文学"就是对文学的社会功能的强调,他曾说过,"写作意在揭露,揭露是为了改变"①。因此存在主义一直标举"批判理论""社会批评"的研究方法,以一种积极的甚至激进的态度去关注介入社会现实,对抗社会生活中的不合理现象。这启示我们在建设有中国特色社会主义经济与文化、实现民族复兴的艰辛进程中,一方面要适应世界和时代发展的趋势,融入世界经济一体化的大潮中;另一方面又要在发展经济的同时注重包括文学在内的先进文化理念对促进社会发展的作用,即我们的文学不仅要积极介入时代生活,表现时代生活的曲折历程和发展趋势,而且要用先进的优秀的文学作品去批判社会发展中的不合理现象,推动新时代新社会的现代化进程。存在主义思潮当年在西方社会的发展正是着眼于资本主义在高速发展时期所面临的新问题,这一点也启发我们的文化如何去思考和把握当今经济社会高速发展时必然会碰到的新问题,去建设适合新时代社会发展的新的文化理念和文艺理论。因此可以说,存在主义的思想方法可以为我国的文论建设提供方法论上的参照,这对处于新时代社会发展时期的中国文论的创新和发展具有独特的现实意义。

存在主义理论对人文主义精神的强调,它的人本主义的视野,也启发我们的文论建设要重视人这一诸多复杂事物中最重要最值得关注的因素。文学是人学,因此我们的文学除了要表现人的所思所感,人的创造性,人的梦想与追求,更要表现人类命运共同体的构想和追求,与之相适应的文艺理论自然也要对人,对人类命运与人类社会倾注感情与关切,凸显人本主义精神。当然,文艺美学观上的人道主义与世界观乃至历史观上的人道主义是有区别的。但无论是就学术发展而言还是从艺术史的流变来看,从形而上的宇宙本质的探寻,到对人类自身力量的肯定,再到人类对自身的反省,都是人文艺术领域内人们不断追寻的思想轨迹。而人本主义是最光辉的一笔,它不但昭示了人类文明发展的进程,而且是推动社会进步的动力。文艺理论虽然是以具体的文学现象为研究对象,但是面对人这一文学活动中最活跃的因素时,立足于人,真正地研究人们所关

---

① [法]让-保尔·萨特:《萨特文集》(第7卷),沈志明、艾珉译,人民文学出版社2000年版,第577页。

心的问题应该是我们思考的着力点。这可以说是存在主义文艺思想给予中国新时代文论建设的另一个重要影响。尽管如此,但我们还是应该警惕和反思以萨特哲学理念为代表的存在主义思潮的种种局限性,特别是萨特对个人自由主义的力倡和对社会秩序与人际关系的否定,暴露出了存在主义作为资本主义制度发展过程中极端个人主义的精神产物的明显弊端,如果不加以辨析和批判,是不利于我们构建和谐健康的现代社会的。

第九章　西方女性主义批评的接受

　　由于根深蒂固的封建传统观念的作用,男权意识长期支配着人们的文化意识,女性创造人类历史和文化的作用被忽略了。进入现代社会后,男女平等的观念虽然已被提出,但由于女性社会实践历史的有限性,女性自我话语形成的艰难性,女性的作用很长时间里仍然处在被遮蔽状态。直到西方女权主义运动蓬勃兴起,女性才找到了自己的意识、语言及实现自我价值的方式——包括写作,她们对历史和文化的伟大贡献才被充分地揭示出来。兴起于20世纪60年代西方妇女解放运动的女权主义批评是20世纪西方文学批评中的重要一派,它的批评观念是对数千年来以男性为中心的社会及文学观念的反叛,是女权主义运动的产物,也是女性主义活动的一个重要组成部分。它的研究对象包括女性阅读、女性形象、女性写作,要求以全新的女性视角来解读文学作品和文学现象,对根深蒂固的男权中心文化传统进行声讨和批判,并提倡一种女权主义的写作方式。20世纪80年代初期,女性主义文学批评传入中国,马上引起了改革开放后的中国文化界,特别是女作家和女性文学批评者的极大关注,并且很快就对中国女性文学的发展、女性文化的建设,特别是当代女性文学的批评产生了重大影响,同时逐步形成了中国女性主义批评的理论话语。研究和探讨西方女性主义批评的中国化进程,考察女性主义批评对中国文学观念和文化意识形态的影响,不仅对中国当代文学批评理论的建设是十分有意义的,而且对中国当代文化意识形态的发展和进步也有重要的促进作用。

第一节　女性主义批评的产生和发展

西方女性主义文学批评兴起于20世纪60—70年代的欧洲,与第二次女权主义运动的高潮联袂而行。"作为一种文学批评的女权主义文论最终诞生于为争夺自己的性别权利而向男权中心决裂的女权政治运动"[①],正如美国女诗人艾德里娜·里奇所说,"没有日益发展的女权主义(政治)运动,女权主义(诗学)学术运动就不会迈出第一步"[②],女性主义批评也因此作为女权政治运动的产物而蓬勃发展。最早进行女性主义批评的可以说是英国批评家伍尔夫,她于1929年在自己的私人出版社(霍格斯出版社)出版了《一间自己的屋子》,这部著作被称为女性主义批评的奠基作,其基本观点是指责男性将女性作为次等公民,并控制着社会及文学,强调妇女应该有"一间自己的房间"。1949年,法国伽里马尔出版社出版了作家西蒙娜·波伏娃(又译作西蒙·波娃)的著作《第二性》,该书被誉为西方女性主义理论经典。西蒙娜·波伏娃认为法国乃至西方社会都是由男性控制的家庭社会,女性只是"第二性",是"他者",只有中止这种家庭统治,并将男性作为"他者",女性才能成为一个完整的人。该书批评了男性作家对女性形象的歪曲,开创了女性主义批评实践的先例,这使人们尤其是妇女们开始真正认识到妇女在人类社会生活中的真实处境。《第二性》的出版对人类文明的发展产生了重大影响,因为文明发展的水平,从根本而言不在于物质发达的程度,而在于社会对人的本质实现所允许的限度和所提供的条件,因此,女性这占了世界人口一半的"一种人类"的主体意识的觉醒及其为赢得真正作为人的权利而进行的努力,标志着人类文明重大飞跃时期的开始。

从侧重点和方法的区别上看,西方女性主义批评流派可分为英、法、

---

① 李赣、熊家良、蒋淑娴:《中国当代文学史》,科学出版社2003年版,第278页。
② 张京媛:《当代女性主义文学批评》,北京大学出版社1992年版,第123页。

美三大流派。美国著名女性主义批评家肖沃尔特对这三大流派做了如下评述："英国女权主义批评基本上是马克思主义的,它强调压迫;法国女权主义批评基本上是精神分析学的,它强调压抑;美国女权主义批评基本上是文本分析的,它强调表达。它们都是以妇女为中心的文学批评。"①

第二节　女性主义批评的理论特征

对比传统的文学批评和 20 世纪西方文学批评的其他流派,女性主义文学批评体现出极其鲜明的理论特征,这一理论特征集中表现在批评性质、批评内容、批评方法以及文本特征等几个方面。

一、鲜明的女性立场和浓厚的政治色彩

女性主义批评源于反对男性中心、性别歧视、争取男女平权的政治斗争,作为政治运动产物的女权主义批评自然也会表达出这样的政治倾向,带有明显的政治色彩。正如女作家朱迪斯·菲特莉所说的,"女性主义批评是一种政治行为,其目标不仅仅是解释这个世界,而且也是通过改变读者的意识与他们所读的东西之间的关系去改变这个世界"②。在中国,女性主义可以理解为以一种鲜明的女性立场,强调两性平等,反对性别歧视,批判父权制和男性中心文化的文化思潮和社会实践,其旨在改变女性作为弱势群体的性别观念和性别秩序。

二、主张以女性经验来重构文学分析体系

女性主义批评在女性视角下,对所有男性长期控制的文学现象几乎都进行了重新审视和批评。她们深入探索女性生活的方方面面,特别注

---

① [美]伊莱恩·肖沃尔特:《荒原中的女权主义批评》,载王逢振、盛宁、李自修:《最新西方文论选》,漓江出版社 1991 年版,第 99 页。
② 朱立元:《当代西方文艺理论》,华东师范大学出版社 1997 年版,第 345～350 页。

重探讨文学中的女性意识,关注女作家的创作情况,主张以女性特征、女性经验来构造一个文学分析体系,甚至提倡发展"性批评"。认为两性关系不仅是生理问题,也可以反映出人的各种行为态度和价值观念。指导女性作家以其特有的女性视角关注女性生活、女性生存处境、女性感情、女性命运,从而对女性、女性人生、女性生命、女性人性有更多的寻找和发现。可见,女性主义的批评内容十分广博而深入。

三、吸收多种批评方法的性别批评

在男权制社会形态中,文学的声音一直以来都是由男性发出的,而女性只能沉默,她们是不能有声音的。于是,女权主义发展之时,我们会发现女性主义批评很难说有自己固定的独特的表达方式,只能将男性话语中的各种方式不同程度地加以利用。如社会批评方式、道德批评方式、精神分析方式、解构主义批评方式等。发展到后来,女性主义批评已经成功地吸收多种批评方法来丰富和发展自己的性别批评,给人以耳目一新的感觉。美国文学评论家安妮特·克罗德尼将此称为"戏谑的多元主义",提出"响应多样的批评流派和方法,但不做任何批评的俘虏","有必要吸收大量的分析方法,使之成为女性批评创造的方法的组成部分"。

四、体现女性自我认同意识的文本特征

一些女性作家通过"描写躯体"来强调女性的自我关照,并希望在文本和肉体的生理愉悦之间建立起一种密切联系,试图以此来宣称女性的存在;还有一些女作家试图通过"镜像"世界来进行女性的自我观照和自我体认,反复使用镜子的意象来表达对自身的认同;一些女作家则试图在"同性恋"的高潮体验中"虚化"男人以确证自己的写作现象。针对这些现象,女性主义批评专门对躯体写作、镜子意象和同性恋写作等进行了研究,揭示女性文本中的自我认同意识和自我观照趋向,并以此自我认同和自我观照来重新塑造自己。西蒙娜·波伏娃曾这样阐述道:"人间的爱是

冥思的,爱抚的目的不在于占有对方,而是逐渐透过她而重新塑造自己。"①女性主义文学批评具有单纯的、感性的、经验的文本特征,从某种程度说,这是文学、文化批评摆脱庸俗社会学,向人的生命本体回归的一种女性主义表现。

第三节 中国女性主义批评研究的特点

20世纪80年代初期,女性主义文学批评传入中国,给中国文坛带来一股旋风,使人们以全新的角度去审视文学的历史、现状及未来。当然对女性写作的重视要早得多。从五四以来,就已经出现了一些自觉进行女性写作的作家,并以其笔下女性形象独特的性别魅力深深打动了读者。例如20世纪初中期冰心、庐隐、凌叔华、谢冰莹、丁玲、张爱玲等女作家的写作已经为文学史留下了一系列动人的与男性写作不同的女性形象,这些形象几乎感动了整整一个世纪的读者。然而众所周知的是,那个时代关注得更多的还是人的觉醒。因为那时被社会沉重压抑的人的觉醒问题还没解决,当然她们也不可能更多地关注到女性的觉醒。由此可见,发轫于五四新文化运动的中国女性主义,只是反帝反封建革命的一个组成部分,其女性意识的觉醒也难免带有初醒者的朦胧迷惘和不成熟。之后经过很长一段时间的探索和沉默,到了20世纪80年代,伴随着改革开放的深入,中国与世界的联系日益密切,西方的一些文化思潮和文学理论也随之进入中国,并对中国的政治、哲学、文学以及学科研究方法产生了深远的影响,女性主义批评同样也对中国的文学批评产生了重要影响。"从80年代到现在,女性主义在中国走过20多年的历程,经历了一个逐渐被国人认知的过程;经历了一个同中国本土文化痛苦融合的过程;经历了一

---

① [法]西蒙·波娃:《第二性》,桑竹影、南珊译,湖南文艺出版社1986年版,第496页。

个从单纯的理论译介到理论创建的实践过程。"①由此可见,西方女性主义批评的中国化进程已经显示出其鲜明的阶段性特点和作用。

一、西方女性主义批评的译介

20世纪80年代学界主要致力于翻译和介绍国外女性主义的经典著作和女性主义作家的代表作品,为女性主义研究打下了较为坚实的基础。其中代表译著主要有1986年由桑竹影、南珊翻译,湖南文艺出版社出版的西蒙娜·波伏娃的《第二性》,1989年由王还翻译,生活·读书·新知三联书店出版的伍尔夫代表作《一间自己的屋子》,1989年由胡敏、林树明等人翻译,湖南文艺出版社出版的玛丽·伊格尔顿编的《女权主义文学理论》等。《第二性》被誉为"西方妇女解放的《圣经》",这本书为国内的创作和批评提供了一个独特的女性视角,在学术界引起不小反响,它无疑是女性主义文学批评在中国发展的一个转折点,更有学者认为它的出现标志着西方女权主义理论在中国的正式出场。《女权主义文学理论》一书使人们明白了女权主义文学批评的理论意义,那就是以女性的眼光来看待文学,揭示出一些以往的文学理论未曾触及的深层问题,以至于有人认为,"或许它能成为中国读者了解西方女权主义文学批评的入门之作"②。值得注意的还有1999年和2000年分别由社会科学文献出版社(钟良明译)和江苏人民出版社(宋文伟译)出版的凯特·米利特的《性的政治》(《性政治》),米利特进一步从意识形态、生物学、阶级、经济和教育、强权、神话和宗教等七个方面对父权社会进行了全面考察,以大量无可辩驳的事实证明了男女两性之间的支配与从属关系所体现出来的政治属性。现在女性主义学者普遍认为,女性主义文学理论形成的真正标志是《性政治》的出版。在《性政治》里,凯特·米利特认为要恰如其分地评价一部女性文学作品,必须深入研究其存在的社会文化背景。这个观点摒弃了从20世纪三四十年代起一直占统治地位的英美新批评方法,成为以后女性

---

① 何忠盛:《碰撞与融合:简论新时期中国女性主义的收获与困惑》,《当代文坛》2007年第1期。
② 程麻:《夏娃们的义旗》,《读书》1992年第2期。

主义文学研究的共同观点。

二、建设中国的女性主义文论

20世纪80年代已有部分女性主义研究者开始着手女性主义批评的理论实践,如孟悦、戴锦华的《浮出历史地表》一书,可以说至今仍具有很高的学术价值。两位女性主义批评者对于刚刚发展起来的中国女性主义批评的贡献便在于,她们站在女性主义的立场上,自觉运用西方女性主义经常使用的心理学、符号学、结构主义叙事学、解构主义、读者反应批评等多种批评方法,对现代文学史上的重要女性文本进行了深入研究,许多见解令人耳目一新。自此之后,运用女性主义批评方法对中国文学与文化现象进行批评的成果不断涌现,孟悦、戴锦华可以说是功不可没。这一批评也因其轰击大男子主义传统并对男性文学传统提出责难以及探索女性文学的特殊性而成为国内女性独立话语意识成熟的标志。可以说,该书既是中国当代女性主义文学批评著作中的佼佼者,也可视为中国当代女性文学批评的开山之作。刘思谦的《"娜拉"言说——中国现代女作家的心路历程》基本上是以传统的社会历史的批评模式来分析女性文本的,但又借鉴了西方女性主义理论。《"娜拉"言说》重点论述了从冯沅君到张爱玲等12位女作家的生活经历、创作活动、创作特色以及从她们作品中反映出来的作家心路历程,"一方面,作者对西方女性主义的理论有所借鉴;另一方面,作者对中国文学的研究又有自己的坐标系,这个坐标系就是中国女性文学的发展实际"[①]。林丹娅在《当代中国女性文学史论》一书中则运用了原型批评和解构主义批评方法对自古至今的女性历史进行考察,描述了女性从被书写到抵制被书写到自我书写的清晰脉络,显示出作者宽阔的文化视野和丰富的文学史知识。在该书第一章中,林丹娅通过女娲补天和抟土造人的女性神话传说逐渐被盘古开天辟地、鲧禹父子相生的男性神话所取代的事实,指出从人类历史的发端处,男性就开始篡夺了本属于女性的权利,就开始了任意书写女性的历史,因而女性拿起笔来写作这种行为本身便有着不同寻常的意义。盛英主编的《二十世纪中国

[①] 陈骏涛:《当代中国(大陆)三代女学人评说》,《文艺争鸣》2002年第5期。

女性文学史》可以说是第一部真正意义上的中国现代女性文学史。作者借鉴了西方女性主义按照女性意识的发展变化对女性文学史进行分期的方法,将20世纪中国女性文学的发展分为五个时期,从史的角度研究中国女性文学的发展与现状,既反映出近百年来中国女性文学的发展走向,又充分显示出不同阶段、不同类别、不同个体的独特风貌。作者对由于政治原因或性别歧视而长期被拒绝于视野之外的许多有创作实绩的女作家进行了重新评价,将她们置于20世纪中国文化发展的大背景中加以审视考察,不再按照阶级的或政治的标准,而是按照文学艺术自身的规律具体分析这些女作家的作品,从而给予她们以更恰当更公正的定位。乔以钢的《多彩的旋律》把对五四以来中国女性文学的整体考察与对个体作家作品的具体分析结合起来,为我们勾勒出一条女性文学发展的轨迹。女性文学主题的演变轨迹在某种意义上成为认识中国女性文学近百年发展历程的一条主要线索。作者指出,中国女性文学的主题思想和创作与创作主体的女性意识密切相关,由此她从女性主体的角度来理解女性意识的两个层面:"一是以女性的眼光洞悉自我,确定自身本质、生命意义及其在社会中的地位;二是从女性立场出发审视外部世界,并对其加以富于女性生命特色的理解和把握。"[①]在重视女性创作自觉运用女性视角来表现女性的思维方式、情感特征和女性生命体验的同时,她对一些女作家超越女性主体性的揭示、主动面向社会现实的开放性创作同样给予了应有的关注。这一时期的女性写作也出现了前所未有的活跃状况,并表现出两大特点:"其一,大多数女作家仍然沿袭了几十年来所惯用的超越女性意识表现社会生活的艺术方法,从选材到处理题材的立场、角度与男作家没有多少差别。其二,女性主义文学开始兴起。有些女作家开始站在性别立场,从自己的切身体验出发,表现了女性的特殊问题与心态。"[②]21世纪以来,经过众多女性文学研究者的努力,性别研究的观念以及女性文学研究的有关课程也逐步进入高等院校相关专业的教学体系,得到相当广泛的

---

① 乔以钢:《多彩的旋律》,南开大学出版社2003年版,第9页。
② 毕巧林:《新时期的女性主义文学批评》,https://wenku.baidu.com/view/63cd2e70f242336c1eb95eed.html,最后访问日期:2016年5月13日。

认可,其中,乔以钢、林丹娅主编,河北教育出版社2007年出版的《女性文学教程》正是这方面的代表性教材。该教材对女性文学的概念及其基本内涵、女性文学面临的问题及有关研究动态、20世纪80年代以来的中国女性文学创作、亚非拉女性文学创作等方面内容都有比较系统的阐述和揭示,广泛运用于普通高等教育"十一五"国家级规划教材。

三、女性主义批评方法的运用

较之西方,中国女性主义文学批评出现较晚,而且一开始缺乏明晰的理论体系和明确的性别视角。然而随着批评家们女性意识的觉醒,西方女性主义批评的引进,再加上优秀的女性文学文本的大量涌现,具有鲜明性别视角的中国女性文学批评也兀然崛起并产生了广泛影响。20世纪80年代初期一些表现女性意识的女性小说,如张洁的《爱,是不能忘记的》《方舟》,张辛欣的《在同一地平线上》《我在哪儿错过了你》等都获得了新的肯定性的阐释。1980年到1982年间,李子云以独具慧眼的评论对张洁、王安忆、茹志鹃、宗璞、张辛欣、张抗抗、韩蔼力等女作家独特的艺术创造和风格魅力进行了揭示,特别肯定了她们作品对知识女性在男性话语世界包围中的失落和挣扎的独特表现,以及她们在处理爱情、婚姻题材时流露出来的对女性被占有、被抛弃之命运的不满和反抗情绪,认为她们提出了人类文明不能不给予足够重视的重大问题。这一批进入李子云批评视野的作家后来都成为新时期文学领域富有影响力的人物。另一个较早关注女性文学创作的批评家吴黛英则更为全面地描述了女性作家在审美领域的突出贡献。对新时期女性文学给予较高评价的还有许多批评家。她们几乎无一例外地带着感佩、骄傲、自豪的语调来谈论姐妹们的创作。有时还让人觉得,有些女性批评家似乎是借他人之酒杯浇自己胸中之块垒,即借女性文学批评向"以父权制为中心的男人世界"发起冲击和挑战。她们在描述文学形象时更像是在展示女性自我、女性世界的美、女性的才能和创造力等等,如金燕玉对田野、陆文婷、金鹿儿、岑朗等美好女性形象的描述,简直就像一首首诗,引人无限赞叹和神往。20世纪90年代以来,中国女性文学批评的对象也从中国内地女性文学延伸到了台、港、澳地区暨海外华文文学的女性作家作品,如郑渺渺的《率性的叛逆与另类的光彩——论李碧华笔下的女性形象》，对香港著名女作家李碧华笔下的所谓"坏女人"形象进行了女性主义的独特阐释，认为李碧华创造出的一系列既痴情率性又叛逆怪异敢于抗争的另类女性形象，是对传统认定的角色与形象的颠覆，体现出其清醒的女性独立意识和对以男权话语为中心的父权制社会的大胆质疑和有力反拨，不仅极大地丰富了当代文学的人物画廊，同时也给我们提供了新的审美经验，具有独特的社会意义和审美价值。

四、女性主义批评的中国化特征

总览女性主义批评在中国不同时期的发展过程，可以看出中国的女性主义虽然是从译介西方女权主义文论的基础上发展而来的，但是中国特殊的历史背景导致它在发展过程中与西方女权主义有许多不同之处。这些不同之处表现在：首先，西方女权主义批评是伴随女权主义政治运动的兴起而产生的，因此它表现出强烈的政治倾向性，以权利为中心话语，争取女性的生存权、就业权、发展权、受教育权和选举权等。中国女性主义批评则集中在对男权文化进行抗争方面，分析男权社会形成的历史背景和思想元素，解剖男权文化细腻的肌理构成，反思男权社会是怎样通过语言、符号乃至整个文化体系对女性进行塑造和规训，让女性信服于男权的权威和秩序，揭露、批判、解构这一盘踞在女性头上并内化为女性心理的男权意识形态，使女性能够最大限度地认识自己的生存环境和文化环境并力图从中解放出来。其次，在中国的历史和文化传统中，男权主义的色彩比西方更加浓厚，妇女所受的精神奴役和肉体摧残更深，妇女在政治和社会生活中受到的歧视和排挤更加严重。所谓"节义纲常"本来就是男权本位思想专为奴役女性而备下的精神枷锁，却变成了所谓"天理"存在了上千年，深深影响了人们的思维方式和行为方式，并渗透到我们文化的各个层面，成为一个民族的集体无意识。这些都增加了女权主义在中国接受和传播的难度。也就是说，相对于西方，中国妇女解放的艰巨性也更大。再次，在中国，"妇女解放从来都是从属于民族的、阶级的、文化的社会革命运动"①。与西方不同的是,中国女性文学发生、发展的特点是以较大的社会革命、思想文化革命为历史际遇而悄然出现悄然运行的。西方妇女着眼的是生命个体价值的实现,妇女解放的目的并不在于救国救民;中国妇女解放思想/运动则由于受到男性政治/民族/国家意识的驱动或激发,至上的目标是要做具有国家思想的女子国民。

但不管怎么说,20世纪80年代以来中国女性主义文学批评所取得的成就是有目共睹的,其学术价值和意义在于:一是在对西方女性主义文学理论的翻译与理解中,对于女性主义文学的概念、内涵、特征等进行了十分深入的研究,由此奠定和拓展了中国女性主义文学研究的理论基础与思维方法。二是从女性主义文学批评的视角研究20世纪中国女性文学史,研究当代中国女性文学史,拓展了中国文学史研究的新视野,在摆脱男权意识控制下的文学史写作传统之后突出了女性文学的新视域与新风貌。三是以女性主义的方法观照与研究中国女性作家的文学创作,尤其注重对新时期女性作家创作的研究,使中国女性文学研究在关注女性意识和女性文本中,呈现出一道新的亮丽的风景线。四是中国女性主义文学批评也影响了当代女性文学创作的发展,其越来越强盛的声势促发了诸多女性作家女性意识的萌动与显现,使众多女性文学创作洋溢着浓郁的女性主义文学的色彩。

第四节　性别视角在当代文学批评中的意义

女性主义强调的正是性别视角,这是传统文化中所没有的。女性主义动摇了几千年来人们所赖以生存的社会基础和思想观念,其震撼和冲击一直延续至今。女性主义批评也使传统文化和文学批评观念受到前所未有的冲击和挑战,打破了男性独占文学批评中心的历史,将女性批评话语提升到与男性批评话语平等的位置上,为两性话语的共同发展创造了

---

① 刘思谦:《关于中国女性文学》,《文艺评论》1993年第2期。

条件。在女性主义批评者看来女性主义出现之前,文学话语权基本控制在男性手中,审美取向的专制性严重地影响了文学审美的客观性,女性主义的出现结束了父权制美学的专制独白,让女性群体对传统中的女性神话保持警惕,这无疑是女性主义的一大贡献。此外,对文学史的修正也是女性主义的业绩之一,由此促进了对女性文学传统的发现与再认识。肖沃尔特曾说过,每一代女作家不得不重新发现过去,一次又一次地唤醒她们的女性意识。女性主义的出现使女性主义批评家用自己的女性视角来关注男性视角所关注不到的女性生活、女性生存处境、女性感情和女性命运,由此对女性自身有了更加清醒的认识。再者,否定既存的审美批评标准是女性主义批评的第三大贡献。比如之前,像"崇高""伟大"这样的概念仿佛是专属于男性话语的,它们一直阻碍着妇女进入文学经典的道路。比如"在英雄主义的悲剧美/感伤主义的忧郁美和男性/女性之间,显然存在着一种相同的二元对峙结构……也就是正/负、高/低、优/劣"[①]。这是对女性文本的不公正待遇,女性主义正是在为打破这样的文学"歧视"而努力。女性主义文学批评的成就还体现在对传统批评方法与价值观念的怀疑上。这种怀疑表现为一种解构的策略,女性主义文学不仅要批判以父权制为中心的男权文化,积极倡导参与反对性别歧视的斗争,还要求重新评价文学史,发掘被埋没或受冷落的女作家作品,清理与批判男性中心文化核心文本,重新解读男性文本中的女性形象,重构女性文化,填补女性文化的空白和沉默,探讨女性主义文学的美学追求与美学形态,关注女读者在评论界的寄寓,倡导一种具有女性自觉性的阅读。难怪美国著名文学理论家乔纳森·卡勒称女性主义批评"对文学的影响,比任何一个批评流派更为深刻"。由此可见,女性主义批评所强调的性别视角在当代文学批评中具有独特的意义。

女性主义批评在中国虽然取得了一定成就,但随之带来的一些问题也是值得我们反思的。首先是女性主义批评也出现了某种将两性对立起来的极端理论,具有一定的局限性。如在反抗男权主义为中心的政治文

---

① 郭宏安等:《二十世纪西方文论研究》,中国社会科学出版社1997年版,第507页。

化的过程中,有些持女权主义极端理论的人,总是将男人置于自己的对立面,带着一种先入为主的天然仇恨来片面地诠释这个世界,她们在反对以男性为中心的同时又不由自主地暴露出以女性为中心的偏见,由此从一个极端走向了另一个极端。可以说,对男性存在意义的消解,是女性主义批评对长期压制与围困女性的男权文化的抗争与突围。但正如没有女性的社会是残缺的那样,没有男性的社会也是不正常的,因此,这种让男性缺席的观念,其实也是一种错位。而且女性的母性魅力,常常是在结婚与抚养孩子的过程中得到充分表现的,因此也应该是在男女双性互动而又和谐的社会中才能愈显其生动与光彩。再说,完全以性别意识来评价文学现象,也很难做到真正的客观科学,尤其女性主义批评强调个人体验和主观感受的批评手段,更不可避免其片面性的存在。其次,中国的女性主义在理论建构上还缺少有力的中国话语,解构和建构的意识不够强烈。并且在学习西方理论的同时不太注重它与中国文化的衔接,导致出现理论批评与创作实际有所疏离的现象。再次,女性主义批评还缺乏更加深入的历史观照和文化剖析。中国女性主义的发展历史源远流长,其生存的历史文化环境和国外差异很大,女性文学的文体特征、叙事方式、性别意识、情感世界等都有自己的特质,但女性主义批评对此关注和发掘不够,往往拿西方的女性主义理论来套中国所有的女性文学,没有充分挖掘出女性主义在中国发展的独特之处以及它与西方女性主义的不同点。如果长此下去,中国的女性主义就可能只是西方女性主义理论在中国的舶来品,而不能形成真正研究中国本土创作实际的女性文化理论。

第十章　西方符号学理论的接受

西方符号学理论主要指的是在 20 世纪初瑞士语言学家索绪尔的语言学理论和美国哲学家皮尔斯的逻辑学理论基础上,由德国哲学家恩斯特·卡西尔和美国哲学家苏珊·朗格等人创立的应用于文艺学研究的艺术符号学理论。"真正使符号学产生影响并在文艺学领域付诸实践的,是德国哲学家卡西尔和他的美国女弟子苏珊·朗格。美国学界将他们两人的理论合称为'卡西尔-朗格符号学'"①。恩斯特·卡西尔的代表作是三卷本的《符号形式的哲学》以及作为其缩写本的《人论》。他把人定义为"符号的动物",并且把人类文化的各个方面看作符号化行为的结果,对于艺术,他认为,"它不是对实在的摹仿,而是对实在的发现"②。苏珊·朗格作为恩斯特·卡西尔著作的英译者,在翻译中得到启发,出版了著作《哲学新解》《情感与形式》《艺术问题》等,在恩斯特·卡西尔的理论上进一步作了区分:"艺术中使用的符号是一种暗喻,一种包含着公开的或隐藏的真实意义的形象;而艺术符号却是一种终极的意象。"③基于这样的认识前提,苏珊·朗格把艺术定义为"人类情感的符号形式的创造"④。

20 世纪五六十年代之后,艺术符号学理论的影响越来越大,在欧美文艺理论界已是一门显学,并且呈现出跨学科的趋势,逐渐与特定的文

---

① 朱立元:《当代西方文艺理论》,华东师范大学出版社 2005 年版,第 249 页。
② [德]恩斯特·卡西尔:《人论》,甘阳译,上海译文出版社 1985 年版,第 182 页。
③ [美]苏珊·朗格:《艺术问题》,滕守尧、朱疆源译,中国社会科学出版社 1983 年版,第 134 页。
④ [美]苏珊·朗格:《情感与形式》,刘大基、傅志强、周发祥译,中国社会科学出版社 1986 年版,第 51 页。

化、意识形态的内涵联系起来,如意大利符号学家艾柯、苏联塔尔图学派的洛特曼等人都认为,当代美学研究应注重对文学作品意指过程的结构性分析和文化史的符号学研究。特别是立陶宛裔法国语言学家格雷马斯,在符号学理论与文本意义系统的结合研究上做出了富有独创性的突出贡献。他在《结构语义学》《论意义》《论意义Ⅱ》《符号学词典》等主要著作中,将符号学的方法运用到叙事学的研究中,以结构语义学为叙事文本,建立起一套叙事语法。其中著名的"符号矩阵"理论,为各种类型叙事文本中的基本意素关系提供了描述模型,在文本符号意义的研究中具有可操作性的独特价值。

由于艺术符号学理论的普适性和可操作性,一方面它适应了各种学科的研究,另一方面它在艺术分析上可操作性很强,因此在艺术各领域内应用深广,发展迅速,对世界各国,特别是中国当代文艺理论的建设和发展都产生了巨大的影响。

第一节 西方符号学理论的接受和研究

随着中国文论界走上改革开放之路,中国学者自20世纪80年代开始大量地引进西方艺术符号学理论,在译介了许多西方艺术符号学的代表性著作后,中国学者开始把艺术符号学理论作为一种研究方法,应用到诗学研究和文学作品分析中;并有学者致力于中国古典符号学传统的挖掘,试图使之与西方艺术符号学理论相结合,从而建立起中国化的当代艺术符号学理论。经过30多年的探索,可以说,具有中国特色的当代符号学研究已经展现出了强盛的生命力。

一、西方符号学理论的译介

其实,早在20世纪初的1926年,当西方符号学正在起步之际,中国学者赵元任就已经在《科学》上发表了《符号学大纲》一文,不仅提出了"符号学"一词,还提出了普通"符号学"的建立这一问题。① 在20世纪五六十年代的外国哲学语言学的翻译介绍资料中,也可以零零星星地看到有关西方符号学的介绍。此后因为众所周知的原因,符号学一词在中文中消失了一段颇长的时间,直到70年代末,西方符号学理论才回归中国学界,"1978年方昌杰翻译著名学者利科对法国哲学的介绍文章,是符号学重现于中文的第一篇文字"②。

伴随着中国改革开放的深入发展,20世纪八九十年代,我国学者翻译介绍的西方符号学理论著作大量出版,如《普通语言学教程》([瑞士]费尔迪南·德·索绪尔著,高名凯译,商务印书馆1980年出版)、《人论》([德]恩斯特·卡西尔著,甘阳译,上海译文出版社1985年出版)、《符号学原理》([法]罗兰·巴尔特著,李幼蒸译,生活·读书·新知三联书店1988年出版)、《符号学理论》([意]乌蒙勃托·艾柯著,卢德平译,中国人民大学出版社1990年出版)等。中国学界这种翻译和引进的热情,一直持续到21世纪的今天,有关符号学的一些新的译作还在相继出版。这些译著的出版,把大量的西方符号学理论引进介绍给中国文论界,在开阔中国学者视野的同时,也为其研究符号学理论、运用符号学方法及建设中国的艺术符号学,提供了理论资源和便利条件。

除了翻译,这一时期国内学者对西方符号学理论介绍性研究的著作也相继出版,代表作有林岗的《符号·心理·文学》,毛丹青的《符号学的起源》,陈波的《符号学及其方法论意义》,俞建章、叶舒宪的《符号:语言与艺术》,肖峰的《从哲学看符号》,杨春时的《艺术符号与解释》,赵毅衡的《文学符号学》,李幼蒸的《理论符号学导论》,等等。这些著作以介绍索绪尔、巴尔特等符号学家的理论思想为主,并以中国学者的独特接受和理解为后来的研究者开启了新的视野,也为后期的艺术符号学的中国化建设做了较充分的准备。

艺术符号学在中国的译介过程主要呈现出两个特点:其一,20世纪80年代初可以说是符号学的觉醒期,学界的相关译介主要集中于索绪尔

---

① 赵毅衡:《正在兴起的符号学中国学派》,《贵州社会科学》2012年第12期。
② 赵毅衡:《中国符号学六十年》,《四川大学学报》2012年第1期。

语言学等语言学理论著作,因此也引起了文论界对索绪尔语言学的广泛关注和大力推崇,介绍文章纷纷出现。其二,虽然我国学界对西方符号学理论的引进较晚,但是发展迅速。特别是20世纪90年代之后,有影响的西方符号学理论家的代表作品几乎全被翻译介绍进来,"九十年代以后,翻译活动异常活跃,索绪尔的《语言学概论》几种版本都翻译过来;巴尔特的著作已经全部翻译,广受欢迎;格雷马斯与艾柯的著作大部分已经出版。各学科应用符号学的书籍,尤其是对当代文化进行符号学分析的书籍,翻译数量极大"[①]。

二、西方符号学的研究

经过半个多世纪的接受和研究,西方艺术符号学理论在中国的影响已经非常深远,而且朝多学科纵深发展,文学符号学、文化符号学、语言符号学、现象符号学等子学科涉及了社会生活的诸多方面,发表的论文也非常可观。根据刘一鸣、齐千里两位学者所提供的《2013年中国符号学年度发展报告》中的数据,在中国知网中,以"符号学"为主题搜索全年文献(2013年1月1日至2013年11月12日),一共搜到708篇文章,高于2012年同期(648篇)的数量。[②] 这意味着当时中国学界每天刊出探讨符号学的论文超过2篇。可以说,今天艺术符号学研究在中国成为显学已经是许多学者的共识。

艺术符号学的中国化建设是伴随着多年来西方符号学理论的引进而不断进行的。经过20世纪八九十年代西方符号学理论的译介高潮之后,中国学者转入了深入研究符号学的新阶段。这一时期,符号学研究走出了语言学研究的圈子,尝试进行跨学科研究,学者们的研究不仅涉及了语言学以外的诸多领域,而且力图对西方的艺术符号学理论进行中国化的转换和建设。

为了和当时文化热的社会潮流接轨,许多中国学者把符号学理论与

[①] 王铭玉、宋尧:《中国符号学研究20年》,《外国语》2003年第1期。
[②] 刘一鸣、齐千里:《2013年中国符号学年度发展报告》,《符号与传媒》2014年第8辑。

当代文化艺术现象结合起来进行研究,如何新的《艺术现象的符号—文化学阐释》、胡妙胜的《戏剧符号学导引》、艾定增的《运用建筑符号学的佳作:评西双版纳体育馆方案》、徐增敏的《电影符号与符号学》、李幼蒸的《电影符号学概述》、张淑萍的《陇中民俗剪纸的文化符号学解读》、曾大伟的《试论符号学理论与接受理论在教学上的应用》等等。这些成果都体现出符号学理论在中国文化领域深入实践的独特成果。

除此之外,研究西方艺术符号学的学术专著也继续出版,如吴风的《艺术符号美学:苏珊·朗格符号美学研究》、谢冬冰的《表现性的符号形式》等。这些著作以更深入的研究,对西方艺术符号学的理论特征及其学理做了更系统的阐发和揭示。

建立"符号学中国学派"也是艺术符号学中国化建设的一个重要表现。积极倡导并倾力构建"符号学中国学派"的主要研究团队集中于四川大学的符号学—传媒学研究中心和南京师范大学的国际符号学研究所。四川大学的符号学—传媒学研究中心成立于2008年12月,由赵毅衡教授主持。自创立以来,研究中心系统开展符号学、符号传媒学方面的研究工作,出版了全国第一本符号学与传媒学的专业刊物——《符号与传媒》(Signs & Media),每年两期;建立了全国第一家符号学网站——符号学论坛;出版"当代符号学译丛",平均每年四本,一些在国际上富有影响的符号学著作都得到了翻译介绍,如美国约翰·迪利著,周劲松译的《符号学对哲学的冲击》,美国诺伯特·威利著,文一茗译的《符号自我》,美国皮尔斯著,赵星植译的《论符号》,加拿大马赛尔·达内西著,孟登迎、王行坤译的《酷:青春期的符号和意义》,马赛尔·达内西著,肖惠荣、邹文华译的《香烟、高跟鞋及其它有趣的东西:符号学导论》,英国罗伯特·霍奇、冈瑟·克雷斯著,周劲松、张碧译的《社会符号学》,芬兰埃罗·塔拉斯蒂著,魏全凤、颜小芳译的《存在符号学》,意大利苏珊·佩特丽莉著,周劲松译的《符号疆界:从总体符号学到伦理符号学》,等等。还有就是开设硕博士点,每年招收若干硕士与博士研究生,并且面向全国培养博士后及访问学者。

更值得关注的是,在短短几年间,四川大学的符号学—传媒学研究中心编辑出版了一大批富有创新意义的符号学著作("符号学开拓丛书"),

具有代表性的为:赵毅衡的《符号学:原理与推演》《符号学》《苦恼的叙述者》《当说者被说的时候:比较叙述学导论》,赵毅衡、唐小林的《广义叙述学》,伏飞雄的《保罗·利科的叙事哲学——利科对时间问题的"叙述阐释"》,张新军的《可能世界叙事学》,胡易容的《传媒符号学——后麦克卢汉的理论转向》,丁尔苏的《符号学与跨文化研究》《符号与意义》,董迎春的《走向反讽叙事——20世纪80年代诗歌的符号学研究》,程然的《语文符号学导论》,等等。可以说这是一批中国符号学研究和建设的扛鼎之作,有不少著作力图在吸收借鉴西方符号学理论观点的基础上,建构中国的符号学理论体系,给人耳目一新的感觉。如2011年出版的赵毅衡的《符号学:原理与推演》意在建立一套相对完整的符号学理论体系,出版后备受学界关注,好评如潮。该书在台湾地区再版后,有台湾学者评价说:"《符号学》一书就证明了,中国学者的独立研究可以将西方的理论推至更高的维度……也代表着中国符号学界对西方的符号学先师和同辈们的回应和挑战。"①可以说,这一评价也是对大陆符号学理论建设的高度认可。

"符号学中国学派"的另一支团队在南京师范大学。2007年4月,南京师范大学成立国际符号学研究所。研究所所长为南京师范大学外国语学院院长张杰教授,研究所聘请了李幼蒸、胡壮麟等知名学者为名誉研究员。自研究所成立以来,学者们就积极开展符号学理论的研究和建设,致力于以俄苏文艺符号学为主的外国符号学研究和以往研究成果的整理,出版了英文研究刊物 *Chinese Semiotics*,取得了可喜的研究成果,到2012年共出版了六辑英文版的《中国符号学研究》辑刊,在国际上产生了颇为广泛的影响。

中国符号学研究还非常注重参与并积极组织国内外的符号学学术交流活动。1988年1月,李幼蒸、赵毅衡、张智庭等学者在北京召开了京津地区符号学讨论会,这是中国符号学界第一次研讨会。会后,中国逻辑学会和现代外国哲学研究会分别成立了符号学研究会。这次会议被学界认

---

① 邓艮:《一个符号学者的"自小说"——赵毅衡教授学术生涯访谈》,《社会科学家》2013年第11期。

为是"我国学术界有组织地开发符号学研究的标志"①。此后,自1990年以来,全国召开了近30次符号学研讨会。全国语言与符号学学会、全国逻辑符号学学会、全国哲学符号学学会这三个符号学学会基本上每隔两三年举行一次学术研讨会。1994年苏州大学也召开了首届全国语言与符号学研讨会。南京师范大学国际符号学研究所则不仅组团参加了2007年6月在芬兰举行的第9届世界符号学大会、2009年9月在西班牙举行的第10届世界符号学大会等,还分别于2008年和2012年举办了南京国际符号学研讨会暨第八届中国语言与符号学研究会年会和第11届世界符号学大会。在第11届世界符号学大会上,来自中、美、法、俄、意、芬等50多个国家的近400名学者欢聚一堂,进行了深入严谨的学术研讨和交流,共议当代符号学的发展,旅美著名文艺理论家、国际符号学会副会长李幼蒸先生对这次大会给予了高度评价:"此次具有人类文化史上重要意义的南京国际符号学大会和中国符号学论坛首届研讨会,不仅是国际符号学学会历史上的里程碑事件,而且是人类人文科学理论现代化历史上的一次重要国际聚会"②。

总之,自1926年赵元任提出"符号学"概念至今,将近一个世纪的时间,中国学者对符号学理论的研究孜孜不倦,并在中国符号学建设上投入了大量心血和精力,取得了令人瞩目的研究成果。除了上文所说的四川大学的符号学—传媒学研究中心和南京师范大学国际符号学研究所的研究成果外,比较重要的学术成果还有:李幼蒸的《结构与意义》《理论符号学导论》《历史符号学》《仁学解释学》等及其主要译著《野性的思维》《哲学和自然之镜》《纯粹现象学通论》等,荀志效的《中国古代符号思想史纲要》《意义与符号》,王铭玉的《语言符号学》,刘惠明的《作为中介的叙事:保罗·利科叙事理论研究》,唐小林、祝东的《符号学诸领域》,龚鹏程的《文化符号学导论》,傅其林的《宏大叙事批判与多元美学建构——布达佩斯学派重构美学思想研究》,张淑萍的《陇中民俗剪纸的文化符号学解读》,

---

① 荀志效:《回顾与展望——中国符号学研究5年》,《哲学动态》1994年第3期。
② 李幼蒸:《从南京国际符号学大会上昆曲的演出谈起》,《丝绸之路》2012年第20期。

等等。其中李幼蒸的《理论符号学导论》一书除了十分详尽系统地介绍了20世纪初以来的西方符号学理论观点,还在2007年再版时增加的第五编内容中根据新世纪国际符号学全球化发展提出的跨文化符号学理论学说,热情展望了符号学在中国的发展前景,并试图突破西方符号学专业框架而在世界人文科学认识论和方法论全局范围内呈现符号学的重要理论意义和实践意义。

三、文学符号学的运用

把符号学理论运用到诗学研究和中国文学作品研究中,可以说是对西方符号学理论的一种深入接受,也是西方符号学理论的中国化实践。特别是许多学者把它作为一种新的批评方法来重新审视和阐释中国文学作品,使中国文学批评出现了一种新的视野和景观,如辛衍君的《意象空间:唐宋词意象的符号学解释》、文一茗的《〈红楼梦〉叙述的符号自我》、周晓风的《朦胧诗与艺术规律:对于现代诗歌的一个符号学探讨》、邓齐平的《文字·生命·形式:符号学视野中的沈从文》,以及安和居的《"符号学"与文艺创作》、安迪的《短篇小说的符号学》等等,都是这方面的代表作。

符号学理论的运用首先表现为对中国诗学符号学的探索,研究内容主要集中在对诗歌意象的符号学解释、对诗歌用典的符号学分析,以及对符号学理论如何运用于诗歌研究的思考等。中国古典诗歌十分注意运用意象来表达情感寄托,因此诗歌意象具有独特的隐喻性和符号性,一个意象往往是一种情感符号,如"月亮"是乡愁的符号,"流水"是缠绵的符号,"秋雨"是凄凉的符号,等等;中国古典诗歌还追求"言外之意""境外之境""象外之象"的审美效果。这些都与符号学的意义特征和结构性特点类似,因此许多学者在这方面做了深入思考。如陆正兰在《用符号学推进诗歌研究:从钱锺书理论出发》一文中,从钱锺书在《谈艺录》《管锥编》等著作中运用符号学观点分析中国古典诗歌的创造性研究出发,与罗曼·雅各布森、罗兰·巴尔特、R.P.布拉克墨尔、迈克尔·里法台尔等人的符号学诗歌研究作对照,在西方符号学理论与中国诗歌理论结合方面做出了独特探索。朱玲在《文学符号的审美文化阐释》一书中提出"审美文化视野中阐释文学符号,描述不同文化系统中的文体符号和文体建构、物象符号/意象符号/语象符号和母题符号……侧重把文学符号的存在形态和民族生存状态结合起来,把意象史和主体心态史结合起来"①的看法,也体现了将中国"意象思维"与西方"概念思维"相联系的理论思路。

符号学理论的运用还表现在对中国文学作品的符号学批评和分析上,所批评的文本范围较广,从古典文学作品到现当代文学作品均有涉及。例如朱玲在《文学符号的审美文化阐释》的附录中,还运用符号学理论来解读《弹歌》这首上古的歌谣作品。朱玲结合当时的文化背景对《弹歌》的诗句进行了语义分析,认为歌谣中的名词"竹、土、宍"都与上古音乐歌舞相关,而动词"断、续、飞、逐"可以理解为弹拨乐器的手法和音乐演奏断断续续的样子,由此得出《弹歌》显示了祭神的乐舞文化的结论——"从《弹歌》短促而极有规律的语言节奏,我们可以想见原始人伴随乐音起舞的热烈场景"②,改变了学界认为《弹歌》描写的是狩猎场面的普遍观点。文一茗的《〈红楼梦〉叙述中的符号自我》通过论述说明"自主"与时间意识、与宿命论之间的矛盾关系以及引语模式后的主体争夺,揭示《红楼梦》里的三大价值取向。因此有学者认为,文一茗的《红楼梦》批评"从叙述主体分裂这一理论视角逐一审视《红楼梦》中的叙述形式,并最终得出小说所呈现的整体价值取向"③,这种文学符号学的解析为"红学"研究带来了新的启示。

文学符号学在中国文学批评上的运用,体现了洋为中用的特点,运用西方的思想方法研究分析中国的古典文学作品,得出与传统观点不一样的结论,由此在一定程度上开启了中国文学作品研究的新视野。但有些文本研究批评方法运用不够到位,针对性不强;有些试图改变传统研究结论的新批评则显得有些牵强,缺乏足够的说服力。也许这些问题都是文学批评界日后应该着重思考的地方。

---

① 朱玲:《文学符号的审美文化阐释》,安徽大学出版社2002年版,第1页。
② 朱玲:《文学符号的审美文化阐释》,安徽大学出版社2002年版,第1页。
③ 马文美:《评〈叙述中的符号自我〉》,《符号与传媒》2011年第3辑。

第二节　符号学理论的中国化建设

　　中华上下五千年的文学成就璀璨，且中国文化传统具有极为丰富的符号学内涵，因此，伴随着符号学理论研究的不断深入，深入探究中国传统文化中的符号学思想，挖掘中国古代的艺术符号学理论资源等成为许多学者在符号学理论的中国化建设方面思考的重要问题。代表性的研究成果有胡绳生、余卫国的《〈指物论〉：文化史上第一篇符号学论文》，李先焜的《公孙龙"名实论"中的符号学理论》《〈墨经〉中的符号学思想》，许艾琼的《荀子正名理论的符号学意义》，周文英的《〈易〉的符号学性质》，高乐田的《〈说文解字〉中的符号学思想》，等等。这些研究注重对中国传统学术思想的符号学探讨，对中国自身独有的符号学传统的理论观照，是对以往被忽略的中国艺术符号学的重新发现和揭示。黄亚平的《史前文字符号研究的基本观点》、陈宗明的《汉字符号学：一种特殊的文字编码》、孟华的《汉字：汉语和华夏文明的内在形式》等对中国汉字的符号学价值进行了独特的阐释。而任裕海的《能指与所指：诗歌语言的符号学特性初探》、王少琳的《试论诗歌意象符号的交际价值》等则结合中国诗歌批评，将符号学理论运用到中国古典文学研究之中。祝东的《〈周易〉符号学》《名墨符号学》《孔孟符号学》《老庄符号学》四篇论文则深入考察并挖掘出中国古代文化经典中的符号学理论资源。

　　"《易》以及后世的'易学'，是人类第一个对世界进行抽象解释的符号体系。"①语言符号是所有符号中最典型、最特殊的符号，而历史悠久的中国汉字更是符号学研究领域的瑰宝。我国学者对于中国符号学传统的挖掘，主要体现在对《易》、《说文解字》、先秦哲学中的符号学思想的探究上。孟华从索绪尔的符号结构二元论出发，认为："《易经》把自然与社会的一切变化看作是由阴阳对立的交互作用而引起的，就包含着矛盾对立的概

---

① 赵毅衡：《正在兴起的符号学中国学派》，《贵州社会科学》2012 年第 12 期。

念与发展变化的概念。因此,周易是按照类比象征的偶值性结构方式建立的符号系统。"①他通过对二元对立和二元互补的分析,以及对这两种结构方式的"异质化和同质化、所指性和能指性、结构性和解构性"三种主要差异的解释,比较了周易阴阳符号与二进制算术符号的符号学关联性。而苏智在《〈周易〉表意模式的符号学分析》一文中,认为中国的易学在很早以前就充分利用符号来表意,他从皮尔士符号学三元论切入,探索《周易》的表意模式。皮尔斯将符号的结构分为"符号、对象、符号所产生的解释"三个方面,这三个方面在中国传统文学理论批评领域即反映为"言、象、意"的关系,"《周易》的符号系统内部有'言'与'象'两大符号子系统。在表意过程中,两个子系统相互配合补充,并在《周易》自携元语言规则和文化意识中依据时变的具体语境确立最终的意图定点,完成表意过程"②。

可以看出,中国学者在挖掘整理中国符号学传统方面已卓有成效。中国符号学传统历史悠久,以上所列举的研究成果仅仅是此类研究的开端,继续深入挖掘并且形成适应中国符号学传统的研究系统,将中国的研究推广到全世界,是中国符号学学者正在努力的方向。

中国的符号学理论建设虽然起步较晚,但中国学者对国外符号学研究的成果接受吸收很快,理论研究的成果十分丰富,中国又有丰富的符号学文化内涵等待继续发掘,因此有学者认为,中国的符号学理论建设已经追上了世界研究潮流。③ 将西方的文学理论放入中国的文化背景中,融会贯通,这是适应中国实际的符号学文论建设的前提。但是中国的符号学理论建设还相对零散,虽然研究面颇广,但具体领域的研究还不够深入,中国化的符号学也尚未构成系统性的理论体系。因此,中国文学符号学的建设任重而道远。

---

① 孟华:《周易阴阳符号与二进制算术符号比较》,《周易研究》2000 年第 2 期。
② 苏智:《〈周易〉表意模式的符号学分析》,《河南师范大学学报》2014 年第 3 期。
③ 王铭玉、宋尧:《中国符号学研究 20 年》,《外国语》2003 年第 1 期。

第三节　文学符号学的引进对中国文论建设的意义

由于中西方文化特点的不同,西方文学符号学显示在文学研究上的思维方式,与中国传统思维有着很大的不同。"符号学诗歌研究,一直没能在中国立足,主要是因为符号学的分析方式与中国学者的整体直觉思维习惯不太相合。"①西方的文学理论更强调系统的科学实证精神与逻辑思辨性,文学符号学被称为"文学理论中的数学",是西方文论中较为重科学逻辑的一门学科,而中国的传统文论则少有成型的系统,大多是注重"以意逆志"的推想感悟。因此,将西方文学符号学引入中国,无论是对世界文论的发展还是对中国文论的建设,都注入了一股新的活力。文学符号学分析方法的运用无疑是对中国文论研究思路的有力冲击,促进了中国文学批评传统思维的转换,而西方符号学理论也在与中国传统文化的冲撞和交融下不断被融入,也不断被变形,形成富有中国特色的符号学。符号学研究一直在尽可能多地发掘符号的多元意义,因此,符号学在中国的引进不仅使得人们的认识变得更加丰富多元,"而且在'和而不同'的话语语境中,促动着各种观点、理论相互融合,相互渗透,形成一种'和谐'的、'平等对话'的学术氛围"②。

西方文学理论的引进为中国的文论研究者打开了一扇新的大门,在学习西方现代文论的同时,中国也十分重视自己的文论建设。但是对于中国大量的符号学遗产而言,至今中国学界做得还远远不够。例如佛教(尤其是唯识宗与禅宗)对中国思想影响极大,现象学界已经对此课题有相当的研究,但是符号学界至今尚未见到尝试;"易"被认为是人类第一个解释世界的符号体系,至今我们的研究也还不够充分;中国传统的诗话词

---

① 陆正兰:《用符号学推进诗歌研究:从钱锺书理论出发》,《四川大学学报》2010年第8期。
② 严志军、张杰:《西方符号学理论在中国》,《外语学刊》2010年第6期。

话式批评，至今尚未见到比较全面的符号诗学总结。目前，符号学研究中明显的缺项就是未能形成系统的理论链条。这一理论链条的构建，不仅是为了建立中国特色的符号学，而且是为了推进一般符号学的发展。[①]中国学界应该重视体系框架的建设，为中国符号学的发展创建一个能够被世界所接受的理论平台，进而形成真正的属于中国的文学符号学。李幼蒸先生认为，作为主要的非西方符号学的中国符号学，在全球符号学理论研究活动中亦应发挥其理论上独立的、创造性的作用，并以其"跨文化方向的"跨学科符号学实践，积极介入新世纪的全球符号学理论建设事业。[②]由此，由西方符号学和东方符号学共同组成的"全球符号学"，才可能在未来不断扩大的世界符号学学术运动中进一步融合。但同时，因为中国文化与西方文化意识形态差异极大，所以我们在探究中也应该采取兼容并蓄、博采众长、批判接受的态度，完全应用源自西方文化传统的符号学话语来研究中国本土的符号现象是不够合理的，也不利于符号学理论对中国文论建设的适应。

中西符号学对话不仅是中西人文科学对话的一个部分，而且是世界符号学朝向全球化再调整努力的关键性步骤之一。中国的符号学研究正逐步融汇到国际性研究中，并且不断与世界符号学研究水平靠近，在许多领域能够站在符号学研究的前沿，可以说，中国文化领域的符号学研究具有广阔的发展前景和研究潜力。遗憾的是，西方符号学专家们对于中国符号学蕴含的这种思想潜力，目前还远远未能充分体认。学界在挖掘中国符号学传统的同时，还要克服语言障碍，将中国的符号学文论推广出去，让世界看到中华智慧之光。相信富有中国特色的文学符号学研究，必将在世界符号学理论中占有独特的地位。

---

① 赵毅衡：《中国符号学六十年》，《四川大学学报》2012年第1期。
② 李幼蒸：《中国符号学与西方符号学的理论互动》，《文艺理论研究》2009年第3期。

第十一章　结构主义文论的接受

　　第一次世界大战后的欧洲，人文社会科学领域出现了一个思想空前活跃的时期，各种新思潮、新观念、新方法竞相涌现，其中之一就是结构主义思潮的兴起。结构主义发端于法国，然后在英国、美国、德国、意大利、日本等国蔓延开来，后来也波及苏联、东欧各国，成为一种世界性的社会思潮。结构主义风行于许多国家，同时也造就了不少结构主义文论家，其中较著名的有法国被称为结构主义"五巨头"的列维-斯特劳斯、罗兰·巴尔特、雅克·拉康、米歇尔·福柯和阿尔都塞，以及俄罗斯的雅各布森与普洛普，法国的格雷马斯、热奈特、托多洛夫等。代表著作有列维-斯特劳斯的《野性的思维》《结构人类学》、罗兰·巴尔特的《写作的零度》《符号学原理》、米歇尔·福柯的《词与物》、格雷马斯的《结构语义学：方法研究》等。他们所建构的结构主义理论不但深深影响了人类学的思维方法，而且为社会学、哲学、语言学等学科提供了独特的理论线索。20世纪70年代中期，西方结构主义进入中国文学批评的视野，在《比较文学与小说诠释》《结构主义文学述评》《结构主义——一种活动》《关于结构主义和符号学的辨析》等一些评述西方哲学的专著和文章里，港台和内地学者像张汉良、周英雄、袁可嘉、李幼蒸、张隆溪等也给予了不同程度的重视。在得到大量译介、传播和研究的同时，结构主义被作为一种批评方法运用于我国诗歌和小说批评领域，进而对我国当代文学理论建设产生了广泛且有力的影响，促成了文学批评理论和批评实践的"语言论转向"的进展。

第一节　西方结构主义及其理论特征

　　一般而言,结构主义可分为广义和狭义两种。广义上,相对于其他思潮来讲,结构主义不重视因果解释,而是坚持认为,如果要弄懂一种现象,人们就必须描述其内部结构,亦即其组成部分之间的关系,并描述它跟其他现象的关系,因为这些现象与之构成更大的结构。正如结构主义文论家普遍认为的那样,"事物的真正本质不在于事物本身,而在于我们在各种事物之间构造,然后又在它们之间感觉到的那种关系"①。狭义上,结构主义一般仅指现代语言学、人类学和文学批评中的一种方法。正如大多数研究者认为的那样,"结构主义不是一门哲学,而是一种方法论"②。

　　结构主义思想的先驱者或奠基人是瑞士语言学家索绪尔,他提出,语言是一种先验的结构,与人们日常讲的言语是不同的,即语言是指抽象的语言系统,言语是指说出的话,这就是结构与经验现象之间的不同。索绪尔在《普通语言学教程》中阐述了结构主义的基本观点,他认为:(1)语言是一个由相互依赖的词项所组成的符号系统,词项的意义依赖于词项之间的关系。(2)语言与言语不同,前者是指语言系统,在实际运用语言的实例之前就已存在,后者是指个人发出的声音,也就是实际上说出的话。语言是社会性的,而言语是个人性的,语言学研究的对象应是语言而不是言语。(3)语言现象是一定时间互相并列、互相依存、互相制约而自成一体的符号系统,因此要对语言进行"共时"研究,而非"历时"研究,即把存在于一个时间横断面上的语言当作封闭系统来加以研究。他提出应处于核心位置的四组概念或四组术语:语言和言语、能指和所指、组合和聚合、历时和共时。20世纪二三十年代以后发展起来的一些语言学派别,都是

---

①　[英]特伦斯·霍克斯:《结构主义和符号学》,瞿铁鹏译,上海译文出版社1987年版,第8～9页。
②　《哲学译丛》编辑部:《近现代西方主要哲学流派资料》,商务印书馆1981年版,第203页。

从索绪尔的基本观点出发的,但它们研究的重点有所不同。

20世纪60年代以后,法国社会学家列维-斯特劳斯用结构主义的共时语言方法去研究社会学,特别是用于原始部落社会现象与社会意识的研究,取得了显著成效。在研究原始社群的思维结构时,他认为,"原始社群有着以图腾分类系统为核心的完整结构系统,这一系统不仅有着内部的前后一致性,而且有着实际上向抽象一方面与向具体一方面无限扩展的可能性。同时,这一系统也正标识出了一种未驯化状态的思维,即野性的思维。……也就是说,野性的思维主张一种'非时间性',它试图把握既作为同时性又作为历时性的整体世界"[①]。列维-斯特劳斯还将索绪尔的符号学理论即结构主义音位学的观点运用于他的人类学和神话学研究。他强调,"每一社会都是符号系统——语言、婚姻规则、艺术、科学和宗教的相互关系——的集合体。因此,不独神话是一个由符号组成的逻辑系统,而且亲属关系和婚姻制度也可当作与语言相似的符号系统来处理"[②]。

罗兰·巴尔特仿效列维-斯特劳斯的做法,将结构主义语言学引入文艺批评领域。在这一领域里,结构主义诗学和叙事学的重点不是个别具体作品的分析,而是普遍的文学语言的规律。在结构主义看来,个别作品是类似语言学中"言语"的东西,是一种更加宽泛的抽象结构的具体体现。结构主义诗学和叙事学的任务就是要探寻支配文学作品的这种内在结构或"总法则"。由此,我们可以看出,"在当代各种哲学思潮中,其语言学基础最为引人注目的就是结构主义了"[③]。

结构主义并不是一个观点统一的学派,它没有统一的纲领,各人说法不一,我们很难将他们的思想加以归纳总结。瑞士心理学家让·皮亚杰就说道:"要规定结构主义的特征是很困难的,因为结构主义的形式繁多,没有一个公分母,而且大家说到的种种'结构',所获得的含义越来越不同。"[④]因此,全面描述结构主义的面貌是困难的。但结构主义文论家认

[①] 褚朔维:《西方哲学》,华夏出版社1992年版,第307页。
[②] 郑杭生:《现代西方哲学主要流派》,中国人民大学出版社1988年版,第330页。
[③] 申小龙:《语言与文化的现代思考》,河南人民出版社2000年版,第171页。
[④] [瑞士]皮亚杰:《结构主义》,倪连生、王琳译,商务印书馆1984年版,第1页。

为,倘若将结构主义方法运用到文学领域,进而对文学批评的对象和方法论重新做出规定,可以概括出如下特征:

第一,结构主义文论注重采用语言学理论和术语方法,强调二元对立,寻求批评的恒定模式。在结构主义观念中,理论家往往凭借成对的概念来建构结构,如索绪尔的语言与言语、能指与所指、历时与共时等,二元对立的概念是结构概念的基础。结构主义从语言研究过渡到文学研究,力图找出那些不仅在单部作品中而且在作品与作品之间的关系中发挥作用的结构原则,建立一些相对稳定的模式来把握文学,以达到有理性、有深度的认识。为此,结构主义文论建立了许多模式,诸如语言模式、诗歌模式、戏剧模式、小说系统模式等等,试图在各种文学形式要素的联系中抽象地建构起关于文本的结构模式,力求通过对文本结构模式的描述,达到对于文本的解释。比如,法国结构主义批评家克劳德·勃瑞蒙对小说的结构提出一种原子系列三阶段纵横交错的"三合一体"模式,以实现用相对稳定的模式来有理性、有深度地认识文学的目标。又如,列维-斯特劳斯认为,"太阳"与"月亮"是具有巨大语义潜能的神话动因,"只要这一对立存在,太阳和月亮的反差几乎可以表示任何意义"[①]。"太阳"的意义并不由这一物体自身的、内在的特性所决定,而是由它与"月亮"形成的反差,而且这一反差可以与其他的反差挂钩联系这样一个事实所决定的。这样,差异可以是性别:太阳为阳性,月亮则为阴性,或者相反;它们可以是丈夫与妻子、姐妹和兄弟等等。

第二,结构主义文论强调整体观,重视部分与部分之间的关系。结构主义文论将文学作品视为一个由各种因素相互联系而形成的封闭的结构整体。罗兰·巴尔特说:"结构主义的人把真实的东西取来,予以分解,然后重新予以组合。"[②]文学的本质不在于文学作品的结构要素,而在于构成整体结构的各要素之间的联系,其整体观可以就作品整体而言,也可以是对更大范围的文化背景而言。如莎士比亚《哈姆雷特》第五幕中,有一

---

① [美]乔纳森·卡勒:《结构主义诗学》,盛宁译,中国社会科学出版社1991年版,第89页。
② [法]罗兰·巴尔特:《结构主义——一种活动》,载伍蠡甫、胡经:《西方文艺理论名著选编》(下卷),北京大学出版社1987年版,第466页。

段写哈姆雷特与雷欧提斯都争着跳入将安葬死者的墓穴,两人由此争执导致了决斗,并最终酿成悲惨结局。这里,为什么两人都要跳入死者的墓穴呢?单从作品我们看不出其中缘由,但放到历史文化背景中来看就清楚了。原来它是殉葬文化的残留,而殉葬者应是死者生前最亲近的人;后来这一制度逐渐被取消,就只是象征性地由死者的亲友在下棺前去墓穴站一站,作为殉葬的仪式性表达。再如,列维-斯特劳斯在分析具体的神话模式时,不仅考察了同一神话的历时性叙述,还考察了其共时存在的各种变体以及其他神话,注重寻找不同神话或同一神话的不同变体在功能上类似的关系。他把这些神话分割成一个个小的关系单位,如"俄狄浦斯杀死父亲""俄狄浦斯杀死斯芬克斯"等,然后仿照语言学中的音素概念,把这些小的关系单位合成一束束关系,称为"神话素"。"神话素"在神话的叙述中发挥着自己的功能并组合起来产生意义,它们被运用到任何一个具体的神话叙述之中,并被人们明显地感知到。

第三,结构主义文论探寻文学的深层结构,注重高度抽象出来的深层模式。结构主义文论家把结构分为"表层结构"和"深层结构":表层结构是可以感知的,深层结构则是潜藏在作品中的模式,必须用抽象的手段找出来。罗兰·巴尔特认为,文学也是一种语言系统,它的本质不在它所传达的信息里,而在该系统自身之中。正是由于这一点,批评家所要做的就不是寻求重建作品所包含的信息,而应该是寻求重建作品的系统,正如语言学家的任务并非在于辨认某个句子的含义,而在于建立那个使该含义得以传达的形式结构那样。美国结构主义文论家克劳迪欧·居莱恩提出,文学史也"有一种系统或结构化倾向","在那缓慢然而又是不停变化的整个文学领域内存在的一种顽强、深刻的'秩序意志'"[①],这说的也就是文学发展背后的深层结构。俄国结构主义文论家普洛普发现,"童话具有二重性:一方面,它千奇百怪、五彩缤纷,另一方面,它如出一辙、千篇一律"[②]。这里的"千奇百怪、五彩缤纷"是童话的表层结构,是可以感知的,

---

① [美]克劳迪欧·居莱恩:《作为系统的文学》,转引自龚举善:《中国古典诗学逻各斯中心的现代解构》,《荆门职业技术学院学报》2000 年第 2 期。
② 胡经之、王岳川:《文艺学美学方法论》,北京大学出版社 1994 年版,第 235 页。

但最让人费解的是那"如出一辙"的深层结构,它看不见摸不着,要抽丝剥茧似的把它抽象出来。由此可见,结构主义文论的目的,就是要解释并说明隐藏在文学意义背后,致使该意义成为可能的理解和阐释程式系统。

第四,结构主义文论注重文学作品的元素,以符号学的方法分析文学(叙事)作品。结构主义文论对于作者、读者、社会生活等几个层面关注甚少,它着重研究的是文学作品的层面。而在对文学作品的研讨中,它注重对作品结构作客观分析,被分析出的作品元素往往用某些符号来表示,这就使得它在文学符号学上有举足轻重的地位。法国的格雷马斯在《结构语义学》中提出了一个包括主体、客体、发者、受者、对手、帮手等六个行动位的模型,从而展开对文学作品的符号学的分析研究。同时又提出了解释文学作品的"符号矩阵",即设立一项为 x,它的对立一方是反 x,在此之外,还有与 x 矛盾但不一定对立的非 x,又有反 x 的矛盾方即非反 x。在他看来,文学故事起于 x 与反 x 之间的对立,在故事进程中又引入了新的因素,从而又有了非 x 和非反 x,当这些方面因素都得以展开,故事也就完成了。另外,叙事作品的结构往往要比抒情作品复杂,因此,对包括神话、史诗、童话、民间故事等文体在内的叙事作品的研究,在结构主义批评中占有很大分量,列维-斯特劳斯对神话的分析、普洛普与格雷马斯对童话的研究即例证。结构主义认为文学是一个独立的系统,文学的本质和特点只能由该系统内的结构和关系来说明。他们反对在说明作品本身的文学特点之前,把对作品的起源进行社会学的、历史学的或心理学的考证当作文学批评的范畴和任务。而结构主义文论的最突出之处,就是把叙事文学作品作为主要对象进行新的研究。

由此看来,发轫于索绪尔语言学的结构主义作为一种方法论,在运用到文学领域后,必然会对文学研究乃至文学创作、文学观念产生一定的、有益的影响。结构主义文论是文学理论领域的产物,其强调二元对立、重视整体的内在部分之间的关系、探寻文学的深层结构、用符号学的方法对文学作品展开分析研究等做法都值得我们学习、借鉴和改造,从而为中国化的结构主义文论开拓更为广阔的天地。

第二节 结构主义文论对中国文论界的影响

有学者认为,从20世纪70年代中期开始,随着法国的巴尔特、德里达等人对结构主义理论的反叛与放弃,结构主义理论在当时的西方已经成为过眼云烟。而此时,结构主义批评则开始正式进入中国的文学批评话语,在中国的文学学术语境中,它就像是一个新生时代的宠儿,引来的是对它的高度关注、大量译介和广泛的研究。① 台湾、香港地区学者张汉良、周英雄、郑树森等从引进之初便开始尝试运用结构主义批评方法对文学作品进行研究,尤其在诗歌分析和小说研究方面取得了可喜的成绩,为结构主义方法在中国文学研究中的运用提供了成功经验。内地学者袁可嘉、李幼蒸、张隆溪等人则从80年代初开始陆续译介了一些结构主义的理论著述,他们在对结构主义批评理论作综合性介绍时,已经注意到用结构主义方法对一些作品做出新的解释,并进行了初步实践。

一、西方结构主义理论在中国的译介与研究

结构主义理论进入中国经历了早期译介和有效译介的过程,许多学者对此做出了重要贡献。在众多学者的研究中,以周英雄为代表的港台地区学者的研究是比较突出的,从某种意义上说代表了译介、传播、理论研究的最高成就,为以后结构主义批评在内地的进一步译介、传播和研究架构了桥梁。

最早介绍结构主义批评理论并用结构主义方法分析中国文学作品的是张汉良、郑树森、周英雄等人,其中,台湾大学比较文学研究所的张汉良在《〈杨林〉故事的种种摹本》一文中就曾大力倡导采用结构主义理论的研究方法研究唐代传奇,研究对象包括沈既济的《枕中记》、李公佐的《南柯

---

① 作者不详:《结构主义理论在中国的译介传播》,https://max.book118.com/html,最后访问日期:2022年11月17日。

太守传》和任繁的《樱桃青衣》(对这些作品的原型——南朝刘义庆的志怪故事《杨林》的结构也做了分析),并不遗余力地将唐代传奇按照新的诠释方法通盘予以重新整理,使唐代传奇被赋予新的文学意义,也使中国古代文学批评和研究出现了一个新的视角。

1990年3月,台湾学者周英雄在北京大学出版社出版的《比较文学与小说诠释》中,通过《结构主义是否适合中国文学研究》和《结构、语言与文学》两篇文章系统地介绍和评述了结构主义批评的内在本质及其产生的时代背景。他认为,由于结构主义理论较为注重事物的内在"构造"和"关系"的理性(这是从整个结构主义思想的基本假设逻辑地推衍出来的),因而它具有反经验主义和反历史主义两大特征。他根据对雅各布森和列维-斯特劳斯的研究,特别是对列维-斯特劳斯的结构主义神话学理论的探讨,认为结构主义的研究方法是否适合中国文学批评实践,是一件很难下结论的事情,应该视个别情形而定,或者利用一种特别的结构主义理论研究方法来特殊处理中国文学批评。

在后一篇文章中,周英雄还对列维-斯特劳斯的所谓结构主义神话学理论做了综合评述,比较了神话与文学之间的差异性特征,提出了较为鲜明的观点。他认为神话的内在结构,历经时间与空间的冲击而不改变其原形,同时神话重内涵更甚于表现形式,因此个别神话之间屡有雷同之情形,其用意要一而再,再而三地反复申明。然而文学的情形是不相同的,文学除了表现人性的共同性之外,也重表现形式,而此表现方式往往直接受语言,或间接受社会文化影响。总的来讲,周英雄对结构主义理论的研究,在中国学者的研究中是比较突出的,这为结构主义批评在中国文学领域的实践做出了贡献,推动了结构主义批评在中国的译介、传播和研究。

内地学者对西方结构主义理论的译介与研究大致于1975年始,当时就有学者开始有意识地介绍有关结构主义的理论。最早的介绍文章是1975年《哲学社会科学动态》第4期上发表的《近年来欧洲结构主义思潮》一文,这篇文章对结构主义理论持否定态度,认为它是资本主义哲学社会思想体系由盛到衰的体现,毫无进步意义可言。1978年,又有几篇关于结构主义批评的译文出现在《哲学译丛》上,但都没有在当时文学研究的语境中产生反响,这使结构主义理论在内地一开始并不受重视。

1979年,袁可嘉发表在《世界文学》第2期上的《结构主义文学述评》一文使这一现象出现了转机。在这篇文章中,袁可嘉对结构主义批评理论的历史背景、发展渊源、理论内涵作了较为系统的介绍,还对该理论在多种文学体裁(散文、诗歌、戏剧)中的批评实践进行了充分评述,并指出结构主义可能出现的三种情况:一是结构主义批评的主要功能是采用语言学的成就和方法来分析文学文本中的语法结构;二是结构主义是一种致力于挖掘神话、童话中的无意识结构现象,把它们作为自己理论批评的目标,阐述其理论新成果的新型研究方法,而这一切又是以社会人类学理论、精神分析思想的假设为铺垫的;三是结构主义理论的根本目的在于,它要力图在某个文学体裁内部的模式演化中进行层层论述,从中搜寻一些规律性的线索,以此作为文学研究的新方法。1980年,袁可嘉又翻译了罗兰·巴尔特的《结构主义——一种活动》一文,并发表在《文艺理论研究》1980年第2期上。尽管袁可嘉对结构主义理论是持肯定态度的,但是他同时也认为结构主义批评的理论实践实际上是"不考虑产生它的社会历史条件和作者的世界观的,这就会使文学成为无源之水,一个僵化的机械的系统"。他还指出,"作为文学批评,结构主义学派一个严重缺点是它常常脱离了作品本身的思想和艺术"[①]。但无论如何,袁可嘉对结构主义的研究开创了中国关于这一研究的新局面,为之后结构主义理论在中国的影响奠定了基础。

作为结构主义理论翻译和研究的专家,李幼蒸也于1979年在《法国结构主义哲学的初步分析》这篇文章中,对法国结构主义批评产生的哲学文化背景、性质、观点、方法论基础,以及语言学模式、价值观等作了较为全面的探讨。在论及法国结构主义的哲学表现时,他认为结构主义本身就内存着一种反主体性意识、反意识中心论和反历史虚无主义的基本特征。1981年,他又撰写了《关于结构主义和符号学的辨析》一文,在文中他探究了符号学和结构主义理论流派之间错综复杂的连带关系,以及结构主义和符号学的内在定义内容,指出结构主义和符号学概念之间的内在渊源。1980年至1984年,他又在《结构主义评介》一文中,就法国结构

---

① 袁可嘉:《结构主义文学述评》,《世界文学》1979年第2期。

主义批评的几位代表人物(尤其是列维-斯特劳斯和拉康)和他们的主要学术思想,以及结构主义的发展历史和基本特征,都作了较为详细的阐述。此外,1980年,李幼蒸又翻译了比利时人布洛克曼的《结构主义》一书,该书由商务印书馆出版,是国内出版的第一部专门论述结构主义的译著。它的出版促进了结构主义在中国的广泛传播,使结构主义这一西方文学批评方式在中国受到了较大关注。这一时期发表的有关结构主义理论的文章还有《外国文学报道》1981年第3期上的《新批评——法国文学批评中的结构主义流派》(张裕禾)、《外国文学报道》1983年第1期上的《文学作品的结构分析》(邓丽丹)、《外国文学研究》1981年第2期上的《关于结构主义文艺批评》(王泰来),以及《哲学论丛》1981年第4期上关于列维-斯特劳斯和阿尔都塞论述结构主义的译文。

1983年,张隆溪又在《读书》杂志上发表了四篇介绍结构主义理论的文章,分别介绍了结构主义语言学和人类学、结构主义诗学、结构主义叙事学原理以及捷克结构主义理论。与以上几位学者不同的是,张隆溪对结构主义的研究是在收集了大量西方第一手资料的前提下完成的,相对来讲,他的研究资料翔实,视野开阔,全面而深入,并开始注重用结构主义批评理论来对中国文学进行批评实践。尤为突出的是,他在论述结构主义理论时,援用了中国古典文学中的相关材料来证明其观点,例如在评介雅各布森的结构主义文本有关语言的结构理论时,他认为雅各布森的那种"诗性功能把对等原则从选择轴引申到组合轴"的观点,其实是认为语句的构成始终具有选择(selection)与组合(combination)两轴,诗性语言就是在前后邻接的组合中出现对等词语。可以说,从张隆溪开始,结构主义正式进入了中国文学批评实践。

1984年以来,伴随着中国文论界有关文学批评"方法论"讨论热潮的兴起,结构主义文论的翻译和介绍也开始大量涌现,如倪连生等翻译的皮亚杰的《结构主义》,董学文等翻译的罗兰·巴尔特的《符号学美学》,李幼蒸翻译的列维-斯特劳斯的《野性的思维》,瞿铁鹏翻译的特伦斯·霍克斯的《结构主义和符号学》,马克思主义文艺理论研究编辑部编选的《美学文艺学方法论续集》,刘豫翻译的罗伯特·休斯《文学结构主义》,尹大贻翻译的伊·库兹韦尔的《结构主义时代》,王逢振翻译的伊格尔顿的《当代西方文学理论》,林书武、陈圣生等翻译的佛克马、易布思的《二十世纪文学理论》,胡经之、张首映主编的《西方二十世纪文论选》,等等。这些译著和选本比较全面系统地介绍了结构主义代表人物皮亚杰、巴尔特、列维-斯特劳斯、托多洛夫、热奈特、格雷马斯的代表性著作以及西方一些著名文艺理论家关于结构主义的研究著作,在中国文论界引起了极大反响,有力地推动了中国结构主义文论研究的发展,并使结构主义很快作为一种新的批评方法进入了中国文学批评的方法论中。

20世纪90年代,随着大量西方文学理论思想的引进,结构主义在中国文论界的接受变得更为客观成熟和深入了。除了对结构主义的改造和创造性运用外,学者们还把研究的中心转向了结构主义叙事学。结构主义大师热拉尔·热奈特的《叙事话语新叙事话语》(王文融译)和列维-斯特劳斯的《结构人类学》(谢维扬等译)一出版就受到了欢迎。中国当时以全新叙事方法叙述故事的先锋派小说,对叙述人、叙述结构、叙事语言探讨的深入,为结构主义叙事学在中国的研究提供了良好的基础,并促使小说结构、语言、叙事等结构主义批评观念逐步深入中国的文学批评理论话语。当时发表的论文有胡亚敏的《结构主义叙事学探讨》、徐贲的《小说叙述学研究概况》、张寅德的《叙述学研究》、林岗的《建立小说的形式结构批评框架——西方叙事理论研究述评》,以及赵毅衡、申丹等撰写的"叙事学研究"论文。专著有徐岱的《小说叙事学》、傅修延的《讲故事的奥妙:文学叙述论》、罗钢的《叙事学导论》、申丹的《叙述学与小说文体学研究》等等。这些著作要么概括和阐释中国古代叙事学思想及西方叙事学学说,建构起以叙事模式为前提,以本体结构、构成要素、基本范式、操作机制及修辞特征为框架的叙事理论;要么注重文本基本结构分析,将叙事学研究与小说文体学研究结合起来,对其中一些主要理论和分析模式进行深入系统的评析。这使结构主义理论在中国得到了较为深入的研究和发展。特别是陈平原等学者在借鉴、改造西方结构主义叙事学理论的基础上,对叙事作品及叙事方式进行了比较深入的研究。其中,陈平原主要借用、改造和综合了热奈特、托多洛夫和俄国形式主义的叙事学理论,设计形成了自己独特的叙事学理论框架。他根据这一框架,从叙事时间、叙事角度、叙事结构三个层次研究中国小说现代化进程中的叙事模式的转变,形成一种融内容和形式于一体的全新的叙事学理论模式。

综上所述,结构主义进入中国经历了一个曲折渐进的过程,并逐渐影响了中国文学理论研究的现代化进程,深化了中国人认识客观世界的模式。一方面,它使许多学者开始重视"结构"这一概念,认识到在客观现实世界中,无论是自然界、社会领域,还是人类意识活动,结构都是无处不在、无时不有的,人们除了通过感知来认识事物的外部表征,即表层结构外,还应借助抽象思维和理性推理来把握事物的深层结构;另一方面,也使中国学者认识到语言结构的分析方法对文学批评研究的重要性,强化了文学批评对作品本体的重视,并且,以作品本体为核心的结构主义阅读理解模式丰富了中国文学的批评方法和批评视角。就具体操作而言,结构主义理论的运用与实践一般分作两个步骤:第一步,将作品本体分解成若干基本内核元素,以此分析它们的功能创建方式;第二步,重新组合这些基本内核元素,并归纳出一个概括性较强的作品本体结构模式,由此来认识和把握作品的叙事特色和叙事策略,进而把握作品的意义所在。

二、结构主义文论在中国文学批评中的运用

结构主义文论进入中国以后,在得到广泛译介传播的同时,也被运用于中国文学批评领域,特别是诗歌和小说批评领域。由于中国学者在运用时还注意在形式的解析中寻求语义解释,探求形式因素及形式的语义内涵,因而结构主义在中国文学研究中形成了较为鲜明的中国特色。

结构主义方法首先在我国的诗歌批评领域得到了运用。从1984年开始,中国文学研究界兴起了一股"方法论"热潮,这在一定程度上推动了当时的结构主义批评研究,由此也推动了结构主义方法在我国诗歌批评领域的运用,并产生了一批结构批评的成果。魏家骏在《在中国的结构主义批评》一文中认为,以结构主义方法解析汉语诗歌,目前所见比较成功和完整的尝试是20世纪70年代台湾地区学者杨牧对汉乐府《公无渡河》的结构主义诗学分析。《公无渡河》见于宋人郭茂倩《乐府诗集》卷二十六,全诗只有四句:"公无渡河,公竟渡河。堕河而死,当奈公何?"杨牧从诗中挑出"公"和"河"作为两个对立的意象元素,分别以"K"和"H"代表,认为,公(K)是悲剧英雄,河(H)则是悲剧英雄的摧毁者,而在声韵上K

和 H 呈交替反响结构,由此得出了"悲剧英雄之毁灭,乃是完美的悲剧精神之肯定"①的结论。魏家骏认为,尽管杨牧从形式因素着手,得到人的悲剧精神胜利的结论,多少显得有些牵强,但他借鉴了西方诗歌语言对人称、时态、数、格、韵律等语法、语音要素的重视,在分析汉语诗歌时突出了音序的作用,将结构主义方法的二元对立原则渗透其中,创造性地从语音层次的分析上升到语义层次的分析,使形式的分析与内容的分析相互交融,相得益彰,这一尝试是十分可贵的。②

继杨牧之后,周英雄也对《公无渡河》作了结构主义解说。他立足于结构主义的二元对立原则,从有关《公无渡河》故事演变的过程入手,建立起了一个阅读和分析的动态过程。第一步,他在《乐府杂录》的简略记载中分列出丽玉和白首翁、歌和河这四个要素,以人类与自然的对立、原始与文明的对立做出纵横两轴,从而建构起平面的四边形的模型,以表示一种悲剧关系的雏形。第二步,他通过从《琴操》的记录中增生出来的霍里子高这个人物,建构起新的人物关系模型,他以三棱形立锥体来表示人与自然、人生与艺术的多重关系。第三步,他又在崔豹《古今注》的记述中分解出狂夫之妻的歌(他称之为歌 1)与丽玉的歌(歌 2)、狂夫所渡之河(河 1)与霍里子高所渡之河(河 2)的对立关系,从而建构起以狂夫、狂夫之妻、霍里子高、子高之妻丽玉为一平面,以河 1、河 2、歌 1、歌 2 为另一平面的两个平行的平面正四边形,成为一正方体模型,并通过对角切割,使之成为两个互相契合的楔形,形成了行动与创作的对立。第四步,他进一步讨论了河 1、河 2、歌 1、歌 2 的自由游移的开放关系。同时,他又借助于音韵学的讨论,从河的语序变化,在语用学意义上得出了与杨牧相近的结论:"前两行的'河'是动词'渡'的受词,第三行的'河'不再是动词'堕'的受词,而是位词,不再被动制人,而是主动制人。前三行的'河'都具有实体,可是第四行一转而为虚字'何','河'本来是人生的实体,可是转折之后就成为对生命的喟叹了,两个字同音异义,甚至可以说含义相反,第四

---

① 杨牧:《传统的与现代的》,志文出版社 1974 年版,第 64 页。
② 魏家骏:《在中国的结构主义批评》,《学术研究》1994 年第 4 期。

行甚至可以视为对人生提出存在性的质疑。"①

上述学者对汉语诗歌的结构主义诗学分析,可以说是结构主义文论作为一种方法运用于中国文学批评的独特试验。他们的尝试重视语音分析,注意一般读者的审美感知;吸收了结构—功能的分析方法,注意展示诗歌内涵各要素之间的结构关系;重视采用结构主义语言学的二元对立原则,尽可能揭示诗歌的内容与形式诸方面的联系,并作出相应的语义解说。当然,他们也遵循中国诗歌的"言志"传统,不拘泥于诗歌语言的纯形式分析,重视诗歌形式因素的语义内涵和语用效果。

结构主义方法在我国小说批评中也得到了独特运用,并且因为小说艺术形态的丰富而显得更为灵活,诸如叙事结构分析、构架评析以及比较批评等。赵毅衡的《中西小说的叙述主体》结合中国小说的艺术特点专门研究了中国古今小说的叙事人指点干预、评论性干预和隐指作者的问题。他认为,中国古典小说中大量存在解释性的评论,这种评论性干预,"实际上是一种统一全书的价值观、把分散的主体集合在一种意识下的努力"。他的分析,已经摆脱了对法国结构主义叙事学成果的复述与拘泥,注意从方法的角度来吸取其神髓,希望建立起对小说技巧的独立解说学。

把叙事技巧研究引入具体作品分析,还具有批评方法的普遍意义,即借助对叙事构成的分析来达到对作品构架的一种阐释。它避免了结构主义叙事学对个别技巧的执着探求,而带有整体构架的解析特点,由此可以从形式、技巧的角度对思想在作品中实现的途径、程度作出比较具体切实的把握,改变那种在艺术分析中使思想和艺术分离的"两张皮"现象。这里表现出了中国学者在运用结构主义叙事理论时的机智和缜密,以及对这一方法积极改进的态度。比如对鲁迅小说《药》的艺术特征的结构阐释,乐黛云认为,革命者夏瑜和愚昧的华小栓这两个人物结构要素就构成一组二元对立关系,他们"先是通过人血馒头联系在一起,后来又通过与人血馒头对应的'馒头一样的坟头'永远连成一片,通向永恒。之后,两个母亲隔着一条小路,继续了两个结构元素的发展,小栓坟上的青白色的小花(自然的)和夏瑜坟上红白相间的花环(人为的,带有西方的象征意味)

---

① 卢兴基:《台湾中国古代文学研究文选》,人民文学出版社1988年版,第87页。

也是二元结构的表现。甚至那树上的乌鸦,先是铁铸般站着,后是张开翅膀,箭也似的飞去,也可以理解为静与动、凝固与腾飞的二元的象征"①。这一分析从小说文本中的几组二元结构因素入手,来阐发其所构成的象征内涵,可以看作比较典型的中国化的结构主义文本分析。另一位学者季红真则如是分析:"《药》包含着的深层叙述结构,是一个中心对称的基本结构框架……"即烈士的死和弱小者的病痛对称于以人血馒头所暗示的封建黑暗势力;夏瑜的自觉反抗,与华老栓及茶客们的恭顺,以康大叔的骄横为中心形成对称;夏瑜的母亲因儿子坟上的花圈而产生的欣慰,与华大妈由此而产生的隐隐嫉妒,以母亲共同的绝望为中心,形成心理的对称。这种中心对称的基本结构形式,在作品中还形成一个核心对称结构,即以残酷的压迫为中心,对称轴的两极是觉醒的反抗者和蒙昧的奴隶,由于这两极构成了数量上的对比关系,即少数先驱者和大多数民众,因此使这个中心对称结构呈现出很大的不平衡性,这就"不仅使黑暗的氛围更沉重,也有效地表达了作者探讨社会出路的主题"②。这是评论家对小说主题在结构中的实现所作的阐释,为理解小说的思想蕴含提供了一种独特的艺术解释的途径。

从法国结构主义叙事学专注于对小说的叙事语式、叙事语态的纯形式研究,到中国学者立足于思想和艺术内在和谐关系的积极阐释,这是对叙事性作品进行艺术化批评的一个具体切入点的嬗变,它对思想、艺术、人物关系、结构形态等各个方向所进行的考察,有助于改变那些空泛地阐述主题、肤浅地复述情节或简单地罗列艺术特点的批评倾向。

第三节 西方结构主义批评对中国
当代文论建设的意义

结构主义批评在 20 世纪五六十年代的法国结构主义浪潮中盛极一

---

① 乐黛云:《比较文学与中国现代文学》,北京大学出版社 1987 年版,第 278～279 页。
② 季红真:《文明与愚昧的冲突》,浙江文艺出版社 1986 年版,第 283～284 页。

时,尽管它的黄金时代是短暂的,后来很快为后结构主义所取代,但它对文学所采取的语言分析方法,强劲地推动了西方文学批评领域的"语言论转向",并通过后结构主义影响了其后所有的文学批评理论。结构主义批评在20世纪70年代末开始和其他的西方批评理论一起涌入中国,对中国的批评理论和批评实践,尤其是对批评理论和批评实践领域的"语言论转向"这一现代性进程产生了巨大影响。

1983年以前,我国对结构主义的译介还处于初期,尽管通过周英雄、袁可嘉、李幼蒸、张隆溪的介绍,学界对结构主义有所了解,但这种了解还是非常有限的。直到20世纪80年代后期,当先锋小说以一种全新的叙事方法在中国出现的时候,对叙述主体、叙述结构、叙事语言等问题的探讨才为结构主义叙事学提供了用武之地,这在相当广泛的程度上促使结构、语言、叙事等结构主义批评观念深入中国的文学批评话语。

结构主义在西方的法国是以反对存在主义的激扬姿态出现的,而在中国,它和存在主义等人本主义思潮处于错综复杂的共时性理论网络中。一方面,这在某种程度上掩盖了结构主义批评的魅力,阻碍了它在中国的进一步传播。另一方面,这也造成了结构主义在中国的人本主义接受语境,与结构主义在西方的反人本主义倾向不同,结构主义在中国和人本主义似乎是同一战壕里的朋友,因为庸俗社会学的旧观念是它们的共同敌人:结构主义是还文学以独立品格,使它摆脱非文学因素的干扰;人本主义是还人以独立品格,使他摆脱社会政治的异化。所以,在结构主义进入中国的过程中,尽管有译介者不断地指出其反人本主义、反历史主义等学科倾向,但由于受接受语境的影响,结构主义在中国始终是和人本主义联系在一起的,其语言、结构等观念往往被中国学者所改造,从而带有独特的人本主义色彩。从周英雄、袁可嘉、李幼蒸等人对结构主义的译介、传播论著,便可一窥其貌。但是,自20世纪80年代后期开始,结构主义还是与俄国形式主义、英美新批评等所谓的"形式主义"批评一道在中国悄悄地掀起了"语言论转向"的潮流。到了90年代,后现代主义、大众文化、人文精神等成了学术界讨论的热点,同时,后结构主义、女权主义、后殖民主义也先后从遥远的西方抢登中国,这使得许多20世纪80年代红极一时的批评理论受到不同程度的冷遇。然而,这种冷遇却没有降临到结构主义批评身上，这是因为人们从后现代主义、后结构主义、西方马克思主义等西方思潮身上仍然能看见结构主义挥之不去的影子，非常典型的例子就是西方马克思主义者詹姆逊在建构自己的文学—文化阐释体系时，始终没有放弃对结构主义方法的创造性运用，这在中国加深了人们接受结构主义的信心和热情。所以，结构主义批评在20世纪90年代的中国不仅得到了进一步的译介，还得到了比较深入的研究和应用。正如结构主义在西方的境遇一样，它通过后结构主义、后现代主义等新学，使自己对文本的语言分析方法得到了延续。

结构主义批评在中国的批评实践具有鲜明的现代性。不管是中国的古典文学研究还是现当代文学研究，都可以发现，发源于西方的结构主义在其中确实大有用武之地，结构主义在我国诗歌和小说批评等学术领域的典型运用即为明证。尽管如此，结构主义方法依然有自己的局限性。在西方，结构主义的批评实践往往像伊格尔顿所说，是"分析式"的而不是"评价式"的，其局限在于在文学批评中以科学主义代替了个人的感兴发挥，不需要介入批评家与作家作品的心灵交流，因此，这种批评也就难免流于机械、晦涩，在一定程度上肢解了对象活泼的艺术生命。但在中国，文学研究者往往依靠把结构主义和其他批评方法及批评视角结合起来，在某种程度上克服了结构主义批评的局限，使结构主义的文本分析和文化学的评价融合起来。纵观结构主义批评理论在中国的批评实践，不难发现，它的现代性具体体现在：在具体的文学研究中促进了中国的文学研究者对语言、文本的关注，并促进了中国的文学研究者对文本的细读。这对于在中国当代文论建设中对文学文本的重视具有重要的启示意义，也是中国当代文学批评在现代性进程中摆脱传统的伦理批评、庸俗社会学批评的关键所在。虽然结构主义批评和俄国形式主义、英美新批评一起促进了中国文学批评领域的"语言论转向"，但我们也看到，不少中国文学研究者在接纳结构主义批评理论作为一种研究中国文学的批评模式时，并不囿于"语言的牢笼"，总是有意识地把文学语言置于社会历史也就是文化语境的总体格局中来考虑，这对中国当代文论建设也是很有意义的。

诚然，我国作为有5000年悠久文明史的东方大国，在古代形成了一套有别于西方思维方式方法的世界观，中华文明流淌在我们民族的血脉里,是中华民族的灵魂和骄傲。到了当代,我们要站在中国特有的历史文化和现实经验基点上,用东方智慧去观照、审视西方的文论,建设具有时代精神和中国特色的文学理论。结构主义文论标举理性主义和科学主义精神,给中国当代文学批评理论空间带来了一股清新的空气。它突出文学"语言"的意义,重视文学自身内部规律的探讨,强调透过具体个别的文学现象深入把握文学内在的普遍本质;表现出一种追求科学主义的雄心,企图找出支配一切人类社会和文化实践的代码、规则和系统。其在具体文学批评实践中,对于叙事作品普遍规律的执着探寻,在20世纪文学批评领域独树一帜,具有深远的积极意义。但其缺陷也显而易见,它直接借用语言学模式来分析文学现象,表现出一种模式化倾向,忽视体现文学艺术价值和审美倾向的具体细节,甚至排斥对文学作品的心灵感受和审美体验,丧失了文学批评应有的富于机趣的审美发现和生动阐释的特性,剩下的只是一些枯燥晦涩的模式,也与文学语言丰富生动性的要求不符。而且,由于强调系统和共时性研究,结构主义取消了历史,更重要的是,结构主义过于夸大文学的形式因素,把一切都归结于文学结构程式的作用,割断了文学与社会生活、作家创作与读者欣赏之间的联系,把这一切都消融在他们构筑的结构模式中,这就不免走入形式主义的死胡同。这是我们在建设中国当代文学批评理论时应予以警惕和摒弃的。

第十二章　文艺阐释学的接受

　　文艺阐释学,又称阐释学文学批评,是一种在哲学阐释学深刻影响下形成的研究和评论文艺作品的方法和理解文艺作品意义的理论。艺术阐释指的是文学批评者或读者在解读文学文本的过程中,在其对文学语言及其所营构的艺术世界正确理解和独特把握的基础之上对文学文本所做出的一种准确而独到的解释评价的行为。

　　艺术阐释起源于西方文论对读者研究的重视。传统文论注重的是对作家作品的研究,但从20世纪三四十年代开始,西方文论发现,没有读者介入的文本只是一种准文本,其审美价值并没有真正实现。只有读者阅读了作品,并对文本做出自己独特的说明、评价和解释,作品才能真正成为审美对象或者审美客体,文本的审美价值也才能最终实现。由此,西方文论的研究视野发生了一次大转移,这就是从作家作品研究向读者接受研究的转移。此后,这一转折性的研究不断得到发展,出现了许多很有影响的文论学派,如阅读现象学、艺术阐释学、接受美学等,并把读者研究推向了一种显学的高度,形成了艺术阐释学的独特学理和诗学体系。同时也为文学批评提供了许多独特的思维方法和新奇的研究视野,促进了文学批评的深入发展。正如戴冠青所说的,"我们并不是把艺术阐释作为一种哲学视野俯瞰文学现象,也不仅仅把它当作一种通过文学认识世界的方法,更重要的是,我们是把它当作一种文学批评的方法,运用它来发现作品内在的价值和意义,并予以独特的阐释和揭示,由此来理解世界和人生"[①]。

　　文艺阐释学作为当代西方一个重要的文艺美学流派,在20世纪60

[①] 戴冠青:《文本解读与艺术阐释》,北方文艺出版社2006年版,第1～2页。

年代初的联邦德国得到长足发展,并很快影响到欧美各国及我国文论界。现代文艺阐释学的建立,成为现代哲学发展的新标志,它不仅对当代文艺学的发展产生了重要作用,而且直接推动了接受美学的产生,实现了文学研究中心的大转移。20 世纪 70 年代,中国文论界开始引进、介绍西方文艺阐释学理论。这一理论的引进进一步改变了中国文学研究的封闭状态,为中国文学研究提供了一种新角度、新思路,也为理解文艺作品的意义提供了一种有效途径。可以说,它打通了古今文艺理论,沟通了中西文艺理论,促进了中西比较诗学的研究,实现中西文艺理论的互识、互证与互补,推动了具有中国特色的现代文艺阐释学的建构,对于中国文学批评理论走向学科或文化的跨领域研究有着重要意义。通过对文艺阐释学的研究,探讨其在中国的影响和发展,特别是考察其如何给中国文学批评注入生机和活力,对促进西方文艺理论与中国创作实践的结合,建构具有针对性的中国当代文学批评理论有十分积极的意义。

第一节　文艺阐释学的理论特征

在古希腊时代,便产生了阐释学的最初形态,被后人称为"古典阐释学",它是专门研究意义、理解与解释问题的学问。16 世纪末至 17 世纪初,德国哲学家施莱尔马赫(1768—1834)和狄尔泰(1833—1911)在古典阐释学的基础上,创立了现代阐释学,将其研究的重心放在理解本身,而不是被理解的文本上,并在此基础上提出阐释循环思想。德国哲学家海德格尔、伽达默尔和法国哲学家利科是当代阐释学的著名代表。海德格尔建立了一种本体论阐释学——"存在的阐释学",把阐释学从方法论、认识论的领域转移到本体论的领域。伽达默尔被称作现代阐释学之父,他认为理解活动是一个"视界融合"的过程,他的长篇巨著《真理与方法》,成为阐释学最有权威性的经典文献。现代西方的一些阐释学巨匠如李克尔、卡西尔等都把视野投向文艺阐释学研究或把文艺文本阐释作为阐释学的重要标本,认为文艺语言(符号体系)是人文精神的一种直接的表达方式,其实质是一种文化阐释。1967 年,德国文艺理论家姚斯发表了《文学史作为向文艺理论的挑战》一文,其中所揭示的文艺接受美学理论被认为是西方现代文艺阐释学的集大成者。这一理论流派确定了以读者为中心的文艺学批评视野,通过作者与文本的心灵对话,打破了文本意义结构的封闭形式,使作品通过读者的审美体验获得了活生生的价值。概括起来,西方现代文艺阐释学的理论特征主要体现在以下几个方面:

一、凝聚生命存在体验的艺术作品是阐释学的出发点

文艺阐释学认为,凝聚着生命存在体验、具有意义统一性的艺术作品应该是其艺术阐释的出发点。艺术作品是人对世界和自身存在的理解与体验的表达方式,是人生体验的产物,是人的存在的有限性和精神超越性需要之间的形式化创造活动。因此,艺术阐释的前提就是透过语言迷雾把握作家的生命创造。

文学是一种语言的艺术,所以每一部文学作品都是作家通过其充满艺术创造力的话语系统来塑造艺术形象的艺术文本,其中渗透着创作主体对世界的独特发现、情感把握、价值判断和生动传达的艺术匠心。因此那些看起来熟悉却又微妙的语言才能深深打动读者的心灵,给人带来美好的精神享受和独特的审美启迪。但是与其他艺术语言的具象直观不同,文学语言是假定的、间接的、不确定的、含混的,充满了空白点和可能性。也正因为如此,才能激活读者的想象和审美创造,实现阅读的互动、快乐和共鸣。例如法国象征主义诗人瓦莱里的《风灵》:"无影也无踪,我是股芳香,活跃与消亡,全凭一阵风! 无影也无踪,神工或碰巧? 别看我刚到,一举便成功! 不识也不知? 超群的才智,盼多少偏差! 无影也无踪,换内衣露胸,两件一刹那!"诗人在这里传达的是一种来无影去无踪但却能激发出极大生命力和创造力的"风灵"现象。但这究竟是一种什么现象呢? 诗的语言是蕴藉的、不确定的,诗中充满了空白点和可能性,因而引发了读者丰富的想象,在想象中去把握"风灵"与生活现象的对应。当有人把风灵与诗人非凡的灵感现象融为一体,并由此阐发出"风灵"就是诗人所要揭示的灵感的象征和隐喻时,也许他就获得了解读的满足和审美的快乐。

其实不仅是语言比较奇兀甚至比较晦涩充满了隐喻性的象征主义诗歌需要读者去深入地、创造性地解读和阐释才能得到真正的理解,即使是表面上看来比较容易理解的文学传达,其语言也仍然是含蓄的、蕴藉的,需要读者的审美想象和再创造,唯其如此,解读文学作品才是一项能吸引人投入生命活力的充满乐趣的创造性活动。例如白居易《长恨歌》中写杨贵妃的美:"回眸一笑百媚生,六宫粉黛无颜色。"这里并不具体摹写杨贵妃的五官身材之美,然而就这么回头转眸一笑,在读者的联想中,一个风情万种倾国倾城、让一代天子拜倒在她的石榴裙下差点断送了大唐锦绣江山的美人形象就活灵活现地出现在眼前。曹雪芹写林黛玉的美与白居易有异曲同工之妙:"两弯似蹙非蹙罥烟眉,一双似喜非喜含情目",同样让人倍感林黛玉的幽怨动人楚楚可怜之美。

但是真正的文本解读和文学批评,还必须透过迷人的语言表层,深入到文本的深处,运用独特的审美想象力、理解力和创造力,做出准确和独到的艺术阐释,这样才能正确理解和把握文本所建构的艺术世界。例如鲁迅在《阿Q正传》中活画出了一个愚昧无知、自欺欺人、执迷不悟的可笑男人形象,但这仅仅是文本表层的东西,我们只有深入到文本深处,去把握阿Q所生活的特定场景和社会背景,才能阐发出鲁迅对那个造成阿Q丑陋人格的黑暗社会的深层批判。由此可见,文学解读就是力图拨开语言的迷雾,对文本做出准确而深刻的艺术阐释,但是这种阐释必须源于阐释者对文学文本的正确理解和独特把握。而且,阐释者如果不具备对文学语言及其所营构的艺术世界的正确理解和独特把握的素养和能力,也是不可能有准确而独到的艺术阐释的,当然,更不可能有准确而独到的文本解读和文学批评。

二、文艺本质上是交流的,它以召唤结构的形式沟通生命与生命之间的联系

艺术阐释学认为,文学是一种生命创造,作家的精神个性与生命意义通过文本得以体现并向读者言说,它以召唤结构的形式沟通生命与生命之间的联系,艺术阐释就是在沟通中揭示生命意义。因此文学本质上是交流的,它是作者与读者交流的平台,是沟通一个生命与另一个生命的桥

梁,这种交流和沟通甚至是跨时空跨国界的。例如现代人并不认识李白本人,但却能感受到李白的潇洒襟怀和旷达精神,这种感受来自李白的诗歌文本,来自他的《梦游天姥吟留别》《将进酒》《月下独酌》等诗作。也就是说,李白通过诗歌向我们表现或展示了他的精神气质,读者则通过诗歌走进李白心灵,去聆听他的心脏跳动,去破译他的语言密码,去回应他的情感诉说,去理解他的豪放个性;可以替他不平,也可以为他叫好。因此读者的阅读和理解是决定性的,否则,李白的表现和展示就失去了意义。而文学阐释,就是要通过阅读和阐释,把潜藏在语言之中的这种精神价值和生命特征揭示出来,让人们共赏。

因此,艺术阐释应该是一种发现和揭示,它是在文本基础上的一种再生与创造。艺术阐释与文本分析不同:分析是读者根据自己所掌握所拥有的知识背景,去逐步深入地理解作品所要传达的意图,以达到和作品原意的吻合,它更多的是一种知性认识,具有归纳还原的特征。阐释则力图去破译语言密码,去理解文学作品的象征性言说中蕴含的信息和启示,去发现语言迷雾后面的生命律动和精神价值,并把它揭示出来,使对话的双方走到一起,回归和聚集到"世界整体"之中。这种发现完全是独具匠心的,是充满创造力的,是对生命活动规律性的独特把握,是对生命世界的整体认知。例如,当我们解读海明威的《老人与海》时,我们可以一个层次一个层次地分析老渔人桑提亚哥努力与奋斗的历程,由此来认识并理解老人坚韧不拔的精神品格。但阐释则不仅仅于此,正如海德格尔不仅通过梵高《农鞋》中那两个黑洞洞的敞口看到一双农妇劳动的粗糙的脚,而且发现了潜藏其中的农妇艰难的命运及其执着的生活态度,发现了农妇所生活的大地及其贫困的世界:"从鞋具磨损的内部那黑洞洞的敞口中,凝聚着劳动步履的艰辛。聚积在硬邦邦、沉甸甸的破旧农鞋里的,是那永远在料峭寒风中、在一望无际的单调田垄上的步履的坚韧和滞缓。鞋帮上沾着湿润而肥沃的泥土。暮色降临,这双鞋在田野小径上踽踽而行。在这鞋具里,回响着大地的无声召唤,显示着大地对成熟谷物的宁静馈赠,表征着大地在冬闲的荒芜田野里朦胧的冬眠。这器具浸透着对面包的稳靠性无怨无艾的焦虑,以及那战胜了贫困的无言喜悦,隐含着分娩阵痛时的哆嗦,死亡逼近时的战栗"①;同样,透过《老人与海》中桑提亚哥老人扛回来的那副鱼骨架子,我们不仅可以发现老人搏斗的惨烈和永不屈服的硬汉子精神,还可以发现老人独具魅力的人生态度。这是具有普遍意义的生命感知,因此这一发现和揭示,也正是对生命活动的精神价值的整体把握和阐发。

艺术阐释的中心是文艺作品与读者的关系,阐释者必须具备一定的个人修养、阅读经验及历史文化背景,这是正确阐释作品的前提条件。读者具备与作品相适应的文学艺术修养是理解作品的关键,唯有如此,读者才能走进作品之中,参与作品的自我表现,并做出合乎其存在方式的到位的阐释,使作品的潜在意义变成现实。就像一个缺乏古典文学修养的人,他是永远也读不懂李贺诗的内在蕴意的。读者阅读心理的先验图式也是理解作品的前提。这种先验图式其实就是指读者在阅读作品之前已经拥有的阅读经验。阅读经验不仅帮助读者选择他所感兴趣的并与其个人修养相符合的容易进入的作品,而且还使他具有一种历史性的参照眼光,因而也更有利于他去理解作品的意义。例如,当我们拥有了女权主义的阅读经验后,以女权主义对男权文化的批判为参照,我们就会发现,许多男性作家笔下的女性形象其实就是作家欲望化的对象。如果没有这种阅读经验,也许你就不会做出这样的理解。读者的历史文化背景也是阐释学所强调的。美国接受理论家卡勒指出,文学作品"只存在于与一种被读者接受的习惯系统发生关系以后,才会有意义"②。这就是说,不同时代的读者、不同民族的读者、不同层次的读者以及不同年龄段的读者,都会有不同的接受习惯系统和不同的历史文化背景,因此对同一部作品就会做出不同的理解和阐释,作品意义的生发和传达也必然是各种各样千差万别的。

三、艺术作品与主体存在密切相关,艺术阐释的条件就是主客体的相互融合与沟通

文艺阐释学认为,艺术作品并不是独立自主的客观对象,而是与主体

---

① [德]海德格尔:《林中路》,孙周兴译,上海译文出版社1997年版,第17页。
② 朱立元:《当代西方文艺理论》,华东师范大学出版社2005年版,第276页。

自身的存在密切相关的。作品只有面对读者的理解和阐释时才作为艺术创造物而存在,它是人对世界和自身存在的确认。读者阐释目的就是要对文艺作品进行创造性把握,以求在生命体验的基础上,更为深入地发现作品的美及其内在的精神价值。阐释者从自我出发,与文本的视域融合,从而不断扩展和丰富自己原有的视域,并最终形成一种过去与现在、传统与当下、文本与自我相互交流与补充的新的意识整体。文艺批评要与各种学科相结合,在有限中追求无限,在束缚中追求心灵的丰富感受性和审美的自由。可以说,现代文艺阐释学在观念中不仅保持艺术作品的整体性,还保持人的主体性,这是符合社会现实和实际生活中的人性需求的。

文艺阐释学还认为,进行文学阐释活动必须具备一定的条件。首先是阐释主体(阐释者、读者),必须是能够深入文本的词语、结构或者情景中的人。他不仅能够读得懂文本表面的文字符号,而且能够透视词语所叙述的事件的真相,把握其中所蕴含的独特意义和价值,并创造性地与众不同地把它阐发和揭示出来。例如卞之琳的《断章》:"你站在桥上看风景/看风景人在楼上看你;/明月装饰了你的窗子/你装饰了别人的梦。"如果阐释者仅仅停留在两个人看来看去的表层词语或意象的观照上,实际上他并没有真正进入阐释活动。作为阐释者,他应该透过看风景的言说,去捕捉其中所昭示的那种优雅灵动的审美情趣和高尚脱俗的人生态度。这样阐释者才能和作者的心灵慢慢地走向沟通,也才能穿透诗歌的表层意象,理解到诗歌表象所未呈现出的深层境界,即人与人之间是可以互为风景的,只要你用心做人,让自己的人生更加精彩,那么你的人生就可能成为别人眼中的亮丽风景。当然,一些生活体验不同、知识结构不同、文化心理结构不同的阐释者也可能有别样的理解。但只要不拘泥于诗歌所描绘的表层意象,充分发挥阐释主体的主观能动性和创造性,深入体验,用心感悟,同样会达到同阐释对象的美妙契合,发现其独具的意义价值,做出发人深省的揭示。

其次是阐释对象,即文本必须是与阐释者相关联的主体化的客体。也就是说,文本必须是能够被阐释者感受并予以关注的。文本还应该具有潜在的生命价值与意义,值得阐释者去探索、分解、阐发和揭示,并通过这种探索、分解、阐发和揭示实现与文本及文本创造者的交流和沟通。因此,文本作为阐释的客体,是阐释者主体化的客体,它能吸引阐释者运用知识的底蕴和生命的激情去体验文本语言的无限魅力,并穿透语言的迷宫直达文本的本体深处,与之同呼吸共命运,息息相通,心心相印。反之,文本就无法成为阐释的客体。也许对于一般的中学生来说,英国意识流作家乔伊斯的《尤利西斯》是无法得到正确阐释的,因为它艰涩难懂的叙述语言很难打动他们;但对于一个英国文学的研究者和批评者来说,它那独特的叙述方式恰恰以其梦幻般的魅力一次又一次地吸引他们去探索、解读和阐释,力图达到与文本的对接和沟通,文本也就成为其主体化的阐释客体。因此可以说,艺术阐释的基本条件就是主客体的相互融合与沟通。

四、艺术阐释的过程和目的就是在文本解读中建构新的生命世界

第一,阐释者要通过文本解读进入文学词语中的事件。所有的文学文本所表现的生活事件都是通过词语记载、描述的事件,并不是真正的事件。例如鲁迅写阿Q糊里糊涂地被抓去杀了头,并非确有其事,而是鲁迅用词语虚构的事件。即使是生活中真正发生过的事件,一旦写进了文学作品,就不再是事件本身,而是语言或词语的事件。而且因为写作者的情感态度、个性特征及其叙述方式、语言风格的不同,其笔下的事件也就呈现出不同的色彩和风貌。例如朱自清和俞平伯在同题散文《桨声灯影里的秦淮河》中都写到一条载着歌女在河中卖唱的船,但在朱文中,这条船成了黑暗时代罪恶的渊薮,忧愤之情溢于言表,而在俞文中,这条船则是被奴役的象征,因此予以了宽容平和的表达。所以接受者对于事件的认知和理解,其实都必须通过语言,通过语言去发现和理解事件的原初状态和内在意义,并进行最接近本真的阐释,然后把它揭示出来。其实在日常生活中,人不可能每事都亲历亲见,因此人对事件的认知,在正常情况下都要通过语言。所以我们所知晓的事件大多是语言的事件,或者说是词语的事件。但在日常生活中,人们通过语言传达出来的事件往往带有更多的个人感情因素和功利性,如对一桩车祸现场的描述,交警更多是从是否违反了交通规则的角度来描述的,家属描述的则是其亲人伤亡的悲

痛,而旁观者可能描述出血淋淋现场的恐怖。而文学语言虽然也带有强烈的感情因素,但这种感情是具有普遍意义的,其功利性是不明显的。例如舒婷发表于《诗刊》1979 年第 7 期的诗歌《祖国啊,我亲爱的祖国》倾诉的是她对祖国贫困的忧虑,对祖国复苏和振兴的憧憬,以及献身祖国的真诚心愿。这一情感倾诉虽然是极其个人化的,但却抒发了中国人共同的心声,因此它深深拨动了广大读者的心弦,产生了强烈共鸣。正如海德格尔借用荷尔德林的诗所说的,"诗是人的一切活动中最纯真的,这种纯真是无利害的超脱"[①]。因此,接受者通过文本语言认识事件,其可能性与真理性就要高得多。

第二,要在阐释者的前理解中达到与文本的沟通。西方哲学家施太格缪勒曾经说:"通过对人的过去的可能性的设身处地的事后体会,人就能够把自己从他当下的狭隘视野中解放出来,并学会在自己的历史性中理解自己。"[②]施太格缪勒所说的"在自己的历史性中理解自己"指的其实就是阐释者在解读一个文本之前所拥有的一种知识积累和阅读经验,包括自己的生活阅历、文学修养、理论积淀、语言反应、情感需求甚至生理心理因素等等,是阐释者在以往接受文学文本的过程中慢慢形成的历史经验,也是阐释者能够进入现在文本的历史条件。阐释学把这种历史条件称作"前理解",或者叫"前见",即阐释者已经形成的基本见解。它绝不是偏见,但它却对阐释者能否与文本沟通并进行独特的阐释和理解至关重要。若阐释者在阐释作品之前已据有一种特殊的方法或角度,其结论就与这种方法或角度相关,不同的批评方法和不同的阐释角度便会得出不同的结论。如对元代剧作家关汉卿的《窦娥冤》的解读和阐释,以往的阐释者采用传统的社会学批评的方法,其结论往往就是"关汉卿对下层劳动妇女不幸命运的关注与同情"。但如果运用女性主义批评的方法重新阐释这部作品,就得出了关汉卿对笔下女性形象的同情是一种"男权话语下的人文关怀"的结论,因为关汉卿对以窦娥为代表的下层女性的关怀背后

---

① 胡经之、张首映:《西方二十世纪文论史》,中国社会科学出版社 1988 年版,第 248 页。

② [德]施太格缪勒:《当代哲学主流》(上卷),王炳文等译,商务印书馆 1986 年版,第 184 页。

演绎的依然是一种男性话语的书写,其文本在塑造女性形象时将女性物化、对象化、边缘化、客体化、悲剧化,这可以说是关汉卿剧作男权话语书写的突出表现。

另外,阐释者在阐释具体作品之前已经确立的一种观念即前观念也会影响阐释者对一部作品做出正确理解和阐释。如对旅居美国、用英语写作中国人题材并享誉西方文坛的华裔作家黎锦扬的长篇小说《花鼓歌》的阐释,就因阐释者前观念的不同而得出迥然不同的结论。以往的评论者"只要提到黎锦扬和《花鼓歌》,评论几乎都是否定性的,认为黎锦扬深化了主流社会对华人的刻板印象,助长了美国人的偏见;他笔下的唐人街,是美国电影中的布景;他的作品是'臣服式'同化的祭品,是对华人移民社会的'伪叙述'等等不一而足。这些评论在很大程度上是受首部音乐剧《花鼓歌》之累,仔细阅读过小说的读者会得出一个迥然不同的结论"①。剧作家黄哲伦就重读了这部小说并指出:"亚裔美国人之所以有意忽视这部华裔美国文学的经典之作,完全是偏见使然。偏见之一:《花鼓歌》的同名音乐剧和电影不真实,歪曲了亚裔美国人形象,因此人们想当然地认为小说也'不真实'。偏见之二:小说《花鼓歌》在图书市场获得巨大成功,赢得许多白人读者喜爱,这本身就表明它不是真正的亚裔美国文学。然而,在90年代中期,当黄哲伦费尽周折终于找到一本二手的《花鼓歌》阅读时,却被它深深打动,激动不已:'这里有我耳熟能详的人物、文化、环境,但我从来不曾设想会在一本书上读到他们。'"②据此,研究者薛玉凤进一步指出:"《花鼓歌》在华裔美国文学史中的重要意义还在于它首次较为客观地再现了华人历史上那段延续了长达百年的畸形'单身汉社会'的历史,虽然在小说描写的50年代初,唐人街已经从'单身汉社会'向家庭社会转型。黎锦扬通过小说人物之口,道出了当时旧金山唐人街华人男女的比例是6∶1,并且不止一次直言,唐人街的一切罪恶都源于华裔女

---

① 薛玉凤:《黎锦扬——在华裔美国文学史上占有重要地位》,《文艺报》2005年11月29日,第2版。
② 薛玉凤:《黎锦扬——在华裔美国文学史上占有重要地位》,《文艺报》2005年11月29日,第2版。

人的稀少,从一个侧面抨击了美国历史上的反华排华政策。"①从这两种不同的阐释可以看出,对黎锦扬《花鼓歌》的否定性批评,源于评论者在阐释之前已经具有的两种偏见,而当后来的评论者纠正了这种偏见,并从实事求是的观念出发去重新阐释这一文本时,就得出了"迥然不同的结论"。

另外,不同的阐释者对文本所假定的文艺批评范畴与概念的不同,也会导致对文本的不同理解和不同结论。阐释学把这种假定称作"前假定"。例如我国的传统文艺学认为诗词是一定要有意境的,"词以境界为最上。有境界则自成高格,自有名句"②。以此假定去阐释诗词,缺乏意境的诗词当然不可能是好诗词。而西方当代文艺理论则强调诗歌的意象,诗歌提供给读者"形象与色彩的精美图式","用来表现和传达诗人心中瞬息间的状态";它"每一个词都必须是看得见的意象,而不是相反"。③以此假定去阐发诗歌,如果你在诗中能精确地描绘出独特的意象,当然"在我看来你已获得了最高明的诗"④。总之,作为阐释者理解文本的前提条件,前理解可以说是阐释者与文本沟通的重要桥梁,也是阐释者与作者进行生命对接的中介因素。

第三,对话中的理解展开了文本的无限意义。"对话式"理解是指阐释者与文本在交流过程所采用的互动方式,即主客体互相了解,互相介入,并从这种交流中获得一种新的创造,组成新的阐释的世界。伽达默尔曾提出著名的"对话"理论。他认为,在文本理解中会出现一种"视域融合"的现象,即由于理解者(接受者、读者)的前见(既有的见解)意味着理解者的视域(视野阈限),而文本在其意义的显现中也暗含了一种视域,因此,文本理解活动在本质上是不同视域的相遇。不同视域的差异性会导致其超越自身而向对方开放,这就是"视域融合"。例如余光中的诗《今生

---

① 薛玉凤:《黎锦扬——在华裔美国文学史上占有重要地位》,《文艺报》2005 年 11 月 29 日,第 2 版。
② 王国维:《人间词话》,滕咸惠译评,吉林文史出版社 2004 年版,第 1 页。
③ [美]雷内·韦勒克:《现代文学批评史:1750—1950》(第五卷),章安祺、杨恒达译,中国人民大学出版社 1991 年版,第 219 页。
④ [英]托马斯·厄内斯特·休姆:《论浪漫主义和古典主义》,载[英]戴维·洛奇:《二十世纪文学评论》(上册),葛林等译,上海译文出版社 1987 年版,第 191 页。

今世》传达的是母子之间整整 30 年的快乐亲情,一个对母子亲情没有感觉的人,也可能被这首诗所感动而超越自身去领悟这种回肠荡气的母子情深。可以说,这首诗唤醒了接受者的情愫,使其与文本产生了"视域融合",在这种融合中完成了它的审美创造。

伽达默尔对"对话"原理作出解释,他认为,视域融合其实是读者与文本间的平等对话,文本也是一个准主体,它向读者提问并回答读者的问题,阐释者则必须设想文本之中所蕴含的答案,阐释者只有理解了文本才能回答文本的提问。因此,理解中的问答逻辑就是视域融合的具体展开。例如在北村小说《玛卓的爱情》中,男主人公刘仁刚结婚一个月就发现生活不再可爱,爱情已经变味,于是他突然宁愿玛卓是个瘫痪病人,他愿意为她做任何事,死心塌地爱她。这就对读者提出了问题:"为什么刘仁连一个健康的玛卓都爱得那么吃力,却反而认为玛卓是一个瘫子就会幸福呢?"为了回答这个问题,读者必须尽量去理解文本,去设想文本之中所蕴含的答案。于是文本的展开,一步步地为读者的解读提供了可能,即为了摆脱现实与理想的反差,或者说急切想改变理想幻灭后痛苦的当下境况,刘仁不由自主地作出了如此想象。这种想象其实是刘仁以一种变异的心理来抗衡俗常的无奈,或者说是以一种虚幻的形式来反抗失落的生活。这样一来,在这虚幻与现实之间,这个文本结构就造成了叙述者、人物、隐含读者之间价值评判的互相否定关系,从而形成多重的对话态势,并在对话中不断地去融合审美视域,不断地扩展和创造文本的审美价值,并由此敞开了文本的无限意义,使阐释者获得了交流的激情和沟通的快乐,进而在丰富而深入的理解中创造出了新的阐释的世界。

第四,要在正确的阐释中创造性地发现文本的生命价值。美国的文艺理论家尤尔认为,一种文本只有一种正确解释,阐释者必须去选择,其他阐释只是作为一种可能性存在,"即使我们相信某一特定的文本为两种或两种以上的解释提供了或多或少的同样证据,相信它的意义是含混的,我仍旧认为,明智之举是决定只有一种理解是正确的"①。也就是说,尽

---

① [美]尤尔:《解释》,转引自胡经之、张首映:《西方二十世纪文论史》,中国社会科学出版社 1988 年版,第 259 页。

管"一千个读者有一千个哈姆雷特",阐释主体不同的文化条件和审美经验也会使其对同一个文本作出不同的阐释,但"对广大读者来说,真正可接受的解释应该只有一种,这一种可以帮助读者切中肯綮地把握文本的精神实质,使读者能从含混的相似的段落中挣脱出来,从而正确地了解文本及其结构"①。例如上文所举的对黎锦扬《花鼓歌》的批评,就有肯定和否定两种。也许两种意见的阐释者都会认为自己的阐释是正确的,但是对于文本本身来说只有一种是正确的。对于读者来说,他们也希望知道哪一种是正确的,以帮助他们澄清对文本的模糊认识,准确把握文本的精神实质。正因为如此,创造性地发现文本的正确意义便成为文学阐释过程中的关键环节。创造性地发现文本的正确意义,一方面要求阐释者在用心解读文本的基础上深入文本的内在结构,去独到地发现文本的潜在意义,去准确地理解作家投入其中的生命传达,并做出富有见地的阐释和揭示;另一方面则要求阐释者的理解应尽量地与文本的内在限定性和期待性对接,这样才能准确地发现文本的内在价值并做出正确的解释。

伽达默尔认为,文本是有其内在限定性和期待性的,文本所呈现的语言,"即艺术的语言是充满内涵的语言,这种语言不是自由地和非限定性地在情绪性解释面前表现出来,而是有意味地并受限定地与我们对话。而这种特定内涵对我们情绪来说并不是一种束缚,而是恰恰正确地开拓了在我们认识能力游戏中自由活动的天地,这就是艺术的神妙和奥秘之处所在"②。期待性指的是文本会以一种导向性的敞开来等待读者的理解和阐释,"作为前提条件的不仅是给读者指明方向的意义的内在同一体,而且还有不断地指导着读者的理解和超验的意义的期待"③。伽达默尔在这里所说的文本的内在限定性和期待性其实与后来接受美学的代表理论家伊瑟尔提出的"文本的召唤结构"理论的含义是相通的。伊瑟尔认

---

① [美]尤尔:《解释》,转引自胡经之、张首映:《西方二十世纪文论史》,中国社会科学出版社1988年版,第259页。
② [德]H.G.伽达默尔:《真理与方法》,王才勇译,辽宁人民出版社1987年版,第73页。
③ 胡经之、张首映:《西方二十世纪文论史》,中国社会科学出版社1988年版,第264页。

为文学文本应该具有一种召唤读者理解的结构机制,这种结构机制促使文学文本不断唤起读者基于既有视域的阅读期待,但唤起它是为了打破它,使读者获得新的视域。也就是说,每一个文本都有其特定的预结构来指导并调动读者的阅读和理解,促使他按照文本的内在限定性和期待性去阐发文本并作出正确的创造性的揭示。例如马来西亚女作家朵拉的小说《暗处的眼睛》一开篇就把情节的核心推到读者面前:"恍惚间,她感觉到有一双眼睛在望着自己。"接下来的文本设置分明就是在召唤读者和女主人公一起去寻找和思考这双藏在暗处的眼睛到底是谁的,而夫妻间情感演变乃至分手的细节就在这种寻找中简洁而灵动地跳出来了。当女主人公发现这双眼睛原来就是自己正视自己的眼睛时,这个故事也就平静地结束了。但它给读者的感觉绝对不是平静的。文本的预结构已经激发读者用自己的生命体验去填补空白,去理解文本,并更新自己对爱情的看法,进而作出正确的阐释:如果爱情已经消失,分手也许是一种明智的选择。这就是"正视"。在这里,我们可以看出,朵拉的文本并没有告诉读者女主人公正视的是什么,但是一个明智的阐释者能够遵循文本的内在限定性,听从文本的召唤,并积极地投身其中与女主人公对话,使自己的生命体验与女主人公的生命体验对接,于是就能准确地发现文本的潜在意义和生命价值并作出正确的阐释。

第五,在生命的沟通中建构新的阐释的世界。阐释者对文本的阐释并不仅仅是为了理解文本,更重要的是为了敞开被语言的迷雾所遮蔽的潜在意义,去发现和理解作家潜藏于文本深处的对那个时代那个世界的独特诉求,并把它揭示出来,达到与现时生命的融合与沟通,在人们面前建构起一个新的阐释的世界,让人们在这一世界前开启视野,认识自我,丰富精神,更新生命。

阐释学认为:对新的阐释世界的重建,一方面是"对创造着的艺术家所'企求'之本来状况的重建……因而解释学的工作就是要去复得艺术家精神中的'出发点',这个'出发点'应使一部艺术作品的意义完满地可理解";另一方面或者说是更重要的方面,则是使阐释者的精神的自我意识也得到实现,精神"'以一种更高级的方式'在自身中也把握了艺术真理"。因此,"历史精神的本质并不在于对过去事物的修复,而在于对现实生命的思维性沟通",艺术的真理就在于此。① 这也就是说,对于一种已经进入文学史的文学文本的阐释和揭示,不仅是去复原作家当年的精神诉求,更重要的是要达到与现时生命的沟通和融合,只有这样,阐释者才能真正建构新的阐释的世界。例如上文所举的海明威的《老人与海》中的老人,他最终没有打回鱼,他失败了。也许作家所要传达的正是那种虽败犹荣的刚毅,但阐释者不仅理解了这一点,而且还以自身的体验深刻意识到老人的力量、勇气、刚毅以及他的硬汉子性格给自己带来的一种生命激情,这种生命激情将激励面对现时严峻生活挑战的每一个人。由此揭示出了一个真理:老人其实是一个真正的胜利者,因为他不但战胜了自然,而且战胜了自我。这一潜在意义的揭示是生命与生命沟通的结果,因此也为人们建构了一个新的阐释的世界,让人们在这一世界面前反观自身,从而开启了新的视野,意识到在现时生活中应该怎样活着,才会活得更有力量更有魅力。由此可见,接受和阐释也是一种创造、一种生产,它不仅创造出新的认识视野,还创造出新的精神生命。

从上述理论特征可以看出,西方文艺阐释学理论与中国传统的文艺阐释理论是有明显区别的。第一,中国传统文艺理论还未形成现代意义上的学科体系,无法自觉地为诸种人文社会科学提供统一的方法。其思想是潜存于历代学者对儒道释的阐释活动之中的,带有文史哲不分的混沌整一的特点。第二,中国传统文艺理论的阐释学蕴含的思想、方法和范畴缺乏明晰的界定,在尚缺乏系统论证的情况下,形成了一些历代相传的较为稳定的阐释学概念和范畴;而西方现代阐释学的范畴、方法、原理及体系却是用明晰的严谨论证的语言来表述的。第三,中国传统文艺理论面对的是本土文化、东方文化或同质文化的语境,而现代阐释学面对的是全球化语境下的中国文化、西方文化乃至整个世界文化,基本的视域和根基发生了根本变化。第四,中国传统文艺理论认为作品是独立自足的遗产,它诞生的时代构成了它的意义和价值的界限和基础;它是时代的产物,其意义和价值只能在诞生它的那个时代中去寻找。传统文论还认为

---

① [德]H.G.伽达默尔:《真理与方法》,王才勇译,辽宁人民出版社 1987 年版,第 245~249 页。

作品的意义等于作者创作作品的意图,是独立于理解者的思想情感之外的客观对象,与理解者和阐释者无关。每个文本的含义都是作者给予的、唯一的,读者只能是去探寻、理解和阐释作者的原意。传统文论还认为,由于把作品理解为独立的存在,所以任何艺术传统都有一个独一无二、一成不变的含义,后人的解释只能追寻和体会传统的含义和意义,却无法对传统有任何实质性的增益;人们对作品不变的追寻反而大大束缚了人们的思想,使得变革和创新变得举步维艰。而现代文艺阐释学则认为,解释、理解作品本身就构成了现代人生活方式的一部分,文艺作品并不只是过去的存在物,而是一直存在于现实生活之中的活生生的文化。阐释者不仅需要透过语言表象,还需要深入到文本的内部,运用独特的审美想象力、理解力和创造力,作出准确和独到的艺术阐释,这样才能体会和领悟文本所建构的艺术世界。因此,真正的文本解读和文学批评应该是富有生命力和创造力的,是活生生的行为过程。由此可见,因为中国文化传统与西方文化视角的不同,西方文艺阐释学与中国传统文艺阐释理论的基本理念和思维方法都是有明显区别的。

第二节　文艺阐释学的引进和研究

自 20 世纪中期西方文艺阐释学理论被译介到中国文论界之后,经过数十年的研究、阐发和运用,人们已认识到阐释学方法在重新把握中国古代经典方面的意义,并产生了许多富有特色的文学阐释学思想,为中国现代文艺阐释学理论体系的建构奠定了基础。可以说,西方文艺阐释学的引进打通了古今文艺理论,沟通了中西文艺理论,促进了中西比较诗学的研究和中西文艺理论的互识、互证与互补,也打破了文学研究的封闭状态,对于走向文学的跨学科研究或文化研究有着重要的意义。

一、西方文艺阐释学的引进

早在 20 世纪 70 年代,钱锺书就开始引用、介绍西方的阐释学理论。

而海外华人学者傅伟勋则是最早将解释学理论引入中国哲学研究和中西哲学比较的研究者之一。① 1972年,他因探讨老子之"道"所蕴含的哲理而首次触发诠释学(即现在学界所称的"阐释学")构想。1974年,他在哥伦比亚大学教授俱乐部宣读了《创造的诠释学:道玄与海德格尔》一文。1983年,在长篇学术自传《哲学探求的荆棘之路》中首次用简易的文字记述了"创造的诠释学"的架构。1984年至1988年间,在海峡两岸多次以《创造的诠释学》为题发表正式演讲。1989年,他发表了长篇论文《创造的诠释学及其应用——中国哲学方法论建构试论之一》,系统地阐发了他关于"创造的诠释学"的构想。1984年,当时在美国哈佛的张隆溪也在钱锺书的鼓励下,在《读书》杂志第2、3期分别发表《神·上帝·作者——评传统的阐释学》和《仁者见仁,智者见智——关于阐释学与接受美学》两篇论文。张隆溪从互证互补的角度,充分调用中国古代文论的理论资源,比较中西阐释理论的异同,以中补西,粗线条勾勒了西方阐释学、接受美学及读者反应理论的主要观点和流派。同年,国内学者张汝伦也在《复旦大学学报》上发表《哲学释义学》等论文。这可以说是国内较早对西方阐释学进行介绍和评述的文章。自此开始,国内学术界开始比较系统地引进和介绍西方阐释学,一系列译著和论著纷纷出现。1986年至1987年,辽宁人民出版社接连出版了张汝伦的《意义的探究》和伽达默尔的代表作《真理与方法》两本论著;1988年,殷鼎的《理解的命运》由生活·读书·新知三联书店出版。这些著作分别对西方从施莱尔马赫、狄尔泰一直到海德格尔、伽达默尔、利科的阐释学理论作了比较全面详尽的分析和阐述,为当时的学界打开了一扇了解西方阐释学理论的窗口。可以说,至20世纪八九十年代,中国学界对西方阐释学著作的翻译、评价与运用逐渐系统化,并且有学者开始提出建立中国阐释学的理论主张。

1991年,金惠敏等人在翻译完伊瑟尔的《阅读行为》后,在译序中曾预言"把这部晦涩的德国现象学著作译介给中国读书界,我们不敢奢望它会引起一场震动,颠覆根深蒂固的解读习俗,但相信它会给中国古典阐释

---

① 景海峰:《解释学与中国哲学》,《哲学动态》2001年第7期。

学以一个冲击,至少会洞开一扇户牖,透进些新鲜空气"①。此后的1992年、1994年,上海译文出版社分别出版了洪汉鼎翻译的伽达默尔《真理与方法》和夏镇平、宋建平合译的伽达默尔(洪译为加达默尔)《哲学解释学》两书。这两本译著的出版可以视为此时期对西方阐释学进行译介的一个阶段性总结,也让学术界更加全面地了解了西方阐释学的理论方法。

二、西方文艺阐释学的研究

中国学者在努力沟通中西文艺理论的基础上来发掘西方阐释学的中国意义。中华美学学会副会长叶朗在《美学:传统与未来》一文中提到,王国维《人间词话》《红楼梦评论》等著作都是用西方的学术观点来解释中国文学的,其中1908年问世的《人间词话》开了借用西学来观照、审视中国古文论之先河,是一部中西合璧,融古代文论、西方哲学与美学于一体,兼论诗论词论的上乘之作。此后,朱光潜用西方的美学理论来解释中国的诗歌,融合两种文化的优点而加之以新创造,产生了著名的中国诗歌论著《诗论》。另外,钱锺书先生的《谈艺录》和《管锥编》的问世,把阐释学从历史层面、伦理层面、经世致用层面推向了精神、情感层面。他们的研究在广阔深厚的文化视域中取得对文艺审美价值的深刻洞见,标志着比较系统的中国现代审美阐释学的出现。② 新中国成立之后,在马克思主义文艺理论的指导下,中国学者一直在寻求中国现代阐释学的建构,李泽厚先生的《中国古代思想史论》《中国近代思想史论》《中国现代思想史论》,融合了马克思主义哲学、康德哲学与中国传统儒学,在中国现代阐释学建构历程中占据重要地位。学者赵士林在《仁者襟怀》一文中指出,李泽厚先生曾从现代阐释学的角度分析过孔子的仁学结构。他指出孔子的仁学实际上包含着四个层面:血缘基础、心理原则、人道主义、个体人格;这四个方面之整合所形成的总体特征则为——实践理性。仁学结构的现代阐释学实际上从知性角度揭示了孔子仁者襟怀的基本内涵。此仁者襟怀滋生于人类的伦理根性,关注着人类的现世处境,它从血亲之情到人类之爱,

---

① [德]沃·伊瑟尔:《阅读行为》,金惠敏等译,湖南文艺出版社1991年版,第3页。
② 陶水平:《关于中国阐释学学科建设的几点思考》,《学术交流》2003年第5期。

从人格理想到淑世精神,推衍扩充为普泛深厚且无条件的爱心、同情心。这也就是我们所谓的道德心灵。孔子第一个显发、高扬了这种仁者襟怀——道德心灵,遂成为中华民族传统文化的最卓越的代表。[①]

中国学界对文艺阐释学的研究还力图促进中西比较诗学的深入发展。20世纪80年代初,张隆溪连续在《读书》杂志上介绍20世纪包含阐释学和接受美学在内的西方文论,并于1983年在《文艺研究》第4期发表了《诗无达诂》一文,第一次从比较诗学的角度,运用丰富的中国传统文论知识,较详细地对中西阐释学和接受美学思想进行互证、互释。1984年3月《读书》又刊登了他的《仁者见仁,智者见智——关于阐释学与接受美学》一文,再次阐述了比较诗学的观点。同年,美国的华裔学者叶维廉为了讨论作者传意、读者释意这种既合且分、既分且合的整体活动,在台湾地区的《中外文学》杂志上发表了《秘响旁通——文意的派生与交相引发》,其后又分别于1985年、1986年在《联合文学》上发表了《中国古典诗中的传释活动》《与作品对话——传释学初探》两文。在中西诗学比较的实践中,叶维廉积极设想建立中国阐释学理论,融西于中,融古于今,不仅从理论上发掘了中国古代阐释学的内在精神、思维形式、阐释路径,还进行了具体的批评实践,开辟了古代文论现代转型的道路。1986年12月至1988年6月,著名词学家叶嘉莹在《光明日报》上分别发表了《从现象学到境界说》《"比兴"之说与诗可以兴》《三种境界与接受美学》等系列论文,后由岳麓书社在1992年结集为《中国词学的现代观》。叶嘉莹在论文中强调为我所用,借鉴西方理论来发现并建构具有中国特色的读者理论。1989年,海外华人学者傅伟勋提出了建构中国现代阐释学的富有建设性的意见,较为系统地提出了"创造的诠释学"理论的基本方法,认为艺术阐释的进路应主要包括"实谓""意谓""蕴谓""当谓""必谓"这5个基本范畴或基本层次,并发表了长篇论文《创造的诠释学及其应用——中国哲学方法论建构试论之一》,阐发了"创造的诠释学"的系统构想。这些观点都对沟通中西文艺理论,借助西方理论来解释中国的文学现象,促进本土化的

---

① 赵士林:《仁者襟怀》,http://www.tecn.cn/data/detail.php? id=6076,最后访问日期:2005年3月14日。

艺术阐释学理论的建设起到了积极作用。

20世纪80年代中期，中国开始出现了本土化的阐释学理论，力图打通古今文艺理论的藩篱。据景海峰在《解释学与中国哲学》一文中介绍，台湾大学历史系教授黄俊杰通过对《孟子》等儒家经典的独特研究，深刻而鲜明地体现了自己的阐释学追求，建立了以孟子为中心的经典阐释学，为中国阐释学的建立做出有益的尝试。他将孟子学的研究者区划为两大阵营和三种基本形态。两大阵营：一为哲学/观念史的诠释进路，二为历史/思想史的诠释进路。三大形态：一是作为解经者心路历程之表述的诠释，二是作为政治学的儒家思想之诠释，三是作为护教的诠释。强烈的历史意识、现实取向以及道德优先性等，构成了中国经典阐释学的主要特征。黄俊杰认为要发挥中国注经传统中所特有的优势，发掘古代经典诠释的丰厚资源，建立中国现代阐释学。邓新华的《论"诗无达诂"的文学释义方式》，通过讨论"诗无达诂"的释义特点和规律，指出它不仅高扬解释者在文学释义活动中的主体地位和能动作用，赋予解释者参与作品意义重建的权利，还能正确认识和处理释义活动中解释者与对象之间的辩证关系，从而较好地解决了西方现代阐释学无法解决的文学释义的客观性和有效性问题。而邹其昌的《朱熹〈诗经〉诠释学美学研究》一文则对朱熹的解释学美学思想进行了比较深入的探讨。这些探讨和建设，推动了具有中国特色的文艺阐释学的建构，促使中西比较诗学的研究走向了一个新的发展阶段。

三、中国文艺阐释学的建构

在对西方文艺阐释学进行深入研究的基础上，中国学界开始尝试建构具有中国特色的文艺阐释学。美籍华裔学者成中英最先提出要建立"本体论诠释学"[①]。成中英的本体诠释学体系涉及对形式与本体、经验与理性的整合思考，同样提出了诸多阐释学范畴，并将诠释进路分为现象分析、本体思考、理性批判、秩序发生（或合理经验的建构）4个阶段，从而创立了一个层级累进的有机网络状态的诠释学系统。以著名哲学史家汤

---

① 转引自景海峰：《解释学与中国哲学》，《哲学动态》2001年第7期。

一介为代表的学者则明确提出"创建中国的解释学"的理论口号和基本的研究思路。汤一介通过对先秦时期经典解释材料的深入研究,归纳出了"历史事件的解释""整体性的哲学解释""社会政治运作型的解释"[①]这三种中国古代早期经典解释方式。

至21世纪初,以中国阐释学说的理念进行理论建构的代表性著作主要有三部:一是李清良的《中国阐释学》(2001年湖南师范大学出版社出版)。该书从中国文化的基本观念出发,运用"双重还原法"即"本质还原法"和"存在还原法"清理了中国的阐释学理论,初步建立起一个自主的且独立于西方的中国阐释学的基本理论框架。二是周光庆的《中国古典解释学导论》(2002年中华书局出版)。该书从中华文化经典的历史存在出发,以西方阐释学理论为参照,提出了自己的中国古典解释学理论。他对中国古典解释学发生、发展的历史过程进行系统的梳理,对中国古典解释学提出的"语言解释方法论""历史解释方法论""心理解释方法论"做了深入的发掘和总结,并对中国古典解释学如何完成现代转型这一重大问题提出了建设性意见。三是周裕锴的《中国古代阐释学研究》(2003年上海人民出版社出版)。该书揭示出了中国古代阐释学理论发展的内在逻辑以及迥异于西方阐释学的独特价值。

一些文艺学学者则力图从文艺学的角度建构中国的文学阐释学,如邓新华的《中国古代接受诗学》,从历时和共时两个角度,首次系统地对中国古代接受诗学史进行梳理、挖掘和阐发,并尝试建立起具有民族文化特色的中国接受诗学体系。还有金元浦的《文学解释学》,李咏吟的系列著作——《诗学解释学》《创作解释学》《解释与真理》,以及张隆溪的《道与逻格斯》,都在力图建立自己系统的文学阐释学理论。

可以看出,中国现代文艺阐释学的建构既有赖于对中国古代阐释学传统思想资源的系统梳理和充分吸收,也离不开对西方阐释学学术成果的深入研究和汲取,并使之与中国传统阐释学思想相互碰撞与对话,这样才能走出中国的特色之路。正像陶水平在《关于中国阐释学学科建设的

---

① 转引自邓新华:《发展中的中国文学解释学》,http://www.chinawriter.com.cn,最后访问日期:2006年09月19日。

几点思考》一文中所认为的,中国现代阐释学运用在文艺研究和美学研究时,受到具体阐释对象(文艺文本或审美对象)、具体阐释主体(文艺接受者或审美主体)以及具体的阐释方法(鉴赏或批评)的制约,具有不同于其他文化阐释活动的独特体现、独特任务以及独特方法。① 因此,围绕前人留下的经典去不断修正不断诠释,是中国传统学术区别于西方学术的特征之所在,坚持这一特征,就是坚持民族特色。可见,建构具有中国特色的现代阐释学理论要扬长避短,坚持中国本土性与世界性的统一,这也是我们借鉴与探讨西方阐释学理论的意义所在。

总之,自20世纪80年代以来,学界的研究都在力图打通古今文艺理论,建设具有中国本土特色的文艺阐释学理论,并运用于研究中国古代经典和当代文学批评。可以看出,研究者们所努力建构的中国文艺阐释理论不仅是一种认知与体验的阐释学,而且是实践和创造的阐释学;不仅是一种交往与对话的阐释学,而且是反思与批判的阐释学。其理论体系具有鲜明的中国特色,并在实践中不断地向前发展。

第三节 西方文艺阐释学对中国当代文论建设的意义

现代阐释学以其独到的研究视角和极具价值的研究成果,为"文本阐释"最终成为一个科学认知的本体论域做出了积极贡献。它一方面极大地丰富和发展了作为本体论的"文本阐释"的结构模式与内容,另一方面又为其他学科成果的涉入提供了"连接的枢纽"——赋予了更多的来自受众评价的"价值观"色彩。可以说,西方文艺阐释学的创立标志着现代哲学的新发展,直接推动了接受美学的产生,对西方美学与文学观念的更新也起到重要的推动作用,为观察艺术的本质提供了新的视角,尤其对20世纪下半叶以来人文与社会科学的观念和方法论变革,产生了积极的作用。

---

① 陶水平:《关于中国阐释学学科建设的几点思考》,《学术交流》2003年第5期。

西方文艺阐释学的引进,对中国当代文艺批评理论的建设也具有独特意义。首先,其独特的诗学体系和创造性结构为文学批评提供了许多独特的思维方法和研究领域,促进了中国当代文学批评的深入发展。特别是西方文艺阐释学确定了以读者为中心的文艺学批评视野,通过读者与文本的心灵对话,打破了文本意义结构的封闭形式,使作品通过读者的审美体验获得了活生生的价值。这一研究视野促使中国当代文学批评从作家作品研究向读者接受研究转移,开始重视对原本所忽略的读者接受规律的研究。同时也为文学批评提供了独特的思维方法、研究视野和批评方法。其次,作为一种文学批评方法,它是对生命活动的独特把握和生命世界的整体认识,运用它可以发现作品内在的价值和意义,并予以独特阐释和揭示,在此基础上实现生命的对接,让人类在有限的现实世界中获得无限的意义。特别是经典作品中高贵的艺术人格与生命精神,是超越时空的,可以让阐释者体验与之沟通和对话的快乐,并启发和引导阐释者不断认识自我,理解世界和人生,由此开拓新视野,进行精神生命的再创造。正如张隆溪《经典在阐释学上的意义》一文所认为的,阐释学让人们看到经典的超越历史性,认为经典之所以是经典,就在于它不仅属于某一特定的时间和空间,而且能克服历史距离,对不同时代甚至不同地点的人说话。[①]

但是,现代文艺阐释学的前提是现代哲学阐释学,作为一种方法论,它虽然强调理解的历史性和意义的相对性,强调文学作品存在多种解释的可能性,但是把自身当成一种普遍的方法,想涵盖任何方面的本体论,使自身处于超验地位,过分强调审美理解的重要性,带有强烈的主观色彩,局限性也是难免的。首先是它对作品社会价值的忽视。文学阐释理论实现了文学研究重心的转移,将读者的地位由被动的边缘移置到中心。但阐释者在解读文本的时候常设定在一个先验的基础上,几乎无一例外地把读者和作者的地位放在文本之先,并且一直强调读者的主观感受,使多种解释成为一种经验性的描述,由此不仅忽视了文学作品的客观性,也忽视了作品本身的差异性,使主观的差异性掩盖了客观的差异性,从而导

[①] 张隆溪:《经典在阐释学上的意义》,《中国文史哲研究通讯》1999年第3期。

致了对差异本身的误解,否定了作品的独特意义和社会价值。其次是它没有对作者和作品的专门研究。这也是因为文艺阐释学以一种本体论的方式来阐释文学作品,否认了作品的差异性及其自身的特殊性。其实,读者的接受研究只有与作者和作品研究结合起来,才有可能对文艺作品进行正确的阐释。

但不管怎么说,西方文艺阐释学的引进对中国当代文学批评理论的建设具有重大意义,它打通了古今文艺理论,沟通了中西文艺理论,促进了中西比较诗学的研究,为中国当代文学批评提供了独特的思维方法、研究视野和批评方法,推动了具有民族特色和现代意义的中国文艺阐释学的建构,也为人们通过文学来理解世界和人生打开了又一扇新的窗口。

第十三章 接受美学的接受

接受美学亦称"接受理论"(Rezeptionschorie)、"接受与效果研究"(Rezeptionforschutuny)等,其主要创立者和代表理论家是德国康士坦茨大学教授、文艺理论家汉斯·罗伯特·姚斯(Hans Roert Jauss)和沃尔夫冈·伊瑟尔(Wolfgang Iser)。姚斯的《提出挑战的文学史》(1969)和伊瑟尔的《本文的号召结构》(1970)是接受美学实践的开山著作。

接受美学是继西方文学批评史的前两个阶段即作者研究与作品研究之后建立起来的新理论,它在前两者的作家、作品的二维空间的研究中增加了重要的一维——读者,形成了三位一体的文学研究,在方法论上开启了一种新的文学批评范式,其创新之处是显而易见的。其哲学基础和理论来源得益于奥地利著名哲学家胡塞尔开创的现象学美学,以及由此发展而来的海德格尔的存在主义美学和伽达默尔的现代阐释学。接受美学于 20 世纪 60 年代发轫于德国,70 年代初开始崭露头角,并逐步发展为德国重要的文学理论流派。在其后 10 年间,迅速传遍世界,20 世纪 80 年代传入中国。在短短的时间内,接受美学风靡全世界。随着接受美学的创立和发展,以接受美学为理论视野的读者批评也风靡一时,成为一股强劲的世界性理论潮流。

第一节 接受美学的理论特征

接受美学并不是传统文艺理论中的欣赏与批评研究,而是以现象学和阐释学为理论基础，以人的接受实践作为依据的独立自足的一种理论体系，具有鲜明的理论特性。

一、强调文学文本的未定性

接受美学对文学作品这一概念的理解与传统的文学理论不同。传统文学理论认为文学作品就是文本，即印刷在纸上的文学人工制品，也称为"本文"。但接受美学认为文学作品不等同于文学文本，因为任何文学文本都具有未定性，都不是决定性或自足性的存在，而是一个多层面的未完成的图式结构。它不是独立的、自为的，而是相对的、为我的。它的存在本身并不能产生独立的意义，意义的实现要靠读者通过阅读对其具体化，即以读者的感觉和知觉经验将作品中的空白填充起来，使作品中的未定性得以确定，最终达到文学作品的实现。所以，在接受美学那里，文学作品的概念事实上包含两极：一极是具有未定性的文学文本，另一极是读者阅读过程中的具体化，这两极的合璧才是完整的文学作品。缺乏读者的阅读，没有读者将文本具体化，就没有文学作品的实现。也就是说，作家写出来印在纸张上但没有经过读者阅读的那些白纸上的黑字，只能称为文本，还不是作品，只有经过读者阅读，文本才具体化为文学作品。可以说，接受美学的这一概念必然大大提高读者在文学活动中的地位和作用。

二、强调读者的创造性活动

由于接受美学将读者对文本的具体化纳入文学作品的构成要素之中，所以它自然不像传统文艺理论那样只承认读者对作品的被动接受，而必然强调读者的能动创造，并给这种创造以充分而广阔的自由天地。在接受美学看来，读者对文本的接受过程就是对文本的再创造过程，也是文学作品得以真正实现的过程。文学作品不是由作者独家生产出来的，而是由作者和读者共同创造完成的。同创造文学文本的作家一样，读者也是作家，而不只是鉴赏家、批评家，因为鉴赏和批评本身就是对文学作品的生产，就是文学作品的实现过程。

读者从自己所处的历史条件、地理环境以及志趣爱好等出发，对文学文本加以具体化。每个人对同一文本的解释都会不尽相同,甚至大相迥异,这固然是由于文本是多层面的图式结构,留有很多空白,更重要的是读者的参与和重新创造。对一部作品的解释可以因人、因时、因地而异,但无论哪一种解释都是有意义的,所以接受美学认为作品的本质在于作品的效应史是处在永无完成的展示中的。也就是说,一个文本被作者写出来之后,它的意义就将是无穷无尽的,因为阅读它的读者不同,对它的具体化就不会相同,它呈现出的意义也就不会相同。

三、强调读者的地位

强调读者的创造性,必然导致研究中心的转移,由文本中心转向读者中心。一般的文艺理论都重视读者的批评与鉴赏,但却认为作品规定了批评的范围与趋向,批评必须以作品为基础,作品是第一性的,批评是第二性的。而在接受美学看来,文学文本的具体化,其效应的发挥的根本问题是读者。读者是作品的直接承受者,作品的意象与表现形式有赖于读者完成,读者本身是文学艺术的一个组成部分。因此,如果文学作品划分为未定性的文本和读者的具体化两部分,那么读者的具体化是第一性的,未定性文本是第二性的。

四、关注文学史的研究

接受美学十分关注文学史的研究,提出了接受的文学史观。所谓接受的文学史观,就是从接受的角度研究文学史。其认为文学作品就是在理解过程中作为审美对象而存在的,文学作品的存在展示为向未来的理解无限开放的效应史;文学作品的存在方式不仅与作家相关联,而且与读者的接受相关联;文学作品从根本上讲就是为读者而存在的,作品的意义在历代读者的接受过程中不断得到丰富和充实。可以说,一部文学史就是一部文学作品的接受史。这一点一直为过去所忽视。长期以来,西方文学史家一直在作者与作品的圈子中研究文学史,比如研究莎士比亚,要么分析莎士比亚的生平、经历等,要么解析其剧本等自身的构造要素,很少从读者角度研究莎士比亚及其同时代的文学艺术。姚斯认为,研究接受的文学史,就必须从史料中寻找读者当年对文学作品的复杂反应,研究不同时代的读者为何对同一部作品有不同意见的原因,指出读者在不同时代不同环境下对作品的期待心理、审美情趣、文学爱好以及对作家创作的影响。

五、接受美学对传统文论的突破

我们知道,长期以来传统的文学理论是建筑在一种"本体论"的观念之上的,这种观念无可争议地主宰着文学的批评与研究。然而,接受美学却对这一"本体论"文学观念提出新的挑战:一是,传统的文学理论认为文学是一种完全独立于观察者而存在的"自满自足"的客体和客体的认识对象;接受美学则认为,文学不是一种作为客体的物的对象性活动,而是一种作为主体的人与人之间的活动,是沟通人们之间思想、情感和认识的一种"人际交流活动"。正如姚斯所说,文学的本质是它的人际交流性质,这种性质决定了它不能脱离其观察者而独立存在。二是,传统的文学理论认为,文学唯一的存在方式和实体是作家的创作活动及其结果——作品。因为任何理解、阐释、评论与研究只能以它为出发点,把它作为对象,否则一切都将失去意义;接受美学则认为,文学创作本身并不是目的,作品是提供给人阅读的,文学唯一的对象是读者。在接受美学看来,没有经过阅读的文学作品,只不过是"可能的存在",只有在接受活动中,它才能产生影响和作用,成为"现实的存在"。因此,接受的过程便是理解、阐释、评论和研究的过程,一旦离开接受主体——读者,文学作品的存在便是不可能的。正如姚斯所说,文学作品的历史与现实生命没有接受者的能动参与是不可想象的。三是,传统的文学理论认为作品的总体形象、含义和价值为其作品自身所固有,是超越时间和空间的,且永恒不变。作品的效果及其在文学史上的地位也是由作品的思想和审美内涵所决定的。而接受美学则主张用运动、变化和发展的观点去看待文学现象,并认为文学作品的整体形象、含义、价值和社会效果并非静止的、超越时间且永恒不变的,而是随着时间、地域和接受意识的变化不断发生变异。接受美学还认为,不仅不同的接受意识会引起接受者对作品的不同反应,导致不同的理解、判断和结果,而且由于价值观和审美观的差异与嬗变,作品的总体形象、含义、价值及其在文学史上的地位也会发生变化。所以,接受美学认为,形象、含义、价值和效果既不是作品的固有物,也不是接受意识的固有物,而是二者相互作用的共同产物。四是,传统的文学理论认为,文学批评与研究必须排除一切"主观或心理的"因素才能获得"客观的科学性",才能正确地、客观地判断作品;而接受美学则认为,对作品的判断与批评绝不是一种完全机械的、被动的、纯客观的认识行为。因此,文学批评不应该是对作品的简单复制,而应是批评者的创造性劳动。这样的批评理所当然地要体现批评者的主观意识,融入他的审美情趣和素养,那种绝对忠实于作品的、纯客观的批评,过去、现在和将来都是不会存在的。

第二节　接受美学的引进和发展

20世纪80年代初期接受美学伴随着中国的改革开放被引进后,在中国的接受过程大致经历了译介与传播、探讨与研究、对话与交流三个阶段。

一、接受美学的译介与传播

20世纪80年代初期,对接受美学的译介以发表于各刊物上的论文为主。1983年12月和1984年9月张黎分别在《文学评论》和《百科知识》上发表了《关于"接受美学"的笔记》和《接受美学——一种新兴的文学研究方法》两篇论文,较早地介绍了联邦德国、民主德国、苏联接受美学的产生、发展情况及相关理论主张。其后,张隆溪、章国锋、孙津、罗弟伦、刘小枫分别发表了数篇文章进行介绍。80年代中期以后,数本重要译著、研究专著和选集相继出版,如1987年辽宁人民出版社出版了姚斯和霍拉勃的《接受美学与接受理论》,该书由周宁、金元浦合译,是我国第一本接受美学译著,收入了联邦德国康斯坦茨大学教授H.R.姚斯的《走向接受美学》和美国加利福尼亚大学伯克利分校教授R.C.霍拉勃的《接受理论》。其后,霍桂桓、李宝彦翻译的伊瑟尔的《审美过程》、刘小枫编选的《接受美学译文集》、张廷深主编的《接受美学》等著作又相继出版。到了20世纪90年代,接受文论的译介和传播更加广泛深入。伊瑟尔的代表作《阅读活动》《阅读行为》同时由中国社会科学出版社(金元浦、周宁译本)和湖南文艺出版社(金惠敏、张云鹏、张颖、易晓明译本)出版发行,该书是接受美学最富建设性的代表作之一。此后又陆续出版了陈敬毅的专著《艺术王国里的上帝:姚斯〈走向接受美学〉》、朱立元翻译的尧斯(姚斯)《审美经验论》、章国锋编写的《文学批判的新范式:接受美学》、董之林翻译的赫鲁伯的《接受美学理论》、文楚安翻译的斯坦利·费希的《读者反应批评:理论与实践》。至此,接受美学几乎全面介绍到了中国,其基本内容,所产生的历史语境、方法论等方面的理论概念都得到中国文论界的广泛接受。

二、接受美学的探讨与研究

20世纪80年代中期至90年代初,学者们开始以西方接受美学为参照,对中国古代文论进行重新探讨和发掘。如董运庭的《中国古典美学的"玩味"说与西方接受美学》,该文从作品存在、作者认识与读者作用三方面探讨了"玩味"说所涵容的接受美学意蕴,颇具启迪意义。张小元的《从接受的视角看意境》,则把读者机制引入意境范畴,将其视为意境的一个重要组成部分,在一定程度上深化了意境理论的研究。此后,朱立元出版了专著《接受美学》,该书分为十部分,意在吸收、综合接受美学各派的合理因素和独创成果,并结合中国文学、美学的现状,从"读者接受"的角度切入,对相关的重要问题做出与传统美学不同的思考和回答,初步建立了一个有自己内在逻辑联系的、相对独立和完整的接受美学理论框架;其中将中国古代文论中的"空白"理论与西方接受美学进行了比较,并应用到接受美学体系的建构中。邓新华的《"品味"论与接受美学的异同观》一文,把"品味"作为中国特有的接受方式,对"品味"在作者、作品、读者三方所隐含的接受美学意蕴进行了探讨,并从文化学的角度说明中西接受美学思想的异同。叶嘉莹的《中国词学的现代观》是她1986年12月至1988年6月发表在《光明日报》上的系列论文的合集,主要用西方阐释学和接受美学的理论来反观中国传统词学理论,从中寻找中西两种理论的契合之处。90年代初,程地宇先后在《探索》上发表两篇论文,系统地论述了艺术作品的空白性特征,认为追求空白是中国古典艺术的一种特质,颇类似于伊瑟尔的"召唤结构"。同时还进一步探讨了中西空白论的不同文化基础及其差异。其后,谭学纯、唐跃、朱玲合著的《接受修辞学》出版,该书认为完整意义的修辞学研究,不应忽视在修辞活动中占有重要位置的接受者,并以此为视角将长期偏重修辞表达的单向度研究,转向修辞表达、修辞接受双向互动的系统研究思路。丁宁的《接受之维》,则以艺术接受的心理活动为研究对象,着重探讨接受概念、接受图式、接受的心理卫生、接受与自性、接受与心理疗法、接受的文化机制、接受与惯例经验、文本意义接受和原型等问题,并对传统观点和新生观念做了深入细致的考察和批判。

这一时期的学界研究,主要是深入把握接受美学的理论特征,以审视的眼光去发现其理论亮点,剔除不足和局限性,但在运用接受美学的理论方法对古代文论进行挖掘与探讨时,难以避免对其理论的机械模仿与搬用。因此学界也达成共识,那就是必须建立具有中国特色的接受美学理论。

三、接受美学方法的运用与实践

20世纪90年代中期以后,有关接受美学研究的论文数以千计,据有关学者统计,从这时起至21世纪初的近10年间,所出版的专著大约有25部,博士学位论文大约有15篇。其中,对古典接受诗学的研究尤为突出。这一时期的研究主要有以下两个方面:一是对中西接受诗学的理论性探讨;二是对接受史的研究,其中包括以读者、批评家、作者为主体的接受史研究。在理论探讨方面,学界从先秦时期中国诗论的"开山纲领""诗言志"命题开始,对以后各朝至清代古文论中含有接受美学思想的概念、范畴等都进行了较为深入的求本探源的理论梳理与分析,如孔子的春秋笔法、微言大义,孟子的"知人论世""以意逆志",刘安的"载情"说(见《淮南子·齐俗训》:"夫载哀者,闻歌声而泣。载乐者,见哭者而笑。哀可乐者,笑可哀者,载使然也"),以及先秦以来流传的"虚静说""知音说""滋味说""意境说""涵泳说""妙悟说""自得说"等有关接受的命题。如樊宝英的《中国诗论的接受意蕴》《中国诗论"入出"说的审美接受意蕴》《作者得于心,览者会以意——谈中国古典诗学的"自得"说》《接受美学与中国古代文论研究》等十几篇论文。还有陈文忠的著作《中国古典诗歌接受史研究》,该书运用西方接受美学理论的视角,结合中国诗歌史文献资料的整理研究,建立了富有中国特色的接受史研究框架。此外,还有对屈原、陶渊明、杜甫、鲁迅、曹禺、老舍、巴金等著名作家作品的接受史研究,如张可礼的《〈诗经〉在东晋的传播和影响》、杨合林的《陶渊明诗在东晋南北朝的被读解》等论文。

其中,刘宏彬的《〈红楼梦〉接受美学论》是第一部运用接受美学的方法对中国古代文学经典进行批评实践的专著。该书从接受美学的主要观点和红学研究新思路出发,对《红楼梦》主题接受、悲剧艺术、人物接受、诗歌文本的三级接受以及叙述艺术和民族文化传统进行了颇为独到的读解分析,将西方新批评理论与中国古典名著有机联系起来,并进行了可贵的新批评的运用尝试,为当代理论的批评运用(特别是中国古典作品的当代批评实践)开辟了道路。龙协涛的《文学读解与美的再创造》一书,则在考察了大量中国古代文论著作之后得出结论——中国古代批评中蕴藏着丰富的接受美学思想,并充分肯定中国艺术精神中美的特质,在以西释中的读解过程中始终坚持互补互证互识的立场,将接受美学这一"他者"话语融入中国读解理论的血肉之中,使后者在不丧失原有形态特点的情况下实现向现代理论话语的转化。金元浦的《接受反应文论》一书不仅对接受美学、读者反应批评的历史背景、理论背景、主要观点、代表人物及其观点进行了较为详尽的综述,而且对接受反应文论的中国化问题进行了深入探讨。邓新华的《中国古代接受诗学》一书则系统地整理了中国古代接受诗学思想,是一部具有代表性的力作。此外,还有李剑锋的《元前陶渊明接受史》,主要对元代以前陶渊明接受史的轨迹进行思路描述和探因,内容包括陶渊明接受史的奠基期、发展期、高潮期。曾军的《接受的复调:中国巴赫金接受史研究》则是对苏联文学理论家、美学家巴赫金的接受研究,他从学术史的角度研究中国对巴赫金思想接受的过程,并深入探讨其对中国当代文论转型的意义。

从这一时期的研究可以看出,接受美学作为一种思潮已经在中国学界得到了广泛的接受和发展,其理论方法也得到了广泛的运用与实践,特别是运用于发掘、爬梳中国古代文论的鉴赏理论,并运用于文学批评与文学史研究的实践中。可以说,这一时期的研究是稳步走向中西文论碰撞之后相互融合的对话交流期,也是具有民族特色的中国接受美学理论的建构发展期,其学理探索也在逐步走向深入。由此可以看出,一种外来的批评理论若要在中国本土落地生根,就必须接受中国经典文本解读的考验,这是验证它在中国语境中是否具有生命力的极其有效的方式,西方接受美学正是在这一点上得到了中国文论界的广泛接受。

四、接受美学与中国传统文本认知理论的异同

首先是对作品认识的异同。接受美学认为,文学文本不等同于文学作品,任何文学文本都具有未定性,都不是稳定或自足的存在,而是一个多层面的未完成的召唤结构,只有经过读者阅读,并根据阅读时的审美感知和知觉经验填充了其留下的空白之后,文本中的未定性才得以确定,文学文本才能成为文学作品。在这里,接受美学强调了读者在参与创造文本时的积极作用,是对传统文论忽略读者作用的一种反拨。但是,接受美学过于夸大读者接受的作用,认为艺术作品的价值不在于文本本身,而是由读者的主观理解决定的,是读者赋予的,这无疑是矫枉过正的,也可以看出接受美学对作为艺术家审美情感物化形态的艺术作品内在价值的忽视。

中国传统文论关于作品的认知与西方接受美学有某些相通之处。中国古代文论认为,艺术作品并不仅仅是那个实实在在地存在着具有特定的语言结构、声韵节奏等形式的艺术符号系统,而且是由艺术符号所暗示、所象征又无法为艺术符号本身所包容的情趣和韵味,是那种更为空灵通脱、深邃无穷的诗味和意境。刘勰称之为"文外重旨",钟嵘称其为"文已尽而意有余",司空图标举为"韵外之致""味外之旨",梅尧臣则以"含不尽之意,沉于言外"称之……不难看出,在中国传统文论中,艺术作品同样被认为具有未定性,留有许多艺术空白,只有经过读者的阅读、品味,以创造性的想象力填充了这些空白之后,才能使文学作品从艺术符号的物质外壳中挣脱出来,成为真正的文学作品。但与西方接受美学不同的是,中国传统文论的文本认知理论也特别注意文学文本和艺术符号的审美意

蕴，认为艺术作品的"言外意""境外境""味外味"必须以"言内意""境内境""味内味"作为基础。并从艺术欣赏和艺术创造的角度对作品的审美特性提出一系列要求，如用字、属对、押韵、选辞、比兴、句法、造语、用事、点化、托物、锻炼沿袭、夺胎换骨等等，这些都显示古人对文学作品的艺术性、审美性和本体价值的重视，相较于西方接受理论对文本自身审美价值的忽视，也许要辩证一点。

其次是关于作者认识的异同。可以说，中国传统文论的文本认知理论是一种泛接受美学，其中作者、作品、读者往往是三位一体、密不可分的。中国古代文论从来不脱离作者和读者的关系来孤立地考察作品，这与西方接受美学有所不同。西方接受美学把研究重点转移到读者的审美接受活动，过分强调以读者为中心，从而把作为艺术作品创造者的作家抛到了一边。中国传统文论的文本认知理论在注重读者审美接受的同时，也特别重视作者在文学活动中的地位和作用。一是重视作者其人，联系作者人品来考察作品，注重作者德行修养与作品的内在联系，这可以说是中国传统文论的一个优良传统。早在先秦时期，孔子便已提出"有德者必有言"，把学术文章与作者的思想品德直接联系起来。经历代文论家的继承发展，这种把艺术作品的思想价值、艺术风格与作家人品气质、创作才能、思想感情紧密结合起来，认为人品决定作品的观点，成了后世文论家的共识。因此，中国传统文艺批评十分重视作者人品和文德的品评，并以作者人品高低和文德深浅作为判定其作品价值高下的标准。如钟嵘的《诗品》，对曹植、谢灵运、陶渊明等人诗作的鉴赏便是"诗品出于人品"，以人品定作品高下的典型。正如钱穆所说，中国古代"艺术价值之判定，不在向外之所获得，而更要在其内心修养之深厚"[1]，"作者本身人格不朽、生活不朽，始是其文学不朽之重要条件"[2]。二是要逆作者之志。中国传统文论不仅"重作者其人"，要求联系作者人品来欣赏作品，而且要"逆作者之志"，强调对作者创作情感和心态的探索。早在先秦时期，孟子便已

---

[1] 钱穆：《现代中国学术论衡》，生活·读书·新知三联书店2001年版，第241页。
[2] 钱穆：《中国文化传统中的史学与文学》，载姜义华：《港台海外学者论中国文化》，上海人民出版社1988年版，第433页。

提出"以意逆志"的说诗观点:"故说诗者,不以文害辞,不以辞害志;以意逆志,是为得之。"(《孟子·万章章句上》)中国古代文学艺术,特别是以抒情言志见长的诗歌艺术,不仅要表现作者自己的情感和心绪,还要寄寓他对历史、人生和宇宙的深层体验,但是这种情感("志")和体验不是直接说出来的,而是蕴含在形象化的描述之中("文"和"辞"),因此要深入领会作品的审美意蕴,就不能满足于对作品形象的感受,还应该更深入地去探求作者之"志"。正如吕东莱在《诗说拾遗》中所说,"诗者,人之性情而已。必先得诗人之心,然后玩之易入"[1];金圣叹在《读第五才子书法》中说,"大凡读书,先要晓得作书之人是何等心胸"[2]。这些观点都认为读者只有准确把握作者的心理情性,才能深入发掘文学作品的底蕴。

再次是关于读者认识的异同。西方接受美学将读者接受视为构成文学作品的基本要素之一,十分重视读者的地位和作用,强调读者在文学接受过程中的参与意识和创新意识,注重对接受过程的剖析。与西方接受美学理论一样,中国传统文论也十分重视读者在文学接受过程中的能动作用,虽然中国传统文论对读者接受规律的探讨不如西方系统和深刻,但因为没有忽略作者和作品的作用,比较具有辩证精神。其既不认为作者是文学作品的最高主宰,也没有无视作者其人;既不认为文学作品等同于作品的语言符号,也没有忽视作品自身的审美特性;既不认为读者对作品的接受是机械的反映,也没有把读者当作文学作品意义和价值的独创者。正如刘若愚所说,"中国批评家普遍是折中主义者或调合论者"[3]。

在对文学接受过程的认知上,西方接受美学提出了"流动视点"的概念,认为整个文学作品的解读过程是读者本身"审美期待视野"同文本"召唤结构"之间相互作用、不断调适的过程。在这一过程中,"流动视点"允许读者穿过文本,展开相互联系视点的复合,从一视点转向另一视点,各种视点都派生出不同的分支。通过一系列环节和视点的研究,接受美学创立了"阅读现象学",并概括出多种接受模式,如"水平接受""垂直接受"

---

[1] 吕祖谦:《吕东莱文集》卷十五《诗说拾遗》,中华书局1985年版,第255页。
[2] 施耐庵著、金圣叹批改:《金批水浒传》,三秦出版社1998年版,第21页。
[3] [美]刘若愚:《中国的文学理论》,田守真、饶曙光译,四川人民出版社1987年版,第23页。

"个体接受""群体接受"等等。可以看出,西方接受美学对审美接受活动的阐发有着极为细密的实证分析和逻辑演绎,对读者接受规律的把握也是比较深入和独到的。中国传统文论对文学接受过程的认识,则主要着眼于独特的形象描述和精要概括,往往以一些简明扼要、点到即止的妙语精言,如"妙悟""品味""玩味""意会""入出"等,来对文学接受过程进行整体的感受与直接观照。因此,其对文学接受模式的把握,不是侧重理性的阐释,而是一种直觉妙悟、情感体验、整体观照的心理方式,如"赏诗不可以知者求之""不惟得于心,必验之于身""以味不以形"等等,都强调接受者特有的艺术感悟力,强调接受者要以一种生命投入直接领悟和把握作品的情趣韵味和深层意蕴。这也从一个侧面反映了我们民族特有的审美方式和审美品格。

第三节 接受美学对中国文学批评理论的启示

接受美学理论以对读者接受极端重视的文艺美学理念,在中国文论界产生了极大影响,改变了一代学者的思维方式和学术眼光,推动了我国文学观念的变革和文艺研究的创新,对中国文学批评理论的建设和发展也有重要启示作用。

一、认识到文学意义的开放性和读者阅读的多元化

接受美学认为,文学不仅具有可供经验观察和实证分析的语义信息和意象内容,还包含了面向未来的价值指向和理想憧憬,因而对各种发展潜能和阐释向度应保持开放的眼光。文学文本潜在意义的开放性、不确定性特点,为读者提供了多种理解的可能,使读者可以充分发挥其创造性对作品进行阐发。在我国传统理论中,文学的意义被看作一种客观存在,读者的阅读被规定为寻找、挖掘文本中固有的、客观的思想内容,这种观念使得我们一度将寻找文本中客观存在的中心思想视作阅读的目的。正是接受美学的影响使我们认识到了文学意义的开放性和读者阅读的多元

化。文学作品的不朽意义,正是在于它的文本是建立在多重意义基础之上的。优秀的文本具有巨大包容性,它带给读者更大的开放性,文本对象与接受主体呈双向交流,二者是一种对话关系。可以说,接受美学让文艺研究获得一个新的视角,也启发研究者把以往对作品的静态考察转向以读者为中心的动态建构,从文学接受史的动态流程中去重新审视作品的意义和价值。如龙协涛的《用接受美学读解〈三国演义〉和〈水浒传〉》一文,作者在接受美学的启示下,看到了《三国演义》和《水浒传》这两部书的主题、社会价值和艺术手法在学界存在种种争论的重要原因,即研究者或读者都把作品当作一个纯粹的审美客体而去寻找其中固有的某些东西。因此他做了重新解读,从接受美学的文学意义观出发,考察了不同时代读者对作品的接受情况,证实作品的意义是在阅读过程中被不断丰富的,作品的价值也在这一过程不断得到新的定位,作品的生命力亦由此得到不断的再创造。文章还根据接受美学的文本召唤性、未定性等概念,认为这两部著作存在着能引人想象的大量空白让人去填补,这不仅要依赖读者的理性经验与推理,也要依靠其情感体验与设身处地的想象。最后,还比较了全本《水浒传》和被金圣叹删改后的 70 回本《水浒传》,运用"接受主体的角色效应观"分析了金圣叹评点《水浒传》的批语中存在诸多矛盾的原因。由于有了接受美学理论的支撑,这一对中国古典名著的研究让人耳目一新。

二、认识到读者接受过程的独特规律,为文学批评提供新的思路

接受美学注意研究读者的审美经验及其他基本条件,提出了关于许多读者接受的独特理念,如"第一文本"与"第二文本"、文本"不确定性"与"空白"、文本的"召唤结构"、"隐含的读者"、"实现的读者",以及读者接受的前提条件:包括审美经验、美学距离、期待视野、读者的接受方式(包括垂直接受、水平接受、社会接受、个人接受等),还有"视域融合"、重写文学史等等。这些理念有助于我们深入把握读者接受过程的独特规律,从而不仅为当代文学批评开启新的思路,也为中国传统鉴赏理论输入新的生命力,由此重构具有中国特色的接受美学理论。如许山河在《诗词鉴赏概

论》一书中认为,引进接受美学读者中心论的观点,是诗词鉴赏突破传统鉴赏的框架,应用新理论、新方法,走向鉴赏新时代的标志。他指出,诗词文本蕴含深层信息,是其艺术魅力之所在,"召唤结构"能帮助我们更好地理解诗词文本深层信息形成的原因和接收文本的深层信息;伊瑟尔的"空白结构"赋予读者参与作品构成权力的观点,启示我们认识到诗词鉴赏不是读者的被动接受,而是一种再创造活动;"期待视野"对读者阅读中审美心态的阐释,对接受主体鉴赏文本的结构尤其是结构中的曲折美很有作用;将作品的意义看作在接受过程中生成的观点,能使我们从本质上认识到优秀诗词常读常新和具有永久艺术魅力的原因所在。由此可见,接受美学的独特理念,对当代文学批评深入把握读者接受过程的规律,是有重要启示作用的。

三、认识到文学史也是读者的接受史,开创了文学史研究的新途径

接受美学认为,文学作品的价值与历史地位取决于创作意识与接受意识的合作,文学作品的意义是在读者阅读的具体过程中不断生成的,接受活动对于作品价值的确立具有十分重要的作用。因此,文学史不仅是历时的,而且是共时的,它是一个审美生产和审美接受的合作过程,它不仅是作家和作品不断产生的历史,也是读者的接受史,是文学本文的效应史,因此要重新研究文学史,研究读者的接受意识及其再创造的过程。这些观念都启发我们去开创新的文学史研究途径。在传统的文学研究中,人们重视的是文学作品的产生,却忽视文学作品的接受,忽略读者的接受在文学生产过程中的作用,从而将丰富复杂的文学创造现象简单化、片面化。接受美学启发我们从读者接受的视角来考察文学史,既注意当时读者的接受反应,又注意历代读者的接受状况,这样就能够更科学、更深刻地认识文学现象的价值与特征,还可以看出文学审美观念的继承和演变。这将大大开阔学术视野,可以更丰富更全面地把握文学史及其发展规律,开创一种由"作家创作史"和"读者接受史"两条线索并存互补的现代文学史观和文学研究格局。而且生产美学向接受美学的开放,创作史与接受史的相衔接,就可能改变传统文学史的单一性,真正展示文学的历史延续

性和开放性,使文学史变得丰富、动态、包容和开放,让人们对文学的历史和地位有一个更准确全面的认识和把握。

总之,西方接受美学理论的引进及其对中国文论界的影响,确实大大开阔了中国文艺批评的视野,它对读者接受的重视,体现了文艺学的现代性;它对读者接受条件与接受方式的深入研究,体现了接受理论的具体性、细致性与可操作性;它关于接受的文学史观开创了新的文学史研究途径。这些都体现了接受美学作为一种现代新批评理论的合理性和优越性所在。但是,每一种新理论的出现也难免带来其理论建构的短板和不足,接受美学也是如此,特别是它对作家创作与作品研究的忽视、对作家创作的社会生活与文化艺术基础的忽略,以及它对读者主观作用的过分夸大、对作家艺术追求的避而不见。还有,其关于文学史论的研究也还不够客观,因为许多早期作品的读者接受状况已无迹可求也无从探索。这些都暴露出了接受美学的局限性所在。尽管如此,接受美学作为当代美学、文艺学的一种令人瞩目的文艺思潮和文艺美学方法,仍以其全新的方法论特色给人以有益的启示,对当代文艺理论的发展做出了巨大贡献。接受美学的引进和发展为中国文学批评提供了新的视角和方法,开创了一种新的文学研究范式,也为中国当代文艺理论的建设提供了富有启迪性的理论线索。同时也在一定程度上激活了中国传统文论,使生生不息的中国传统文化资源转化为当代人的精神滋养,在中西整合中进入当代文艺学体系之中。

第十四章 狂欢诗学的接受

狂欢诗学是西方文学理论中具有鲜明特征的文化批评。它来自苏联最重要的思想家和文论家之一的巴赫金(1895—1975)提出的"狂欢化"这一文化美学与诗学命题。巴赫金所谓的"狂欢化",指的是一切狂欢节式的庆贺、仪式、形式在文学体裁中的转化与渗透。在其代表作《陀思妥耶夫斯基诗学问题》和《弗朗索瓦·拉伯雷的创作与中世纪和文艺复兴时期的民间文化》这两本专著中,巴赫金重点阐述了狂欢化问题。他认为只有从狂欢化的角度,从民间诙谐文化的角度切入,才能真正把握拉伯雷和陀思妥耶夫斯基创作的本质特征。而在他关于长篇小说话语研究的散论中,巴赫金则试图通过研究狂欢化问题来探讨长篇小说话语的发端。

狂欢诗学从20世纪中期被引进之后,对中国文学批评产生了很大影响,特别是在从文本批评到文化批评的发展过程中,可以说,狂欢诗学提供了一种文学观照的新视野和新思维。

第一节 狂欢诗学的理论特征

20世纪初期,苏联著名文艺理论家巴赫金提出了一系列令世人瞩目的理论问题,诸如狂欢化诗学、复调小说理论、对话理论、时空体理论等等,对20世纪文学理论的转型与发展做出了独特贡献。其中,狂欢化诗学理论是他在考察了西方狂欢节的诸多特征后提出并运用于文学研究的独特理论。这一理论的主要特征有以下几方面:

一、"狂欢化":把狂欢节形式以及它所体现的世界感受转化为文学语言

狂欢诗学的"狂欢化"的内涵来源于"狂欢节"庆典,从源头上讲,与古希腊所奉行的酒神崇拜有关。广义上的狂欢节式的庆典包括不同国度、不同时代的民间节庆,如愚人节、圣诞节、集市活动、婚礼、丰收庆典等等。这些民间节庆从古希腊罗马一直到中世纪和文艺复兴时期都在欧洲广大民众的生活中占据着十分重要的地位。后来,这些民间节庆逐渐丧失祈祷和巫术功能,有些活动甚至还带着对教会、权贵的嘲讽与闹剧,由此转化为民众自娱自乐的一种狂欢活动。巴赫金即从转变后的节庆活动的文化蕴含中受到启发,将狂欢节式的庆典活动中的内容、形式等的总和概括为"狂欢式"①。

何谓"狂欢化"?就是把狂欢节的一整套形式以及它所体现的世界感受转化为文学的语言。巴赫金指出,"狂欢化的渊源,就是狂欢节本身"②。狂欢式的主要特征:一是全民性。狂欢节是全民性的,而作为中心场地的广场更成为全民狂欢的象征地。狂欢节中,没有观众,人人都是参与者,全民都是演员,生活本身成了表演,而表演则暂时成了生活本身。二是仪式性。狂欢节的仪式主要是戏谑性地给所谓的"国王"举行加冕和脱冕以及换装礼仪。由于狂欢节的参与者往往是经过化妆的,戴上了假面具,这就暂时打消了阶级、地位的差距,使许多有关财富和权力的乌托邦式的梦想在活动中似乎得到了实现。三是无等级性。在狂欢中参与者抛开了现实人际关系的限制,人人都在尽情欢乐、宣泄,不分彼此,不分大小,等级关系暂时消失了,人与人之间的距离感也被暂时消解了,人仿佛因为新型的、纯粹的人际关系而得到了再生。四是娱乐性。人们在狂欢节中尽情娱乐欢笑,可以愉悦地笑,赞美地笑,还可以嘲讽地笑,等等;表

---

① [苏]巴赫金:《陀思妥耶夫斯基诗学问题》,白春仁、顾亚铃译,生活·读书·新知三联书店1988年版,第175页。
② [苏]巴赫金:《陀思妥耶夫斯基诗学问题》,白春仁、顾亚铃译,生活·读书·新知三联书店1988年版,第186页。

现时还常常借助讽刺的语言、插科打诨等搞笑的形式来进行。在这里,戏谑占据主导地位,这种戏谑是喜庆的、欢乐的,它针对一切,包括戏谑者本人,充满了对一切神圣物的不敬、歪曲和亵渎。一切话语都是相对性的,任何东西都可以成为模拟讽刺的对象,被模拟的话语与模拟话语交织在一起,形成了多语并存现象。

二、交往与对话:一种平等自由的、理想的人生关系

巴赫金认为,"狂欢节是平民按照笑的原则组织的第二生活,是平民的节日生活";是生活的实际存在,是生活本身的形式,"是生活在狂欢节上的表现,而表现暂时又成了生活"。它创造了一个特殊的世界,"第二世界与第二生活",类似游戏方式,但形成了一种特殊的"双重世界的关系"。而且由于它摆脱了特权、禁令的束缚,所以在生活展现自身的同时,人们也就展现了自己存在的自由形式,异化消失了,乌托邦的理想与现实暂时融为一体,人与人之间不分彼此,相互平等,形成了一种自由自在的存在形态,一种"狂欢节的世界感受",而"死亡、再生、交替更新的关系始终是节日世界感受的主导因素"。因此他指出,"庆节是人类文化极其重要的第一性形式",它总是面向未来,追求着一种"最高目标的精神"[①]。而狂欢化的"世界感受"就是人与人之间自由自在、交往与对话的感受。在狂欢状态中,人摆脱了一切束缚,具有自己独立自主的思维,享受到一种自由的感觉。巴赫金说,"一切有文化之人莫不有一种向往:接近人群,打入群众,与之结合,融合于其间。不单是同人们,是同民众人群,同广场上的人群进入特别的亲昵交往之中,不要有任何距离、等级和规范,这是进入巨大的躯体"[②]。所以他认为这种交往与对话是一种自由的、理想的人生关系。当然,这也是乌托邦的理想。狂欢诗学的理论就是基于这种狂欢化的特征提出来的。

---

① [苏]巴赫金:《弗朗索瓦·拉伯雷的创作与中世纪和文艺复兴时期的民间文化》,载《巴赫金全集》(第六卷),李兆林、夏忠宪等译,河北教育出版社1998年版,第8~13页。

② [苏]巴赫金:《文本、对话与人文》,白春仁、晓河、周启超等译,河北教育出版社1998年版,第5页。

三、狂欢化文学：以狂欢化思维方式来颠覆理性化思维结构

狂欢化诗学理论的重大贡献在于，提出了"狂欢化文学"的概念："如果文学直接地或通过一些中介环节间接地受到这种或那种狂欢节民间文学（古希腊罗马时期或中世纪的民间文学）的影响，那么这种文学我们拟称为狂欢化的文学。庄谐体的整个领域，便是这一文学的第一个例证。我们认为，文学狂欢化的问题，是历史诗学，主要是体裁诗学的非常重要的课题之一。"① 并且其将狂欢节的诸多特征运用于诗学研究之中，通过狂欢的特征发现并揭示了狂欢化文学独特的艺术原则。首先，狂欢化诗学提出了新的艺术思维，即以狂欢式的眼光，或者"颠倒看"的视角观察世界，可以看到许多过去严肃的正统的眼光看不到的东西。其次，狂欢化诗学具有鲜明的指向性，它专门针对高级的、权威的语言、风格、体裁等进行"开涮"，动摇其绝对的权威性和等级的优越感。再次，狂欢化诗学从下层制造文学革命，即颠覆传统的体裁观念，提升旧修辞学所贬低的体裁，如小说等的地位；颠覆传统的正人君子形象，提升官方文化所贬低的人物，如小丑、傻瓜、骗子等的地位；以不登大雅之堂的民间广场语言、狂欢的笑、各种低级体裁讽刺模拟一切高级语言、风格、体裁等，并赋予粗俗、怪诞的意象以深刻的象征寓意。另外，狂欢化诗学还提出"杂交"的独特手法，有意混杂不同的语言、风格和文体，打破文学性与非文学性、高雅与粗俗的界限。在巴赫金看来，渗透着狂欢精神的小说最少独白（强调平等对话）、最少教条（强调变易）、最富创造性（具有深厚的民间根基、活生生的人民大众的语言、丰富的民间创作形式）、最富生命力（未完成性和开放性）。可以说，巴赫金为小说体裁创建了自己独特品位的理论，也为当代叙述学的变革做出了重要贡献。

总之，狂欢化诗学重视民间的诙谐文化，把狂欢化文学看作文学中不可忽视的一个重要部分；提倡平等对待一切文学体裁、语言和风格，否定文学艺术创作形式中的一切权威性；寻求各种复杂的文学因素的融合，注

---

① ［苏］巴赫金：《陀思妥耶夫斯基诗学问题》，白春仁、顾亚铃译，生活·读书·新知三联书店 1988 年版，第 157 页。

重文学内容和形式的开放性；以狂欢化思维方式来颠覆理性化思维结构，重视语言环境和话语交际的分析；以开放的态度对待人和世界，拒绝把人和世界看成已经完成的结果。在这里，巴赫金揭示了狂欢化文学在狂欢表层下隐含的逻辑联系和深层意义，为读者接受提供了一种新的阅读策略。

第二节　狂欢诗学的译介与研究

相对于巴赫金复调理论的引进而言，狂欢诗学在中国的出现显得较晚。直到20世纪80年代，巴赫金的著作才得到中国学者的译介，这一时期一大批巴赫金理论的译作相继出版，主要有：张杰、樊锦鑫翻译的《弗洛伊德主义批判》、李辉凡翻译的《文艺学中的形式主义方法》、刘虎翻译的《陀思妥耶夫斯基诗学问题》，特别是1998年河北教育出版社出版的李兆林等学者翻译的《巴赫金全集》等。《哲学译丛》也在1992年第1期组织了一个巴赫金专栏，专栏除选译了巴赫金的《论行为哲学》和《语言学、语文学和其他人文科学中的文本问题——哲学分析的尝试》外，还选译了一篇沃尔科娃的介绍文章《文化盛世中的巴赫金》。这些译介为中国文论界打开了狂欢诗学新颖独特的理论视野。

狂欢诗学被译介进来的同时，中国学者也进行了认真的研究探讨，一批颇为深入的研究著作纷纷问世，如张杰的《复调小说理论研究》《复调小说的作者意识与对话关系》《批评的超越》《悲剧的哲学》等、刘康的《对话的喧声》、董小英的《再登巴比伦塔》、张开炎的《开放人格——巴赫金》、夏忠宪的《俄国狂欢化诗学研究》、程正民的《巴赫金的文化诗学》、钱中文的《文学理论：走向交往对话的时代》、王建刚的《狂欢诗学：巴赫金文学思想研究》、曾军的《接受的复调：中国的巴赫金接受史研究》、梅兰的《巴赫金哲学美学和文学思想研究》、沈华柱的《对话的妙语：巴赫金语言哲学思想研究》等。而以"巴赫金研究"为题的博士学位论文也有数十篇之多。

这一时期，有关巴赫金理论研讨的国际国内学术会议相继举行，主要有:1993年11月26日在北京大学举行的"巴赫金研究:中国与西方"学术研讨会①、2004年6月19日至20日在湘潭大学举办的"巴赫金学术思想国际研讨会"②、2007年10月在北京师范大学召开的"跨文化视界中的巴赫金"全国学术研讨会③、2014年11月15日至16日在南京大学举办的"跨文化话语旅行中的巴赫金"国际学术研讨会④等。在这些学术会议上,许多中外学者就巴赫金的学术思想、巴赫金的世界影响、巴赫金与中国人文学科建设等重要问题,展开了热烈讨论,不时碰撞出一些巴赫金研究的新观点。一些研讨除了从意义的追问中去寻求其理论的价值,还把狂欢诗学与当代文化联系起来进行观照,有的学者还对其进行了系统的诗学阐释。如钱中文主要探讨了"狂欢化"的意义。他认为狂欢诗学"揭示并恢复了一种曾经存在过的文化现象的原貌,指出了它在后来文化中的曲折发展";正因为"狂欢"以各种逆向、反向,甚至是颠倒的方式来扫荡权威,撕剥伪装,所以"揭示了存在的一种曾经有过的自由的生活方式"。钱中文将此种论说看作"文化史上的一个重大发现",因为"它扩大了文化史研究的范围,并提供了一种方法,建立了文学与文化之间的牢固联系",他指出,这也许正是"引起了那么多欧美学者的强烈兴趣的原因"之一。刘康则视"狂欢"为反对官方文化和精英文化的"一股离心力",是平民大众对神学中"再生"和"创造"概念的比拟。蒋述卓认为,"狂欢化"这一概念更重要的意义在于"对社会转型期文化特征的概括上"。熊进萍与陈平辉则在狂欢诗学的"后现代意味"中揭示出"新的时代价值",认为这是"中国艺术界进入九十年代进一步研究其理论的新视角"。张颐武也指出狂欢诗学可以更准确更深刻地理解中国的后现代文化。夏忠宪则从诗学的角度整体去考察狂欢理论,他的《巴赫金狂欢化诗学研究》是中国文论界

---

① 姜靖:《"巴赫金研究:中国与西方"研讨会综述》,《北京大学学报(哲学社会科学版)》1994年第4期。

② 季水河、刘中望:《巴赫金学术思想国际研讨会综述》,《文学评论》2004年第3期。

③ 郝斌:《2007"跨文化视界中的巴赫金"全国学术研讨会圆满闭幕》,《俄罗斯文艺》2007年第4期。

④ 汪磊、王加兴:《"跨文化旅行"中的巴赫金文论研究新进展——巴赫金国际学术研讨会综述》,《当代外国文学》2015年第1期。

比较系统研究狂欢诗学的理论专著之一。随后程正民的《巴赫金的文化诗学》和王建刚的《狂欢诗学——巴赫金文学思想研究》等,都比较系统地对狂欢诗学进行了独到的阐释。这些研究都将狂欢诗学的中国化进程推向了深入。

第三节 狂欢诗学的接受和运用

巴赫金的狂欢诗学是深深植根于民间文化的创见,他通过狂欢理论复现了被人们淡忘了的人类文化发展阶段的生动景象,恢复了几乎湮没无闻的狂欢文化的原有风貌,揭示了由颠倒、亵渎、逆向、贬低、嘲弄、戏仿这类语言构成的民间狂欢文化的深刻内涵。随着中国当代新文学形态的变换,巴赫金的狂欢诗学理论不仅被中国文论界所接受,而且被越来越多地应用于当代文学批评和文化研究之中。

一、立足文本的狂欢诗学批评

从古至今,中国虽没有完全类似于西方的狂欢节,没有渊源深厚的幽默文化传统,但中国学界却认为诸多中国文学作品及文学现象中的笑文化其实与巴赫金的狂欢之笑是相通的。因此,许多学者运用巴赫金的狂欢诗学理论,去考察中国古代文学文本中的狂欢化现象。如秦勇的《狂欢与笑话——巴赫金与冯梦龙的反抗话语比较》一文,在"狂欢与笑话"层面上对巴赫金与冯梦龙的反抗话语加以比较。[①] 毛晓倩的《宋元话本情爱小说的狂欢化视角解读》一文,从巴赫金狂欢诗学的角度,对宋元时代盛行一时的话本小说类型之一——情爱小说进行探讨和研究,分析小说中的自由平等和破坏更新精神,分析小说和民间传统节庆相结合的特殊作用和深刻意义及其人物塑造手法与通俗谐趣的语言风格,从中挖掘宋元

---

① 秦勇:《狂欢与笑话——巴赫金与冯梦龙的反抗话语比较》,《扬州大学学报(人文社会科学版)》2000年第4期。

话本小说所深藏的狂欢精神。① 戴冠青发现了《红楼梦》那密集的节俗叙事话语中的狂欢化倾向和中国传统的笑文化精神②,张毅蓉从狂欢化诗学的角度揭示了《红楼梦》的非等级意识③,王振星也发现了《水浒传》的狂欢化文学品格④,尚十蕊则揭示了《金瓶梅》狂欢化书写的特点⑤,还有郑楚云、刘玲的《巴赫金理论与〈高祖还乡〉》和高黎、杨凯的《喧嚣的世界——以狂欢化理论解读睢景臣之〈高祖还乡〉》等也运用巴赫金的狂欢理论重新解读并揭示了元代散曲家睢景臣《高祖还乡》的民间性和戏谑性特征,等等。

中国学者还将巴赫金的狂欢诗学理论作为视角,运用于当代文学批评之中,并着重挖掘当代文学形象的笑文化特征。张伯存考察了王小波作品的狂欢化诗学和笑谑艺术⑥,齐红和林舟回顾了20世纪末女性主义文学批评的对话意识与狂欢化指向⑦,还有张曦文《浅析莫言〈檀香刑〉狂欢化的叙述特色》、刘艳玲《论莫言小说的狂欢化叙事特色》等等,都可以看到中国学者对狂欢诗学的中国化研究及其对中国文本的狂欢化叙事特色的积极关注。还有一些学者揭示了作家笔下人物形象中"笑"的力量及其审美价值,认为不管是王朔作品中的痞子形象,还是金庸笔下的荒谬人物,都通过一种令人发笑的力量让人震撼,使人思考和体悟。因为"笑"使等级制的鸿沟被打破,人人既可加冕亦可脱冕;"笑"使内心的卑怯得以解脱,人们既可讽上亦可讥下;"笑"使智慧的边界无限扩大,人们既可上天亦可入地。"笑"也因此获得了它独特的审美价值。

---

① 毛晓倩:《宋元话本情爱小说的狂欢化视角解读》,湘潭大学硕士学位论文,2007年5月。
② 戴冠青:《〈红楼梦〉叙事话语中的节俗文化精神》,《泉州师范学院学报》2007年第1期。
③ 张毅蓉:《"狂欢化"与〈红楼梦〉的非等级意识》,《龙岩师专学报》1999年第1期。
④ 王振星:《〈水浒传〉的狂欢化文学品格》,《济宁师专学报》2001年第1期。
⑤ 尚十蕊:《试论〈金瓶梅〉的狂欢化书写》,《名作欣赏》2017年第12期。
⑥ 张伯存:《王小波:死刑游戏、狂欢化诗学、笑谑艺术》,《广播电视大学学报(哲学社会科学版)》2000年第3期。
⑦ 齐红、林舟:《二十世纪末女性主义文学批评的回顾与反思》,《齐鲁学报》2004年第2期。

二、运用于影视文化领域的狂欢诗学批评

还有学者为适应多元文化的发展趋势,独创性地将狂欢诗学运用到影视文化批评领域,尤其是喜剧影片的解析。如张玮艳认为美国电影《浪漫主义者》(The Romantics)全片充满了狂欢精神和游戏精神,具有特殊的美学风格——粗俗背后的欢笑,放肆背后的宽容,嘲笑背后的同情,狂欢背后的思考,是一部寄寓着导演人文情怀的诚意之作,也是一部写实的社会轻喜剧。① 有电影研究者则运用接受美学和狂欢诗学的理论,对《越光宝盒》《夏洛特烦恼》《重返 20 岁》《我的唐朝恋人》《疯狂外星人》《羞羞的铁拳》《西虹市首富》《斗牛》《一步之遥》《让子弹飞》等 10 余部新世纪的喜剧电影进行了研究,认为:"就喜剧电影而言,观影时间即狂欢开始的时间……至少在观影的时间内,观影者可以暂时忘却自己在现实世界所受的困扰与束缚,可以让自己在意识层面进入狂欢情境。而正在进行观影活动的电影院就是一个存于现实世界的象征性的狭义的'狂欢广场'。"② 还有一些研究者认为巴赫金狂欢诗学的特点在于文明与戏谑、荣誉与失落、歌颂与诅咒、严肃与纵欲、高尚与卑微,都是"正反同体"和"互为嘲讽"的,因此无论是西方的卓别林,还是中国的陈佩斯,无论是偏重说学逗唱的相声,还是讲究故事冲突的小品,都可以运用巴赫金的狂欢理论给予重新解读。如陈佩斯装扮的滑稽角色,西瓜瓢似的光头,衣冠不整的"尊容",备受他人戏耍,但他却以其可笑的形象取悦了观众,成为大众狂欢化的独特艺术形象。在电视节目方面,牵动亿万中国人的春节联欢晚会也被置于狂欢文化的认识平台上,因为"晚会如果要成功楔入这个民族最大的节目庆典,就必须具备一种民间'狂欢'因素,让百姓在无等级性的笑声中体会身心的解放"③。

---

① 张玮艳:《电影〈浪漫主义者〉的狂欢化诗学》,《电影评介》2015 年第 6 期。
② 庆娱年:《新世纪的喜剧电影,"第一文本"内容的狂欢化,通过艺术传给观众》,https://baijiahao.baidu.com/s?id=1748194199534010309&wfr=spider&for=pc,最后访问日期:2022 年 10 月 31 日。
③ 吕新雨:《解读 2002 年"春节联欢晚会"》,《读书》2003 年第 1 期。

第四节　狂欢诗学在中国文学批评上的意义

中国学界在 20 世纪 80 年代后引进巴赫金理论时正值文化变革的体验期,因此对狂欢诗学的接受就含有一种进取性的"误读"。刘康在其《对话的喧声》一书中就揭示了这一点。他以巴赫金提出资本主义是复调小说产生的最佳土壤为例,说明巴赫金的狂欢化理论是一种文化转型理论。也恰好在我国的文化转型期,巴赫金的狂欢诗学理论顺势而进,被我国文论界所接受,并迅速进入我国当代文艺学的话语建构中,极大地影响了我国当代的文学研究和文学批评。

一、开启文学的文化研究视野

巴赫金的狂欢诗学认为,狂欢文化是文艺复兴时期官方文化与民间文化热烈对话的产物,因此我们挖掘"狂欢"中的文化意蕴,无疑对当代中国文论的文化研究有很强的针对性和推动性,由此也产生了较大的影响。

"对话""复调""狂欢化"等,成为研究者和批评家们常用的术语。研究者们除了沿着巴赫金的思路继续探讨陀思妥耶夫斯基等俄罗斯作家的创作外,还分别考察了薄伽丘《十日谈》的狂欢化色彩[1]、艾丽丝·沃克《紫色》的魅力与"狂欢、反叛的复调"的关系[2]等。在中国文学研究中,批评家们同样考察了狂欢化与《红楼梦》的非等级意识、《水浒传》的狂欢化文学品格、王小波作品的狂欢化诗学和笑谑艺术、中国女性写作的对话意识与狂欢化指向等。运用狂欢诗学作为视角来解读中国当代文坛现象,已成为文论界的一种显学。如 1993 年在"巴赫金研究:中国与西方"学术研讨会上,张颐武和陈晓明主要就是运用巴赫金的"狂欢节"理论来分析

---

[1]　张稔穰、王燕:《〈十日谈〉狂欢化色彩及其叙事学阐释》,《聊城师范学院学报(哲学社会科学版)》1998 年第 2 期。
[2]　陈晓:《狂欢、反叛的复调——也谈〈紫色〉的魅力》,《外国文学》1999 年第 4 期。

后新时期文学的发展情况。陈晓明认为轰动文坛的《废都》和《白鹿原》已是大众文化和后新时期文学进入巴赫金所说的狂欢状态之标志。而庞守英则在《新时期小说文体论》一书中强调，巴赫金对狂欢节文化意义的阐释，在不同程度上影响到中国长篇小说的创作。除此之外，创作中的怪诞现实主义手法的运用，多种语言风格的展现，具有颠覆性特征的人物形象，以及追求自由平等、体现逆反意识的种种文坛现象，皆被挖掘出"狂欢"的独特意蕴，由此大大开启了中国文学的文化研究新视野。

二、重视民间文化与文学研究

千百年来，文艺固有的精英主义情结，使其常常忽略对普通人生活的赞美与称颂，尤其是来自民间巷弄的文化喧声。而巴赫金以智者的眼光发现了狂欢，中国学者又以其慧眼发现了巴赫金，特别是渗透在巴赫金复调小说美学中的民间狂欢文化的内蕴。

民间文化素来因其江湖气息而被拒于庙堂文化之外，然而却由于巴赫金的独具慧眼，具有文艺学的独特意义。巴赫金是在对古希腊狂欢文化的大量研究中，生动且逼真地复活了那个时期的民间生活和文化氛围的。这不仅复归了文艺复兴的景观和拉伯雷的创作世界，而且超前地为后现代人拓展了多元开放的思维空间，为身处边缘的话语争得了存在的合理性。在巴赫金看来，民间文化具有其不可遮掩的狂欢节文化色彩。民谣口耳相传的传播空间，可以说是一种类似狂欢节的广场空间，它的民间性质，集中了一切非官方的东西，它属于民间老百姓自己的意识形态，按巴赫金的说法，就是"在充满官方秩序和官方意识形态的世界中仿佛享有'治外法权'的权力"[①]。这些观点启发了我们对民间文化的内在动力的发现，由此认识到民间文化并不是普通民众简单粗糙的交流文化，它拥有自己的特权，尽管是隐而不现的特权，却在一系列的庆典与仪式中，唤起了民间意识的独特生命力。这一发现大大地丰富了新时期文论的解读话语。

---

① ［苏］巴赫金：《弗朗索瓦·拉伯雷的创作与中世纪和文艺复兴时期的民间文化》，载《巴赫金全集》（第六卷），李兆林、夏忠宪等译，河北教育出版社 1998 年版，第 174 页。

如在巴赫金的狂欢诗学启发下,戴冠青在闽南民间故事的研究中发现了"民众狂欢中的精神追求"①,认为闽南民间故事是一种"想象的狂欢",它通过民众的丰富想象和口口相传演绎了"闽南先民在闽南地区长期的繁衍发展过程中的生命轨迹和心理经验",传达出"闽南族群的历史记忆和文化精神",是闽南文化的"独特镜像"②。特别是故事中丰富的节俗文化想象不仅传达出闽南民众尊天敬地的心理需求、崇善敬德的生活理念,也体现了他们消解压力享受生活的狂欢精神。因为节俗文化不仅是民众世俗生活的重要内容,而且其所包含的游戏活动和娱乐活动,如春节攻炮城、正月十五游花灯、端午节赛龙舟、八月十五泛舟赏月、重阳节登高赏菊等等,本身就具有极鲜明的娱乐文化的特征。而且闽南节俗活动是闽南民众共有的活动,不管男女老少,地位尊卑,过节时大家都会放下劳作,吃喝玩乐,尽情"狂欢",所以节俗活动本质上是一种"狂欢化"的大众活动,其中所蕴含的无等级性、宣泄性、颠覆性的特征十分鲜明。巴赫金说,狂欢节可以"把人们的思想从现实的压抑中解放出来,用狂欢化的享乐哲学来重新审视世界"③。因此,从某种意义上说,节俗文化已成为民众精神上的一种寄托或力量,一方面传达了民众消解生活压力的渴望,另一方面则透露出民众享受快乐的需求。可以说,闽南民间故事中描写的节俗文化活动,很真实地反映了平民百姓"狂欢与消解"的生活态度和精神追求。④

王宁则在"狂欢"概念中发现了巴赫金的平民意识和非精英意识,认为"它打破了文学分类中的等级制度,为长期以来被精英理论家和文学史家放逐到边缘地带的、被压抑民族的话语写作进入文学的殿堂,铺平了道路。同时,对于文学阅读,它则为普通读者参与文学经典的建构提供了理

---

① 戴冠青:《民俗想象中的文化精神——闽南民俗故事研究》,《福建论坛(人文社会科学版)》2012年第1期。
② 戴冠青:《想象的狂欢——作为文化镜像的闽南民间故事研究》,厦门大学出版社2012年版,第1页。
③ 朱立元:《当代西方文艺理论》,华东师范大学出版社1997年版,第266页。
④ 戴冠青:《民俗想象中的文化精神——闽南民俗故事研究》,《福建论坛(人文社会科学版)》2012年第1期。

论依据"①。人们在狂欢式的民间文化中,体悟到了被压抑的感性生命的解放形式,领略到了当代狂欢文化中的民间内核。

三、挖掘笑文化的美学意义

巴赫金是通过对狂欢节一系列活动条分缕析的操作,升华出笑文化意义的,从而找到了文学发展与"狂欢"笑文化的内在关联性。笑文化源自民间,故具有民间立场。巴赫金正是在此基础上,针对笑文化进行了形而上的思考,并把其主旨导向文化角度的解读。中国文论界也因此对巴赫金的笑文化进行了深入研究,并将其笑文化提升至美学的高度加以认识,认为巴赫金"狂欢式的笑"不拘于表面的放肆无忌和开怀忘情,而是蕴含了丰富的喜剧美学思想。虽然巴赫金本人详尽地阐述了狂欢化理论,但他并不打算提出"较为宽泛的一般的美学问题,尤其是诙谐的美学问题"②。但事实上,中外学者都发现其狂欢诗学中的美学特征十分鲜明:一是巴赫金的一个重要身份就是 20 世纪六大幽默理论家之一③,这从身份定位上决定了他与笑文化、与喜剧美学的依托性。二是正像苏联美学家包列夫所揭示的,"巴赫金对(狂欢)状况的理论分析是如此出色和透辟,以至作者虽然仅仅考察了一种形式的笑,然而他得出的判断却能够包括以前谁也没有发现的喜剧的若干重要的一般审美特征"④。三是巴赫金强调了狂欢化的审美娱乐功能和象征意味,这使其狂欢诗学界只有超越笑文化的喜剧美学意义。如苏晖的《巴赫金对西方喜剧美学的理论贡献》一文,在总结巴赫金的喜剧美学思想的基础上,从喜剧美学角度来评价"巴赫金对西方喜剧美学的理论贡献"⑤。还有学者以喜剧影片为切入

---

① 王宁:《巴赫金之于"文化研究"的意义》,《俄罗斯文艺》2002 年第 2 期。
② [苏]巴赫金:《弗朗索瓦·拉伯雷的创作与中世纪和文艺复兴时期的民间文化》,载《巴赫金全集》(第六卷),李兆林、夏忠宪等译,河北教育出版社 1998 年版,第 8 页。
③ [苏]巴赫金:《弗朗索瓦·拉伯雷的创作与中世纪和文艺复兴时期的民间文化》,载《巴赫金全集》(第六卷),李兆林、夏忠宪等译,河北教育出版社 1998 年版,第 138 页。
④ 凌继尧:《美学与文化学》,上海人民出版社 1990 年版,第 87 页。
⑤ 苏晖:《巴赫金对西方喜剧美学的理论贡献》,《华中师范大学学报(人文社科版)》2002 年第 1 期。

点来论证狂欢化理论的超越性。这些都在很大程度上提升了笑文化的学术品位，升华了笑文化的美学意义，拓展了狂欢诗学在中国研究中的新领域。

四、预示了文学研究的后现代意味

一些学者在研究中还发现了狂欢诗学带有预言性的"后现代意味"。蒋述卓和李凤亮认为，这正是"狂欢"具有当代性价值的独特魅力之所在。"狂欢"所推崇的颠覆性、去中心化、边缘化、自由化，都与后现代文化的碎片相契合，因此成为分析当代中国后现代文化的重要支持话语，"从隐喻意义上讲，狂欢化实际隐喻着文化多元时代不同话语在权威话语消解之际的平等对话"[①]。巴赫金"狂欢"背后的"后现代意味"影响到中国新时期文论时，就有了与现今文化情境产生共鸣的理论基石。一方面"狂欢"迎合了中国后现代文化潮流下种种"中心"神话消解的现实，在与现代文明风景相交中，汇成一方丰腴厚重的学术底气；另一方面"狂欢"满足了中国文化一度"失语"后的需求，为解读色彩斑斓的文化景象，提供了一把神奇的钥匙。因此，狂欢化理论并未因时间的久远而飞散，相反，却因巴赫金这位智者的胆识，为今日的中国乃至世界文化研究，作了前瞻性的预设和启示。

可以说，在20世纪的最后阶段，巴赫金成了在我国影响最大的外国文学理论家和批评家之一，巴赫金的"狂欢化"诗学，也成为中国当代文学研究影响最大的文学理论之一。至今其影响依然没有减弱，而且还通过我国研究者的研究成果显示出了它的有效性、新鲜性，并且让中国当代文学批评获得了一种新的视角。而它在重新考察文化史和文学史方面所体现出来的可操作性特征，也为正处于探索之中的中国当代文学批评提供了新的方法和新的思路，并且为当下文学的文化研究，开启了独特的平台和视野。

---

① 蒋述卓、李凤亮：《对话：理论精神与操作原则——巴赫金对比较诗学研究的启示》，《文学评论》2000年第1期。

第十五章　西方马克思主义文论的接受

崛起于20世纪20年代的西方马克思主义文论是一种富有时代特征的当代西方文艺和美学理论,是以卢卡奇、葛兰西、马舍雷、戈德曼、伊格尔顿,以及西方马克思主义文论中最活跃的法兰克福学派中的本雅明、阿多诺、马尔库塞、弗洛姆和哈贝马斯等为代表的一批欧美理论家力图在新的历史条件下重新阐释、复兴、发展马克思主义,全面批判现代资本主义而形成的一种有别于经典马克思主义文艺学说的理论体系。

第一节　西方马克思主义文论的理论特征

尽管西方马克思主义文论的各个流派都承认社会历史、经济基础决定文学创造这个命题,但不同的是,他们关注的焦点主要是文化和文艺学领域,"一个接一个的思想家在这个领域里以历史唯物主义前所未有的丰富想象力和严谨研究而名声显赫"[①]。虽然西方马克思主义文论内部派别纷呈,其研究侧重点和理论倾向也有很大差异,但也显示出一些共通的理论特征。其中最鲜明的理论特征有以下几点:

---

① [英]佩里·安德森:《当代西方马克思主义》,余义烈译,东方出版社1989年版,第13页。

一、贯穿始终的批判精神

西方马克思主义文论始终贯穿着强烈的批判精神,将文学艺术视为人的解放与审美救赎的武器,试图从中寻求文化出路。由此,他们认为文学艺术是人性在当代资本主义社会异化状况下复归的主要甚至是唯一的途径。

二、善用西方现代文艺观丰富自身文论

西方马克思主义文论在重新阐释马克思主义理论观点的基础上,善于用西方现代文艺观对自身理论进行"补充"和"完善",展现出一种"综合"性的理论特点,由此为传统的思考方向增加了许多新鲜的增长点。

三、理论视角更为"现代化"

西方马克思主义文论善于根据社会变化不断地调整其理论视角,使之更为"现代化",进一步强化了现代艺术所应具有的反思精神和批判精神,促使其艺术理论更加关注现代工业社会所造成的人的异化问题,并予以有力的揭示和批判。

由此可见,这些理论视角给传统的马克思主义文论注入了一股新鲜而独特的活力。

可以说,20世纪的西方马克思主义文艺理论,是当代西方文艺理论中十分重要的一股有着磅礴力量、广泛影响的国际思想理论潮流。"无论是法兰克福学派还是其他人的,其关注的中心,是当代资本主义社会所造成的人的全面异化,他们往往希冀通过文学艺术在一定程度上消除或减少异化,求得人的全面(包括心灵)的解放"[①]。它自身独特的魅力与价值,吸引着世界学者的目光。随着中国现代化建设的不断深入与发展,适合西方文论成长的语境不断被开拓,我国学术界许多学者将眼光投向了西方马克思主义。20世纪80年代,哲学家徐崇温先生最先把西方马克

[①] 朱立元:《当代西方文艺理论》,华东师范大学出版社2005年版,第3页。

思主义介绍进中国,引起了学术界的关注、译介和研究。此后,学者们从不间断对包括批判理论、大众文化研究、意识形态理论和审美解放论在内的西方马克思主义文论基础理论的研究,以及对其各个流派及思想观点的研究,到探索其对中国当代文论建设的价值和意义,一直在试图发掘其身上更有新时代意义的理论价值、更新的批评视野,更有活力的理论力量,由此进一步充实我国当代文论的理论建构,推动我国当代文艺理论紧密跟进社会建设的发展,促进我国当代文艺理论的建设。但对比我国文论界对于其他西方当代文论的研究,西方马克思主义文论对新时期我国文论建设的影响研究还有待进一步丰富和深化。

第二节　西方马克思主义文论的接受

20世纪80年代初,西方马克思主义文论被介绍到我国之后,引起了学者们的极大兴趣,成为新时期以来我国学术界的重要研究对象。在研究过程中,学者们对西方马克思主义的认识也在不断深化,从开始的基本否定到一定程度上的肯定,再到视它为阐释马克思主义的新形态,这是一个曲折的接受过程,也是我国学术界的学术态度走向开放和进步的表现。西方马克思主义文艺理论在中国的传播与接受,对于坚持、发展马克思主义文艺理论,建设走向世界的中国当代文艺理论,具有重要意义,对于处在当代社会转型期的现实语境中的中国文艺理论的建设和批评实践,也产生了十分重要的影响。

一、西方马克思主义的译介

西方马克思主义文论这一庞杂的体系大约于20世纪80年代初在中国学术界登场。学者徐友渔认为中国理论界与西方马克思主义最初的接触则可以追溯到20世纪60年代,当时卢卡奇等西方马克思主义学者的理论是被当作反面教材内部引进的。20世纪80年代西方马克思主义正式进入我国学术界的研究视野后,很快就引起了许多学者的极大兴趣,但此时这种研究在某种程度上仍带有纯粹批判的性质,真正在平等对话基础上对西方马克思主义进行深入而富于成效的研究则是从20世纪90年代开始。① 但其实从20世纪30年代开始,中国的一些学者已经将目光投向了西方马克思主义中个别理论家的思想,并对部分内容进行了翻译与介绍,不过还未出现对整个西方马克思主义思潮的系统译介。例如,我国最早对卢卡奇思想进行部分翻译介绍的,应是1935年在《译文》第2卷第2期上发表的卢卡奇的《左拉与现实主义》,接着1936年《小说家》发表了卢卡奇《小说理论》的第一部分,1940年《文艺月报》发表《论现实主义》,同年12月吕荧翻译的《叙述和描写》发表在胡风主编的《七月》第六集一、二期合刊上。此时西方马克思主义在中国的传播仅仅像"星星之火",但这些"星星之火"对当时中国的学术界产生了一定影响,也为后来我国出现的将西方马克思主义作为独立的马克思主义学术流派来认识与研究奠定了必要的理论基础。

从20世纪80年代开始,学术界对于西方马克思主义的热情不断高涨,围绕西方马克思主义文论和美学进行研究的论文或著作被大量翻译与介绍进来,其中较有代表性的有特里·伊格尔顿的《马克思主义与文学批评》(文宝译,人民文学出版社1980年出版),葛兰西的《论文学》(吕同六译,人民文学出版社1983年出版),弗洛姆的《逃避自由》(陈学明等译,工人出版社1987年出版),马尔库塞的《爱欲与文明》(黄勇、薛民译,上海译文出版社1987年出版)、《审美之维》(李小兵译,生活·读书·新知三联书店1989年出版)、《单向度的人》(刘继译,上海译文出版社1989年出版),本雅明的《发达资本主义时代的抒情诗人》(张旭东、魏文生译,生活·读书·新知三联书店1989年出版),戈德曼的《文学社会学方法论》(段毅、牛宏宝译,工人出版社1989年出版),卢卡奇的《历史与阶级意识》(杜章智等译,商务印书馆1992年出版),贝·布莱希特的《布莱希特论戏剧》(丁扬忠等译,中国戏剧出版社1992年出版),本雅明的《机械复制时代的艺术作品》(王才勇译,浙江摄影出版社1993年出版),西奥多·阿多诺的《否定的辩证法》(张峰译,重庆出版社1993年出版),西奥多·阿多

---

① 徐友渔:《西方马克思主义在中国》,《读书》1998年第1期。

诺的《美学理论》(王柯平译,四川人民出版社 1998 年出版)、葛兰西的《狱中札记》(曹雷雨等译,中国社会科学出版社 2000 年出版)、卢卡奇的《小说理论》(张亮等译,南京大学出版社 2004 年出版)、弗洛姆《爱的艺术》(李建鸣译,上海译文出版社 2008 年出版),以及中国社会科学出版社于 2000 年出版的"知识分子图书馆"系列中的部分著作等等。此外,国外学者研究西方马克思主义的著作也被翻译过来,如英国安德森的《西方马克思主义探讨》(高铦等译,人民出版社 1981 年出版)、意大利朱塞佩·费奥里的《葛兰西传》(吴高译,人民出版社 1983 年出版)、苏联戈雅的《批判存在主义对辩证法的理解》(车铭洲译,天津人民出版社 1981 年出版)、英国艾耶尔的《二十世纪哲学》(李步楼等译,上海译文出版社 1987 年出版)、德国得特勒夫·霍尔斯特的《哈贝马斯传》(章国锋译,东方出版中心 2000 年出版)、德国尤尔根·哈贝马斯和米夏·埃尔哈勒合著的《作为未来的过去:与著名哲学家哈贝马斯的对话》(章国锋译,浙江人民出版社 2001 年出版),还有英国弗朗西斯·马尔赫恩主编的《当代马克思主义文学批评》(刘象愚等译,北京大学出版社 2002 年出版)等等。

可以看出,面对西方马克思主义文艺理论这一新鲜血液,学界对其各流派的文艺、美学思想和理论观点,以及各主要理论家及其著作进行了大量的翻译和介绍,并力图在此基础上做出准确评价。这对我们深刻认识马克思主义在当代世界所面临的挑战,了解西方五花八门、不断更替的文艺思潮有很大的裨益。许多新鲜的理论视野如文化批判、公共场域、交往理论等对中国当代文论建设具有独特的借鉴意义。

二、西方马克思主义文论的研究

在西方马克思主义文论被大量译介并得到广泛传播的基础上,中国学术界对其展开了广泛而深入的研究。虽然在这期间,西方马克思主义也曾因为种种原因遭到批判,但有关研究却从未间断过,并取得了丰富的研究成果,体现了一定的广度和深度。

有学者认为我国学术界对于西方马克思主义的研究,从开始至今大致经历了 1935—1980 年的萌芽阶段、1980—1995 年的发展阶段以及 1995 年至今的深化阶段。在萌芽阶段,虽还未涉及文论、美学方面的研究,但此时的西方马克思主义被当成"资产阶级的修正主义"加以批判,卢卡奇等西方马克思主义者被否定,这一状况持续到了 20 世纪 80 年代初,而萌芽阶段的研究虽然起步早,但总体上看比较单调且不成熟,理论探究也只局限于个别人物的简单介绍。到了发展阶段,1982 年,徐崇温的《西方马克思主义》(天津人民出版社 1982 年出版)一书出版,并提出了"西方马克思主义"这一概念,这被视为我国学术界系统评述和研究的开端,之后西方马克思主义便得到了广泛的研讨。20 世纪 80 年代中后期西方马克思主义文论逐渐受到文论家们的关注,1988 年 12 月在四川成都首次召开了"西方马克思主义文艺理论和美学理论学术讨论会",会后国内出现了西方马克思主义文论研究的热潮。

特别是 20 世纪 90 年代以来,文论界注意在"平等对话、沟通理解"的基础上对西方马克思主义文论进行解读、批判、借鉴和吸收,其研究得到了充分的拓展。到了 90 年代中后期,中国有关西方马克思主义文论的研究得到了进一步深化,文论界不仅从不同的研究视角、方式,更加深入地对其理论根源、理论特征及其与当代社会发展的关系进行研究,而且将其理论视野作为研究方法来研究中国当代的文学和文化形态,研究的内容和范围都在不断扩展,出现了许多令人瞩目的研究成果,如董学文的《马克思与美学问题》、《现代美学新维度》,陆梅林选编的《西方马克思主义美学文选》,冯宪光的《西方马克思主义文艺美学思想》、《"西方马克思主义"美学研究》,张翼星的《理论视角的大转移:"西方马克思主义"辩证观》,俞吾金的《现代性现象学:与西方马克思主义者的对话》,欧力同的《法兰克福学派研究》,张一兵的《文本的深度耕犁:西方马克思主义经典文本解读》,陈学明等的《当代国外马克思主义研究名著提要》(上、中、下三卷),朱立元的《法兰克福学派美学思想论稿》,黄鸣奋的《艺术交往论》,许明的《新意识形态批评》,姜哲军、刘峰的《西方马克思主义艺术与美学理论批评》,马驰的《"新马克思主义"文论》,陶东风的《文化研究:西方与中国》等等。

这些研究成果从不同侧面不同角度对西方马克思主义文论的影响和启发作了具有深度的阐发,许多观点富有理论建设意义。如陈学明认为:西方马克思主义文论大致可分为法兰克福学派的浪漫主义文艺理论,萨特的存在主义文艺理论,英美威廉斯、伊格尔顿、詹姆逊的文艺理论等。而最有创意的应属法兰克福学派。法兰克福学派认为艺术的性质和功能就是对现实的否定和超越,人类必须走艺术革命、艺术解放的道路,西方马克思主义理论家应对文化工业、大众文化进行批判。① 陈厚诚、王宇在《西方当代文学批评在中国》一书中把西方马克思主义文论概括为艺术创作原则和艺术创作方法问题、艺术与意识形态问题、文艺理论的"语言学转向"问题、艺术和审美的文化内涵问题等五个方面。俞吾金则看到了西方马克思主义文论中的语言学转向,他认为这一转向主要通过本雅明、哈贝马斯等人的思考和著述体现出来,本雅明的"三种语言"理论涉及"语言学转向",由此拉开西方马克思主义发展史上"语言学转向"的序幕,哈贝马斯则运用普通语用学的方法研究马克思主义。② 姜哲军、刘峰的《西方马克思主义艺术与美学理论批评》一书以开阔的视野,充分注意跨学科研究和发展的趋势,对乔治·卢卡奇等西方马克思主义论者以批判为己任的美学观进行了比较深入的思考和探讨,揭示了其对艺术与美学理论批评的启发。胡亚敏的《后现代社会中的新马克思主义批评》《詹姆逊:从文学批评到文化研究》《詹姆逊的新马克思主义理论》《论意识形态叙事理论》《中国马克思主义文论研究 30 年》《詹姆逊与西方 20 世纪文学批评》《马克思艺术生产理论的当代价值》等一系列论文在对西方马克思主义的文学批评理论进行深入研究的同时,提出了立足本土又合理吸收西方文学批评研究成果为我所用的思考。黄鸣奋的《艺术交往心理学》《艺术交往论》《需要理论与艺术批评》等著作在深入研究哈贝马斯"交往合理化"理论的基础上,从发生学的角度出发,对艺术交往的发生、特征、动机、功能等进行了系统深入的阐述,建构了自己的艺术交往理论。许明的《新意识形态批评》一书则以当代视野与前沿意识观照意识形态批评的历史话语、流变话语与比照话语,在对其做出历史反思性探讨的同时提出重建马克思主义意识形态批评的宏伟目标。总之,中国文论界对于西方马克思

---

① 陈学明:《评"西方马克思主义"的文艺、美学理论》,《广西师范大学学报》2004 年第 1 期。
② 俞吾金:《西方马克思主义发展中的语言学转向》,《河北学刊》2003 年第 6 期。

主义文论的理论范畴虽有着不同层面的看法，但都以一种严谨认真的研究态度在各自理解的基础上对其理论特征进行多维度的把握和富有深度的阐释，并力图建构具有中国特色的新马克思主义文论。

同时国内的研究形态也在不断丰富和扩展，例如许多高校将西方马克思主义文论作为一门独立学科进行讲授和探讨，作为对马克思主义文论研究的支撑之一。国内学者们还经常举办有关西方马克思主义文论的研讨会，并多次出席国际学术研讨会，认真考察国外马克思主义文论的研究现状，与国内马克思主义文论研究进行对比与交流，扬长补短，由此促进我国学术研究水平的提高。这些研究，对于破除以往对马克思主义的僵化、教条式的理解，反思苏联模式的马克思主义文艺学的经验和教训，从而科学地继承和发展马克思主义的文艺理论都起到了积极的推动作用。

三、西方马克思主义文论的运用

20世纪70年代末，随着改革开放政策的实行，一时间异彩纷呈的西方文艺思想纷纷涌进，并迎合了我国批评界对传统的批评观念进行反思后深感一时处于"失语"状态的心态，对中国的当代文学批评产生了极大的影响。而此后中国经济社会高度发展的态势，与20世纪初西方马克思主义文论崛起的时代环境相似，这又促使文论界对文学与社会时代的关系重新进行反思，于是重视社会—历史文艺批评方法的西方马克思主义文论就适应了中国文艺批评现实的需要，得到了广泛的借鉴与运用，也极大地影响了许多批评家的批评视野和批评方法。

首先是西方马克思主义文论中社会—历史文艺批评方法在中国文学批评中的运用。西方马克思主义早期的理论家，例如卢卡奇、葛兰西等，侧重研究文学作品与社会生活、意识形态的关系，重视作家的思想倾向和文学作品的社会作用，尤其重视在"异化"的社会现实中，通过文学艺术来呼唤人性的复归。而人道主义是西方马克思主义文论家们关注的核心问题，他们主张用艺术来维护和解放人的主体性。这些都直接影响了中国文学批评的思路，特别是改革开放早期对鲁迅、巴金、矛盾等著名作家作品以及其写作方式的重新推崇就基于这一思路。批评界认为他们的作品总是在现实中找到对人性的关注，对人道主义的肯定，因此他们的作品一直被视为 20 世纪现实主义文学的经典。这种思路也一直影响到新时期的文学批评。如刘锡诚在联系新时期文学创作的实际时探讨了人道主义问题,认为新时期文学创作中人的主题出现于"伤痕文学"潮流兴起之后,从关注人的尊严和人格开始,扩展到关注人的价值、人性和异化等问题,这是我国当代文学中的社会主义人道主义的全面发展。① 可以看出,这一批评其实就受到了西方马克思主义文论中社会—历史文艺批评的影响。安琼在《从人性的压抑到生命的搏斗——再谈电影〈芙蓉镇〉对人的历史的探询》一文中对电影《芙蓉镇》的批评也是如此,其认为谢晋导演的《芙蓉镇》歌颂人性,歌颂人道主义,歌颂生命搏斗,影片通过对人物从人性的压抑到生命的搏斗的浮沉起落、大喜大悲的人生历程的展现,塑造了具有典型性格的人物形象,从而多侧面、立体化地展示了畸形时代中小人物的生命追求。② 这里同样可以看出西方马克思主义文论中关注人道主义问题、关注人的主体性这一批评视角的影响。

其次是法兰克福学派理论中社会文化批判的视野在中国文学批评中的应用。改革开放后的中国,社会生产力不断发展,科技水平不断提高,高度工业化带来了经济的快速增长,这使我们的社会与文化的关系与 20 世纪初西方马克思主义文论崛起时的时代境遇有些类似。当年阿多诺提出"文化工业"的理论,认为在这样的"生产"中,文学艺术品被不断地"机械复制",文学艺术品在"合理化""图式化"中被"批量生产"出来③。而在本雅明看来,"现代艺术生产力的提高有着积极意义,是艺术手段和技巧进步的结果,电影、广播、电视等面向大众的传播技术,决定性地改变着当代的艺术生产和艺术接受"④。在这样的科技进步下,艺术品的复制技术空前提高,艺术的机械复制使包括文学在内的艺术的全部功能颠倒了过来,传统艺术那种起源于宗教崇拜的"光晕"被复制艺术所打破。复制艺

---

① 刘锡诚:《谈新时期文学中的人道主义问题》,《文学评论》1982 年第 4 期。
② 安琼:《从人性的压抑到生命的搏斗——再谈电影〈芙蓉镇〉对人的历史的探询》,《电影评介》2007 年第 21 期。
③ 赵勇:《何谓"文化工业"——解读阿多诺的文化工业批判理论》,《文艺理论与批评》2003 年第 1 期。
④ 刘北成:《本雅明思想肖像》,上海人民出版社 1988 年版,第 175~176 页。

术或者说文化工业粉碎了凝结在传统艺术"光晕"中的商品拜物教的异化意识,也打破了贵族阶级独占艺术的一统天下。所以,他们认为,以电影等为代表的现代机械复制艺术的诞生,使传统艺术的"光晕"(类似于"诗意""韵味")消失,"艺术作品的可机械复制性在世界历史上第一次把艺术品从它对礼仪的寄生中解放了出来"①,使艺术成为大众的东西,艺术的功能、价值以及接受方式都随之改变。

而处在社会变革转型期的当今中国,也面临着"文化工业"的时代,以电影、电视、广播、广告、自媒体等为代表的,在现代科技手段下其生产的内容被大量复制与传播的大众传播媒介越来越深入民众生活,为占领大众文化市场,其娱乐作用越来越凸显,也越来越被强调,从而在潜移默化中对大众意识形态产生影响,使中国文化呈现出某种世俗化的转型,也促进了大众文化的繁荣和发展。而西方"新马克思主义者"所倡导的"民间的政治、经济、文化活动不再与一种神圣的精神价值相关联,人们不再到生活之外去寻找生活的合法化依据"②的"解神圣化"的思路,对解构那种准宗教性的,集政治权威与道德权威于一身的极左意识形态也产生了极大的影响,同时也影响了中国当代文学的批评,特别是其大众文化批评的理论思路直接顺应了我国当代的大众文化批评,其中戴锦华、陶东风、金元浦、王一川、高小康、王晓明等学者在大众文化批评理论的引进和运用方面做出了很大贡献。例如陶东风在探讨了后革命时代的社会历史语境中出现的"部分革命文化传统、经过改造的革命意识形态,与新出现的消费主义、大众娱乐文化、实用主义、物质主义混合、并存"的文化特点后,认为王朔的所谓"痞子文学"通过戏仿式的对话,既有对于当下现实中不良风气的揭露批判,也有对过去年代的某些特定用语的挪用、并置、拼贴与戏仿,甚至调侃与解构。而且他还认为2000年以后出现的"大话文学"就是继承了王朔小说开创的这个传统。大话文学的突出特征就是对经典文

---

① [德]W.本雅明:《机械复制时代的艺术作品》,王才勇译,浙江摄影出版社1993年版,第15页。
② 陶东风、金元浦:《人文精神与世俗化——关于90年代文化讨论的对话》,《社会科学战线》1996年第2期。

学/文化文本的滑稽模仿。① 这一批评可以明显看出批评家对于当代文学中的大众文化视野与力图解构经典及其叙事话语和表现方式的关注与探讨,看出批评家试图通过把握当代中国的某种"去经典化""世俗化"的文化形态来揭示其在社会文化批判中的独特意义,由此我们不难看到法兰克福学派及其社会文化批判的理论视野对当代文学批评的影响。

还有许多学者将大众文化批评理论运用于深受"文化工业"时代影响的电影分析中,例如徐贲的《影视观众理论和大众文化批评》,尹鸿的《世纪转型:当代中国的大众文化时代》,李奕明的《大众传播媒介:理论与批评》,戴锦华、高秀芹的《无影之影——吸血鬼流行文化的分析》,等等。这些文章分析了一些中国电影的复制、平面化等"生产性"特征,分析了这些电影作品与大众的相互关系,揭示了电影的机械化、标准化生产模式对个人化情感经验的"消解",暗示了这些电影作品在当下社会中的作用和意义。而一些批评者则将戈德曼的"有意义的结构"、布莱希特的"间离化"、阿多诺的"艺术的批判和拯救功能"、弗洛姆的"生产性的爱"、哈贝马斯的"交往合理化"等视角引入批评文本,如刘立善《论志贺直哉〈学徒的神仙〉与人道之爱的艺术性》、张海华《让爱穿越文化的障碍——论福斯特〈印度之行〉的文化意义》、欧阳文风《批判,却无法拯救——从阿多诺的"否定辩证法"看王跃文的官场小说》、张忠宇《意义与结构——〈龙脊〉解析》等等。西方马克思主义文论在中国文艺批评中的运用,又进一步扩大了它的当代影响,也深化了中国当代文论界对其理论观点的思考与研究。

第三节　西方马克思主义文论对中国文学理论建设的意义与价值

当今中国已经进入一个崭新的文化转型期,经济发展突飞猛进所导致的人的异化问题,全球化媒介和计算机技术日新月异所产生的新文化

---

① 陶东风:《后革命时代的革命文化》,《当代文坛》2006年第3期。

现象，都影响了人们对技术、文化和日常生活的关系，对自我的文化身份和文化权利的关系，对文学与社会时代的关系等问题的认识和把握，因此也需要某些新的视角来研究这些问题对文论与美学所产生的新的影响。而西方马克思主义文论几乎涉猎了工业及后工业时代所有重要的文艺理论问题，其理论包含了许多真知灼见，其中许多具有实践性意义的社会批判理论和研究视角为我们提供了丰富的理论线索和研究路径，对我们思考当代文化形态富有启发意义，对我国的文学理论建设也具有重要的借鉴价值。

一、丰富发展了中国的马克思主义文论

马克思主义文学理论作为具有生命力的学说有着世界性的影响，中国马克思主义文论、苏联马克思主义文论、西方马克思主义文论可以说是当今马克思主义文论的三种基本范式和当代形态。有很长一段时间，中国马克思主义文论的研究主要还是沿着在苏联影响下而形成的文论体系和理论观点发展，重在阐释马克思主义经典作家的论述和观点，也偏向对美的本质等问题做哲学本体论层面的探究。这些研究取得了不少重要成果，但整个研究视角和方法运用相对单一，如经济决定论的方法、社会阶级分析的方法等等。有时候一些方法的具体运用是基于对马克思主义的片面理解和机械套用，这在一定程度上影响了我国马克思主义文论的发展。西方马克思主义文论的引进，从研究内容、研究视角和研究方法几个方面促使中国马克思主义文论产生了转变，其中有关人的异化问题的研究、对大众文化的研究和批判、戈德曼的发生结构主义视角、伊戈尔顿对艺术生产的强调、法兰克福学派的文化批判方法等等，都注意从文化层面来进行研究，不仅影响了21世纪以来我国方兴未艾的审美文化和大众文化研究，也极大地丰富和拓宽了我国马克思主义文论的内涵和视野。特别是西方马克思主义文论在继承与发扬马克思主义文论的基础上用自己独特的视角，如文化批判、审美救赎、交往理论等重新解释文学，也给中国马克思主义文论以极大丰富与补充。再者，西方马克思主义文论对马克思主义进行长时间的系统研究，其对经典马克思主义的薄弱环节敢于深入思考学术态度，以及善于运用马克思主义理论对现代资本主义社会及

其文化进行卓有成效的批判的精神,都给予中国马克思主义文艺理论以独特的启发,也在一定程度上丰富和发展了中国马克思主义文论的学术精神。因此,如果说从20世纪30年代中期到70年代末中国马克思主义文论主要还是在借鉴苏联的研究成果的基础上进行探索的话,那么自20世纪80年代始到现在,中国马克思主义文论就明显地转向在借鉴西方马克思主义文论研究成果的基础上力图建设符合新时代我国现代化社会现实的马克思主义文艺理论。

二、开启了中国文学批评的现代性视野

美国知名文艺理论家韦勒克在其为《20世纪世界文学百科全书》撰写的"文学批评"条目中称西方马克思主义文论与心理分析、神话批评三足鼎立,为当今世界上"真正具有国际性的文学批评"①。西方马克思主义批评在继承传统马克思主义的社会—历史批评的基础上,突破了单一的经济基础与上层建筑关系的模式,其诸如在人道主义、现代批判、大众文化、审美救赎、交往合理化等批评视角,更加强调二者关系的复杂性,更加关注文学艺术本身的社会历史变革的功能,这些都突破了传统马克思主义文学批评的域限,开启了我国当代文学批评的新视野。因此,中国学术界许多批评家将目光投向"西马",就是希冀引进西方马克思主义的思维视角和批评方法,与我国原有的批评理论相融合,拓宽批评路径,进行更符合我国现代艺术生产实际的文学批评。

另外,当今中国社会正处于前现代化向现代化转型的过程中,文学批评也必然要面对和回答社会转型期间社会与文化关系的许多突出问题,如现代化社会中人的生存境遇、文化艺术的生产和消费、艺术的文化目的、现代主义艺术与后现代主义艺术的历史变革功能等问题。而崛起于西方现代社会的西方马克思主义文论对这些问题都有比较丰富的思考,并展示出其充满现代性的理论视野。特别是二战后许多西方马克思主义文论家的社会角色发生变化,他们已经不满足于仅仅讨论纯粹的文学,而

---

① 陶水平:《西方马克思主义文艺学的历史地位与现实意义——兼谈建设有中国特色的马克思主义文艺学》,《晋阳学刊》1993年第6期。

是谋求一种建立在马克思主义与其他学术思潮对话基础上的文学研究,或者是通过文学研究来实现社会批判的理论批评模式,如戈德曼横跨社会学和结构主义的发生结构主义、马舍雷关于本文构成和意识形态之间复杂关系以及在文学本文中窥探意识形态内涵的"科学"批评、伊格尔顿把文学艺术看成商品的艺术生产理论、阿多诺对艺术的否定性本质的揭示和马尔库塞的人本主义的社会批判意识等等,都在一定程度上影响并丰富了中国新时期文学批评的现代理论视角和社会批判精神。因此,如果说"80年代西方马克思主义文论的引入主要还是出于打破文艺的封闭和僵化以及文艺理论研究方法和思维模式单一化的需要的话,那么,90年代以来,中国社会的急剧转型,市场经济的建立、大众文化的兴起以及人文价值的失落,现实地召唤社会文化批判,而西方马克思主义鲜明的批判意识及其深切的人文关怀正契合了时代的需要,从而为学术界所接受,为知识分子审视时代文化精神拓展了批评视野,提供了批判武器"[①]。而人文关怀和批判精神,正是现代性的独特表现,所以也可以说,西方马克思主义文论对中国当代文学批评的现代性视野的开启具有重要的意义。

三、促进中国文论的现代化建设

新时期以来,中国文论界在吸取当代西方文艺理论新的理论观点的基础上不断地进行反思和建设,至今已基本实现了现代转型,呈现出一种在马克思主义指导下的多元共生的良好态势,在基本理论研究与思维方法的探讨上均有新的扩展,可以说,西方马克思主义文论在这一现代转型中起到了独特的促进作用。

20世纪50年代以来,我国在建设马克思主义文论的过程中,由于受到苏联文论的影响,一度甚至以机械唯物主义认识论作为哲学基础,将文学与文艺现象简单地看作客观事物的反映和再现,这种机械唯物论的视角严重制约了我国文论的现代化建设。另外,伴随着改革开放的进程,我国社会经济生活与文化发生了根本性的变化,再加上影视文化、大众文

---

① 孙士聪:《马克思主义文论中国化视域下西马意识形态批评研究》,复旦大学博士学位论文,2007年。

化、网络文化等大众传播文化的迅猛发展,人们的社会生活和精神生活受到了巨大的冲击。这些现实都促使我国当代文论从较早面对这些问题并强调文学的社会批判精神的西方马克思主义文论中寻找解决问题的理论力量和研究方向。例如有学者考察了法兰克福学派对于中国文论建设的意义,认为法兰克福学派建立在对当代社会生活密切关注基础之上的一系列理论观点贡献与失误共存,借鉴法兰克福学派经验建设中国当代文论应该充分吸收其诸如批判精神、原创意识和学派力量等有益的部分,剔除其偏颇之处,紧密联系人民群众活生生的审美实践,运用马克思主义的基本观点和基本方法,进行新的理论创造。[①] 还有本雅明的"机械复制时代的艺术"理论和现代主义文论观、阿多诺寻求用"否定性文论"来进行人的救赎的"救赎美学"、弗洛姆的新精神分析美学以及哈贝马斯通向"交往合理化"的新文论等等,都突破了我们传统的思维模式,启发并改变了我们审视当代文学与文化的视角,推动了文学批评方法的现代化革新,对我国当代文论的建设和发展具有重要的意义。当然,中国文论界也希望在借用"外力"推进我国文论建设中保持科学辩证的态度,促使中西文学理论"共生"与"对话",在交叉与融通中大胆创新,建设具有中国特色的当代文学理论体系。可以说,这些方面都是西方马克思主义文论对中国当代文论建设产生重要影响的表现所在。

---

① 於贤德:《论法兰克福学派对中国文论建设的意义》,《汕头大学学报》2002年第5期。

第十六章　后殖民主义文论的接受

　　后殖民主义（postcolonialism）又叫后殖民批判主义（postcolonial criticism），是20世纪70年代兴起于西方学术界的一种具有强烈的政治性和文化批判色彩的学术思潮，它主要是一种着眼于前宗主国和前殖民地之间关系的话语。后殖民主义的话语常常随着不同的历史时刻、地理区域、文化身份、政治境况、从属关系以及阅读实践的变化而变化，因此它可以说是一个巨大的话语场，或"理论批评策略的集合体"。但是，其所有的话语实践都基于欧洲殖民主义的历史事实以及这一现象所造成的种种后果。

　　后殖民主义文论的出现与当代文学研究的文化转向有关。有学者认为，英国伯明翰大学成立于1964年的"当代文化研究中心"（Centre for Contemporary Cultural，CCCS），以及随之出现的"伯明翰学派"，标志着文化研究的正式出现[①]，这一学派所坚持的平民主义倾向使得他们把研究对象从高雅文化及传统的文学经典中解放出来，注重对通俗文化、大众传媒等大众文化现象的研究。20世纪70年代之后，西方的"文化研究"从早期对工人阶级及其亚文化的关注扩展开来，把注意力集中到性别、种族、阶级等文化领域中复杂的文化身份、文化认同等问题上，关注大众文化和消费文化，以及媒体在个人、国家、民族、种族、阶级、性别意识中的文化生产和建构作用，运用社会学、文学理论、美学、影像理论和文化人类学的视野与方法论来研究工业社会中的文化现象。

　　这一时期，意大利共产党领导人葛兰西的"文化霸权"（又称"文化领

[①] 张旭东：《晚期资本主义的文化逻辑》，陈青桥等译，生活·读书·新知三联书店1997年版，第516～546页。

导权""领导权")理论与阿尔及利亚思想家法侬(Franz Fanon,1925—1961)的"民族文化"理论对后殖民主义文论的产生和发展都起到了很大推动作用。法国哲学家福柯(Michel Foucault,1926—1984)的"话语"与"权力"理论则是后殖民主义文论的核心话题。而巴勒斯坦裔美籍文化文学批评家萨义德(又译作萨伊德。Edward W. Said,1935—   )的《东方学》(*Orientalism*,1978)和《文化与帝国主义》(*Culture and Imperialism*,1993)的出版,则标志着后殖民主义文论走向自觉和成熟。《东方学》对东方主义话语的范围、结构和再结构及其现状进行了全面的分析并做出强烈的批判,对这种话语所做的分析和批判便是所谓的后殖民主义文论。而在《文化与帝国主义》中萨义德则把在《东方学》中对西方与中东的观察,扩大至19、20世纪的近代西方帝国与海外属地的关系,并针对特定作家及文本进行讨论分析,阐述文化与帝国主义、帝国的制裁与被统治者抗争之间错综复杂的关系,进一步深化和拓展了后殖民主义文论的论域。因此,这两部"后殖民主义批评"(postcolonial criticism)的代表作,表明萨义德从纯文学方向扩展出去,走向广阔的"文学与社会"研究,并进入对东方主义和文化帝国主义深刻审视的当代理论语境。

萨义德之后,后殖民主义文论经过一系列复杂的争论和演变,吸收和融合了其他流派的理论方法,逐渐形成了三种理论风貌:一是以美籍印度裔女学者斯皮瓦克为代表的解构主义派——她将后殖民主义文论与女权主义、解构主义、西方马克思主义、心理分析学理论紧密相连,并将其中的"边缘"姿态和"权利"分析的策略施于当代文艺理论和政治批判领域,出版了《在他者的世界》(*In Other Worlds*,1987)等著作;二是以出生于印度的后殖民理论家霍米·巴巴为代表的精神分析派——张扬第三世界文化理论,注重符号学与文化学层面的后殖民批评,并将自己的研究从非洲文学转到印度次大陆上来,文学从此成为当代国际政治和文明冲突走向的路标,成为当代人对文化歧视、民族歧视、身份歧视、语言歧视格外敏感的文化表征,其代表作有《文化的定位》(*The Location of Culture*,2004)等;三是以莫汉迪(Mohandhi)为代表的女权主义派——著有《第三世界妇女和女权主义政治》(*The Third World Women and Feminist Politics*),对女权主义与后殖民主义之间的关系进行了深入探讨,不仅促进了第一世界的女权主义运动,而且推动了第三世界女权主义的觉醒,从另一个维度推进了后殖民主义的理论研究。

其后,英格兰西雷德福大学博士汤林森以其《文化帝国主义》,开始了对后殖民的媒体帝国主义、民族国家话语、全球资本主义以及现代性的批判,由此展开了对文化帝国主义话语的集中批判,提出了文化普遍主义主张。此外,澳大利亚的比尔·阿希克洛夫特、格瑞斯·格里菲斯、海伦·蒂芬在其合著的《逆写帝国:后殖民文学的理论与实践》(*The Empire Writes Back: Theory and Practice in Post-Colonial Literatures*, 2002)中对后殖民文学的批评模式、文本策略、文学理论、写作的解放以及本土理论与后殖民阅读等进行反思,"他们强调所谓'混成'(hybridization),即本土传统通过这一形式与帝国残存相结合,以一种语言创设出一种新的后殖民表述方式,于是,在西方的权利话语中,'东方'以其文化的变异性使其文化一统性和普遍性的企图落空"。①

近年来一批新马克思主义者也开始关注并汇入后殖民批评思潮中,如英国的特里·伊格尔顿和美国的弗雷德里克·詹姆逊。伊格尔顿在自己的文学理论中融进了对后殖民性的反省,使其政治批评和后殖民文化批评具有不可分离的内在联系。而詹姆逊的《处于跨国资本主义时代中的第三世界文学》的发表,表明他的视点始终集中在全球文化后现代与后殖民处境中的第三世界文化的变革与前景上,为后殖民理论注入了新的活力。② 如今,不少第三世界的文化学家和文学理论家、批评家,以一种深广的民族精神和对人类文化远景的思考介入这场深入持久的国际性后殖民主义问题的讨论,后殖民主义文论的研究受到越来越多研究者的重视,出现了各种各样的回声。

---

① 王岳川:《后殖民主义的历史语境与当代问题》,http://www.aisixiang.com/data/6923.html,最后访问日期:2014年2月20日。
② 钱中文:《全球化语境与文学理论的前景》,《文学评论》2001年第3期。

第一节 后殖民主义文论的理论特征

后殖民主义文论作为一种文化政治理论和批评方法的集合性话语，与后现代理论相呼应，在后现代主义消解中心、消解权威、倡导多元文化研究的潮流中，开始崭露头角，并以其意识形态性和文化政治性纠正了20世纪中叶的纯文本形式研究的偏颇，具有更广阔的文化视域和研究策略。

对于后殖民主义文论的基本理论特征，美国学者普拉卡什（Gyan Prakash）曾评价说，"晚近的后殖民批评所呈现出来的不同凡响的功能之一是对殖民主义和西方霸权所营造和权力化的知识形式和社会特征进行激进的强有力的反思和重构"①。后殖民主义批评认为，西方发达国家和民族的政治制度、价值观念以及文学艺术传统拥有一种强烈的优越感，认定只有西方先进国家和民族的文化才是世界文化的中心和楷模，而非西方的"落后"民族的文化则被贬为边缘文化、愚昧文化。而"后殖民能力"是由一个国家和民族的科学技术发展水平、经济实力决定的，因此，西方发达国家凭借其强大的科技、经济优势占有了这种"后殖民特权"，并将其价值观和意识形态通过各种先进的传播媒介强行输入世界文化的运行轨道，注入其所谓"落后"的民族。这种文化的灌输与对抗它的反灌输，一直在接受和排斥的矛盾中共生。从后殖民表层断面与深层断面这两个层面的倾向看，它实际上又包括两个互相联系的方面：一方面是西方发达国家和民族对所谓"落后"民族和地区的充满偏见、误解和曲解的认知和解释，另一方面是前者对后者的文化渗透或者说文化殖民。这种渗透是以认知和解释为出发点，同时极力按照西方文化模式改造东方文化，由此形成全

---

① Gyan Prakash:"Postcolonial Criticism and Indian Historiography", in *Social Post-modernism: Beyond Identity Politics*, edited by Linda Nicholson and Steven Seidman, Cambridge University Press, 1995, p87.

球范围的后殖民语境。后殖民主义文论就是以对殖民主义和西方霸权所营造和权力化的知识形式和社会特征进行强有力的反思和重构为其基本理论特征的。

一、关注文化差异的理论研究

后殖民主义话语主要是关于文化差异的理论研究。这里的差异主要是指原宗主国与原殖民地和第三世界之间不同于殖民主义的复杂关系。后殖民主义还对全部的"基础的"历史写作予以否定,认为一种基础的视角总是通过一种"同一性"而压制了"异质性"。也因此后殖民主义拒绝了资本主义这一"基础的范畴",也否定了作为一个范畴的"第三世界"以及当代资本主义的世界结构。后殖民主义还把批评的注意力由"民族起源"(national origin)转向"主体位置"(subject position)。它的着眼点在于主体形成过程中"自我"与"他者"之间相互依存、相互扭结的错综复杂的关系,因此其认为,混杂性的重要程度远高于差异性。

后殖民主义还否认一切主导叙述(master-narratives),认为一切主导叙述都是欧洲中心主义的,因此批判欧洲中心主义是后殖民主义的基本任务。与此相关联,对以"现代性"为基础的发展观念的质疑和批判也是其重要特点之一。

二、反对话语霸权主义

"文化霸权",或称"文化领导权""领导权",由希腊文 egemon 衍生而来,最初指的是来自别的国家的统治者。19 世纪以后,"文化霸权"被广泛用来指一国在政治上对另一国的领导或控制。20 世纪初,葛兰西用"文化霸权"来描述社会上各个阶级之间的支配关系。而这种支配关系并不是单纯的直接的政治控制,而是包括特定的观看世界、人类特性及关系的方式等的更为普遍的支配。因此,领导权不仅表达了统治阶级的利益,而且渗透到大众的意识之中,变成从属阶级或大众所接受的"正常现实"或"常识"。葛兰西还强调了文化霸权的另一面,即"领导"就是通过大众认可进行统治的方式。因此,文化霸权是一项全面的统治工程,既是一个文化或政治的问题，也是一个经济的问题。

这说明了一个后殖民主义的主要问题，即帝国主义对殖民地的统治方式。尽管直接的政治控制在第二次世界大战之后的20年之内基本结束，但是其对于殖民地人民的经济与文化掌控从来就没有停止过。这也是后殖民主义文论考察的一个重要方面，即在西方因其政治权力而对东方进行重构的过程中东方扮演了怎样的角色。

三、试图解构建构在不平等话语上的知识体系

"权力—知识"是法国哲学家福柯哲学的核心之一。后殖民主义特别倚重福柯关于"话语"和"权力"关系的学说。按照这样一种学说，世界上的任何"知识"，归根结底都是一种"话语/权力"的较量。

在福柯看来，权力不是某个集团、某个主体的所有物，权力永远是关系中的权力，只有在和另外的力发生关系时才存在。在《事物的秩序》（*The Order of Things*）中，福柯表明了人仅是一种由话语生产出来的形式的观点，而在《规训与惩戒》中，福柯进而指出，主体不仅是一种知识形式，更是一种权力的建构，它通过一整套技术、方法、知识、描述、方案和数据，对躯体和灵魂进行塑造。这种积极的权力还表现在知识的生产上，权力同知识结成同盟，互相促进，权力操控着知识的生产，知识反过来又帮助权力扩张社会控制。因此，没有中立的、完全客观的知识，知识无不受到权力的浸染。所谓的"真理"实际上是权力的产物。

福柯突破了从宏观上分析权力的传统，转而从微观的角度对权力的性质、功用和运作方式进行了剖析。而这种微观的、弥散的权力并非无所不能，不能加以反抗，恰恰相反，福柯认为："哪里有权力，哪里就有反抗。"这种权力观正是后殖民主义汲取营养的重要土壤，一种构建在西方殖民霸权之上的、对于殖民地与半殖民地的话语暴力，不仅使殖民地文化殖民化，更重要的是，构建在西方叙事上的文化观念使被殖民的民族产生一种被强制的文化认同感，后殖民主义就是试图解构这一建构在不平等话语上的权力—知识体系。

四、对东西方文化关系的再认识,是一种文本分析的研究方式

后殖民主义文论是对东西方文化关系的再认识。后殖民主义的兴起,打破了长期以来西方学术界对东西方间文化关系的常规认识,对文化帝国主义进行了解剖和批评,从而开拓出东西方关系特别是文化关系的新视域。同时,后殖民主义文论对东西方文化关系的研究,主要立足于文本分析。在文本研究的过程中,后殖民理论家着重探讨了文化帝国主义视野中东方形象的演变。另外,后殖民主义文论一直在做着试图超越民族主义的理论努力。后殖民主义的理论议题从根本上说,是研究东西方文化间的差异和对立是如何形成的,这种差异和对立是否可以缓解,如何缓解。后殖民理论家对殖民主义历史的考察,意在通过揭露西方殖民者对东方文化传统的扭曲,强调文化领域平等对话、求同存异、和平共处的重要性。

总之,后殖民主义文化理论把现代性、民族国家、知识生产和欧美的文化霸权同时纳入自己的批评视野,从而开启了文化研究的新阶段。

第二节 后殖民主义文论的引进与接受

后殖民主义文论的兴起,在世界范围内产生了深远的影响。这股思潮在 20 世纪 80 年代末、90 年代初传入中国,此后在不同时期引发了各式各样的争论,在一定范围内产生了较大的影响。后殖民主义文论在中国文论界通过译介、研究、运用等方式,对中国当代文论建设产生了一定的推动作用。

一、后殖民主义文论的译介

1993年《读书》第 9 期同时推出了张宽的《欧美人眼中的"非我族

类"》、钱俊的《谈萨伊德谈文化》和潘少梅的《一种新的批评倾向》三篇文章,对萨义德的两部重要著作《东方主义》和《文化与帝国主义》及其思想进行了简要的介绍和评析。这些文章在国内文坛产生了强烈反响,引发了一系列的评论和争议。一般认为,这是西方后殖民理论进入中国的开始。尽管相关介绍和评析没有使用后殖民主义的字眼,但东方主义作为后殖民主义一种有影响力的批评视野,开始对中国学界产生了独特的吸引力,也开阔了中国文论界的理论视野。

张宽的《文化新殖民的可能》一文认为,早在1989年之前,国内一些刊物如《文学评论》就已经登载过有关后殖民理论的介绍,但这些介绍当时并没有引起反响。对中国文论产生较大影响的,是20世纪八九十年代之交詹姆逊的第三世界文学理论。1989年,张京媛翻译的詹姆逊《处于跨国资本主义时代中的第三世界文学》一文在中国面世,成为20世纪90年代中国后殖民理论的滥觞,詹姆逊从后现代主义向第三世界文化理论的"转向"唤醒了国人的民族意识,同时激发了人们对于后现代主义的反省,也促使中国文论由后现代主义向后殖民主义过渡。此后,一些学者如张颐武、陈晓明、戴锦华、邵建等人,开始试着把东方主义和后殖民主义这一话题植入中国批评语境,从这一全新角度具体分析中国当前文化和文学中存在的所谓后殖民主义现象。张颐武原是中国现代主义理论的代表性人物,正是由于詹姆逊的启发,他开始致力于后殖民批评。之后,对西方后殖民主义进行专门介绍的还有北京学者王宁、罗钢,旅美学者徐贲和南京学者丛郁等人,但他们的介绍直至90年代中期才陆续出现。

张颐武发表于1990年的《第三世界文化:一种新的批评话语》,是国内第一篇阐述中国后殖民情境的文章,该文标题独特地把第三世界作为一个主题引入中国文学批评中。他还把第三世界这一视角作为他文化与文学批评的一个新起点,在某种意义上,这也成了中国文论界文化与文学批评的一个新起点。因此可以说,张颐武是当时中国学界最早试图从后殖民主义的视角来阐释和建构中国当代文学批评的学者之一。之后张京媛编选的《后殖民理论与文化批评》则是国内第一本译介后殖民主义文论的论集。该书除了张京媛翻译的詹姆逊《现代主义与帝国主义》一文,还有后殖民理论的代表作萨义德的《东方主义》的部分章节及斯皮瓦克的文章。20世纪90年代后期,罗钢、刘象愚也主编了译文集《后殖民主义文化理论》,对后殖民主义文论作了具体介绍。这些译介对后殖民主义文论的引进起了很大推动作用,唤醒了中国文论的民族意识和对民族理论话语的重新思考,在文论界产生了较大的影响。

二、后殖民主义文论的研究

后殖民主义文论进入中国以后,在内地和港台均得到广泛的译介和传播,同时,越来越多的学者加入后殖民主义文论的研究队伍,学者们的探索取得了颇为丰富的成果。后殖民主义文论还被学者运用于中国文学批评中,并呈现出几种不同的研究倾向,由此进一步拓展了我国学界文学批评理论建设的视野。

我国后殖民主义文论研究主要呈现以下几种研究倾向:一是从"本土主义"和"民族主义"出发进行思考,强调固守本土文化的纯真性与自足性,代表人物是张颐武。他的批评从五四直到当代文学,形成了其后殖民主义批评的体系。张颐武认为,第一世界话语一直控制着我们的言谈和书写,压抑着我们的生存,我们现在的任务就是要把这二元对立的关系倒转过来,"强调由本土立场出发去思考自身文化的价值,由这种立场出发去思考自身和世界的文化处境"[①]。丛郁、杨乃乔、罗钢等人也基本倾向这种观点。他们认为,只要主题旨在表现"冷战"以来西方文化对其他文化渗透的作品,无论其作者身处何地,属何种族,皆可算作后殖民文学。因此,必须对文学艺术的"民族性"问题进行重新审视。二是提倡新"文化守成主义"。新"文化守成主义"关心的最根本问题就是资本主义和殖民主义的文化渗透问题,其目的是要从根本上解构西方霸权主义,从而完全摆脱西方的控制和影响。三是对后殖民理论话语的批判,代表人是徐贲。他认为,这个西方"他者"使得中国后殖民批评话语获得了一种可以用某种单一的标准去衡量其他学术活动并对其作简单定性的尺度,他在《从本土主义身份政治到知识公民政治:论第三世界知识分子及其文化批评》中指

[①] 谢冕:《多层建构中的中国文学与汉语文学——文学研究视野的展延》,《文艺争鸣》1992年第4期。

出,"这样的本土主义理论在文化批判和理论建设上全无自己的独立章程,它的目的、策略全然以被动地逆反所谓'西方价值'和'西方控制'为准绳"。

后殖民主义文论的研究拓展了我国当代文论的研究视野。新时期随着对外交流的深入,在西方当代文论的影响下,中国文论研究出现了热气腾腾的景象。特别是1980年前后开始的后现代主义理论研究和20世纪90年代兴起的后殖民主义文论研究,在文论界刮起了一阵思想风暴,促进了中国文艺理论思维的拓展和转变。90年代后,后殖民主义文论研究的相关论著和译著纷纷出版,成为学术界的一道风景。其中王岳川、张京媛、张颐武、徐贲、王宁、胡亚敏、赵稀方等学者的研究最为丰富。王岳川出版了《后现代主义文化研究》《后殖民与新历史主义文论》《后现代后殖民主义在中国》《当代西方最新文论教程》等;张京媛主编了《新历史主义与文学批评》《后殖民理论与文化批评》等;张颐武出版了《在边缘处追索》《从现代性到后现代性》《思想的踪迹》等;胡亚敏出版了译著《文化转向》、编著《文学批评原理》等;赵稀方著有《后殖民理论》《后殖民理论与台湾文学》等;还有陈晓明的《无边的挑战》、王宁的《多元共生的时代》《后现代主义之后》、王治河的《扑朔迷离的游戏》、曾艳兵的《东方后现代》、徐贲的《走向后现代与后殖民》、刘禾的《跨语际实践》等。除了出版著作以外,这期间也有诸多研究论文发表,许多学者在如何立足本土又合理吸收西方后殖民主义文论话语方面做了十分有价值的探索。丰富的研究成果给学界带来了不小的影响,如《中国社会科学报》曾刊文评价赵稀方的《后殖民理论》:"《后殖民理论》从'殖民主义/新殖民主义/后殖民主义/内部殖民主义'的知识谱系上系列追踪后殖民理论,从内部厘清后殖民主义的源流及继承关系,这在汉语学界尚属首次。"①《文学评论》也刊文认为,"在时代感知力呼唤一部后殖民主义文化批评史的当下,赵稀方的新著《后殖民主义》成为一部填补了空白的开拓之作"②。

港台地区学者的后殖民主义文论研究也取得了颇丰的成果,显示了

---

① 王巨川:《后殖民理论知识谱系的建构》,《中国社会科学报》2009年12月1日,第4版。
② 高云球:《评赵稀方的〈后殖民理论〉》,《文学评论》2010年第1期。

他们的研究实力。如香港朱耀伟的《后东方主义》和《他性机器：后殖民香港文化论集》等，台湾罗青的《什么是后现代主义？》、路况的《后现代主义及其不满》、廖炳惠的《回顾现代：后现代与后殖民论文集》、丘延亮的《后现代政治》、简瑛瑛的《认同·差异·主体性：从女性主义到后殖民文化想象》，等等。还有海外华人学者杜维明、李欧梵、张隆溪、赵毅衡、周蕾等的著作，也对后殖民主义文论进行了深入的研究。

近年来，在中国社会科学出版社出版的"知识分子图书馆"丛书中，德里达的《文学行动》、詹姆逊的《快感：文化与政治》、萨义德的《萨义德读本》、佛克马等的《国际后现代主义》等有关后现代后殖民主义的译著引起了学者的积极关注。生活·读书·新知三联书店推出的"学术前沿"丛书中福柯的《疯狂与文明》《规训与惩罚》，萨义德的《东方学》《文化与帝国主义》等，也都成为研究者研究的重要文本。20世纪90年代后，中国后现代后殖民主义文论的研究已经一步步走向深入，并逐渐进入一种严谨对话的学术氛围之中。

后殖民主义文论的研究在中国内地和港台呈现出不同的特点。在内地的后殖民批评中，后殖民主义文论是作为一种消解西方现代性话语、建立中国"民族性"话语的工具而出现的。从历史发展的轨迹看，内地学术界的后殖民主义文论研究，主要做了三方面工作：一是注重"西方后现代后殖民"的内涵研究，不仅对原著进行翻译介绍，出版了为数不少的译著，而且对其历史渊源、发展趋势和内在问题等都有较深入的探索，对其精神和发展轨迹也有了比较清晰的了解；二是强调后殖民理论话语中国化过程的研究，揭示后殖民理论在中国知识阶层的思想话语交锋中的特殊症候及其意义所在；三是注重"中国后现代后殖民"状态中的现实问题研究，所揭示的主要问题有后现代后殖民与文化保守主义、后殖民语境中的知识分子与精神家园、后殖民主义的发展与中国文化思想的内在矛盾、东方主义与西方主义的对抗性态度、后殖民场域中的第三世界文学和批评、后殖民话语叙事碎片与时尚怀旧、后殖民主义与民族主义等等。在一系列彼此缠绕、互相牵连的话语中，内地学者进行了持续不断的深入发掘，并取得了一些不容忽视的成果。

同样，港台与海外华人学者对后殖民主义文论的研究也取得了不俗的成果。香港学者的研究具有学术功力上的整体性,他们大多能在学术范围内深入检讨后殖民理论话语,并结合香港自身诸多后现代后殖民的思想问题进行思考。诸如,香港后殖民理论与现实境况分析、后殖民城市与香港文化的地位与前途、后东方主义与殖民文化、后殖民话语中的性别身份、后殖民文化危机中的神学思考、文化霸权与后殖民困境等等。总体上看,学者们的著述都颇具分量,不仅注意与西方学界的对话,也注意与内地学界的对话,并深切关注香港本地发展和文化负面效应的批评。尽管有些学者的论述尚存在残留的冷战意识和悲观情调,但通过学术争鸣,一些理论层面的问题也在现实实践中逐渐获得解答。

台湾学者后殖民主义文论的研究大抵局限于书斋话语,对福柯、拉康、德里达等解构思想的学术层面研究较多,因此对社会现实文化形态的影响相对较小。但是台湾的后现代后殖民理论的研究仍颇有深度,并得出一些具有启发意义的思路。例如,女性主义与殖民记忆问题、后现代性别与文化差异研究、殖民话语与电影话语中的中国形象、后殖民语境中的政治学问题等等。

三、后殖民主义文论的运用

后殖民主义文论引进中国后,作为一种新的文化审视视角和文本批评方式,不仅广泛应用于我国文学、音乐、美术、影视等文化领域的批评之中,而且进一步深化了读者对文本的解读和把握,扩大了文化艺术的阐释空间,也扩展了后殖民主义文论的影响力。

在后殖民主义文论的视野下,批评家可以在许多文艺作品中有新的发现。例如,可以在朱哲琴的音乐《黄孩子》中感受到在西方的东方人所难以摆脱的压抑情绪,在谭盾的《交响曲1997:天地人》中看到他立足于中国文化本土意识的"天地人"形象和后殖民主义的自我反省和文化反省;还可以在陈逸飞那种身着民国服装的浔阳艺伎式的静态美人画作中,感受到前现代的、传统的、带有乡土气息的小家碧玉式的中国形象,给西方人带去了东方的"新想象";也可以在曹桂林的长篇小说及据此改编的电视连续剧《北京人在纽约》中感受到后殖民语境中的美国文化与中国文化的相互冲突和相互渗透。还有后殖民主义批评家认为,陈凯歌的《黄土地》《霸王别姬》、张艺谋的《红高粱》《大红灯笼高高挂》《菊豆》等影视作品也因为其表现了中华民族的旧日风情,迎合了西方中产阶级的后殖民主义眼光而在欧美屡屡得奖。

作为一种新的文本解读方式,西方后殖民主义文论确实在文学批评中得到了广泛运用。一些批评者已经超越单纯的文本解读和作者分析,深入当代文化批判的精神内核。如姚新勇的《呈现、批判与重建——"后殖民主义"时代中的张承志》、刘俐俐的《后殖民主义语境中的当代民族文学问题思考》、孟建煌的《从"后殖民主义"话语看林语堂的东西文化观》、魏红珊的《后殖民批评与五四话语转型——以郭沫若为例》、王传满的《后殖民文化心态驱使下的欲望泛滥——20世纪末的另类女性写作》、严晓江的《理性的选择人性的阐释——从后殖民译论视角分析梁实秋翻译〈莎士比亚全集〉的原因》、李萌羽与温奉桥的《论后殖民主义视野中的"寻根"文学》、李东芳的《异国情爱叙事模式的后殖民主义解读》等等,都运用了后殖民主义的理论视角对有关文本进行了独具特色的思考和批评,在跨文化的审视中表现出批评者后殖民主义文化意义上的审美把握。

如王雪芬的《矮化的情人与物化的情感——论杜拉斯〈情人〉的东方主义倾向》(2009年毕业论文,指导老师戴冠青)运用后殖民主义批评的方法对法国当代著名作家杜拉斯的小说《情人》进行了深入解读,认为《情人》所讲述的那个法国白人少女"我"与"中国情人"在法国殖民地越南发生的爱情故事具有明显的东方主义倾向,其特点表现为矮化的东方男人、物化的情感诉求、不平等的两性关系三个方面。这种东方主义倾向是由白人殖民文化的霸权主义、白人骨子里透露出的种族优越感,以及东方主义的话语权力方式等造成的。这种东方主义倾向通过其生动、形象的人物关系和情节演绎揭示了东西方两性关系的不平等,让我们警醒,也让我们反思,更激起我们去重新审视和批判产生这一问题的社会根源,呼唤民族的平等与世界的和谐。从这一角度说,杜拉斯小说《情人》具有一种特殊的认识价值和深刻的现实意义。

在香港和台湾地区,后殖民主义理论更多的是运用于宏观的文化研究中。1992年,邱贵芬在台湾比较文学会议上首次将后殖民主义视野应用于台湾问题研究,其论文以《"发现台湾",建构台湾的后殖民论述》为题发表于台湾《中外文学》第21卷第2期上,俨然成为台湾后殖民主义理论研究的宣言。周蕾则运用后殖民主义理论对香港文化进行解读,著有《殖民者与殖民者之间:九十年代香港的后殖民自我书写》《写在家国以外》等,也产生了一定的影响。

第三节 后殖民主义文论对中国当代文论建设的影响

后殖民主义文论因其思想的复杂性,表现出了其本身难以克服和消解的两重性,即,既有消解西方中心话语霸权的一面,又不可避免地带有新殖民主义的特征。因此,随着后殖民主义文论对中国文化批判和文学批评的渗透,其两重性也必然对中国当代文论的建设产生影响。

一、积极影响:推动了中国当代文学批评和文化研究的深入

后殖民主义文艺理论是当代重要的理论话语,是社会文化理论研究的新视野,也是文本解读的新方式。通过这种新方式的文本分析,文学批评将会超越单纯的文本解读和作者分析,而深入当代文化的精神内核,使文论研究成为当代文化研究的重要话语。进入后现代后殖民文化时期,阶级、国家、民族、性别、文化资本、跨国资本、知识话语、权力运作等概念和批评方法必然进入研究者的视野,成为文化理论和文化研究的当代话语。这是具有批判精神的理论话语,"正是这一批判精神,使文化整体意识在现时代的片面发展消解之中重申整体意识的重要性成为可能"[①]。秉持这种批判精神,意味着我们将直面后殖民主义文论,并对其根本片面性加以学理上的审视和价值层面的批判。另外,后殖民主义文学确实在创作中提供了重要的想象力和全新的民族精神,甚至

[①] 王岳川:《后殖民主义的历史语境与当代问题》,http://www.aisixiang.com/data/6923.html,最后访问日期:2009年4月9日。

也表现了共同传统基础上的群体意识及其理论依据。它使得西方文化乃至西方文学,再也没有足够的权力和活力将自己的意志强加于第三世界了。

后殖民主义文论,还有助于提醒我们注意去思考两种不同的问题。一是把对先进国家的学习,简单理解成受殖民话语的压迫,这就可能导向盲目的关门主义,我们对此应当深有体会。二是第三世界文化的自我创造。后殖民批评的独特视角,也迫使我们去思考民族文化和在新情境下的文化认同和文化创造等问题。当殖民话语在按照自己的想象来制造第三世界形象,并影响第三世界文化的时候,也必然迫使第三世界文化去摆脱殖民者的文化控制,来进行反制造或自我创造。无论后殖民批评试图强调哪一方面,我们都应该去思考这些问题。

当然,当代中国文论的建设是与时俱进不断发展的,同西方文学理论研究现状一样,新的理论会不断把旧的理论淘汰掉,不同的理论不同的学派也会并存共荣。从这一角度看,后殖民主义文论的积极影响也是巨大的,特别是其理论基石越来越体现出它的意义:与文化霸权对抗,提倡多元共存,反对中心,尊重边缘。这些都推动了中国当代文学批评和文化研究的深入。

二、消极影响:理论阐释的片面性造成了批评运用的偏差

在中国的后殖民主义批评中,由于受多种因素的影响,加之中国本身的历史背景和文化环境,产生了某种理论变形,乃至理论误区。一种表现为"本土主义"和"民族主义"倾向,把后殖民主义文论作为一种消解西方现代性话语、建立中国"民族性"的工具。这也导致一些学者对西方文化的输入采取抵抗态度,或者说激起强烈的防御反应。事实上,这种民族主义和本土主义的立场与西方后殖民理论几乎南辕北辙。另一种表现形式是新"文化守成主义",它把大部分的社会问题归结为由文化因素决定的,试图从文化的批判角度来寻找想象新社会结构的可能性,这就构成了中国后殖民批评的乌托邦色彩。还有一种表现形式是全面否定后殖民理论话语,把它当作西方一种以被动地逆反所谓"西方价值"和"西方控制"为准绳的本土主义理论,认为其在文化批判和理论建设上全无自己的独立

章程。也许,每一种西方当代文论都有其局限性,但是,后殖民主义文论毕竟开阔了我国社会文化理论研究的新视野,而且它具有批判精神的理论话语,使人们认清了西方文化乃至西方文学是没有权力将自己的意志强加于第三世界及被殖民的弱势群体的。同时也为后殖民主义文学中所表达的全新的民族精神,以及追求人类命运共同体的审美取向提供了某种理论依据。

后殖民理论是在后现代文化背景下出现的一种以解构中心和本质主义权威为核心的新的理论形态,但是后殖民批评理论内涵的复杂性,导致一些理论家对其某些新观点和新方法缺乏消化,一些理论阐释有误差,再加上对中国文学的现状把握不准,难以在实践中发挥其真正效用。比如,有些学者在运用后殖民文论对中国一些文化现象进行批评时,常常会不加辨别地把批评的矛头对准一些在西方获得较高评价的文艺作品,认为这些作品"是在某种彻底出卖的程度上把中国艺术的民族性贬损地贩给了西方人,以满足西方人对东方落后文化具有猎奇心的后殖民心理"[①],特别是张艺谋电影更是成了众矢之的。这种阐释的片面性一方面影响了国家的现代化进程,另一方面它又在一定程度上扭曲了自身文化的筋骨,体现出一些人对民族文化不自信所造成的自卑心态,反过来也影响了中国文化批评与文学批评的发展。

三、科学辩证地接受后殖民主义文论

后殖民主义文论引进中国后,由于其自身的理论盲点、学界把握其概念时的切入点以及接受时的特定背景等,学界在接受时产生了一定的偏差。因此科学辩证地对待后殖民主义文论,对当今中国文论的建设才具有意义。

后殖民主义文论自身的理论盲点表现在:一是其理论话语具有狭隘的对立的文化保守性,即它在强调文化冲突的同时,却很难解决如何消解冲突后的分歧的问题;二是它忽略了国际社会的某些共同特性,以差异性否定普遍性,致使世界可能会丧失一些合法平等、富有建设性的对话机

---

① 张颐武:《全球后殖民语境中的张艺谋》,《当代电影》1993年第3期。

会;三是它对第三世界文学的抗议、抵制和斗争等内容对立性和精神冲突性的强调,也在一定程度上损害了文学的艺术性和文化的普遍性。中国学界在把握后殖民主义概念时也有所偏差:一是认为后殖民主义所秉承的是殖民主义的"侵略"本性;二是把第三世界当作中国在国际上阐释自我的基本话语,把民族主义当作学界接受后殖民主义话语的直接基础,这就容易造成后殖民主义研究的民族主义倾向。另外,国内学界引进后殖民主义文论时的特殊背景问题也是需要注意的。20世纪80年代改革开放之初,学界忙于接受外来的新理论新学说,却未能对这种接受做更多的思考和评判。20世纪90年代,我国学界开始反思自身的学术立场,对"殖民主义失觉"的警惕和失却话语权的不平,使后殖民主义文论的出现适时顺应了这种需求,所以它不仅很快被接受而且产生了被误读的种种可能。因此,避免接受后殖民主义文论所产生的偏差尤其重要。

为此,首先是破除西方中心主义的迷思,重新审视中国文化与文学,建构起后殖民主义中国文论的发展脉络与体系。正确把握后殖民主义的价值取向与方法,特别是深入把握后殖民主义以平等、自由等意识为价值原点关注弱势群体的理念,在此前提下进一步把握中国现实问题,由此建构中国自己的文化话语和知识体系,为中国当代文论建设寻找立足点。其次,要积极向外推广传播中国博大精深的传统文论,积极参与全球对话,在平等对话中多元共存,不断创新。中国古代文论博大精深,既有文学的诗性色彩,又有哲学的玄思深度,对世界文学研究具有普遍意义。因此,中国文论要积极参与西方文论的对话与讨论,彼此借鉴,相互促进。正如乐黛云所说:"我觉得,在比较性、历史性的学术研究里,唯一的办法是用崭新的现代性的理论和方法重新评价、诠释自己的传统和传统文化,与世界对话、接轨,参与世界多元化的发展,跟各民族一起进步,一起拓展。"①

总之,后殖民主义文论的引进,丰富了中国文论界的理论话语,为中

---

① 乐黛云:《文化多元化和人类话语寻求——兼论文学人类学与中国文化破译》,《淮阴师范学院学报》1999年第1期。

国当代文学批评提供了一种新方法,也为中国文学的文化研究开启了一个新视角。因此,当今时代的中国文论界,应该继续秉承改革开放的博大胸怀,在融合东西方各民族优秀理论话语的基础上,建构更具开放精神、民族特色与创新意义的中国当代文论。

第十七章　新历史主义的接受

新历史主义（New Historicism）于20世纪80年代诞生在英美文化和文学界。它是一种在文艺复兴研究领域逐渐形成的新的批评方法，也是一种对历史文本加以释义的、政治解读的"文化诗学"。这种阐释文学文本历史内涵的独特方法日益得到西方文论界的认可，一大批新历史主义批评家也日益受到批评界关注，其中最著名也最具代表性的是美国著名文学批评家斯蒂芬·格林布拉特和海登·怀特等。

美国加州大学伯克利分校教授格林布拉特1980年出版的《文艺复兴时期的自我造型》被公认是新历史主义批评的奠基作。1981年，新历史主义的机关刊物《表征》创刊，1982年，新历史主义作为形式主义和解构主义新的挑战者走向了历史舞台。格林布拉特在为《类型》学刊撰写的集体宣言中，正式确立了这一流派及其称谓，并成为该派的精神领袖。1986年，由格林布拉特主编、加州大学出版社出版的"新历史主义：文化诗学丛书"问世。它们的宣传与研究成果，使新历史主义在欧美学术界和文化界产生了越来越广泛的影响。一批著名学者如美国的海登·怀特、詹姆逊、布鲁克·托马斯，英国的路易斯·蒙特鲁斯，德国的罗伯特·卫曼、莱茵哈特·科瑟莱科等都先后加入新历史主义的阵营。

德国哲学家尼采，法国哲学家福柯、德里达等人的哲学及历史思想对新历史主义产生了直接影响。尼采的历史健忘论和超人重构历史学说，福柯关于历史的知识话语、权力交往以及写作等方面的思想，尤其是他关于让历史学家处理历史中的断裂、缺陷并重构历史文本的观点，是新历史主义重要的理论根源，正如有学者指出的，"新历史派以此为纲，辅以差异与断裂法则,展开对传统史学整体模式的冲击"①。

可以说,新历史主义的出现是对以技术为主导和商业化为特征的西方社会和学术界越来越忘却历史,而专注于纯形式和修辞分析的批评学派的反拨,但由于它是在解构的废墟上进行的历史化的重建,因而其历史观明显地带上了后现代的色彩,它的出现对当今西方学术界产生了深刻的影响,它标志着文学研究从社会中心到作者中心再到作品中心然后到读者中心最后回到社会中心的轮回。

第一节　新历史主义文论的理论特征

新历史主义也被格林布拉特称为"文化诗学"(the poetics of culture),是一种不同于旧历史主义和其他新批评学派的文学批评方法,它所指称的"旧"历史主义范围,包括历史、哲学、文论诸方面。它对从亚里士多德、希罗多德、奥古斯丁、培根一直到维柯的历史写作和史学思想,都进行过评说;从启蒙时代的孟德斯鸠、伏尔泰、爱尔维休、卢梭、孔多塞等法国历史思想家,莱辛、康德、赫德尔等德国历史思想家以及他们共同形成的历史哲学,一直到黑格尔、施本格勒、汤因比、雅斯贝尔斯的"历史的哲学",直至实证主义的历史相对论、新康德主义、新黑格尔主义、分析哲学、解构哲学的"历史学的哲学",均有涉猎和分析;对黑格尔的三种艺术类型史,歌德的时代和民族与文艺关系,史达尔夫人的南北地域差异与文学关系,丹纳的种族、环境、时代"三因素",圣·佩韦的社会传记批评,勃兰兑斯的"精神革命"等学说,以及马克思主义的辩证唯物史观,尤其是以生产方式理论为指导的文学史论和文艺史论,都有全面和具体的研究;对现象学、接学美学、结构主义、女权主义等文学史观,也做出了相应的批评。可以说,新历史主义是以解构论反客观论,以生产论反模式论,以文本论对抗真实论,以读者论反作者论,以修辞论反模仿说,以人类学反社

---

① 赵一凡:《美国文化批评集》,中国社会科学出版社1994年版,第238~239页。

会学,以文学化反理性化,以叙述论反再现论和以现在时对抗过去时等学说,全面展示其"新"的主张和观点。

新历史主义的领袖人物、美国著名学者格林布拉特的理论主张对新历史主义的理论构建起了至关重要的作用。首先,他认为任何理解阐释都不能超越历史的鸿沟而寻求"原意",相反,任何文本的阐释都是两个时代、两颗心灵的对话和文本意义的重释。其次,他认为任何对个别特殊的文学文本的进入,都不可能仅仅停留在语言层面,而是要不断返回到个人经验与特殊环境中,也就是回到人性的根、人格自我塑形的原初统一,以及个体与群体所能达到的"同一心境"层面。只有这样,一切历史才能是当代史,一切文学对话才能是心灵的对话。再次,他还认为任何文学文本的解读在放回到历史语境中的同时,就是放回到"权力话语"结构之中,它便承担了自我意义塑形与被塑形、自我言说与被权力话语所说、自我生命"表征"与被权力话语压抑的命运。因此,进入历史和文学文本,就意味着对自我意识在主导意识形态下被同化而丧失应保持清醒的理论自觉,故而需要通过对"权利话语"结构的回归,对压制文本的"权力"加以拆解,剥离文本中那些保留个体经验的思想、意义和主题的存在依据,揭示文本内在被压制的权力结构,并且挑明因意识形态结构与个体心灵法则对抗而出现的种种新异意识和思想裂缝。

新历史主义的理论资源主要来自美国加州大学历史系荣誉教授海登·怀特的元史学理论。他的代表作《元史学:19世纪欧洲的历史想象》和《话语转义论:文化批评文集》从结构语言学角度彻底拆除了历史与文学之间的樊篱。他指出,人们只有通过历史话语才能把握历史,而作为一种叙述话语,历史文本的深层内容是语言学的、诗性的,带有一切语言构成物的虚构性。历史话语通过"形式论证""情节设置""意识形态暗示"[①]三种策略进行自我解释,而每一种策略中又有四种可供选择的表达方式:供形式论证选择的是形式主义、有机主义、机械主义和语境论;供情节设置选择的是浪漫传奇原型、喜剧原型、悲剧原型和反讽原型;供意识形态

---

① 陈新:《诗性预构与理性阐释——海登·怀特和他的〈元史学〉》,《河北学刊》2005年第3期。

暗示选择的则是无政府主义、保守主义、激进主义和自由主义的叙述态度。因此,海登·怀特提出了"历史修撰的可能形式无非就是历史在哲学思辨意义上的存在形式"①的观点。他认为,历史不是一个定论,而是有多少种理论阐释就有多少种历史。从逻辑上说,我们无权断定某种阐释比其他阐释更真实,要撰史就必须在诸种相互抵触的阐释策略中做出选择,而这种选择与其说是认识论的,不如说是审美的和道德的。海登·怀特还指出,历史话语之所以不同于科学叙述而更接近于文学叙述,其根本原因是历史研究不具备自己形容对象的正规术语系统,而只能采用一种借喻和象征语言。作为一个象征结构,一个扩展了的隐喻,历史叙述不"再现","它只告诉我们对这些事件应朝什么方向去思考,并在我们的思想中充入不同的感情价值"②。就这样,海登·怀特用"文本性"填平了历史文本与非历史文本间的鸿沟,也拉近了历史客体与当代主体间的距离。

总之,格林布拉特和海登·怀特是新历史主义的主将。前者以研究文艺复兴的"自我塑形"理论去重写文学史,将文学看作"重塑人性的心灵史",创建历史情境的文化诗学;后者专治19世纪欧洲意识史,注重元史学的构架与话语转义学的研究,提倡叙事形式的历史诗学。以他们为代表的理论家的新历史主义文学理论的基本特征主要有以下几个方面:

一、把文学活动看作受历史决定并影响历史的文化活动形式

新历史主义把文本的写作、阅读以及传播的过程看作受历史决定并影响历史的文化活动形式,致力于开掘文学文本与其他社会活动、行为和机构之间无比复杂而易变的关系。新历史主义批评家认为,过去的文学观念,无论是把文学作为超越阶级利益压力的纯艺术,还是将其看成经济基础之上的社会意识形态,都是将文学与生活、文本与语境对立起来的。

---

① [美]海登·怀特:《元史学:19世纪欧洲的历史想象》,陈新译,译林出版社2004年版,第37页。
② 盛宁:《新历史主义·后现代主义·历史真实》,《北京大学学报(哲学社会科学版)》1993年第5期。

他们把后结构主义的文本理论扩大到整个社会历史,认为历史就是各种异质多元、自我分裂的文本的总和,不具备评说文学的权威性,而文学文本和其他社会"事实",诸如报纸、杂志、日记、教科书,乃至法院、教会、政府、家庭本质上并无区别,都是"话语＋权力"的表现形式,是意义深远的社会调节行为,即格林布拉特所谓的"艺术作品不是历史经验在上面留下印记的被动的外表,而是历史经验形成和再形成的创造性动因之一"[①]。文学作品和其他非文学文本之间有着复杂的"话语交流",作家同社会、主体与客体之间是一种相互塑造的关系。作家并不只是模仿现实,从生活中获取素材,加工成文学作品,作家自身就是社会结构的一分子,以自己特有的方式参与社会实践。可以说,新历史主义已经超越了传统历史批评研究"是什么"或"怎么样"的实证主义的历史兴趣,它是通过具体事件的分析与话语关系追问"为什么"的问题。

二、文学批评是自身从具体历史处境出发所作的文本建构

新历史主义一方面试图尽可能找回文学文本最初创作与消费时的历史境遇,但同时也承认自己作为批评者也同作者一样受制于特定历史时代的意识形态,因此自身对文学文本的理解及所选用的文化语境与其说是"发现",不如说是自身从具体历史处境出发所作的文本建构。因为将文学文本放回历史语境的解读,不可避免地会使批评者主体重新受到"权力话语"的支配和制约,但若批评者自觉意识到自己作为现代阐释者的身份,就可以更好地抵制主导意识对自我意识的蚕食,更清醒地洞察权力关系的本相,更彻底地解放被权力压制的文本意义。所以新历史主义批评家在解读文本时,他们始终保持着鲜明的主体意识,不再让现在隶属于过去,把"我"出卖给"他人",不再压抑非作者、非当时的因素而牺牲批评家的锋芒。也许几乎所有的文本解读都不可能是非功利和纯客观的,但是像新历史主义那样对自己的立论基础、阐释模式有如此清醒的理论自觉的批评却是极少的。新历史主义批评家常常主动现身于他们的评论中,

---

[①] [美]斯蒂芬·格林布拉特:《再现英国文艺复兴》,加州大学出版社1988年版,第8页。

不厌其烦地提醒读者自己的职业活动和研究对象都是自己意识的产物，他们时刻不忘记质疑自己在批评中所起的作用，推敲自己的批评立场和批评思路。新历史主义在批评中分外活跃而执拗的主体意识，说明新历史主义是以一种怀疑否定的眼光，对现存的政治社会秩序加以质疑，在文本和语境中将文学和文本重构为历史客体，最终使文本历史化变为历史文本化，从政治的批评变为批评的政治。

三、通过批评实践形成"新历史诗学"

新历史主义者发展了一种"文化诗学"观，并通过批评实践而不断形成一种"新历史诗学"。新历史主义者从解释学和接受美学那里获得启发，从西方马克思主义那里吸收术语并获得历史视野，从而打造出一种新历史主义体系和思路。他们要在对历史的探究中，在分析解读过去之中，更好地理解和把握当今，并在过去的认识模式业已打破，而新的认识模式尚未建立之际，充分展开不同意识形态、价值观念、思想范型之间的冲突、批判和对话，使之在这种间隙之中伸展出一种真正的自我重塑和自我启蒙的文化诗学空间。新历史主义还将以往相对偏狭的文本中心批评和作家中心批评引向了多元的文化批评。与传统历史批评相比，它在方法论上的根本进步是它消解了不同话语领域之间的对立，废除了以文学文本为中心而轻视非文学文本乃至社会文本的惯例，因而得以用人类文化的全部知识来审视文学。新历史主义批评家敢于跨越人类学、政治学、经济学、历史学、文学、艺术史等学科界限，对各种相互对抗、差别巨大的文学批评流派进行概括和综合，使思想研究和文本研究、形式主义和历史主义共存混融，这种兼收并蓄的批评固然庞杂，却由此获得了空前广阔的文化视野。

新历史主义是在解构的废墟上进行的历史化的重建，其历史观明显带有后现代的色彩，它的出现标志着文学研究由20世纪的文本中心论回归至社会中心论，对当今西方学术界产生了深刻影响。

第二节　新历史主义文论的中国化进程

新历史主义关注的问题,同样也是中国学者潜心思考的问题,因而新历史主义在欧美崛起不久,便很快引起了中国学者的注意。从1988年开始,伴随着新历史主义的译介、阐释、研究与反思,一大批中国学者立足于当代中国实际,展开了"重写文学史"的实践,其关于历史的反思和审视对现实产生了重要影响,具有独特的当下意义。而且,作为一种批评理论,新历史主义在中国学界的接受有赖于中国历史精神和实践探索的丰富和补充,这形成了学界理论建构的新特点,也获得了积极的实践意义。迄今为止,国内学者发表的新历史主义译介和研究论文、专著已有100多篇(部)。

一、新历史主义文论的译介

率先向国内学界介绍新历史主义的是王逢振。他在1988年所著的《今日西方文学批评理论》里辟出专章介绍了新历史主义。次年,韩加明的《新历史主义批评的兴起》和杨正润的《文学研究的重新历史化——从新历史主义看当代西方文艺学的重大变革》开始勾画新历史主义发展轮廓,特别是后者,开拓性地介绍了新历史主义的批评实践,并准确地概括了它的特色、贡献及弊病。1991年,留学哈佛的赵一凡在《读书》杂志上发表了《什么是新历史主义》,全面详细地介绍了新历史主义的来龙去脉。以上诸文对新历史主义的介绍,很快引起了国内更多学者的关注,新历史主义的译介渐成气候。1993年,北京大学出版社出版了张京媛主编的译文集《新历史主义与文学批评》,该书以维萨主编的《新历史主义》论文集为基础,同时兼收其他几篇权威的新历史主义文论,成为后来研究新历史主义的主要蓝本。同年3月,中国社会科学院外国文学研究所《世界文论》杂志社编辑了《文艺学和新历史主义》一书,精选了有代表性的五篇译文。另外,程锡麟、韩加明还翻译了海登·怀特以及蒙特鲁斯的一些重要论文,这些译作为国内学人了解新历史主义提供了宝贵资料。但也有学者认为,这一时期的译介也有缺漏:一是原作译文少,特别是研究文艺复兴的系列论著。如格林布拉特的 *Shakespearn Negotiation*,该书是新历史主义的代表作,但可能涉及的西方文化面特别宽泛,没有译介过来。因为新历史主义首先是一种实践,一种方法,而非一种理论,所以忽视这种具体批评实践的译介是不可能完整理解新历史主义要义的。二是作为一门学科成熟的标志,是基本概念和术语的确定,但在新历史主义的译文中,对一些关键术语的理解仍有较大分歧。如"negotiation"一词有人译为"谈判"或"洽谈",也有人译为"协合"等等,可见还是不确定的。①

二、新历史主义文论的研究

从 20 世纪 80 年代末开始,新历史主义已经引起我国学者的广泛关注。他们在翻译、介绍新历史主义思想的同时,也有分析、有选择地吸收其思想精华,融入了自己的创见,注意研究其理论方法的问题,探讨新历史主义学术思想的得失,把握其精神实质,力图做出较准确的评价。

1994 年,杨正润继 1989 年那篇具有开拓意义的评价文章后,继续进行新历史主义研究。他认为新历史主义批评关注的核心问题是文学同物质实践的关系,它包含两个层面:文学的发生和文学的功能。他的两篇论文《主体的定位与协合功能——评新历史主义的理论基础》和《文学的"颠覆"和"抑制"——新历史主义的文学功能论和意识形态论述评》,"分别从这两个层面对新历史主义进行剖析,使两者形成对照,将新历史主义理论中的矛盾暴露无遗,角度新颖,见解独到"②。同年,韩加明的《新历史主义批评的发展及启示》不仅回顾了新历史主义批评在美国文坛的发展历程及其传播影响,还第一次具体论述了新历史主义批评对建设我国文学批评的意义问题。而林继中的《文化诗学刍议》一文则指出,新历史主义开创的文化诗学,其主要贡献在于,指明了文学问题不单是一个纯粹的语言实体、结构分析和一般性的文学赏析问题,文学是一种特殊的意识形

---

① 辛刚国:《新历史主义研究述评》,《学术月刊》2002 年第 8 期。
② 辛刚国:《新历史主义研究述评》,《学术月刊》2002 年第 8 期。

态,一种对话语的特殊揭露,要从人类学、美学、心理学、社会学、宗教学、民俗学、经济学等诸多学科的视角观照文学,全面地对产生文学文本的历史文化母体进行修复,探索其生命的奥秘。张首映也探讨了新历史主义对我国文学史研究的启迪作用。他认为,20世纪80年代提倡"重写文学史",90年代提倡"重评历史""重构文学史",显然是受到新历史主义历史观的影响,希望通过追踪经典的形成过程,对文学史的整体建构模式进行反思,打造新的文学史。

到了20世纪90年代中后期,国内学界对新历史主义文化诗学的研究逐步走向深入,进入理论本土化的研究阶段,在中国当代文学理论的建设以及与中国文学批评实践的结合中大体上形成三种有所区别的研究思路与理论视角。

以童庆炳为代表的北京师范大学文艺学研究中心的学者群体,认为新历史主义是西方批评理论从文学"自律性"到"他律性"研究的转变,国内学者在文学批评中可以部分借鉴新历史主义的理论成果,但最终必须根源于中国自身的现实,建立中国的"文化研究"或"文化诗学"。童庆炳在《中西比较文论视野中的文化诗学》《文化诗学的学术空间》《植根于现实土壤的文化诗学》《新理性精神与文化诗学》等文中指出,中国社会现实和当代文学现状要求重建理性精神并走向文化诗学,而强调文学研究的文化视角则是中国文化诗学的现实性品格,是新时期以来文学理论人文精神的延续,是对新时期以来文学审美立场的继承。李春青在《走向一种主体论的文化诗学》与《谈谈文学理论的转型问题》等论文中也指出文化诗学理论是当代中国文学理论学科危机的必然产物,强调文学理论"元叙事"的危机,导致了文学理论的转型,而转型之后必然走向一种文化诗学。

以王岳川、盛宁、王逢振、陆扬、张进等为代表的学者,则认为新历史主义或文化诗学是欧美文学批评在西方后现代语境下转向历史的理论产物,属于当代西方文学理论的范畴,而中国学者在对新历史主义的研究中应该采取适当的理论阐释角度,以保证客观而公允的学术评价。王岳川在《新历史主义的文学诗学》《后殖民主义与新历史主义文论》等系列文章(著作)中,均以当代西方文学理论的批评视角,对新历史主义的理论来源、学科定位、研究思路等进行详细而相对深刻的梳理性研究,体现了国内学者以"他者"的文化视角对新历史主义理论的冷静把握与深入思考。

以蒋述卓为代表的暨南大学学者群体,既承认中国文化诗学与新历史主义文化诗学的亲缘关系,也强调中国文化诗学的审美特性是其与西方新历史主义相区别的重要标志。蒋述卓在《文化诗学:理论与实践》一书中指出,文化诗学既是文化系统的实证性探讨与文学审美性描述的统一与结合,又是文学外在研究与内在剖析、感受的统一与结合,是西方哲学化批评与中国诗化批评的化合;并强调文化诗学的价值积淀是文化关怀和人文关怀,文化诗学的内涵具体体现为对作品的文化哲学观的分析、对作品中社会文化背景的关注以及作品对现代文化人格的培养和建设等。

从上述研究可以看出,新历史主义关心的问题,同样也是中国学者思考的问题,新历史主义文化诗学在欧美崛起不久,国内文艺理论界的研究便已经深入到其理论内涵和价值积淀上了。

在关注新历史主义积极影响的同时,我国学者也清醒地认识到它的偏颇。钱中文《全球化语境与文学理论的前景》指出,文化诗学研究大而无当,容易脱离文学研究对象的实际。因为以宏阔的文化视野审视文学和专门的文学研究,虽然两者都是综合理论思维,在思维方式上有相同的一面,但不同的是各有专职,以文化研究的那种综合性研究取代文学理论、文学批评的专门研究,是很困难的。文学批评可以采用文化批评的方法,但应保持其独立品格。王岳川《新历史主义的理论盲区》进一步分析了新历史主义存在的诸多问题:一是时间空间化的危险,也就是将历史任意解读,这就瓦解了历史的观念和作品的观念,使人们进入历史或作品时,不再注意历史或作品本身,而仅仅注意作品隐含的意义结构;二是政治意识形态的严重后果,新历史主义凡事都要放到政治上去加以衡量,有将历史简单化、政治化和强烈意识形态化的倾向;三是在语言与历史的关系上,新历史主义将历史让位于语言模式的平面分析,会使读者的感受性变成反历史的焦虑,造成一种反清晰的、多重复杂的破碎感。从上述学者的清醒认识可以看出,新历史主义理论也是一把双刃剑,积极作用与偏颇并存,如何取其所长,避其所短,是我国文论界在接受时应首先考虑的问题。

三、新历史主义文论的运用

从 20 世纪 90 年代开始,我国学者已经试图把新历史主义作为一种方法论放在对文学创作和文学批评的实践中加以审视和运用,并以其理论方法来解读和阐释中国文学和文学史文本。2002 年,辛刚国曾在《新历史主义研究评述》一文中揭示了新历史主义对中国作家、艺术家创作历史观的影响:"1993 年,传兵的《新历史主义走向文学和电影》,以及 1997 年程蓉的文章,指出新历史主义首先影响了中国的作家艺术家的历史观。莫言、周梅森、苏童在其作品中否定'历史'的客观真实性,嘲弄历史的'本质'和'规律',显示了'历史文本化'的趋势。特别是新历史主义小说,刻意消解'正史',复原丰富的历史真相,把此后的生命体验引入历史,借以表达自己多元价值关怀等方面,与历史主义明显保持着某种默契。"[①]姚乃强则在《历史的终结和文化的冲突——兼评新历史主义和文化批评》一文中,吸取了新历史主义文史相通、文史互济的精神,站在一个较高的层次上来审视和考量当前的文学批评。在通俗文学的研究上,李勇在《新历史主义对近现代的通俗文学研究的启示》一文中也认为,以往通俗文学在文学史中没有地位,主要是历史观点问题,因此他认为文学史应是民族精神和时代精神中的历史,多元的新历史主义史观将激发文学史的广泛包容性。可以说,这种对文学史观、文学史建构模式的宏观反思是很有意义的。

国内文学批评界还有不少批评家将新历史主义批评运用于具体的作家作品研究。如李清的《权力话语中的阿 Q——〈阿 Q 正传〉的新历史主义阅读实践》一文,以鲁迅作品《阿 Q 正传》印证了新历史主义关于文学文本是"力量的场所,正统力量与反对势力相冲突的场合"[②]的观点。李艳荣在《构建另一个南方——关于〈飘〉的新历史主义解读》一文中,认为其作者玛格丽特·米歇尔是"站在南方的立场上,打破传统的历史,通过

---

① 辛刚国:《新历史主义研究评述》,《学术月刊》2002 年第 8 期。
② 李清:《权力话语中的阿 Q——〈阿 Q 正传〉的新历史主义阅读实践》,《当代电大》1997 年第 2 期。

讲述南方故事,触及北方的黑暗面,并弘扬主人公的优秀品质,重新'反映'了历史,通过对社会文本和文学文本的交流协商,再创一种新的历史文本,产生一种新的历史话语,再现并构建了另一个南方,完成对南方历史的重新塑造"①。韩毓海的《几度风雨海上花——新感觉派小说的败北与我们的今天》和《"民间社会叙事"的失败与张爱玲小说的意识形态性》两篇文章,以新感觉派小说和张爱玲小说为例,阐发了文学文本与社会意识形态的密切关系,文章涵盖了政治、经济、文化、学术等社会生活的多个层面,体现出新历史主义批评的独特视角。戴冠青的《乡村记忆叙事中的生命追求——读郭建生长篇新作〈金小娘〉》和戴冠青、周明欣的《家国同构的历史叙事及其现实意义——论孙照宇长篇小说〈大厝·三落刊〉》,则试图运用新历史主义批评方法,对当代作家文本进行解析。前文认为作者对20世纪50至70年代农村社会变革史的书写,是以文学叙事的形式在"提取乡村记忆",以"保证集体记忆的延续性"②,由此唤醒对于那个时代许多人曾经远去的记忆,使人得以形象地了解那一段不可或缺的历史;后文认为作者在小说中试图以自己的某种理解去再次表达和展现闽南社会一个多世纪的历史,传达主流的意识形态,挖掘社会事件的历史意义和现实意义,为社会现实服务。文本是一段压缩的历史,历史是一个延伸的文本,文本和历史构成了生活世界的一个隐喻。可以说,这些批评都令人耳目一新。

总的来看,自新历史主义被中国文论界引进以来,国内学者的接受偏重于译介以及对其理论内涵的剖析与阐释,运用于批评实践的文章还不多,但已经可以看出新历史主义文论对中国当代文学批评理论的影响。相信随着理论研究的深入与中国化思考的深化,其对中国当代文论的建设会起到更大的推动作用。

---

① 李艳荣:《构建另一个南方——关于〈飘〉的新历史主义解读》,黑龙江大学硕士学位论文,2010年。
② [法]莫里斯·哈布瓦赫:《论集体记忆》,毕然、郭金华译,上海人民出版社2002年版,第40页。

第三节　新历史主义对中国当代文论建设的意义

新历史主义最突出的特点，是文学的整体观，即它是以政治、经济、文化、学术等社会的多个层面，以文化诗学的广阔视野，来整体性地把握文学；而且，作为富有创新、充满活力的批评理论，新历史主义批评所追求的，就是要"阻止自己永久地封闭话语之间的来往，或者是防止自己断然阻绝艺术作品、作家与读者生活之间的联系"[①]，而"要对文学文本世界中的社会存在以及社会存在之于文学的影响实行双向调查"[②]。在这种开放的立论前提的促使下，新历史主义表现出了在理论界发展、历史观变革、文学观更新等方面的多维价值，这正是它带给我们的最大启示。因此，20世纪90年代中后期以来，在全球化的语境下，我国学者以更广阔的学术视野，更为深刻的学术审思，积极关注新历史主义对我国文学批评理论建设的影响与作用。

一、促进理论建构重回对社会历史的关注

如果将新历史主义放在20世纪西方当代文论迅速崛起这一历史语境中去考量，那么可以说它既是对强调文本研究的形式主义文论的一种纠偏，又在新历史观的基础上进一步揭示了文学与历史之间的多重复杂联系。在新历史主义看来，存在于历史与文学之间的不是一种"反映对象"与"反映者"的单一关系，而是由历史与文本之间多重指涉、复杂交织关系所构成的文化现象。新历史主义坚守着将文学与非文学一视同仁的研究立场，并将文学文本置于非文学文本的整体框架之中，综合各种边缘

---

① 中国社会科学院外国文学研究所《世界文论》编辑委员会：《文艺学和新历史主义》，社会科学文献出版社1993年版，第80页。
② 中国社会科学院外国文学研究所《世界文论》编辑委员会：《文艺学和新历史主义》，社会科学文献出版社1993年版，第80页。

理论,试图达到对文化、政治、历史、诗学进行重写的目的。由此可见,新历史主义不仅完成了西方当代文论的研究视角由社会中心到作者中心,再到作品中心,然后到读者中心,最后回到社会中心的轮回,而且在与中国社会实际的诸多契合中也促进了中国当代文论社会历史研究视角的发展。新历史主义对于历史"广角"的关注构成了文化层面上"世界"的意义,新历史主义小说的创作则提供了作者—世界—作品沟通的可能,而新历史主义批评的意义则丰富了读者的接受,由此构成新的世界。这种四维整体的流动过程带给新历史主义理论不竭的生命力,不仅促使文学创作进入更大的时空,也促使文学观念走向更为动态、开放的境界,这些都对中国当代文论的建设产生积极的影响。

二、推进文本意义的探寻走向多元论的进程

在上述宏观的理论价值之外,新历史主义也同西方当代其他新理论一样具有共同的价值指向。一般而言,西方当代新理论总是在两个层面发挥作用:其一,文本修辞性细读;其二,把这种文本细读与社会意识形态批判结合起来。新历史主义文论也具备这两个特点。从文本研究的角度讲,新历史主义"乃是一种采用人类学的'厚描'方法的历史学和一种旨在探寻其自身的可能意义的文学理论的混合产物,其中融汇了泛文化研究中的多种相互趋同然而又相互冲突的潮流"[①]。因此,新历史主义在对多元的前在理论进行反思性批判的过程中,是以开放的姿态给形式主义批评等文本研究理论重新灌注了活力。其反对将文本意义进行封闭式解读,认为文本的意义存在于文本在不同时期与不同读者动态交流的不确定过程中的观点是值得肯定的。由此可见,新历史主义推动了对文本意义的探寻由阐释的一元论和绝对主义走向多元论的进程。新历史主义在质疑历史的同时也还原了历史的场域,其积极作用就在于把各种力量、各种话语资源看成平等的,让人去反思一种形式是如何被建构的原因,这无疑为文学、历史、政治的平等对话提供了可能性。

---

① 张京媛:《新历史主义与文学批评》,北京大学出版社1997年版,第52页。

三、实现作家与读者对于自身和社会的双重反思

新历史主义在历史话语与文学话语之间进行类比的结果是,作为一种"写作"的历史,新历史主义不会提供给后人一种一成不变的关于过去的实际情形和现成知识,而是激发人们进行更多的探索与思考,完成更多的话语与写作,从而延续知识分子精神价值追求中的合理内核。主体情感的密集渗入使历史的偶然性凸显出来,在作家深邃的思考下所呈现出来的历史迷雾将激起人性探求真相的冲动,在这种质疑与反质疑、理解与反理解当中实现作家与读者对于自身和社会的双重反思。可以说,新历史主义的建构,在思想观念、思维方式、叙事模式、话语风格、历史意识等方面给中国当代的文学和作家带来了积极的创新和变革。因为新历史主义思潮的影响,20 世纪 90 年代末的中国当代文坛曾出现声势浩大的新历史主义小说创作热潮。一方面,作家们以充满个性化的思考和书写,传达出有别于传统的新的历史观;另一方面,它也让批评家赋予一切历史以当代性,为中国知识分子与现实对话,并延续现实批判意识寻找到了一种途径。此外,它也为 20 世纪 80 年代之前单一的文化理论倾向朝多元的文化诗学建构提供了理论准备,推动了 20 世纪 80 年代以来的"中国文化复兴"运动的深入发展。可以说,新历史主义是从文化学的立场出发去解释文学形成、文学功能和文学特征等文学的本质问题的,使文学与文化具有一种"深刻的历史互动性"。这一理论视角虽不尽完善,却体现出了一种诗性的生命精神,构建了一种新的文化理想和审美理想。

总之,新历史主义的崛起是对以技术为主导和以产业为特征的欧美社会和学界越来越忘却历史而专注于纯形式和文本修辞分析的一种反拨。它变通整合了各种理论,平行解读同一时期的文学及非文学文本,尤其关注非主流文化代码,从中挖掘多元复杂的文化矛盾和斗争,建构起自己心灵的彼时文化语境,以此为依据来破译文学文本的意义。与传统的历史批评相比,新历史主义方法论的根本进步是它消解了话语领域与社会领域之间的对立,用人类文化的全部知识来重新审视文学,由此摆脱以文学文本为中心而轻视非文学乃至社会文本的套路。在这种开

放的立论前提的促使下,新历史主义表现出了对理论界发展、历史观变革、文学观更新等方面的多维价值,这正是它对中国当代文论建设的独特启示和意义所在。

参考文献

[匈]阿诺德·豪泽尔:《艺术社会学》,居延安译,学林出版社1987年版。

[英]安纳·杰弗森、戴维·罗比等:《西方现代文学理论概述与比较》,陈昭全、樊锦鑫、包华富译,湖南文艺出版社1986年版。

[英]特伦斯·霍克斯:《结构主义与符号学》,瞿铁鹏译,上海译文出版社1987年版。

[俄]什克洛夫斯基等:《俄国形式主义文论选》,方珊等译,生活·读书·新知三联书店1989年版。

[苏]维·什克洛夫斯基:《散文理论》,刘宗次译,百花洲文艺出版社1997年版。

[法]茨维坦·托多罗夫:《俄苏形式主义文论选》,蔡鸿宾译,中国社会科学出版社1989年版。

[英]戴维·洛奇:《二十世纪文学评论》(上册),葛林等译,上海译文出版社1987年版。

张隆溪:《二十世纪西方文论述评》,生活·读书·新知三联书店1986年版。

姜义华:《港台海外学者论中国文化》,上海人民出版社1988年版。

陈思和:《中国当代文学关键词十讲》,复旦大学出版社2002年版。

白烨:《2005年文学批评新选》,文化艺术出版社2006年版。

张杰、汪介之:《20世纪俄罗斯文学批评史》,上海译文出版社2000年版。

伍蠡甫、胡经之:《西方文艺理论名著选编》,北京大学出版社1987年版。

朱立元:《当代西方文艺理论》,华东师范大学出版社1997年版。

方珊:《形式主义文论》,山东教育出版社1999年版。

钱锺书:《谈艺录》,中华书局1984年版。

中国社会科学出版社文学编辑室:《小说文体研究》,中国社会科学出版社1988年版。

李洁非、杨劼:《寻找的时代》,北京师范大学出版社1992年版。

张国义:《生存游戏的水圈:理论批评选》,北京大学出版社1994年版。

赵宪章:《西方形式美学——关于形式的美学研究》,上海人民出版社1996年版。

程孟辉:《现代西方美学》,人民美术出版社2001年版。

胡经之、王岳川:《文艺学美学方法论》,北京大学出版社1994年版。

申丹:《叙述学与小说文体学研究》,北京大学出版社2004年版。

龙迪勇:《空间叙事研究》,生活·读书·新知三联书店2014年版。

[美]戴卫·赫尔曼:《新叙事学》,马海良译,北京大学出版社2002年版。

张寅德:《叙事学研究》,中国社会科学出版社1989年版。

罗钢:《叙事学导论》,云南人民出版社1994年版。

傅修延:《先秦叙事研究》,东方出版社1999年版。

傅修延:《叙事:意义与策略》,江西高校出版社1999年版。

乔国强:《叙说的文学史》,北京大学出版社2017年版。

张开焱:《叙事中的政治:当代叙事学论著研究》,中国社会科学出版社2021年版。

降红燕:《20世纪西方文学批评理论与中国当代文学管窥》,四川大学出版社2006年版。

[法]热拉尔·热奈特:《叙事话语 新叙事话语》,王文融译,中国社会科学出版社1990年版。

[法]保尔·利科:《虚构叙事中时间的塑形:时间与叙事 卷二》,王文融译,生活·读书·新知三联书店2003年版。

[美]约翰·克罗·兰色姆:《新批评》,王腊宝、张哲译,江苏教育出版

社 2006 年版。

［加］诺思洛普·弗莱：《批评之路》，王逢振、秦明利译，北京大学出版社 1998 年版。

［加］诺思罗普·弗莱：《批评的解剖》，陈慧、袁宪军、吴伟仁译，百花文艺出版社 2006 年版。

［美］韦勒克、沃伦：《文学理论》，刘象愚、邢培明、陈圣生、李哲明译，生活·读书·新知三联书店 1984 年版。

［英］艾略特：《艾略特文学论文集》，李赋宁译，百花洲文艺出版社 1994 年版。

［美］卫姆塞特、布鲁克斯：《西洋文学批评史》，颜元叔译，中国人民大学出版社 1987 年版。

徐葆耕：《瑞恰慈：科学与诗》，清华大学出版社 2003 年版。

赵毅衡：《"新批评"文集》，中国社会科学出版社 1988 年版。

赵毅衡：《"新批评"文集》，百花文艺出版社 2001 年版。

赵毅衡：《新批评——一种独特的形式主义文论》，中国社会科学出版社 1986 年版。

董洪川：《"荒原"之风：T.S.艾略特在中国》，北京大学出版社 2004 年版。

曹葆华：《现代诗论》，商务印书馆 1937 年版。

袁可嘉：《论新诗现代化》，生活·读书·新知三联书店 1988 年版。

李卫华：《价值评判与文本细读》，中国社会科学出版社 2006 年版。

刘勰：《文心雕龙》，上海古籍出版社 1989 年版。

［美］R.韦勒克：《文学思潮和文学运动的概念》，刘象愚选编，中国社会科学出版社 1989 年版。

史亮：《新批评》，四川文艺出版社 1989 年版。

叶嘉莹：《迦陵论词丛稿》，河北教育出版社 2001 年版。

孟庆枢：《西方文论选》，高等教育出版社 2002 年版。

乐黛云：《比较文学与中国现代文学》，北京大学出版社 1987 年版。

张少康：《文赋集释》，人民文学出版社 2002 年版。

周振甫：《诗品释注》，江苏教育出版社 1992 年版。

陆侃如、牟世金:《文心雕龙译注》,齐鲁书社1996年版。

蒋述卓、刘绍瑾:《二十世纪中国古代文论学术研究史》,北京大学出版社2005年版。

黄晋凯、张秉真、杨恒达:《象征主义·意象派》,中国人民大学出版社1989年版。

徐岱:《批评美学》,学林出版社2003年版。

侯光复:《儒家道家经典全释:周易尚书》,大连出版社1998年版。

[瑞士]C.G.荣格、[美]麦·麦圭尔:《荣格分析心理学导论》,周党伟、温绚译,机械工业出版社2019年版。

汪耀进:《意象批评》,四川文艺出版社1989年版。

程光炜:《朦胧诗实验诗艺术论》,长江文艺出版社1990年版。

吴炫:《中国当代文学批判》,学林出版社2001年版。

张伯伟:《中国古代文学批评方法研究》,中华书局2002年版。

高宣扬:《佛洛伊德传》,南粤出版社1980年版。

[奥]西格蒙德·弗洛伊德:《精神分析引论》,高觉敷译,商务印书馆1984年版。

[奥]弗洛伊德:《释梦》,孙名之译,商务印书馆1996年版。

[奥]西格蒙德·弗洛伊德:《图腾与禁忌》,文良文化译,中央编译出版社2009年版。

[美]R.韦勒克:《批评的诸种观念》,丁泓、余徵译,四川文艺出版社1988年版。

朱光潜:《朱光潜美学文集》,上海文艺出版社1982年版。

邱运华:《文学批评方法与案例》,北京大学出版社2006年版。

叶舒宪:《神话—原型批评》,陕西师范大学出版社1987年版。

程金城:《原型批判与重释》,东方出版社1998年版。

冯川:《荣格的精神》,海南出版社2006年版。

[瑞士]荣格:《荣格文集》,冯川、苏克译,改革出版社1997年版。

[瑞士]荣格:《心理学与文学》,冯川、苏克译,生活·读书·新知三联书店1987年版。

赵稀方:《翻译与新时期话语实践》,中国社会科学出版社2003年版。

解志熙：《生的执着——存在主义与中国现代文学》，人民文学出版社1999年版。

柳鸣九：《萨特研究》，中国社会科学出版社1981年版。

李钧：《存在主义文论》，山东教育出版社1999年版。

杜小真：《存在和自由的重负——解读萨特〈存在与虚无〉》，山东人民出版社2002年版。

李赣、熊家良、蒋淑娴：《中国当代文学史》，科学出版社2003年版。

张京媛：《当代女性主义文学批评》，北京大学出版社1992年版。

王逢振、盛宁、李自修：《最新西方文论选》，漓江出版社1991年版。

乔以钢：《多彩的旋律》，南开大学出版社2003年版。

郭宏安、章国锋、王逢振：《二十世纪西方文论研究》，中国社会科学出版社1997年版。

［法］西蒙·波娃：《第二性》，桑竹影、南珊译，湖南文艺出版社1986年版。

［英］弗吉尼亚·伍尔夫：《一间自己的屋子》，王还译，上海人民出版社2008年版。

［英］玛丽·伊格尔顿：《女权主义文学理论》，胡敏、陈彩霞、林树明译，湖南文艺出版社1989年版。

［美］凯特·米利特：《性的政治》，社会科学文献出版社1999年版。

孟悦、戴锦华：《浮出历史地表》，河南人民出版社1989年版。

刘思谦：《"娜拉"言说——中国现代女作家的心路历程》，上海文艺出版社1993年版。

林丹娅：《当代中国女性文学史论》，厦门大学出版社2003年版。

盛英：《二十世纪中国女性文学史》，天津人民出版社1995年版。

［德］恩斯特·卡西尔：《人论》，甘阳译，上海译文出版社1985年版。

［美］苏珊·朗格：《艺术问题》，滕守尧、朱疆源译，中国社会科学出版社1983年版。

［美］苏珊·朗格：《情感与形式》，刘大基、傅志强、周发祥译，中国社会科学出版社1986年版。

朱玲：《文学符号的审美文化阐释》，安徽大学出版社2002年版。

刘惠明:《作为中介的叙事:保罗·利科叙事理论研究》,世界图书出版公司2013年版。

[英]罗伯特·霍奇、冈瑟·克雷斯:《社会符号学》,周劲松、张碧译,四川教育出版社2012年版。

[法]罗兰·巴尔特:《符号学原理》,李幼蒸译,中国人民大学出版社2008年版。

丁尔苏:《符号与意义》,南京大学出版社2012年版。

丁尔苏:《符号学与跨文化研究》,复旦大学出版社2011年版。

[美]约翰·迪利:《符号学基础》,张祖建译,中国人民大学出版社2012年版。

[法]罗兰·巴尔特:《符号学历险》,李幼蒸译,中国人民大学出版社2008年版。

[法]A.J.格雷马斯:《符号学与社会科学》,徐伟民译,百花文艺出版社2009年版。

[法]A.J.格雷马斯:《论意义:符号学论文集》(上下),吴泓缈、冯学俊译,百花文艺出版社2011年版。

赵毅衡:《符号学:原理与推演》,南京大学出版社2011年版。

赵毅衡、唐小林:《广义叙述学》,四川大学出版社2013年版。

赵毅衡:《苦恼的叙述者》,四川文艺出版社2013年版。

赵毅衡:《当说者被说的时候:比较叙述学导论》,四川文艺出版社2013年版。

[法]热拉尔·热奈特:《转喻:从修辞格到虚构》,吴康茹译,漓江出版社2013年版。

[美]杰拉德·普林斯:《叙事学:叙事的形式与功能》,徐强译,中国人民大学出版社2013年版。

[美]迪利:《符号学对哲学的冲击》,周劲松译,四川教育出版社2011年版。

[美]威利:《符号自我》,文一茗译,四川教育出版社2011年版。

[意]苏珊·佩特丽莉:《符号疆界:从总体符号学到伦理符号学》,周劲松译,四川大学出版社2014年版。

［加］马赛尔·达内西:《酷——青春期的符号和意义》,孟登迎、王行坤译,四川教育出版社2011年版。

［加］马赛尔·达内西:《香烟、高跟鞋及其他有趣的东西:符号学导论》,肖慧荣、邹文华译,四川教育出版社2012年版。

［芬］埃罗·塔拉斯蒂:《存在符号学》,魏全凤、颜小芳译,四川教育出版社2012年版。

唐小林、祝东:《符号学诸领域》,四川大学出版社2012年版。

［法］克洛德·列维-斯特劳斯:《野性的思维》,李幼蒸译,中国人民大学出版社2006年版。

［法］克洛德·列维-斯特劳斯:《结构人类学》,张祖建译,中国人民大学出版社2006年版。

［法］罗兰·巴尔特:《写作的零度》,李幼蒸译,中国人民大学出版社2008年版。

［法］米歇尔·福柯:《词与物》,张起鸣译,上海人民出版社2000年版。

［法］A.J.格雷马斯:《结构语义学:方法研究》,吴泓缈译,生活·读书·新知三联书店1999年版。

《哲学译丛》编辑部:《近现代西方主要哲学流派资料》,商务印书馆1981年版。

褚朔维:《西方哲学》,华夏出版社1992年版。

郑杭生:《现代西方哲学主要流派》,中国人民大学出版社1988年版。

申小龙:《语言与文化的现代思考》,郑州出版社2000年版。

［瑞士］让·皮亚杰:《结构主义》,倪连生、王琳译,商务印书馆1984年版。

［美］乔纳森·卡勒:《结构主义诗学》,盛宁译,中国社会科学出版社1991年版。

［比］布洛克曼:《结构主义》,李幼蒸译,商务印书馆1980年版。

［法］克洛德·列维-斯特劳斯:《结构人类学》,谢维扬、俞宣孟译,上海译文出版社1995年版。

徐岱:《小说叙事学》,中国社会科学出版社1992年版。

杨牧:《传统的与现代的》,志文出版社 1974 年版。

卢兴基:《台湾中国古代文学研究文选》,人民文学出版社 1988 年版。

季红真:《文明与愚昧的冲突》,浙江文艺出版社 1986 年版。

童庆炳:《文学理论教程》(修订版),高等教育出版社 2003 年版。

张首映:《西方二十世纪文论史》,北京大学出版社 1999 年版。

陈厚诚、王宁:《西方当代文学批评在中国》,百花文艺出版社 2000 年版。

周英雄:《比较文学与小说诠释》,北京大学出版社 1990 年版。

杜任之:《现代西方著名哲学家述评》,生活·读书·新知三联书店 1980 年版。

李幼蒸:《结构与意义》,中国社会科学出版社 1996 年版。

周晓亮:《休谟及其人性哲学》,社会科学文献出版社 1996 年版。

王向远:《中国比较文学二十年》,江西教育出版社 2003 年版。

戴冠青:《对象与自己》,百花文艺出版社 1992 年版。

戴冠青:《文艺美学构想论》,作家出版社 2000 年版。

戴冠青:《文本解读与艺术阐释》,北方文艺出版社 2006 年版。

周庆山:《文献传播学》,书目文献出版社 1997 年版。

李建盛:《理解事件与文本意义——文学诠释学》,上海译文出版社 2002 年版。

李清良:《中国阐释学》,湖南师范大学出版社 2001 年版。

周光庆:《中国古典解释学导论》,中华书局 2002 年版。

[德]施太格缪勒:《当代哲学主流》(上卷),王炳文等译,商务印书馆 1986 年版。

[美]雷内·韦勒克:《现代文学批评史:1750—1950》(第五卷),章安祺、杨恒达译,中国人民大学出版社 1991 年版。

[德]H.G.伽达默尔:《真理与方法》,王才勇译,辽宁人民出版社 1987 年版。

[德]汉斯-格奥尔格·伽达默尔:《真理与方法——哲学诠释学的基本特征》(上下卷),洪汉鼎译,上海译文出版社 1999 年版。

[德]沃·伊瑟尔:《阅读行为》,金惠敏、张云鹏、张颖、易晓明译,湖南

文艺出版社 1991 年版。

［德］沃尔夫冈·伊瑟尔：《阅读活动：审美反应理论》，金元浦、周宁译，中国社会科学出版社 1991 年版。

［德］H.R.姚斯、［美］R.C.霍拉勃：《接受美学与接受理论》，周宁、金元浦译，辽宁人民出版社 1987 年版。

金元浦：《接受反应文论》，山东教育出版社 1998 年版。

邓新华：《中国古代接受诗学》，武汉出版社 2000 年版。

乐黛云、陈跃红、王宇根、张辉：《比较文学原理新编》，北京大学出版社 1998 年版。

钱穆：《现代中国学术论衡》，生活·读书·新知三联书店 2001 年版。

朱立元：《新时期以来文学理论和批评发展概况的调查报告》，春风文艺出版社 2006 年版。

［苏］巴赫金：《文本、对话与人文》，白春仁、晓河、周启超等译，河北教育出版社 1998 年版。

［苏］巴赫金：《弗朗索瓦·拉伯雷的创作与中世纪和文艺复兴时期的民间文化》，载《巴赫金全集》（第六卷），李兆林、夏忠宪等译，河北教育出版社 1998 年版。

［苏］巴赫金：《陀思妥耶夫斯基诗学问题》，白春仁、顾亚铃译，生活·读书·新知三联书店 1988 年版。

刘康：《对话的喧声》，中国人民大学出版社 1995 年版。

张杰：《复调小说理论研究》，漓江出版社 1992 年版。

程正民：《巴赫金的文化诗学》，北京师范大学出版社 2001 年版。

戴冠青：《想象的狂欢——作为文化镜像的闽南民间故事研究》，厦门大学出版社 2012 年版。

戴冠青：《施子荣诗词论集》，九州出版社 2014 年版。

戴冠青：《菩提树下——晋江文学的美学追求》，海峡文艺出版社 2016 年版。

刘海涛、戴冠青、祝德纯：《文学写作教程》，高等教育出版社 2005 年版。

许山河：《诗词鉴赏概论》，海南出版社 1995 年版。

凌继尧：《美学与文化学》，上海人民出版社 1990 年版。

[英]佩里·安德森:《当代西方马克思主义》,余文烈译,东方出版社1989年版。

刘北成:《本雅明思想肖像》,上海人民出版社1998年版。

张晶、张国涛:《交叉与融通——文艺学的新格局》,中国传媒大学出版社2006年版。

周启超:《跨文化的文学理论研究》,百花文艺出版社2006年版。

王逢振:《今日西方文学批评理论——十四位著名批评家访谈录》,漓江出版社1988年版。

孟庆枢、杨守森:《西方文论选》,高等教育出版社2007年版。

温儒敏:《中国现代文学批评史》,北京大学出版社2005年版。

董学文:《西方文学理论史》,北京大学出版社2005年版。

黄世瑜:《马列文论与文艺现实》,华东师范大学出版社1992年版。

陶东风:《社会转型期审美文化研究》,北京出版社2002年版。

胡克、张卫、胡智锋:《当代电影理论文选》,北京广播学院出版社2000年版。

汪民安:《文化研究关键词》,江苏人民出版社2007年版。

[美]刘若愚:《中国的文学理论》,田守真、饶曙光译,四川人民出版社1987年版。

[美]詹明信:《晚期资本主义的文化逻辑》,张旭东编,陈清侨等译,生活·读书·新知三联书店1997年版。

[英]巴特·穆尔-吉尔伯特:《后殖民理论——语境 实践 政治》,陈仲丹译,南京大学出版社2007年版。

张京媛:《后殖民理论与文化批评》,北京大学出版社1999年版。

赵稀方:《后殖民理论》,北京大学出版社2009年版。

徐贲:《文化批评往何处去:八十年代末后的中国文化讨论》,吉林出版集团有限责任公司2011年版。

陈思和:《中国文学中的世界性因素》,复旦大学出版社2011年版。

王岳川:《后殖民主义与新历史主义文论》,山东教育出版社1999年版。

赵一凡:《美国文化批评集》,中国社会科学出版社1994年版。

[美]海登·怀特:《叙事的虚构性:有关历史、文学和理论的论文

(1957—2007)》，[美]罗伯特·多兰编，马丽莉、马云、孙晶姝译，南京大学出版社 2018 年版。

[美]海登·怀特：《话语的转义：文化批评文集》，董立河译，大象出版社 2011 年版。

[美]海登·怀特：《元史学：十九世纪欧洲的历史想象》，陈新译，译林出版社 2004 年版。

[美]斯蒂芬·格林布拉特：《文艺复兴时期的自我塑造：从莫尔到莎士比亚》，吴明波、李三达译，上海文艺出版社 2022 年版。

韩震：《西方历史哲学导论》，山东人民出版社 1992 年版。

伍蠡甫：《欧洲文论简史》，人民文学出版社 1985 年版。

程锡麟：《文学理论的未来》，中国社会科学出版社 1993 年版。

蒋述卓：《文化诗学：理论与实践》，人民文学出版社 2005 年版。

中国社会科学院外国文学研究所《世界文论》编辑委员会：《文艺学和新历史主义》，社会科学文献出版社 1993 年版。

张京媛：《新历史主义与文学批评》，北京大学出版社 1997 年版。

王岳川：《当代西方最新文论教程》，复旦大学出版社 2008 年版。

盛宁：《二十世纪美国文论》，北京大学出版社 1994 年版。

张进：《新历史主义与历史诗学》，中国社会科学出版社 2004 年版。

石坚、王欣：《似是故人来——新历史主义视角下的 20 世纪英美文学》，重庆大学出版社 2008 年版。

金元浦：《多元对话时代的文艺学建设：理性精神与钱中文文艺理论研究》，军事谊文出版社 2002 年版。

曹顺庆：《中外文化与文论》，四川大学出版社 2004 年版。

四川大学"符号学论坛"http://www.semiotics.net.cn/index.php/welcome。

后 记

本书是我多年文艺学研究的结晶。这一课题主要是对20世纪80年代以来伴随着改革开放而涌入的以形式主义批评、叙事学理论、英美新批评、象征诗学、意象批评、精神分析理论、原型批评、存在主义文论、女性主义批评、符号学理论、结构主义文论、文艺阐释学、接受美学、狂欢诗学、西方马克思主义文论、后殖民主义文论、新历史主义文论等17种学派为代表的西方当代文艺批评理论在中国文论界的接受历程和影响进行比较深入的考察和审视,由此揭示出,西方当代文艺批评理论以其充满反叛性的文学理念和独异的批评视角开启了当代文学批评的新视野,促进了批评方法的变革,已经成为中国文学批评理论建设的独特资源。虽然它们在提供一种审视文学作品的新视角和文学批评的新方法时,也不可避免地对文学作品的其他因素或其他方面的研究有所忽视,导致了理论上的某种偏颇和极端,但是那种富有独创意义和反叛精神的理论发现也给了中国当代批评理论建设有力的提示。可以说,反叛与发现,正是西方当代文论对中国当代文学批评理论建设的重要启发。因此,一方面整合我国的古代文论资源,促使中国古代文论进行现代性转换;另一方面,或者说是更主要的方面,就是强化我们的理论发现,建构富有独创意义的能解决新时代语境中文学新问题的中国当代文学批评理论,这仍然是中国当代文论界迫切需要思考的重要问题。

基于这一目的,本书把这一研究成果称为"中国当代文论接受史论"。但是,这个工程太艰巨了,本来预计在2017年之前完成,却做到现在!虽然总算轻松下来了,却仍然有一些不安:一是担心做得太久,一些观点和资料的针对性也许不会那么强;二是该研究涉及这么多的理论学派,肯定会有许多缺漏和不准确之处。这些只能留待相关研究者和广大读者去批评指正了。

感谢泉州师范学院的支持,把本书列为"桐江学术丛书"项目;感谢我的学生柳榕、陈巧金、黄小燕、陈晓茹、连燕海、黄雄、黄剑英、陈瑞凤、卓有量、曾雪芬、黄惠英、余彦萍、陈志超、张艳梅、王晓明、吴文建、林婷婷、龚象新、李华群、李雯、郭幼娟、陈达颖、黄嫣然、刘怡杉、刘英慧等同学,他(她)们愿意跟我一起研究这个艰涩的课题,帮我搜集资料和整理资料,给予我很大帮助;感谢厦门大学出版社对学术著作出版的大力支持;感谢本书的责任编辑牛跃天老师的认真严谨和辛勤付出;感谢我的家人一以贯之的支持。

最后,以自度词《青玉案·半生风絮》一阕作结:

诗成总在低眉处,不自觉,芳华去。故学新知相与度,墨痕融烛,砚花当户,瘦影灯前路。

耕文不计朝与暮,驰笔常思暖人句。试问痴情深几许?两肩霜露,半生风絮,一季濛濛雨。

2020 年 1 月 20 日于寸月斋